무기여 잘 있거라

헤밍웨이

일신서적출판사

무기여 잘 있거라

차례

제 1 부

1

그해 여름도 다 갈 무렵 우리는 어느 시골 집에서 지냈다. 그 마을은 강과 들을 사이에 두고 많은 산과 마주보고 있었다. 바싹 마른 강변에는 자갈과 둥근 돌들이 햇볕을 받아 하얗게 빛나고 있었다. 여러 줄기로 갈라진 물은 파랗게 맑았으며 물살이 세었다. 부대가 잇달아 집 옆을 지나 한길을 내려갔다. 그들이 일으키는 먼지가 나무 잎새에 하얀 분칠을 했다. 나무둥치도 먼지투성이였다. 그해는 유난히 잎이 빨리 떨어졌다. 우리는 부대가 큰 길을 행진하는 것을 보고 있었다. 먼지가 뿌옇게 피어오르고 나뭇잎은 바람에 날려 떨어지고 병사들은 행군을 계속했다. 그들이 지나간 뒤 한길은 떨어진 나뭇잎뿐 그저 뿌옇게만 보였다.

들에는 농작물이 가득 무르익어 있었다. 과수원이 많고 들 저 너머 산들은 헐벗어 갈색이었다. 산에는 전투가 벌어지고 있었다. 밤이 되면 포화(砲火)의 번쩍임이 보였다. 어둠 속에서 그것은 마치 여름 밤의 번개 같았다. 그러나 밤이면 서늘해서 폭풍이 닥칠 기미는 없었다.

때로는 어둠 속에서 창 밑을 행진하는 부대와 대포를 끌고가는 포차 소리 같은 것이 들렸다. 밤이 되면 한길은 더욱 붐볐다. 노새가 안장 양쪽에 탄약 상자를 싣고 연달아 지나가고 군인을 실은 트럭과 포장을 치고 짐을 가득 실은 트럭이 속도를 늦추어 사람과 말 사이를 천천히 누비고 지나갔다. 낮엔 포차에 끌려 대형 대포가 지나갔다. 그 긴 포신(砲身)은 푸른 나뭇가지로 덮였고, 포차 위에도 푸른 잎이 달린 나뭇가지와 덩굴이 덮여 있었다. 북쪽으론 계곡을 넘어 밤나무 숲이 보이고 그 뒤쪽 강 앞으로는 다른 산이 보였다. 거기서도 그 산을 점령하기 위해 전투가 벌어졌으나 그것은 성공하지 못했다. 가을이 되어 장마가 오자 밤나무 잎이 모두 떨어져 가지가 앙상해지고 둥치는 비에 젖어 거무죽죽하게 되었다. 포도원도 잎이 듬성해지고 가지만 눈에 띄었다. 가을과 더불어 이 일대는 축축하게 젖고 갈색이 되어 생기를 잃었다. 강에는 안개가 끼고 산에는 구름이 끼었다. 한길에서는 트럭이 진창을 튀기며 달리는 바람에 병사들은 진흙투성이가 되고 총도 젖었다. 외투 속에는 혁대 앞에 가죽으로 된 탄입대가 두 개 있었는데, 그 속에는 길다랗고 가는 6.5밀리의 탄창이 여러 개 들어 있었다. 그 회색빛 탄입대가 외투 속에 불룩해 있었기 때문에 병사들은 마치 임신 6개월의 몸으로 걷고 있는 것처럼 보였다.

무서운 속력으로 달리는 회색빛 소형 자동차도 몇 대 있었다. 대개 운전병과 나란히 장교가 한 사람 앉아 있고, 뒷좌석에도 몇 사람의 장교가 타고 있었다. 그 자동차들은 군용 트럭보다도 더 심하게 진창을 튀겼다. 뒤에 앉은 장교 한 사람이 몸이 몹시 작아 두 장군 사이에 끼어 있을 때는 너무 작기 때문에 얼굴은 보이지 않고 겨우 모자 끝과 좁은 등밖에 보이지 않았는데, 만일 그 자동차가 특별히 속력을 내고 달리는 경우에는 우선 거기에는 국왕이 타고 있다고 생각해도 좋았다. 그는 우디네에 살면서 이렇게 매일 전황을 살피러 왔지만, 전황은 별로 신통치 않았다.

겨울이 되자 긴 장마가 시작되더니 비와 함께 콜레라가 발생했다. 결국 콜레라는 박멸되었지만 군대는 7천 명이나 희생되지 않으면 안 되었다.

2

그 이듬해에는 많은 승전이 있었다. 계곡과 밤나무 숲이 있는 산허리 건너쪽 산은 점령되고 남쪽 평야 저쪽 고지에도 많은 승전이 있었다. 우리는 8월에 강을 건너 고리지아(이탈리아 동북부의 도시)의 한 집에 머물렀다. 담을 두른 마당에는 연못이 있고 많은 나무가 울창하게 우거져 있었다.

집 옆에는 보랏빛 등나무 숲이 한창이었다. 전투는 이제 1마일도 떨어지지 않은 옆 산으로 옮겨져 있었다. 거리는 기분이 무척 좋았고 우리가 있는 집도 아주 훌륭했다. 강이 집 뒤를 흐르고 있었다. 마을은 아주 감쪽같이 점령되었지만, 저쪽 산은 아직 점령되지 않았다. 오스트리아군은 전쟁이 끝나면 언젠가 다시 이 마을로 돌아올 생각인 모양이었는데, 나는 그것이 무척 기뻤다. 왜냐하면 그들은 그 마을을 파괴하지 않았고, 전술적으로 체면상 형식적으로밖에 포격하지 않았기 때문이다. 사람들도 그대로 마을에 살고 있었다. 골목으로 들어가면 병원과 카페가 있었고 포병대가 주둔해 있었다. 색시집도 두 집 있었다. 하나는 사병용이었고 다른 하나는 장교용이었다.

여름이 가자 서늘한 밤이 며칠이고 계속되었다. 마을 저쪽 산에서의 전투, 포탄 흔적이 있는 철교, 전투가 있었던 강변의 파괴된 터널, 광장 주위의 나무들, 이 광장으로 이어지는 긴 가로수 길, 그리고 거리에는 여자들이 있었다.

국왕이 자동차로 지나가면, 이 무렵에는 때때로 얼굴과 목이 길고 몸집이 작은 모습과 염소 수염 같은 하얀 수염이 보였다. 그리고 포탄에 벽이 부서진 집들의 내부가 한눈에 드러나보였고 뜰과 때로는 한길에까지 석회와 벽돌이 흩어져 있었다. 카르소 지방의 전황은 모두 순조롭게 진행되었다. 때문에 그해 가을은 우리가 시골에서 보낸 지난해 가을과는 아주 달랐다. 전쟁도 일변해 있었다.

마을 저쪽 산의 참나무 숲도 이제는 없어졌다. 이 숲은 우리가 마을로 옮긴 여름에는 푸르렀지만, 지금은 그루터기와 갈라진 둥치가 있을 뿐 땅바닥은 먼지투성이가 돼 있었다. 가을도 저물어가는 어느 날 참나무 숲이 있던 곳에 나갔는데, 보고 있는 동안에 구름이 산을 덮었다. 구름은 무척 빨리 흘렀고 태양이 흐릿하고 누래졌나 했을 때 모든 것이 잿빛으로 되더니 하늘이 온통 캄캄해졌다. 구름이 산을 뛰어내려와서 삽시에 둘레를 싼 듯하더니 그것은 눈이 되었다. 눈은 바람을 엾으고 가르며 휘날리더니 헐벗은 땅을 덮어버려 나무 그루터기만이 불쑥 튀어나와 있었다. 대포 위에도 눈이었다. 눈속에 참호 뒤에 있는 변소로 가는 오솔길이 몇 갈래 생겼다.

얼마 후 아랫거리에서 나는 사창가의 창으로부터 눈이 오는 것을 바라보고 있었다. 예의 장교용 사창가였다. 그 사창가에서 친구와 마주 앉아 두 개의 글라스로 아스티 포도주를 마시고 있었는데, 천천히 무겁게 떨어지는 눈을 보고 있으려니까 이것으로 이 해도 다 지나갔다는 생각이 들었다. 강 위의 산은 아직 탈취하지 못했고, 강 저쪽 산도 하나도 점령하지 못하였다. 모두 내년으로 미룰 것들이었다. 식당 친구인 군목이 진창길을 조심스럽게 지나가고 있는 것을 친구가 보고 그의 주의를 끌려고 창문을 두드렸다. 목사는 얼굴을 들었다. 그리고 우리를 보자 빙긋 웃었다. 친구가 들어오라는 몸짓을 했다. 군목은 머리를 흔들고 가버렸다. 그날 밤 식당에서 스파게티가 나오자 —— 스파게티라면 모두 정말 빨리 열심히들 먹었다 —— 스파게티를 포크로 찍어올려 너덜너덜한 끝을 공중에서 곧장 입으로 떨어뜨리든가, 그렇지 않으면 쉴새없이 집어올려 입 속에 밀어 넣었다. 포도주는 짚으로 묶은 1갤런들이 병에서 멋대로 마셨다. 병은 금속제 선반에 매달려 있었는데 손가락으로 목을 비틀어내리면, 빨갛고 투명하고 떫은 맛이 나는 고운 포도주가 같은 손에 든 잔에 멋지게 흘러들어왔다 —— 이것을 먹고 난 뒤, 대위가 군목을 곯리기 시작했다.

군목은 젊었으므로 금세 얼굴을 붉혔다. 우리처럼 군복을 입고 있었지만, 회색빛 상의 왼쪽 포켓 위에 검붉은 벨벳 십자가를 달고 있었다. 대위는 내가 잘 알아듣게, 내가 한 마디도 놓치지 않도록 하기 위해, 그것이 도움이 됐는지 어쩐지는 의심스럽지만, 서툰 이탈리아어로 말했다.

"군목님은 오늘 여자하고 같이 있었어."

대위는 군목과 나를 번갈아 보며 말했다. 군목은 얼굴을 붉히고 빙그레 웃으며 머리를 흔들었다. 대위는 곧잘 그를 놀렸다.

"아니에요? 오늘 군목님이 여자하고 같이 있는 걸 봤는데요."

"천만에요."

목사는 대답했다. 다른 장교들은 군목이 놀림받는 것이 재미있어 보고만 있었다.

"군목님은 여자와 함께 있지 않았어."

대위는 계속했다.

"군목님은 한 번도 여자와 함께 있지 않았어."

그는 그것을 나에게 설명했다. 그는 내 잔에 술을 따르면서 나를 쏘아 보았는데, 그 동안에도 군목에게서 눈을 떼지 않았다.

"군목님은 매일 밤 혼자서 다섯 명이야."

식탁에 있던 패가 한꺼번에 와아 웃었다.

"알어? 군목님은 매일 밤 일대 오야."

그는 몸을 흔들며 큰소리로 웃었다. 군목은 그것을 그 자리의 농담으로 흘리고 있었다.

"로마 교황은 오스트리아 군이 이기기를 바라고 있어."

소위가 말했다.

"교황은 프란츠 요젭(당시의 오스트리아 황제) 편이야. 돈이 나올 테니까. 난 무신론자야."

"《검은 돼지》라는 책, 읽어 보셨습니까?"

중위가 물었다.

"한 권 구해 오죠. 그 책 때문에 제 신앙이 흔들렸습니다."

"더럽고 지저분한 책입니다."

군목이 말했다.

"설마, 정말 그 책이 좋으신 것 아니겠죠?"

"정말 좋은 책이에요."

중위가 대답했다.

"목사라는 게 어떤 건가 잘 알 수 있죠. 자네라면 정말 좋아할 걸세."

그는 나를 향해 말했다. 나는 군목을 보고 웃었다. 그는 촛불 저쪽에서 빙그레 웃었다.

"읽지 마세요."

하고 그가 말했다.

"당신에게도 한 권 갖다드리지."

중위가 말했다.

"사색하는 사람은 모두 무신론자지."

소령이 말했다.

"그렇다고 프리메이슨 결사를 믿는 건 아니지만."

"난 프리메이슨을 믿어요."

중위가 말했다.

"훌륭한 결사예요."

누군가가 들어왔다. 문이 열렸을 때 눈이 내리는 것이 보였다.

"눈이 왔으니까 이제 공격은 중지하겠죠?"

내가 말했다.

"그렇지."

소령이 대답했다.

"자네는 휴가를 얻겠구먼. 로마랑 나폴리랑 시실리에 다녀오게."

"아말피에도 다녀오는 게 좋을걸."

중위가 말했다.

"아말피에 있는 우리 가족에게 소개장을 써주지. 아마 자식처럼 무척 귀여워해 줄걸세."

"팔레르모에도 가야 할걸."

"카프리도 좋지."

“아브루치를 구경하고 카프라코타에 있는 우리집을 좀 찾아 주세요.”

군목이 말했다.

“아니, 군목님이 아브루치 얘기를 다 하네. 거긴 여기보다 눈이 더 깊지. 이 친구 농부 같은 건 만나고 싶지 않은 거야. 문명과 문화의 중심지로 가야지.”

“이쁜 여자가 있어야 돼. 나폴리의 그런 데를 가르쳐주지. 이쁘고 젊은 아가씨가 우글우글한 데를. 어머니가 따라다녀 탈이지만. 하하하…….”

대위는 한 손을 펴 그림자 그림이라도 만들 때처럼 엄지를 세우고 다른 손가락을 쫙 폈다. 벽 위에 그 손의 그림자가 비쳤다. 그는 또 서툰 이탈리아어를 쓰기 시작했다.

“자네는 이렇게 가네.”

하고 엄지 손가락을 가리키고,

“그리고 이렇게 돌아오네.”

하고 이번엔 새끼손가락을 만졌다. 모두 와아 웃어젖혔다.

“이봐.”

대위는 말하고 다시 손을 폈다. 촛불에 그림자가 또다시 벽에 비쳤다. 그는 꼿꼿이 세운 엄지손가락으로부터 시작해 차례로 다섯 손가락에 이름을 붙였다.

“소위(엄지손가락), 중위(집게손가락), 대위(장지), 소령(무명지), 중령(새끼손가락). 자네는 소위로 떠나! 그리고 중령으로 돌아오네.”

모두 웃었다. 대위의 손가락 게임은 대성공이었다. 그는 군목 쪽을 보고 큰소리로 웃었다.

“매일 밤 군목님은 혼자서 다섯 사람!”

모두 다시 웃었다.

“자넨 빨리 휴가를 가야겠네.”

소령이 말했다.

“나도 같이 가서 안내해주고 싶구먼.”

중위가 말했다.

"돌아올 때 축음기를 가져와."

"좋은 오페라 디스크도."

"카루소가 좋아."

"카루소는 그만둬. 그놈은 소리만 빽빽 질러."

"카루소처럼 소릴 질러보고 싶지 않아?"

"그놈은 소릴 질러, 소리만 질러!"

"아브루치에 다녀오시오."

군목이 말했다. 다른 사람들도 제각기 떠들었다.

"멋진 사냥을 할 수 있어요. 그곳 사람들도 금세 좋아질 겁니다. 춥긴 하지만 하늘이 파랗고 아주 건조합니다. 우리집에 묵으세요. 아버진 유명한 사냥꾼이죠."

"자아."

대위가 말했다.

"사창가로 가지, 문을 닫기 전에."

"안녕."

나는 군목에게 말했다.

"안녕."

군목도 말했다.

3

전선에 돌아와 보니 우리 부대는 아직 그 마을에 있었다. 그 지방 일대의 대포 수는 전보다 훨씬 늘었다.

어느덧 봄이었다. 밭은 파랗게 되고 포도나무도 녹색의 작은 잎을 내밀고 길가의 나무도 싹이 텄고 미풍이 바다에서 불어왔다.

나는 언덕이 있는 마을과 그 언덕 위의 구릉 사이에 둘러싸인 분지에 있는 옛 성, 그리고 그 너머에 있는 산을 바라보았다. 마을에도 대포 수가 늘었고 새 병원이 몇 채나 더 생겼으며 거리에서는 영국 남자나 때로는 여자를 만날 수도 있었다. 포탄에 맞은 집도 몇 채 더 불어 있었다. 따뜻한 것이 제법 봄다웠다. 벽에 비친 햇살로 제법 몸이 훈훈해지는 걸 느끼면서 나는 수목 사이의 오솔길을 내려갔다. 우리 부대는 아직도 같은 집에 그대로 있었고 집도 내가 떠나기 전과 조금도 다름이 없었다. 문은 열린 채로 있었고 군인 한 명이 햇볕을 쬐며 벤치에 앉아 있었다. 문 옆에는 앰뷸런스 한 대가 멈춰 있었다. 안으로 들어서자 대리석 바닥과 병원 냄새가 풍겨 왔다. 계절이 봄이라는 것 외에는 모든 것이 내가 떠날 때와 조금도 다름이 없었다.

큰 방안을 들여다보니 소령이 책상 앞에 앉아 있었다. 창은 열린 채로였고 햇빛이 방안에 가득히 차 있었다. 그는 나를 보지 못했다. 나는 들어가서 보고를 할 것인가, 그보다 먼저 이층으로 올라가서 세수를 할 것인가 망설였다. 먼저 이층으로 올라가기로 했다.

리날디 중위와 내가 함께 들어 있는 방안에서는 안마당이 내려다보였다. 창문이 열린 채로 있었고 내 침대에는 담요가 반듯이 깔려 있었으며 내 소지품은 벽에 걸려 있었다. 길쭉한 주석 깡통 속에 들어 있는 방독면과 철모도 그대로 못에 걸린 채로 있었다. 침대 아래에는 내 납작한 트렁크가 있었고 그 위에는 기름을 발라서 번쩍거리는 방한화가 놓여 있었다. 푸르게 빛나는 팔각형의 총신과 윤이 나는 까만 호두나무로 만든, 턱에 꼭 알맞는 총대가 달린 오스트리아식 저격 소총이 두 침대 사이에 걸려 있었다. 소총에 달린 조준경(照準鏡)을 트렁크 속에 넣어 둔 것이 생각났다. 리날디 중위는 한쪽 침대에서 잠을 자고 있었다. 그러나 그는 내가 들어오는 소리를 듣자 눈을 뜨고 벌떡 일어났다.

"여어! 그래 그 동안 재미있었나?"

"그럼 굉장했지."

악수가 끝나자 그는 내 목을 끌어안고 키스를 했다.

"오우."

"먼지투성이군. 어서 씻고 오게. 어디 가서 뭘 했나? 전부 얘기하게, 당장."

"안 간 데 없었지. 밀라노 · 플로렌스 · 로마 · 나폴리 · 빌라산 지오바니 · 메시나 · 타오르미나……."

"마치 기차 시간표 같네 그려. 그래 무슨 멋진 모험이라도 있었나?"

"있고말고."

"어디서?"

"밀라노 · 플로렌스 · 로마 · 나폴리……."

"아이구, 그만두게. 제일 좋은 데만 얘기해봐."

"밀라노지."

"그야 거기가 제일 처음이니까 그럴 테지. 그래 어디서 그 여잘 만났지? 코바에선가? 어디 갔더랬어? 멋있었어? 그래, 당장 한꺼번에 얘기해봐. 밤새도록 같이 있었나?"

"그럼!"

"그것쯤 아무것도 아냐. 여기도 요샌 미인이 있다네. 전선엔 처음 와본 풋내기들이야."

"그래? 좋은데."

"거짓말 같지? 오늘 오후 당장 나가 보게. 거리에는 영국 미인도 있어. 난 지금 버클리 양과 연애중이야. 같이 가보세. 어쩌면 난 버클리와 결혼하게 될지도 몰라."

"몸을 씻고 보골 해야겠네, 난. 요샌 모두들 일이 없나?"

"자네가 간 뒤로는 일이 없다네. 일이 생겼다는 거래야 고작 동상이니, 황달이니, 임질이니, 안전사고니, 폐렴이니, 연성 하감(軟性下疳)이니, 경성 하감(硬性下疳)이니 하는 따위밖엔 아무것도 없어. 매주 누군가 꼭 하나쯤은 바위 파편에 부상을 입었지. 하나 진짜로 다친 사람은 그리 많지 않아. 다음주부터 또 전투가 시작이야. 모두들 그럴 거라는 거야. 어때,

내가 버클리 양과 결혼해도 괜찮겠나? 물론 전쟁이 끝난 뒤지만."

"괜찮지 않고."

나는 이렇게 대답한 뒤 세수 대야에 물을 가득히 부었다.

"오늘 밤에 죄다 털어놓게. 난 버클리 양에게 생기 있는 미남으로 보이기 위해 우선 한잠 푹 자야겠어."

리날디가 말했다.

"나는 윗옷과 셔츠를 벗고 찬물로 세수를 했다 수건으로 몸을 문지르며 방안을 둘러보고 창 밖도 내다보았다. 리날디가 눈을 감고 침대 위에 누워 있는 것이 보였다. 그는 잘생겼고 나와는 동년배로 아말피 출신이었다. 그는 자기가 외과 군의인 것을 무척 만족해 했고 우리는 퍽 친한 사이였다. 내가 그를 쳐다보고 있자 그가 눈을 떴다.

"자네 돈 좀 가진 거 있나?"

"있지."

"그럼 50리라만 꿔주게."

나는 손을 닦고 벽에 걸려 있는 윗옷 주머니에서 지갑을 꺼냈다. 리날디는 지폐를 받자 침대에서 일어나지도 않은 채 바지 주머니 속에 슬쩍 집어넣었다. 그는 빙그레 웃으며 말했다.

"나는 말이야, 버클리 양에게 돈이 넉넉한 사람이라는 인상을 줘야 해. 자넨 내 극진하고도 알뜰한 친구고 게다가 내 재정 보증인이야."

"망할 친구 같으니."

그날 밤 식당에서 나는 군목 옆자리에 앉았다.

그는 내가 아브루치에 가지 않은 것에 실망하여 자못 시무룩한 얼굴을 하고 있었다. 그가 내가 간다고 하는 편지를 자기 부친에게 써 보냈으므로 집안 식구들은 나를 맞을 준비까지 하고 있었던 것이었다. 나 자신도 군목 못지않게 자못 기분이 좋지 않았다. 어째서 내가 거기를 가지 못했는지 나 자신도 알 수 없는 일이었다. 마음속으론 갈 작정을 하고 있었지만, 여러 가지 일이 겹치는 바람에 차일피일 못가고 말았다는 설명으로 애써

납득시키자 그때야 겨우 이해가 되었는지 그도 내가 정말 가고 싶어했다는 것을 알아 주었다. 그래서 그의 오해는 풀렸다. 나는 술을 많이 마셨다. 그리고 커피와 스트레가를 마신 뒤에 얼근한 기분으로, 인간이라는 것은 하려고 벼르는 것을 하지 않고 마는 것이다라고 떠들어댔다. 다른 장교들이 떠들고 지껄이고 있는 동안 우리들 두 사람은 이야기를 주고받았다. 나는 정말로 아브루치로 가고 싶었던 것이다. 그러나 가지 않았다. 나는 길이 쇠처럼 꽁꽁 얼어붙어 있는 곳이나, 터무니없이 춥거나 날씨가 맑게 개어 건조한 곳, 진눈깨비가 아닌 바삭바삭한 가루 눈이 내리며, 눈 속에 토끼의 발자국이 있고, 농부들은 모자를 벗어들고 "나으리." 하고 부르는, 멋진 사냥을 할 수 있는 그러한 곳으로는 아예 가지 않았던 것이다. 그러한 곳으로 가는 대신에 연기가 실내에 자욱한 카페로 갔던 것이다. 밤이 되면 실내가 빙빙 도는 현기증을 막기 위해 벽을 쳐다보아야만 했다. 몽롱히 취해서 침대 속으로 들어간다. 그럴 때에는 다른 것은 전혀 아무것도 몰랐다. 언뜻 잠이 깼을 때 같이 자고 있던 상대방이 누구인지를 알지 못할 때의 그 이상한 흥분 상태. 어둠 속에선 세상이 현실 세계같이 생각되지 않는다. 그래 까닭도 없이 흥분하여 밤이면 누군지는 모르나 상관할 게 없다고 생각하며 또다시 꼭같은 일을 반복하지 않으면 안 되었다. 이것이 전부다. 이것뿐이다. 이것뿐이라고 생각하면서도 여러 가지 잡념에 더욱 견딜 수 없게 된다. 그러고는 그 알지 못하는 계집을 끼고 자다가 또 눈을 뜬다. 때로는 아침에 눈을 뜨는 때도 있다. 그러면 꼭 있었다고 생각하고 있던 전부가 구름처럼 사라져버리고 모든 것이 날카롭게 역력하게 가슴속에 새겨진다. 때로는 화대로 트집을 부리며 말다툼을 할 때도 있었다. 때로는 가슴 한구석에 쾌감이 아직 남아 있어 마음이 무한히 가볍고 즐거워져서 아침도 점심도 맛이 있다. 때로는 아주 마음이 산란해 거리로 뛰어나와서야 비로소 마음이 후련해질 때도 있다. 그러나 어김없이 또 똑같은 하루가 반복되고 똑같은 밤이 온다. 나는 그러한 밤에 관해서, 또 밤과 낮의 다른 점에 관해서, 그리고 낮이 깨끗하고 냉랭하지 않는 한 차라리 밤이 얼마나 낮보다 나은지 모르겠다는 것에 관해서 설명하려고 애를 썼지만 할 수 없었다. 지금도 도저히 할 수 없다. 그러나 경험이 있는 사람이라면 능히 알 것이다. 그에게는 그 경험이 없었다. 그러나 그는 내가 정말 아브루치로 가고 싶었지만 끝내 가지 못했다는 것을 알아주었다. 우리는 역시 친구였다. 우리 두 사람 사이에는 차이점도 있지만 공통된 취미도 많았다. 그는 언제나 내가 모르는 것을 알고 있었다. 내가 일단 기억해도 꼭 잊어버리고 마는 것을 그는 알고 있었다. 그러나 나는 그 당장엔 이것을 깨닫지 못했고, 나중에 가서야 겨우 깨달았다. 그러나 식사가 끝난 뒤에도 얘기는 그대로 계속되었다. 우리 두 사람이 이야기를 끝내자 대위가 이쪽을 향해 소리를 질렀다.

"군목님은 행복하지 않아요. 군목님도 여자가 없인 행복하지 못해요."

"난 행복합니다."

"군목님은 행복하지 못해요. 군목님은 오스트리아 군이 이기기를 바라고 있거든."

다른 사람들은 귀를 기울이고 있었다. 군목은 고개를 내저었다.

그러고는 이렇게 말했다.

"천만에요."

"군목님은 우리가 공격하지 않기를 바라셔. 당신은 우리가 절대로 공격해 나가지 않았으면 하고 바라는 것이 아니오?"

"천만에요. 전쟁이라면 그야 공격하지 않을 수 있나요."

"공격 안해서야 되나요. 공격해야 하고말고!"

군목은 고개를 끄덕였다.

"그만 해둬!" 소령이 말했다. "괜한 사람 가지고 그러지말고."

"어쨌든 군목님으로선 어떡할 수 없을 테니까."

대위도 맞장구를 쳤다. 우리들은 모두 자리에서 일어나 식탁을 떠났다.

4

아침엔 이웃 뜰에 있는 대포 소리에 눈을 떴다. 창으로부터 비쳐드는 아침 햇살을 보면서 난 침대에서 일어났다. 창가로 가서 밖을 내다보았다. 자갈길은 축축하였고 풀이 이슬에 젖어 있었다. 대포는 두 번 불을 토하였다. 그때마다 폭풍이 밀려와서 창을 흔들며 내 잠옷 앞자락을 날렸다. 포는 보이지 않았지만, 분명히 우리들이 있는 막사 너머로 포격을 하고 있었다. 이런 곳에다 대포 진지를 두었다는 것은 문젯거리였지만 그래도 큰 포대가 아닌 것이 한결 다행이었다. 마당을 내다보고 있으려니 트럭 한 대가 길로 나가는 소리가 들렸다.

나는 옷을 주워입고 아래층으로 내려가서 주방에서 커피를 마신 다음 차고 있는 데로 갔다.

열 대의 자동차가 기다란 차고 안에 한 줄로 나란히 서 있었다. 지붕이 육중하고 앞부분이 뭉툭한 회색빛 앰뷸런스로 마치 화물 자동차처럼 생긴 것들이었다. 공병들이 마당에서 그 중 한 대를 고치고 있었다. 그밖의 세 대는 산중의 전방구호소에 가 있었다.

"적이 저 포병 진질 포격한 적이 있나?"

나는 공병 하나에게 물었다.

"없습니다, 중위님. 그건 조그마한 언덕으로 가려져 있어요."

"그래 그 동안 어땠지?"

"그리 나쁘진 않았어요. 이 차는 틀렸지만 다른 차는 다 괜찮습니다."

그는 일손을 멈추고 빙그레 웃으면서 물었다.

"휴가를 다녀오셨습니까?"

"응."

그는 잠바에 손을 닦으며 히죽 웃었다.

"재미 좋으셨겠군요?"

다른 공병들도 히죽히죽 따라 웃었다.

"좋고말고. 이 차는 어디가 고장인가?"

"못 쓰겠어요. 연방 고장만 나서."

"또 어디가 고장이 났나?"

"바퀴를 가는 중이죠."

나는 그들에게 그대로 일을 계속하게 했다.

엔진을 뜯고 부속품을 빼어 작업대 위에 늘어놓은 그 차는 아주 꼴이 흉하고 허술하게 보였다. 거기를 떠나 차고 속으로 들어가 차를 한 대 한 대 살펴보았다. 몇 대는 깨끗이 세차가 되어 있고 몇 대는 더러웠지만, 대체로 깨끗한 편이었다. 타이어에 흠이나 돌로 째진 데가 없나 세밀히 살펴보았다. 모든 것이 잘 정비되어 있는 것 같았다. 내가 여기 있어서 감독을 하고 있든 말든 별 차이가 없었던 것이다. 자동차의 상태, 부속품을 입수할 수 있나의 여부, 부상자와 병자를 구호소부터 옮겨다가 산으로부터 급히 임시 수용소까지 이송하여 다시 서류에 기재된 병원으로 후송하는 임무가 원활하게 수행되느냐 안 되느냐 하는 일은 거의 전부라고 해도 좋을 만큼 내 능력에 달려 있다고 생각하였는데, 그것은 하나의 기우에 지나지 않았다. 분명히 내가 있든 없든 별로 차이가 없었다.

"부속품을 얻는 데 무슨 애로는 없었나?"

내가 공병 상사에게 물었다.

"없었습니다. 중위님."

"지금 가솔린 공급소는 어딘가?"

"그 전 장소 그대로예요."

"좋아."

나는 숙소로 돌아와서 식탁에서 커피를 한 잔 더 마셨다. 커피는 밀크를 타서 뿌연 것이 달았다. 창밖은 화창한 기분 좋은 봄날 아침이었다. 콧속이 바삭바삭 말라오는 게 낮에는 매우 더울 징조였다. 그날 나는 산속의 앰뷸런스 주차장을 둘러보고 오후 늦게야 돌아왔다.

내가 없었던 동안 전세(戰勢)는 더욱 호전된 모양이었다. 공격이 또다시 시작되리라는 이야기를 나는 들었다. 우리들이 소속되어 있는 사단은 강 상류의 어느 지점을 공격하게 되어 있었다. 그때 소령은 공격중의 앰뷸런스 주차지를 생각해 두라고 나에게 말했다. 공격은 상류의 좁은 산골짜기로 강을 건넌 다음 산허리를 타고 올라가게 되어 있었다. 차의 집결지는 될 수 있는 대로 강 가까이에 두고 더욱이 은폐해두지 않으면 안 되었다. 물론 그 지점은 보병이 선정할 것이지만, 사소한 일은 우리들이 직접 하지 않으면 안 되었다. 이러한 일을 하면 웬일인지 전투원이 된 것 같은 착각을 일으키게 된다.

나는 몸이 온통 먼지투성이로 더러워졌으므로 씻으러 2층 내 방으로 올라갔다. 리날디가 침대에 걸터앉아서 휴고의 영문법 책을 들고 있었다. 말쑥한 군복에 까만 장화를 신고 머리칼은 기름을 발라서 반들거리고 있었다.

"잘 왔네."

그는 나를 보더니 이렇게 말했다.

"같이 버클리 양을 만나러 가세."

"난 싫어."

"가, 이 친구야. 부탁이야, 가서 내가 그 여자에게 좋은 인상을 주도록 해줘."

"좋아. 세수하고 올테니 기다리게."

"씻고 바로 가야 하네."

나는 세수를 하고 머리에 빗질을 한 다음 같이 나섰다.

"잠깐만, 한 잔씩 해두는게 좋을 거야."

리날디는 자기 트렁크를 열고 술병을 꺼냈다.

"스트레가가 아니군?"

"아냐, 그래파야."

"좋아, 그럼."

그는 두 잔을 따랐다. 우리들은 집게손가락을 편 채 서로 잔을 부딪쳤다. 그래파는 무척 독한 술이었다.

"한 잔만 더, 어때?"

"좋지."

우리들은 두 잔째의 그래파를 마셨다. 리날디가 술병을 치운 다음 우리는 계단을 내려갔다. 거리를 걸어가니 더웠지만 해가 저물기 시작했으므로 아주 기분이 상쾌했다. 영국 병원은 전쟁 전의 독일인이 지은 큰 별장이었다.

버클리는 정원에 나와 있었다. 다른 간호사와 같이 있었다. 나무 사이로 그녀들의 흰 제복이 보였으며, 우리들은 그쪽을 향하여 걸어갔다. 리날디가 인사를 했다. 나도 인사를 했는데, 그보다는 정중하게,

"처음 뵙겠어요."

했다.

버클리 양이 말을 걸었다.

"선생님은 이탈리아 인이 아니시죠?"

"네, 아닙니다."

리날디는 다른 간호사와 이야기를 하고 있었다.

"참, 이상해요……. 이탈리아 군대에 계시다니."

"정규군이 아니죠. 다만 위생대에 지나지 않아요."

"그래도 참 이상해요. 어쩌다 그렇게 되셨어요?"

"나도 모릅니다. 세상 일이 뭣이든 반드시 설명이 될 수 있다고는 할 수 없으니까요."

"그럴까요? 난 설명될 수 있는 걸로 생각해 왔는데요."

"그것 참 대단한 일이군요."

"우리들은 이런 식으로 얘기하지 않으면 안 되나요?"

"천만에요."

"그럼, 안심했어요. 네, 그렇지 않으세요?"

"뭡니까, 그 단장은?"

내가 물었다. 버클리 양은 키가 아주 컸다. 간호사의 제복이라 생각되는 것을 입고 있었는데 금발에 짙은 다갈색 피부와 회색 눈을 갖고 있었다. 참 아름다운 여자라고 생각되었다. 그녀는 가죽을 감은 장난감 말채찍 같은 가는 등나무 단장을 들고 있었다.

"작년에 전사한 어떤 청년거예요."

"거 참 안 됐군요."

"참 좋은 사람이었어요. 저와 결혼하기로 되어 있었는데. 솜므에서 전사했어요."

"정말 처참한 싸움이었지요."

"선생님도 거기 계셨어요?"

"아뇨."

"난 그 얘길 들었어요. 정말로 그런 전툰 여기선 없겠지요. 그분의 어머니가 이 조그만 단장을 부쳐주셨지요. 다른 유품과 함께 이걸 보내 왔답니다."

"약혼 기간이 오래 됩니까?"

"8년간. 우리들은 소꿉동무였어요."

"그럼 왜 결혼 안하셨습니까?"

"모르겠어요. 내가 바보가 되어서 그만 못했어요. 어떻게 해서든지 하려고만 했으면 할 수도 있었을 텐데. 하지만 그런 것은 그이한테 좋지 않을 거라고 생각했어요."

"알겠습니다."

"누굴 사랑해 본 적 있으세요?"

"없는데요."

우리들은 벤치에 걸터앉았다. 나는 그녀를 쳐다보았다.

"머리가 참 아름답습니다."

"마음에 드세요?"

"아주 마음에 듭니다."

"그분이 전사했을 때 이걸 전부 잘라버리려고 했어요."

"그래서야 되나요."

"난 그 사람을 위해서 뭘 주고 싶었어요. 하지만 몸을 허락한다는 것은 생각도 못했어요. 만일 내가 그걸 알기만 했어도 그 사람은 뭣이든 제 마음대로 할 수 있었을 거예요. 나는 그 사람과 결혼도 할 수 있었을 텐데. 이제서야 난 모든 걸 알게 됐어요. 하지만 그 당시엔 그분은 전쟁에 나가고 싶어했고 난 아무것도 몰랐어요."

나는 아무말도 하지 않았다.

"그땐 난 아무것도 몰랐어요. 그런 것은 오히려 그분에게 나쁠 줄만 알았어요. 나는 그분이 마땅치 않게 생각할 것 같았어요. 그랬는데 결국 그분은 전사하였고, 그래서 모든 것이 끝나고 말았어요. 그만."

"난 모를 일인데요."

"정말이에요. 그걸로 모든 게 끝났어요."

우리들은 다른 간호사와 이야기하고 있는 리날디 쪽을 바라보았다.

"저 여자 이름은 뭡니까?"

"퍼거슨. 헬렌 퍼거슨. 선생님 친구분은 군의시죠?"

"그렇습니다. 퍽 좋은 사람이죠."

"그것 잘 됐군요. 이런 전선 가까운 곳에서는 사람 만나기가 흔치 않으니까요. 여기가 최전방이죠?"

"그렇소."

"싱거운 전선이에요."

하고 그 여자는 말했다.

"그렇지만 퍽 좋은 곳이에요. 공격할 작정인가요?"

"그럴겁니다."

"그럼 우리도 바빠지겠네요. 지금은 한가하지만."

"간호사가 되신 지 오래됩니까?"

"1915년 말경부터예요. 그이의 출정과 동시에 됐지요. 지금도 잊어버리지 않고 있는데, 혹시 그 사람이 내가 있는 병원으로 오게 될지도 모른다는 어리석은 생각을 하곤 했어요. 칼에 찔려 머리에 붕대를 두르고 말예요. 그렇지 않으면 어깨에 관통상을 입거나……. 하여간 그림 같은 공상을 했었지요."

"여기는 정말 그림같이 아름다운 전선입니다."

"그래요. 사람들은 프랑스가 정말 어떤 나란지 모르고들 있어요. 알았다면 이렇게 전쟁이 계속될 수 없을 거예요. 그 사람은 군도로 부상을 입긴커녕 산산조각으로 날아가버리고 말았어요."

"언제까지 계속될 것 같아요?"

"글쎄요."

"어떡하면 끝이 날까요?"

"언젠가 어느 한 쪽이 손을 들면 끝이 나겠죠."

"우리 쪽이 손을 들고 말 거예요. 프랑스에서 항복할 거예요. 솜므에서와 같은 식으로 하다가는 파멸 안 될 리가 없어요."

"그러나 여기선 지지 않을겁니다."

"그렇게 생각하세요?"

"네, 작년 여름 같은 때는 참 잘 싸웠으니까요."

"그래도 항복할지도 몰라요. 누구든지 항복하지 말란 법은 없으니까요."

"독일군일지라도 그럴까요?"

"아뇨, 독일군은 항복하지 않을걸요."

우리들은 리날디와 퍼거슨이 있는 데로 갔다.

"이탈리아는 마음에 드십니까?"

리날디는 영어로 퍼거슨에게 물었다.

"참 좋아요."

"못 알아듣겠습니다."

리날디는 고개를 흔들었다.

"바스탄테 베네(참 좋다는 뜻의 이탈리아어)."

하고 내가 통역을 해줬다. 그는 고개를 끄덕였다.

"좋긴 뭐가. 당신 영국을 좋아하십니까?"

"그다지. 전 스코틀랜드 태생이랍니다."

리날디는 어리둥절한 표정으로 내 쪽을 쳐다보았다.

"이분은 스코틀랜드 태생이라 영국보다는 스코틀랜드를 더 좋아한대."

나는 이탈리아 말로 리날디에게 말했다.

"하지만 스코틀랜드도 영국 아닌가?"

나는 이것을 퍼거슨 양에게 통역해 주었다. 그 말을 듣자 퍼거슨 양은 대뜸 이렇게 말했다.

"달라요."

"정말 다릅니까?"

"다르고 말고요. 우리들은 영국 사람을 좋아하지 않아요."

"영국 사람을 좋아하지 않는다고요? 그러면 버클리 양도 좋아하지 않겠네요?"

"아이, 그거야 다르지요. 뭐든지 고지식하게 해석해서는 안 돼요."

잠시 후 우리들은 작별 인사를 하고 그곳을 떠났다.

돌아오는 도중 리날디가 먼저 입을 열었다.

"버클리 양은 나보다도 네가 더 좋은 모양이야, 틀림없어. 하긴 그 조그마한 스코틀랜드 여자도 괜찮지."

"그래, 아주."

나도 맞장구를 쳤다. 나는 그녀를 별로 눈여겨보진 않았다.

"자넨 그 여자가 좋아졌나?"

"아니."

리날디가 말했다.

5

다음날 오후 나는 다시 버클리 양을 찾아갔다. 그녀가 정원에 없었으므로, 앰뷸런스가 서 있는 별장 옆문으로 들어갔다. 안에서 만난 간호장이 버클리 양은 지금 근무중이라고 말했다.

"전쟁 중이니까요, 잘 아시겠지만."

알고 있다고 나는 대답했다.

"이탈리아 군에 들어가 있는 미국인이세요?"

그녀가 물었다.

"그렇습니다, 간호장님."

"어째 그렇게 되셨어요. 왜 우리 군에 입대하지 않으셨어요?"

"모르겠습니다, 나도. 이제라도 들어갈 수 있을까요?"

"이젠 안 될 걸요. 정말 어떡하다 이탈리아 군 같은 데에 들어가셨어요?"

"이탈리아에 있었으니까요. 게다가 이탈리아 말도 할 줄 알고."

"그래요? 나도 그걸 배우고 있는 중이에요. 아름다운 언어예요."

"2주일만 배우면 할 수 있다고도 하던데요."

"아유, 난 2주일론 안 돼요. 벌써 시작한 지 몇 달이나 되는데요. 될 수 있으면 7시 이후에 면회하러 오세요. 그 시간엔 비번일 테니까요. 그러나 이탈리아 사람을 잔뜩 끌고와서는 안 돼요."

"언어가 아름다운데도 안 됩니까?"

"안 돼요. 군복이 암만 멋져도."

"그럼 안녕히."

내가 인사했다.

"그럼 또, 중위님."

"네, 다시 또."

나는 인사를 하고는 나왔다. 이탈리아 사람 흉내를 내며 외국 사람들에게 인사를 한다는 건 정말 어색하기 짝이 없는 노릇이었다. 이탈리아식의 인사는 원래부터 외국인에겐 맞지 않도록 만들어진 모양이었다.

그날은 온종일 무더웠다. 나는 강 상류의 플라바에 있는 교두보(橋頭堡)까지 갔다왔다. 공격이 시작되는 곳이 바로 그 지점이었다. 작년에는 건너편에 있는 산등성이까지 전진하지 못했던 것이다. 고개로부터 배다리로 통하는 길은 하나밖에 없었고, 더욱이 그것은 약 1마일 가량의 거리로 기관총과 포탄의 사격권 내에 놓여 있었기 때문이다. 게다가 길의 폭도 공격에 필요한 모든 물자를 수송할 만큼 넓지 않아 오스트리아 군으로서는 손쉽게 이 도로를 강타할 수 있었다. 하지만 이탈리아 군은 강을 건너 대안으로 약간 진출하여 오스트리아 군측의 강둑을 약 1마일 반 가량이나 확보하였다. 그 지점은 참으로 요긴한 곳이어서 오스트리아 군도 그대로 점령당한 채 가만 있을 리가 없었다. 오스트리아 군 역시 훨씬 강 아래에 교두보를 확보하고 있으니까 양쪽이 서로 마찬가지리라. 오스트리아 군의 참호는 이탈리아 군의 전선에서 불과 몇 야드밖에 안 되는 산허리에 있었다. 그곳에는 조그마한 마을 하나가 있었으나 이제는 완전히 자갈밭으로 변해 있었다. 기차 정거장의 잔해와 대파된 철교가 있었지만, 적측으로부터 빤히 보이는 지점에 있었으므로 이것을 수리해서 사용할 수는 없었다.

나는 좁은 길을 따라 강쪽으로 내려가서 산기슭에 있는 구호소에서 차를 버리고는 산등성이로 가려져 있는 배다리를 건너 완전히 파괴돼 버린 마을의 경사진 변두리를 따라 축조된 참호 속을 지나갔다. 병사들은 모두 참호 속에 있었다. 발사 준비를 갖추고 신호대가 세워져 있었다. 이것은 포병의 엄호 사격을 할 때나 전화선이 절단되는 경우에 연락하기 위한 것이었다. 주위는 조용하고 무덥고 불결했다. 나는 철조망 너머로 오스트리아 군 진지를 바라보았다. 사람의 그림자 하나 보이지 않았다. 나는 한 참호 속으로 들어가서 안면이 있는 대위와 술을 한 잔 나누고선 다리를 건너 숙소로 돌아왔다.

산을 건너 다리까지 꾸불꾸불 내려가는 폭이 넓은 신작로가 완성 중에 있었다. 이 도로가 완성되면 공격이 시작되는 것이다. 이 도로는 여러 군데 급커브로 꾸부러져 돌면서 숲 속으로 내리뻗어 있었다. 모든 수송을 이 새로 만든 도로로 하고, 빈 트럭, 짐마차, 부상병을 태운 앰뷸런스, 그 밖의 모든 후송 차량은 원래의 좁은 구도로(舊道路)를 사용할 계획이었다. 전방 구호소는 대안의 오스트리아 군측 산기슭에 있었고 위생병은 배다리를 건너 부상병을 나르기로 돼 있었다. 공격이 시작되어도 이것만큼은 변함이 없으리라. 내 추측으로는 신작로의 마지막 1마일 내외의 평탄한 지점은 오스트리아 군의 집요한 포격을 받을 가능성이 있어 보였다. 아무리 해도 굉장한 수라장이 벌어질지도 모른다. 하나 이 최후의 위험지대를 통과하기만 하면 차를 감춰놓고 부상병이 배다리로부터 운반되어 오는 것을 기다릴 수 있는 장소를 나는 발견했다. 그래서 나는 이 신작로로 자동차를 몰아보고 싶었지만 아직 완성되어 있지 않았다. 길 폭이 넓고 경사도 그리 심하지 않게 아주 잘 정돈되어 있어 산허리 숲의 공지 너머로 보이는 이 꾸부러진 길의 모양은 아주 인상적이었다. 차에는 튼튼한 브레이크가 장치되어 있었으므로 걱정은 없고 어쨌든 내려오는 길은 빈차로 내려오는 것이다. 나는 구도로로 자동차를 달려 숙소로 돌아왔다.

헌병 두 명이 차를 정지시켰다. 포탄 한 발이 떨어졌다는 것인데, 기다리고 있는 동안 또 세 발이 도로 위에 떨어졌다. 77밀리 포탄으로 쉬잇하고 바람을 일으키며 날아와선 폭발과 더불어 눈이 부신 맹렬한 섬광, 그 뒤를 이어 곧 피어오른 회색 연기가 도로 저쪽으로 날아갔다. 기총병이 통과하라는 신호를 했다. 포탄이 떨어진 곳을 통과할 때 길위의 파괴된 데를 피해 지나갔지만, 독한 폭약 냄새며 폭발되는 바람에 공중으로 흩날린 흙과 잔돌, 그리고 이제 방금 박살난 부싯돌 냄새가 풍겼다. 나는 숙소가 있는 고지리아로 돌아왔다. 그런 후 앞에 이야기한 것처럼 버클리를 방문한 것인데, 마침 그때 그녀는 근무중이었던 것이다.

저녁을 재빨리 마치자 나는 영국군이 병원으로 쓰고 있는 별장으로 향하였다. 정말로 굉장히 넓고 아름다운 집으로 뜰에는 멋진 나무들이 많이 있었다. 버클리 양은 정원 벤치에 앉아 있었다. 퍼거슨도 함께였다. 두 사람은 내가 온 것이 기쁜 모양이었다. 조금 있다가 퍼거슨은 실례한다고 하며 자리를 피하려고 했다.

"두 분만이 있게 해드려야지요. 내가 없어도 아쉬울 일은 없을 테니까요."

"가지 마, 헬렌."

버클리 양이 말렸다.

"나 정말로 가야겠어. 편지 쓸 것이 몇 장 있어."

"안녕."

내가 말했다.

"안녕, 헨리 씨."

"검열에 걸려들 말은 쓰지 말아요."

"걱정 말아요. 우리들은 아름다운 곳에서 살고 있고 이탈리아 군은 용감하다는 그런 거 외에는 쓰지 않을 테니까요."

"그러면 훈장을 타게 될 겁니다."

"그리 되면 좋겠네요. 안녕, 캐서린."

"좀 있다 갈게."

퍼거슨 양은 어둠 속으로 사라졌다.

"좋은 여자군요."

"네, 참 좋은 애예요. 간호사예요."

"당신은 간호사가 아닌가요?"

"네, 전 V·A·D(임시 간호사)예요. 일은 죽도록 하고 있지만, 아무도 우리 따위는 신용해 주질 않아요."

"왜 그렇죠?"

"아무 일도 없을 때에는 우리들을 신뢰하여 주지 않아요. 정말로 일이 생겨날 때에는 신뢰해 주지만요."

"뭣이 다른가요?"

"간호사는 의사와 마찬가지예요, 간호사가 되려면 퍽 시일이 걸려요. 임시 간호사는 곧 될 수 있지만."

"이제 알겠습니다."

"이탈리아 군은 여자가 이런 전선에까지 오는 걸 원치 않아요. 그래서 우리들은 모두 행동을 조심하고 있어요. 외출도 안 해요."

"그렇지만 난 이처럼 방문할 수 있지 않습니까?"

"그야 그렇지요. 우리들이 수도원에 들어와 있는 것도 아니니까요."

"전쟁 얘기는 그만둡시다."

"그렇지만 곤란할 거예요. 그만두려고 해도 어디 그만둘 수가 있어야죠."

"아무튼 그만둡시다."

"그래요. 그만둬요."

우리들은 어둠 속에서 서로 얼굴을 마주보았다. 퍽 아름답다고 생각되어 나는 그녀의 손을 잡았다. 잡힌 대로 가만히 있었으므로 나는 그 손을 꼭 쥔 채 한 팔로 그녀를 껴안았다.

"안 돼요."

그녀는 저항했다. 나는 그대로 팔을 돌린 채로 있었다.

"왜 안 되나요?"

"안 돼요."

"뭣이 안 돼요?"

나도 지지 않았다.

"제발."

나는 어둠 속에서 몸을 구부리고 그녀에게 키스를 하려고 했다. 그러자 순간 눈에서 불이 번쩍 났다. 그녀가 나의 얼굴을 힘껏 때렸기 때문이다. 내 코와 눈 사이를 몹시 때렸기 때문에 반사적으로 눈물이 핑 돌았다.

"미안해요."

그 말을 듣자 나는 확실히 내가 유리한 입장에 있다고 느꼈다.

"당연한 일이지요, 당신으로서는."

"정말 미안해요. 다만 난 밤에 비번이 된 간호사는 으레 그러리라고 여겨지는 게 견딜 수 없었어요. 기분 상하게 할 생각은 조금도 없었어요. 아프셨죠?"

그녀는 어둠 속에서 나를 빤히 쳐다보고 있었다. 나는 화가 났지만, 그러면서도 장기 게임에서 상대방의 술책을 죄다 안 것처럼 앞으로 어떻게 될 것인지를 알았다.

"정말 당연합니다, 당신으로서는. 조금도 언짢게 생각지 않습니다."

"죄송해요."

"아시겠지만 난 이상한 생활만 해왔답니다. 게다가 영어를 지껄일 기회도 전혀 없으니까요. 그런데다가 당신이 너무 아름답고 해서 그만……."

나는 그녀의 얼굴을 바라보았다.

"그런 쓸데없는 소린 그만두세요. 죄송하다고 그랬잖아요. 벌써 화해된 셈이에요, 우리들은."

"그렇지요. 그리고 전쟁 이야기도 이제 겨우 쫓아버렸으니까요."

그녀는 웃었다. 그녀의 웃음소리를 듣는 것은 이것이 처음이었다. 나는 가만히 그녀의 얼굴을 쳐다보고 있었다.

"좋으신 분이에요."

그녀가 말했다.

"아니 그렇지도 않아요."

"그래요, 좋은 분이에요. 괜찮으시다면 해드리겠어요."

나는 그녀의 눈을 들여다보면서 아까처럼 한 팔로 그녀를 끌어안고 키스를 했다. 오랫동안 키스를 하고 힘껏 껴안은 채 그녀의 입술을 열려고 했다. 나는 그래도 화가 풀리지 않았다. 껴안고 있으려니까 그녀가 갑자기 몸을 부르르 떨었다. 더욱 바싹 끌어안자 그녀의 심장의 고동이 느껴지며 입술이 열렸다. 그녀는 뒤로 감은 내 팔에 머리를 떨어뜨리고 내 어깨에 기대어 울고 있었다.

"아아, 당신, 내게 잘해 주시겠지요?"

어렵쇼, 정말 별일이군, 하고 나는 생각했다. 나는 그녀의 머리를 어루만지며 가볍게 어깨를 두드려 주었다. 그녀는 울고 있었다.

"네, 그래 주시겠지요?"

그녀는 내 얼굴을 올려다보았다.

"이제부터는 우리들은 다른 생활을 하게 될 테니까요."

잠시 후에 나는 그녀를 별장 입구까지 바래다 주었다. 그녀는 안으로 들어갔고 나는 숙소로 돌아왔다. 숙소로 돌아오는 길로 2층 내 방으로 올라갔다. 리날디가 침대에 누워 있었다. 그는 나를 쳐다보았다.

"그래 버클리 양과 진전이 있었나?"

"그저 친구일 뿐이야."

"즐거운 모양인데, 암내 맡은 개처럼."

나는 그게 무슨 말인지 이해할 수가 없었다.

"뭐 같다고?"

그는 설명했다.

"자네도."

하며 나도 지질 않았다.

"즐거운 모양일세 그려, 마치 개가……."

"그만두세. 이러다간 이내 욕다툼이 되고 말겠네."

그가 웃으며 말했다.

"잘 자!"

"잘 자, 귀여운 강아지!"

나는 베개를 던져 그의 촛불을 끄고는 어둠 속에서 자리 속으로 기어들어갔다.

리날디는 초를 집어들어 불을 켜고 다시 책을 읽기 시작했다.

6

이틀 동안이나 나는 주둔지에 나가 있었다. 숙소로 돌아왔을 때는 밤이 너무 깊었기 때문에 다음날 저녁에야 버클리 양을 만나러 갔다. 그녀는 정원에 없었다. 나는 병원 사무실에서 그녀가 내려올 때까지 기다리고 있을 수밖에 없었다. 사무실로 사용되고 있는 방 벽을 따라 페인트를 칠한 둥근나무 기둥이 늘어서 있었고, 그 위에 대리석 흉상이 여러 개 놓여 있었다. 사무실로 통하는 복도에도 나란히 놓여 있었다. 그 흉상들은 모두 비슷했고 대리석의 특징을 유감없이 나타내고 있었다. 조각이란 언제 보아도 싫증이 나는 것이다 —— 하지만 청동 조각만은 그래도 볼품이 있다. 그러나 대리석 흉상은 모두가 묘지처럼 보였다. 그래도 꼭 하나 훌륭한 묘지가 있다. 피사의 것이 그것이다. 제노바는 대리석의 나쁜 표본이 될 만한 곳이었다. 이 집은 본시 어느 돈 많은 독일인의 별장이었던 만큼 저 흉상들도 비싼 물건임에는 틀림없으리라. 누가 만든 것이며 제작비는 얼마나 받았을까 하고 나는 두서없이 생각하였다. 이 집 가족들의 흉상일까, 혹은 다른 사람들의 흉상일까 하고 제멋대로 생각을 해보았다. 그러나 모두가 한결같이 고전적이었다. 누가 봐도 확언할 수 없는 물건들이었다.

나는 모자를 손에 쥔 채 의자에 걸터앉아 있었다. 우리들은 고리지아 거리에서도 철모를 쓰지 않으면 안 되었다. 철모는 귀찮은데다가 일반인이 피난도 하지 않고 있는 거리에서는 터무니없이 어색하게 보였다. 주둔지에 갈 때는 철모를 쓰고, 영국제 방독면도 가지고 갔다. 이탈리아 군에서는 그때 영국제 방독면이 지급되고 있었다. 그것은 진짜 방독면다웠다. 게다가 또 자동 권총도 반드시 휴대하라는 명령을 우리들은 받고 있었다. 군의관이나 위생 장교도 마찬가지였다. 나는 기댄 의자 등에 권총이 배기는 것을 느꼈다. 잘 보이지 않는 곳에 차고 다니는 날엔 체포를 당해도 할 말이 없었다. 리날디는 휴지를 잔뜩 집어넣은 권총을 차고 다녔다. 나는 진짜 권총을 차고 다녔는데, 사격 연습을 하기 전에는 권총 강도 같은 느낌이 들었다. 그것은 총신이 짧은 구경 7.65밀리의 아스트라식 권총으로, 사격할 때에는 반동이 심해서 무엇인가를 맞춘다는 것은 생각도 할 수 없었다. 과녁 아래를 겨누고는 기묘하게 짧은 총신의 반동에 익숙해지려고 애쓴 결과 20보 거리에서 1야드 이내를 겨누어서 맞힐 수는 있게 되었다. 그러자 권총을 휴대하는 것이 쑥스러워졌으나 곧 그런 것도 잊어버리고 권총을 허리춤에만 차고 다녔다. 다만 영어로 이야기하는 사람을 만나면, 막연한 부끄러움을 느꼈다. 나는 대리석 바닥이며 대리석 흉상이 놓인 둥근 기둥이며 벽의 프레스코 벽화 등을 바라보면서 계속 버클리가 오기를 기다리고 있었다. 당번병같이 보이는 사나이 하나가 책상 너머에서 못마땅한 눈초리로 이쪽을 바라보고 있었다. 벽화는 서투르지는 않았다. 어떠한 벽화든 색이 바래져 갈 무렵이 되면 한결 훌륭하게 돋보이는 법이다.

캐서린 버클리가 이쪽으로 걸어오고 있는 것을 보고 나는 자리에서 일어섰다. 나를 향해 걸어오고 있는 그녀는 커보이지는 않았지만 한층 더 사랑스러워 보였다.

"안녕하셨어요, 헨리 씨?"

그녀가 인사를 했다.

"안녕하십니까?"

나도 인사를 했다. 당번병이 책상 저쪽에서 우리들의 이야기를 듣고 있었다.

"여기 앉을까요, 정원으로 나갈까요?"

"밖으로 나가지요. 밖이 훨씬 시원해요."

나는 그녀의 뒤를 따라 밖으로 나왔다. 당번병이 뒤에서 우리를 계속해서 지켜보고 있었다. 자갈길로 나오자 그녀가 물었다.

"어딜 가셨더랬어요?"

"주둔지에 가 있었습니다."

"쪽지도 보낼 수 없었나요?"

"네, 어쩌다 그렇게 됐어요. 곧 돌아올 생각이고 해서."

"알려 줬으면 좋았을 것을."

우리들은 차도를 벗어나서 나무 그늘로 들어섰다. 나는 그녀의 두 손을 잡고 걸음을 멈추고 그녀에게 키스했다.

"어디 갈 만한 데 없을까요?"

"없어요. 그냥 여길 산보할 수밖에 없어요. 꽤 오랫동안 갔다 오셨지요?"

"오늘로 사흘째이지요. 그래도 이렇게 오지 않았습니까?"

그녀는 내 얼굴을 쳐다보았다.

"저를 사랑하세요?"

"그럼요."

"전에도 날 사랑한다고 그러셨지요?"

"그랬죠."

그러나 이것은 거짓말이었다. '나는 당신을 사랑하고 있어요.' 전에 그런 말을 한 기억은 없었다.

"그리고 '캐서린' 하고 불러 주시겠어요?"

우리들은 다시 걷기 시작했으나 어느 나무 그늘 아래서 걸음을 멈췄다.

"나는 밤에 캐서린에게로 돌아왔노라, 그래 보세요."

"나는 밤에 캐서린에게로 돌아왔노라."

"아이, 당신 돌아와 주셨지요, 정말로?"

"그럼."

"난 정말로 당신을 사랑하고 있어요. 그래서 무서웠어요. 영 가버리시진 않겠지요?"

"그럼, 언제든지 다시 돌아오지."

"아아, 정말 사랑해요. 손을 한 번 더 거기 놔주세요."

"누가 언제 떼기나 했나?"

키스를 할 때 얼굴이 잘 보이도록 그녀의 고개를 이쪽으로 돌렸는데, 그녀는 눈을 꼭 감고 있었다. 그 감은 눈에도 키스를 했다. 이 여잔 너무 열을 올리는데, 하고 나는 생각했다. 그렇다 하더라도 상관없다. 내가 그녀와 어떤 상태에 빠지건 상관이 없을 것만 같았다. 장교용 색싯집에 가면 여자들이 귀찮게 매달렸다. 그리고 동료 장교들과 빈번히 2층을 오르내리면서 애정의 표시랍시고 군모를 거꾸로 씌워주고 하는 것보다는 이편이 훨씬 낫다. 내가 캐서린 버클리를 사랑하고 있지도 않고, 또 전혀 그럴 생각이 없다는 것을 나는 잘 알고 있었다. 이건 일종의 장난으로 카드놀이의 브리지와 같은 것이다. 그저 카드놀이 때의 말을 하기만 하면 되는 것이다. 브리지와 마찬가지로 돈이나 그 밖의 건 것을 위해서 노름을 하는 척하면 된다. 지금껏 걸은 것이 무엇인지는 아무도 말하지 않았다. 나는 아무래도 좋았다.

"어디 다른 데 갈 곳이 있으면 좋겠는데."

내가 말했다. 오래 서서 연애를 할 때 남성이 겪는 불편을 나도 경험하고 있었다.

"아무데도 갈 곳이 없어요."

몽롱한 기분으로부터 그녀는 제정신으로 돌아온 모양이었다.

"잠깐 동안 저기서 쉬지요."

우리들은 편평한 돌 벤치에 걸터앉았다. 나는 캐서린 버클리의 손을 쥐었다. 팔을 돌려 껴안으려 하자 그녀는 못하게 했다.

"퍽 피곤하실 텐데요."

"아니."

그녀는 풀밭에 시선을 떨어뜨리며 말했다.

"우리는 좋지 않은 장난을 하고 있는 거예요. 그렇죠?"

"무슨 장난?"

"모르는 체 마세요."

"모르겠는데?"

"영리한 분이셔, 당신은." 그녀가 재빨리 말했다. "능숙한 선수처럼 정말 잘하세요. 하지만 그건 좋지 않아요."

"당신은 사람들이 생각하고 있는 걸 언제나 안단 말이오?"

"언제나라곤 할 수 없죠. 하지만 상대가 당신이라면 알아요. 날 사랑하고 있는 척 안해도 괜찮아요. 오늘 밤은 이걸로 그만. 뭐 더 하실 말씀 있으세요?"

"그러나 난 당신을 사랑하오."

"제발 그런 쓸데없는 거짓말은 그만두기로 해요. 잠깐 동안 훌륭한 연극이었어요. 하지만 난 본정신으로 돌아왔어요. 난 미친 것도 아니고 정신이 나간 것도 아네요. 어쩌다 가끔 그럴 때가 있을 뿐이죠."

"귀여운 캐서린."

나는 나직이 속삭였다.

"캐서린이라고 하는 소리……. 이젠 아주 묘하게 들려요. 당신 발음이 아까 같지 않아요. 하지만 당신은 퍽 착한 분이에요. 정말로 좋은 분이에요."

"군목도 그런 말을 했지."

"그래요, 정말 좋은 분이에요. 앞으로도 와주시겠지요?"

"물론."

"그렇다면 구태여 날 사랑한다고 말하지 않아도 괜찮아요. 당분간 그런 거 그만둬요."

그녀는 일어서서 손을 내밀었다.

"안녕."

나는 키스를 하려고 했다.

"안 돼요."

그녀는 거절했다.

"피곤해 죽겠어요."

"그렇지만 키스해 줘도 괜찮지 않소?"

"정말 몹시 피곤해요."

"자……."

"그렇게 키스를 하고 싶으세요?"

"그럼."

우리들은 키스를 했다. 그녀는 갑자기 뿌리치고 물러났다.

"안 돼요. 안녕, 당신."

우리들은 문 앞까지 갔다. 나는 그녀가 안으로 들어가서 복도 저편으로 내려가고 있는 것을 보았다. 나는 그녀가 걷는 것을 가만히 보고 있는 것이 좋았다. 그녀는 복도 쪽으로 계속 걸어갔다. 나는 숙소로 돌아왔다. 무더운 밤이었고 산에서는 한창 전투가 벌어지고 있는 모양이었다. 나는 산가브리엘레 쪽에서 번쩍이는 포화의 섬광을 바라보았다.

나는 빌라 로사 앞에서 걸음을 멈췄다. 들창문은 죄다 닫혀 있었지만, 안에는 아직도 사람들이 있었다. 누군가가 노래를 부르고 있었다. 나는 숙소로 돌아왔다. 옷을 벗고 있는데 리날디가 들어왔다.

"아하! 그다지 신통치 못했나 보군. 어리둥절해 있어."

"어딜 갔다오나, 자넨?"

"빌라 로사에. 배운게 많았다네. 모두들 노래를 했지. 자넨 어딜 갔었나?"

"영국 사람을 방문했지."

"맙소사. 그 영국 사람에게 휩쓸려 들지 않기가 천만 다행이었군 그래, 정말."

7

그 다음날 오후 나는 산의 첫 주차지로부터 돌아와 임시 수용소에 차를 세웠다. 여기서는 부상자와 병자를 서류에 따라 분류하고 그 서류에 각기 병원을 지정해주고 있었다. 타고 온 자동차에 그대로 앉아 있는 나에게 운전병이 서류를 가지고 왔다. 더운 날씨로 하늘은 눈이 부시도록 맑고 푸르렀으며 도로는 햇빛에 반짝여 희고 먼지가 자욱하였다. 나는 피아트 차의 높은 좌석에 앉은 채 아무 생각도 하고 있지 않았다. 도로 위를 지나가는 1개 연대를 나는 바라보고 있었다. 군인들은 더워서 땀을 흘리고 있었다. 철모를 쓰고 있는 병사도 있었지만, 대부분 배낭 뒤에다 매달고 있었다. 철모의 대부분은 너무 컸으므로 그것을 쓰고 있는 병사들은 거의가 귓전까지 덮여 있었다. 장교들은 모두들 철모를 쓰고 있었다. 병사들 것보다는 머리에 좀 맞았다. 그들은 바실리카타 여단의 반수(半數)의 병사들이었다. 붉은 색과 흰색의 줄무늬 휘장으로 그것을 알 수 있었다. 연대가 지나간 뒤 한참 만에 낙오병들이 그 뒤를 따랐다 —— 자기 소대를 따라가지 못한 병사들이었다. 그들은 땀과 먼지투성이로 몹시들 피곤해 보였다. 그 중에는 몹시 쇠약해 보이는 사람도 있었다. 병사 하나가 낙오병의 제일 뒤에서 쫓아왔다. 다리를 절며 걸어왔다. 그는 걸음을 멈추고 길 옆에 주저앉아버렸다. 나는 차에서 내려 가까이 다가갔다.

"웬일인가?"

그는 나를 바라보자 다시 일어섰다.

"가겠어요."

"어디가 잘못된 거야."

"전쟁이……."

"다리 어디가 나쁜가?"

"다리가 아닙니다. 탈장(脫腸)입니다."

"왜 수송차를 타지 못했지? 왜 병원에 가보지 않았나?"

"보내 줘야죠. 중위님은 내가 일부러 탈장대를 빠뜨렸다고 그럽니다."

"어디 좀 보자."

"많이 나와 있어요."

"어느 쪽이야?"

"여깁니다."

나는 만져보았다.

"기침을 해봐."

"기침하면 커질 것 같아요. 오늘 아침보다도 곱절은 나왔어요."

"앉아 있어. 이 부상자들 서류만 받으면 곧 태워서 자네 군의관에게 인계해 줄테니."

"군의관님은 내가 일부러 그랬다고 할 겁니다."

"군의관들도 어쩔 수 없지 않겠나. 부상이 아니니까. 전에도 그런 적 있었나, 응?"

"하지만 탈장대를 잊어버렸어요."

"어쨌든 병원으로 보내 줄거야."

"여기 남아 있을 순 없을까요, 중위님?"

"안 돼. 여긴 자네 서류가 없으니까."

운전병이 차 안에 있는 부상병의 서류를 가지고 나왔다.

"105호에 4명, 132호에 2명입니다."

운전병이 말했다. 둘 다 강 건너 병원이었다.

"자, 타라."

이렇게 말하며 나는 그 탈장 병사를 도와서 좌석에 앉혔다.

"영어를 할 줄 아세요?"

"그가 물었다.

"할 줄 알지."

"어떻게 생각하세요, 이 빌어먹을 전쟁을?"

"지긋지긋하지."

"그래요, 정말 지긋지긋해요."

"자넨 미국에 있었나?"

"네, 피츠버그예요. 중위님이 미국인이라는 걸 알았어요."

"내 이탈리아 말이 그렇게도 서툰가?"

"대번에 전 장교님이 미국인이라는 걸 알았어요."

"이 사람도 미국인이군요."

운전병이 탈장병을 보면서 이탈리아 말로 말했다.

"이보세요, 중위님, 저를 꼭 그 연대로 데리고 가야만 합니까?"

"물론."

"군의관님은 내 탈장을 알고 있었죠. 그래서 전 그 징그러운 탈장대를 버리고 말았어요. 그러면 다시는 전선에 돌아가지 않게 되리라고 생각하고."

"음."

"어디 다른 데로 데려다 주실 수 없을까요?"

"좀더 전선에 가까운 곳이라면 응급 구호소에라도 갈 수 있지. 그러나 이러한 후방에선 서류를 갖춰야 돼."

"부대로 다시 가면 수술을 받은 뒤 다시 전선으로 보내질 겁니다."

나는 잠깐 생각해보았다.

"중위님도 늘 전선에 끌려가 있어보세요. 싫증이 나실 거예요, 안 그럴까요?"

"글쎄."

"젠장, 빌어먹을 놈의 전쟁 같으니구!"

"이봐, 차에서 내려 길가 아무데라도 머리를 부딪쳐 혹을 만들어 봐. 그러면 돌아오는 길에 태워 병원에 데려다 줄테니. 여기다 차를 세워, 알도."

차는 길가에 섰다. 나는 그를 도와 차에서 내려주었다.

"꼭 여기 있겠어요, 중위님."

"자, 그럼 나중에 또."

차를 몰아 약 1마일 앞에 가는 아까 그 연대를 앞지른 다음 이내 강을 건넜다. 강물은 눈녹은 물로 흐려 있었고 다리 기둥 사이로 빠르게 흐르고 있었다. 강을 건너 들판을 지나 두 병원에 부상병을 인계하였다. 곧 차를 돌려 피츠버그 출신의 병사를 찾으려고 빈 차를 몰았다. 다시 아까 그 연대와 엇갈렸다. 아까보다 한층 더 더위에 지친 모양으로 걸음걸이도 퍽 느렸다. 그 다음 낙오병과 엇갈렸다. 한참 후에 부상병 운반용 마차 한 대가 길가에 서 있는 것이 보였다. 병사 두 사람이 탈장병을 업어서 안에다 태우려 하고 있었다. 그들은 탈장병을 찾아 되돌아왔던 것이다. 그는 나를 보고 머리를 흔들었다. 철모는 벗어져 있고 이마에 붙은 머리칼 밑으론 피가 흐르고 콧등도 벗어져 있고 피가 난 곳에 먼지가 묻어 있었으며 머리칼도 온통 먼지투성이였다.

"이 혹을 좀 보세요, 중위님!"

하며 그는 큰소리를 질렀다.

"다 글렀어요. 이 친구들이 날 데리러 왔어요."

숙소로 돌아온 것은 5시였다. 나는 세차장으로 가서 샤워를 했다. 그런 다음 내 방의 열어젖힌 창 앞에 앉아서 바지와 셔츠 바람으로 보고서를 작성했다. 이틀 후에는 공격이 시작될 예정이며 그렇게 되면 나는 차를 인솔해가지고 플라바로 가야 했다.

꽤 오랫동안 미국으로 편지를 보내지 않았다. 써보내야겠다는 것은 알고 있었지만, 너무도 오랫동안 써보내지 않았기에 써질 것 같지 않았다. 쓸 말도 없었다. 잘 있다는 말밖에는 아무 말도 쓰지 않고 야전 우편 엽서를 두 장 부쳤다. 이렇게 해두면 본국에 있는 사람들이 여러 가지로 생각해 주리라. 이러한 엽서는 미국서는 퍽 귀하게 취급된다. 이상하고 신비스럽기 때문이다. 이 전선도 다른 전선과는 좀 다르고 이상하지만, 그래도 오스트리아군 상대의 치열하고 처참한 다른 전선에 비하면 한결 나은 편이라고 생각됐다.

오스트리아 군은 나폴레옹에게 —— 어떤 나폴레옹에 대해서도 승리를 주기 위해서 만들어진 군대였다. 어떤 나폴레옹이건 상관없다. 아군에도 나폴레옹과 같은 명장이 하나 있으면 좋을 텐데, 있다는 게 겨우 뚱보에 지나치게 원기가 좋은 카도르나 장군에다가 목이 가늘고 긴, 염소수염에 키가 작은 비토리오 엠마누엘 왕뿐이었다. 전선 우익에는 아오스트 공작이 있었다. 이 사람은 지나치게 미남이라 위대한 장군으로선 부적당했지만, 남자다운 풍모를 갖춘 사람이었다. 이 사람을 왕으로 삼고 싶어하는 사람들이 꽤 많았으리라고 생각됐다. 사실 그는 왕다운 풍모를 갖추고 있었다. 그는 현 국왕의 숙부로 제 3 군을 지휘하고 있었다. 우리들은 제 2 군 소속이었다. 제 3 군에는 영국군의 포병이 몇 개 중대 배속되어 있었다.

나는 그 부대 소속의 사수(射手) 두 사람을 밀라노에서 만난 적이 있었다. 재미있는 친구들로 즐거운 하룻밤을 같이 보낸 적이 있다. 그들은 몸집이 큰데다 수줍어하고 어쩔 줄을 몰라하며 무슨 일이건 같이 즐겼다. 영국군에 들어가 있었으면 좋았을 걸 하고 생각하였다. 그편이 훨씬 더 나았을 것이다. 하긴 그렇게 되었더라면 전사했을지도 모른다. 이런 앰뷸런스 근무가 아닐지도 모른다. 아니 앰뷸런스로도 죽을 수 있다. 영국군 앰뷸런스 운전병도 때로는 전사를 했다. 어쨌든 나는 전사하고 싶은 생각은 없다. 이 전쟁에서 죽기는 싫다. 이 전쟁은 나하고는 아무 관계도 없다. 위험하긴 해도 영화 장면의 전쟁과 별로 다름없다. 그래도 나는 이 전쟁이 어서 끝나주었으면 하고 간절하게 바란다. 어쩌면 이 여름에는 끝날지도 모른다. 아마 오스트리아 군이 항복할지도 모른다. 다른 전쟁에서도 언제나 항복했으니까. 그러나 이 전쟁은 어찌된 셈인가. 프랑스 군은 벌써 틀렸다고들 한다. 프랑스 군이 반란을 일으켜서 반란군이 파리로 진군해 들어갔다고 리날디가 말했다. 무슨 일이 일어났느냐고 내가 물었더니, 그는 그저 이렇게 말할 뿐이었다.

"아, 그거, 진압되었어."

나는 전쟁이 없는 오스트리아로 가고 싶었다. 블랙 포레스트(쉬바르츠발트 지방)로 가보고 싶었다. 하르츠 산맥(폴란드와 체코 국경을 이루는 산맥)으로도 가보고 싶었다.

어쨌든 간에 하르츠라고 하는 산맥은 대관절 어디 있는가? 카르파디아 산에서도 전투가 벌어지고 있었다. 그런 곳엔 정말 가고 싶지 않았다.

그러나 경치 좋은 곳일지도 모른다. 전쟁만 없으면 스페인으로도 갈 수 있었다. 해가 지고 서늘해지기 시작했다. 저녁을 끝마친 뒤에 캐서린 버클리를 만나러 가자. 그녀가 여기 함께 있어 주면 좋을 텐데. 함께 밀라노에 있으면 좋겠다. 코바에서 식사를 하고 무더운 저녁 나절 만초니 거리를 산책하고 운하를 건너 강둑을 따라가다가 꺾여 들어서서 캐서린 버클리와 호텔로 가고 싶다. 그녀는 어쩌면 승낙해 줄지도 모른다. 그녀는 나를 전사한 그녀의 애인처럼 대해 줄 것이다. 우리들은 버젓이 현관문으로 들어간다. 포터는 모자를 벗는다. 프론트에서 열쇠를 달라고 한다. 그녀는 엘리베이터 옆으로 가서 서 있다. 우리들은 엘리베이터를 탄다. 엘리베이터는 층마다 달각달각 소리를 내면서 서서히 올라간다. 마침내 우리들이 내릴 층까지 온다. 거기에 보이가 문을 열고 서 있다. 그녀는 엘리베이터에서 내린다. 나도 그 뒤를 따른다. 둘이서 복도를 걸어간다. 나는 방문을 열쇠로 연다. 안으로 들어간다. 전화기를 들고서 카프리 비앙코 한 병을 얼음이 잔뜩 든 그릇에 넣어서 갖다 달라고 주문한다. 그러면 벌써 얼음이 그릇에 부딪치는 소리가 복도를 따라 이쪽으로 가까워 오고 보이가 문을 노크한다. 문 밖에 놓고 가라고 한다. 어찌나 더운지 둘 다 아무것도 몸에 걸치고 있지 않기 때문이다. 창문은 열어젖힌 채로 그대로 있고 집집의 지붕 위를 제비가 날쌔게 날아다닌다. 이어 어두워져서 창가로 가보면 아주 조그만 박쥐들이 지붕 위를 날아다니다가 어느새 또 나무 위를 살짝 스쳐간다. 카프리 주를 마신다. 문은 잠겨 있다. 어찌나 더운지 밤새도록 홑이불 한 장으로 지낸다. 무더운 밀라노의 하룻밤, 우리들은 밤새도록 사랑을 주고받을 것이다. 그렇지, 의당 그래야지. 식사를 끝마치고 캐서린 버클리를 만나러 가자.

식당에서는 모두들 제멋대로 떠들어댔다. 나도 술을 마셨다. 좀 마시지 않으면 오늘 밤은 그들과 형제처럼 어울려지지 않을 것 같았기 때문이다. 나는 군목을 상대로 하여 아일랜드 대주교 이야기를 했다. 이 사람은 고결한 인격자인 듯한데 부당한 취급을 받았다는 것이다. 그가 받은 부당한 대우는 나도 미국인으로서 관계가 있는 셈이지만, 그런 이야기는 금시초문이어서 알고 있는 척만 했다. 오해로 보이는 그 원인에 대한 참으로 훌륭한 설명을 듣고 있으면서도 모르는 얼굴을 하고 있으면 실례천만일 것같이 생각되었기 때문이다. 대주교의 이름을 나는 아주 훌륭한 이름이라고 생각했다. 미네소타 출신이기 때문에 그런 이름을 가졌을밖에. 미네소타의 아일랜드, 위스콘신의 아일랜드, 미시간의 아일랜드. 이 이름이 아름답게 들리는 건 섬이란 뜻을 가진 아일랜드 하고 음이 같기 때문이다. 아니, 그렇진 않다. 그보단 다른 이유가 있다. 그렇습니다, 신부님. 그럴 테지요, 신부님. 아마 그럴 겁니다, 신부님. 아뇨, 신부님. 그렇죠, 그럴지도 모르죠, 신부님. 그에 관해선 나보다도 신부님이 더 잘 알고 계십니다, 신부님. 군목은 사람은 좋지만 따분하다. 장교들은 선량하지 못하고 따분하다. 국왕은 착하지만 따분하다. 술은 나쁘지만 따분하진 않다. 이놈을 들이키면 이빨의 법랑질이 벗겨져서 입 천장에 남는다.

"그래, 그 신분 감금되었어."

장교 로카가 먼저 말을 꺼냈다.

"그 신부 몸에서 3부 이자 증권을 발견해 냈다는거야. 물론 이건 프랑스에서의 이야기지. 여기서라면 절대로 체포는 않지. 그는 5부이자 증권은 전혀 아는 바 없다고 했대. 이 사건은 베지에(남프랑스의 도시)에서 일어난 이야기인데, 나는 마침 그때 그곳에 있었기 때문에 신문에서 그걸 읽고 감옥에까지 가서 친히 신부에게 면회를 청했단 말이야. 그가 공채를 훔쳤다는 건 그야 아주 뻔한 일이었지."

"그 한마디로는 믿어지지 않는데."

리날디가 의아해했다.

"믿든말든 그건 자네 마음이야."

로카가 대꾸했다.

"난 다만 여기 계신 우리들의 군목님을 위해서 하는 이야길세. 여간 참고가 되지 않을걸. 군목님이라 이야기 뜻을 알아들을 수도 있을 테고."

군목은 미소지었다.

"나머질 어서 얘기해 봐요, 빠짐없이 듣고 있으니까."

"물론 공채의 일부에 관해서는 설명이 되지 않았지만 3부 이자 공채하고 그 외에 지방 채권도 몇 장 가지고 있었지만, 그게 무슨 채권이었는지 이젠 잊어버렸어. 그래서 나는 감옥으로 갔단 말일세. 알겠나? 이게 이야기의 요점일세. 나는 감방 밖에 서서 참회라도 하는 듯한 목소리로 이렇게 말했지. '신부님 저를 축복해 주십시오. 신부님은 죄를 저질렀으니까' 하고."

모두들 껄껄대고 웃었다.

"그래 뭐라고 그럽디까?"

군목이 물었다. 로카는 들었는지 안 들었는지 이 물음엔 아랑곳하지 않고 나에게 그 농담을 설명하기 시작했다.

"어때, 내 이야기의 요점을 알겠지?"

그 의미를 알아들으면 꽤 재미난 농담으로 들릴 성싶었다. 그들은 내 술잔에도 술을 따라주었다. 나도 샤워 세례를 받은 영국군 병사의 이야기를 했다. 그러자 소령은 열한 명의 체코슬로바키아 병사와 한 명의 헝가리 하사관 이야기를 했다. 또 다시 얼마큼 술을 마신 뒤에 나는 경마 기수가 1전짜리 동전을 발견한 이야기를 했다. 밤에 잠을 못 이루는 공작부인에 관한 이탈리아의 얘기가 있다고 소령이 말했다. 그때 군목이 자리를 떴다. 나는 차디찬 서북풍이 휘몰아치는 새벽 다섯시에 마르세이유에 도착한 행상인의 이야기를 하였다. 소령은 내가 술을 잘 한다고 소문을 들었는데 정말이냐고 물었다. 나는 그렇지 않다고 했다. 그러자 소령은 정말이라고 우겨대며 술의 신〔酒神〕 바커스의 시체 앞에서 그 진위를 가리는 시음을 하자고 했다. 바커스는 곤란한데요, 하고 내가 말했다. 바커스는 곤란합니다. 아냐, 바커스가 좋아. 하고 소령은 우겼다. 바시 필리포 빈센자를 상대로 해서 컵, 유리잔 할 것 없이 있는 대로 모든 잔을 비워가며 술 마시기를 하자는 것이다. 바시도 질겁을 하며 물러섰다. 그는 벌써 나의 배나 마셨으니까 그래서는 시합이 안 된다고 했다. 그래 나도 바커스건 바커스가 아니건간에 필리포 빈센자 바신가, 바시 필리포 빈센잔가 하는 친구는 저녁내 한 잔도 마시지 않은 주제에 웬 거짓말이냐고, 대관절 자네 이름은 뭐냐고 해주었다. 그랬더니 그도 지지 않고, 자네 이름은 페데리코엔리코인지, 엔리코페데리코인지 어느 쪽이냐고 달려들었다. 바커스는 그만두고 가장 센 놈이 이긴 걸로 하자고 내가 말하자 소령은 잔에 따른 붉은 포도주로 시작하라고 했다. 절반쯤 들이키자 나는 마실 생각이 없어졌다. 가야 할 곳이 있는 것이 머리에 떠올랐기 때문이다.

"바시의 승립니다." 하고 내가 말했다.

"나보다 셉니다. 나는 갈 데가 있어서."

"그 친구 정말 갈 데가 있답니다." 하고 리날디가 한 마디 했다. "애인을 만나러 가야 돼요. 내가 알죠."

"가야겠습니다."

"그럼 다음날 밤에 해보세." 바시가 말했다.

"자네 편에서 자신이 있는 날 밤에."

그는 내 어깨를 가볍게 쳤다. 식탁에는 촛불이 켜져 있었다. 장교들은 모두 자못 흥겨운 모양이었다.

"자, 그러면 여러분, 또 만납시다."

리날디가 내 뒤를 따라나왔다. 그가 먼저 입을 열었다.

"거기 가는데 취해가지고 가는 건 좋지 않을 거야."

"난 안 취했어, 리닌. 정말이야."

"커피콩이라도 좀 씹지 그래."

"쓸데없는 소리!"

"곧 갖다 줄게. 이 근처를 거닐며 기다리고 있게."

그는 볶은 커피콩을 한 줌 가지고 왔다.

"자아, 이걸 좀 씹어 봐, 이 사람아. 자네에게 신의 가호가 있기를."

"바커스 신 말이지."

"내 데려다 주지."

"아무렇지도 않다니까 그래."

우리들은 어깨를 나란히 거리를 가로질러 갔다. 나는 커피콩을 씹고 있었다. 영국군 병원으로 통하는 차도의 문 앞에서 리날디는 잘해 보라고 인사를 했다.

"잘 가게." 나도 인사를 했다. "자네도 같이 들어가지 그래."

그는 머리를 가로저었다.

"아냐, 난 그보다 더 단순한 쾌락이 좋아."

"고맙네, 커피콩."

"뭘 그래, 그까짓 거."

나는 차도를 걸어 내려갔다. 길 양쪽에 서 있는 사이프러스 나무들의 윤곽이 선명하게 드러나 보였다. 뒤돌아보니 리날디가 가만히 나를 쳐다보고 서 있는 것이 보였다.

나는 손을 흔들어 보였다.

나는 별장의 응접실에 앉아서 캐서린 버클리가 내려오기를 기다렸다. 누군지 복도를 걸어오는 사람이 있었다. 나는 일어섰다. 그러나 그것은 캐서린이 아니었다. 퍼거슨이었다. 퍼거슨이 나를 보고,

"안녕하세요." 하고 인사를 했다. "미안하지만 오늘 밤은 만나뵐 수 없다고 좀 전해달라는 부탁을 받고 왔어요."

"그것 참 안 됐는데요. 몸이 불편한 건 아니겠죠?"

"퍽 좋은 편도 아니에요."

"내가 무척 걱정하더라고 전해주십시오."

"네, 그러지요."

"어떨까요, 내일 또 만나러 오면 안 될까요?"

"뭐, 괜찮겠죠."

"고맙습니다. 그럼 안녕히 계십시오."

문 밖으로 나오자 갑자기 나는 쓸쓸하고 허전한 기분에 사로잡혔다.

나는 캐서린을 만나는 것을 너무도 가볍게 생각한 것이었다. 얼마쯤 취해 가지고 캐서린을 만나러 간다는 것도 의식하지 못할 뻔했던 것이다. 그러나 막상 못 만나고보니 쓸쓸하고 적막한 기분에 견딜 수가 없었다.

8

그 다음날 오후, 드디어 이날 밤을 기하여 강 상류에서 공격이 있을 것이라는 말을 들었다. 위생대는 네 대의 앰뷸런스를 그 지점으로 보낼 것이라고도 했다. 이 공격에 관해서는 누구 하나 아무것도 모르면서도 모두들 제법 큰소리를 치며 전략상의 일까지도 아는 척을 했다. 나는 선두에서 달리는 차에 타고 있었는데 영국군 병원의 입구 앞을 지날 때 운전병에게 정차를 명했다. 뒤를 따르던 다른 자동차들도 갑자기 멈추었다. 차를 내려서 나는 앞으로 가라고 뒷차의 운전병에게 이르고, 만일 코르몬스로 들어서는 도로의 교차점에 이를때까지 우리 차가 따라가지 못하면 거기서 기다리고 있으라고 했다. 나는 차도로 급히 올라가 응접실에서 버클리에게 면회를 청했다.

"지금 근무중인데요."

"잠깐인데 안 될까요?"

잠시 후 당번병과 함께 캐서린이 나왔다.

"문병차 잠깐 들렀습니다. 근무중이라고 그러길래 잠깐 만나게 해달라고 그랬죠."

"이젠 다 나았어요. 어젠 더위에 그만 녹았나 봐요."

"가야겠습니다."

"바깥까지 나가 보겠어요, 잠깐만."

"이젠 정말 괜찮습니까?"

밖으로 나오자 내가 이렇게 물었다.

"네, 괜찮아요. 오늘 밤 와주시겠어요?"

"안 되겠는데요. 플라바의 상류에서 한판 쇼가 벌어진대서 지금 거기 가는 길입니다."

"쇼?"

"뭐 대단치 않은거죠."

"그렇지만 돌아오시긴 하겠지요?"

"내일."

캐서린은 목에서 무엇인지 끌러 나에게 주며,

"이거 성 안토니예요."

하고 말했다.

"자, 내일 밤 오세요."

"당신은 카톨릭 신자는 아닐 텐데?"

"네. 하지만 사람들 말이 성 안토니는 퍽 도움이 된다고들 그래요."

"당신인 셈치고 소중히 아끼겠소. 자 그럼, 안녕히."

"아녜요."

하며 그녀는 황급히 막았다.

"안녕이 아니에요."

"당신 말 알겠소."

"똑똑히 정신차리세요. 아이 안 돼요, 이런 데서 키스해선 안 돼요."

"좋아, 그럼 그만두지."

뒤돌아보니 그녀는 아직도 그대로 현관 돌층계 위에 서 있었다. 그녀는 손을 흔들었다. 나는 손을 입에 대고 키스를 보냈다. 그녀는 또 한 번 손을 흔들었다. 나는 차도를 벗어나 앰뷸런스의 좌석에 올라앉았다. 차는 움직이기 시작했다. 성 안토니는 조그만 하얀 금속제 갑 속에 있었다. 뚜껑을 열고 나는 성상을 손바닥에 떨어뜨렸다.

"성 안토니입니까?"

하고 그걸 본 운전병이 물었다.

"응."

"저도 가지고 있습니다."

그는 오른손을 핸들에서 떼고 윗옷 단추를 끄르더니 셔츠 아래에서 그것을 끄집어냈다.

"자아, 보세요."

나는 성 안토니를 갑 속에 다시 넣고 가느다란 금쇠사슬도 함께 흘려떨어뜨려 넣고는 그것을 속주머니에 넣었다.

"목에 안 거세요?"

"응."

"거시는 게 좋습니다. 걸라고 만든 건데요."

"그럼, 어디 걸어볼까."

금쇠살의 고리를 풀어 목에 건 다음 고리를 채웠다. 성상이 군복 밖으로 대롱대롱 늘어졌다. 그래서 윗옷 단추를 끄르고 셔츠 속으로 성상을 집어넣었다. 차를 달리고 있을 때에도 금속제 갑에 들어 있는 성상이 가슴에 와 닿는 것이 느껴졌다. 그러나 이내 잊어버리고 말았다. 후에 부상을 입은 뒤에는 어디 갔는지 나는 그 성상을 끝내 찾지 못했다. 아마 구호소에서 누가 주웠을 것이다.

"다리를 넘어서자 차는 속력을 내고 달렸다. 이내 도로 전방에서 다른 앰뷸런스들이 내고 있는 먼지가 눈에 띄었다. 도로가 커브를 돌게 돼 있어 세 대의 차는 여간 조그맣게 보이지 않았다. 바퀴로부터 자욱이 떠오른 먼지가 나무 사이로 사라지는 것이 보였다. 그 차들을 앞지른 다음 이번에는 구릉으로 올라가는 샛길로 꾸부러져 들어갔다. 대열을 짓고 차를 모는 경우 선두차로 달리는 것은 과히 언짢은 기분은 아니었다. 나는 자리에 기대앉은 채 주위에 전개되는 경치를 바라보고 있었다. 우리들은 강에 가까운 산기슭을 달리고 있었는데 길이 가파짐에 따라 아직도 봉우리에 눈을 이고 있는 연이은 높은 산들이 저 멀리 북쪽으로 보였다. 뒤돌아보니 세 대의 군용차가 자욱하게 떠오르는 먼지 사이로 기어올라오고 있는 것이 보였다. 짐을 실은 노새들의 긴 대열을 지나쳤다. 붉은 터키모를 쓴 병사들이 노새 옆을 걷고 있었다. 그들은 저격병이었다.

노새의 대열을 지나자 도로에는 아무런 그림자도 보이지 않았다. 우리들은 몇 개의 구릉을 오른 다음 긴 산등성이를 타고 내려 계곡으로 빠졌다. 도로 양쪽에는 나무들이 나란히 서 있었고 오른쪽 나무 사이로는 강이 보였다. 물은 맑고 얕았으며 흐름이 빨랐다. 강은 낮고 자갈 깔린 긴 모래밭으로 되어 있었고 그 사이로 가는 물줄기가 꼬불꼬불 흐르고 있었다. 가는 물줄기들이 자갈 깔린 강으로 퍼져들어 빛나고 있었다. 둑 가까이엔 깊은 웅덩이가 몇 있었다. 물은 하늘처럼 파랬다. 강에는 아치형의 돌다리가 걸려 있었고 거기서부터 좁은 길이 큰길로부터 갈려나 있었다. 차는 돌로 지은 농가 앞을 지나갔다. 그 남향 벽과 밭 가운데에 있는 낮은 돌담을 배경으로 하여 배나무가 촛대 모양으로 가지를 뻗고 있었다. 우리는 한참 계곡을 끼고 달리다가 꾸부러지며 또다시 구릉 사이로 오르기 시작했다. 길은 어느 새 비탈길이 되었으며 밤나무 숲을 꾸불꾸불 꾸부러져 올라가다가 마침내 산마루와 같은 높이가 되었다. 숲 사이로 보이는 저 아래쪽에 아군과 적의 진지를 갈라놓은 한 줄기의 강이 햇빛에 빛나고 있었다.

우리들은 산마루를 따라 뻗어 있는 거친 새 군용 도로를 따라 달렸다. 북쪽으로 두 개의 산맥이 저 멀리 바라다보였다. 봉우리에 남은 눈 있는 데까지는 푸르께하게 흐려 있고 거기서부터 위는 햇빛을 받아 희고 아름답게 빛나고 있었다. 계속 산마루를 타고 올라감에 따라 또 다른 산맥이 그 너머로 보였다. 아까 산보다도 더 높은, 눈을 이고 있는 산들이었는데, 백묵처럼 희고 고랑진 것이 몇 개의 낯설은 평지를 이루고 있었다. 이러한 산들 훨씬 저 멀리로도 다른 산들이 겹겹이 보였으나 보일 듯 말 듯 분간할 수 없을 만큼 희미하게 보였다. 그것은 모두가 오스트리아의 산들로 이탈리아 쪽에는 그런 산이 하나도 없다. 앞을 내다보니 도로가 오른쪽으로 둥근 곡선을 그리며 꾸부러져 있고 아래를 내려다보니 길이 숲 사이로 비탈길을 이루며 사라지고 있는 것이 보였다.

이 도로에는 몇 개의 부대와 군용 트럭과 산포(山砲)를 실은 노새가 있었으므로 그것들을 한쪽으로 피해가면서 비탈길을 내려가려니까 저 멀리 아래쪽에 강이 보이고 이 강을 따라 한 줄기의 침목(枕木)과 레일이 뻗어 있었다. 철로가 대안으로 연결된 지점에 옛날에 놓였던 구철교가 있고 강 건너 산기슭에는 점령 예정지인 조그마한 마을의 파괴된 인가가 보였다.

우리들이 아래로 내려와서 강 옆으로 뻗은 본도로 접어들었을 무렵에는 사방은 이미 어두워가고 있었다.

9

도로는 너저분하였고 옥수숫대와 밀짚 멍석으로 길 양쪽을 가렸으며 게다가 그 위에까지 멍석을 쳐놓아서 마치 곡마단이나 토인 부락의 입구 같았다. 우리들은 이 멍석을 덮은 굴속으로 서서히 차를 몬 다음 이윽고 아무것도 가려놓지 않은 공지로 나왔다. 전에 정거장이 있던 곳이었다. 여기는 도로가 강둑보다 낮았고, 그 낮게 가라앉은 도로를 따라 둑에 굴을 파고선 그 속에 보병들이 있었다. 해는 서산을 넘고 있었다. 강둑을 따라 차를 몰며 올려다보니 맞은편 산 위에 오스트리아 군의 관측 기구(觀則氣球)가 지는 해를 등지고 시꺼멓게 보였다. 우리들은 벽돌 공장을 지나서 차를 세웠다. 벽돌을 굽는 아궁이와 몇 개의 깊은 구멍이 벌써 구호소로서의 준비를 갖추고 있었다. 그곳에는 내가 아는 군의관이 세 명 있었다. 전투가 벌어져 앰뷸런스에 부상병이 실리게 되면, 우리들은 아까 가려진 그 도로로 해서 산마루를 따라 본도에까지 나와야 한다는 것을 나는 소령과의 이야기로 알았다. 거기에는 주차지가 있으므로 거기서 다른 앰뷸런스에 부상병을 넘겨 주게 되어 있다고 했다. 소령은 이 길이 꽉 차서 혼란을 일으키지 않았으면 좋을 텐데, 하고 걱정을 했다. 그것은 외길 위에서 행하여지는 일인 것이다. 길을 가린 것은 강 건너 오스트리아

군쪽에서 환히 내다보이기 때문이었다. 여기서 벽돌 공장은 강둑의 덕택으로 소총과 기관총의 사격을 모면할 수 있는 곳이었다. 강에는 부서진 다리가 하나 있었다. 포격이 시작되면 또 하나 따로 다리를 가설하여 상류의 구부러진 곳에 있는 여울을 따라 아군이 강을 건너게 되어 있었다. 소령은 카이젤 수염을 기른 몸집이 작은 사람이었다. 리비아 전쟁에도 출정한 일이 있는 그는 상이(傷痍) 휘장을 두 개나 달고 있었다. 소령은 내게 만일 이번 일만 잘 되면 훈장을 타게끔 주선해 주겠다고 말했다. 일이 잘되기를 나도 바라는 바이지만 그런 훈장은 너무 과분하다고 나는 대답했다. 소령에게 자동차 운전병들이 머무를 수 있는 큰 참호는 없느냐고 묻자 그는 한 병사를 안내자로 데리고 왔다. 그 병사를 따라가 보니 정말 참호가 있었는데, 그것은 매우 훌륭한 것이었다. 운전병들도 모두 만족해 했으므로, 나는 그들을 거기 남긴 채 밖으로 나왔다. 소령은 다른 두 명의 장교와 자기와 나, 이렇게 넷이서 한잔하자고 나에게 권했다. 우리들은 유쾌하게 럼주를 마셨다. 밖은 어둑어둑 어두워가고 있었다. 공격은 몇 시 예정이냐고 묻자 어두워지면 이내 시작된다고 그들은 대답했다.

나는 운전병 있는 데로 돌아왔다. 그들은 참호 속에 앉아서 무슨 이야기를 하고 있었는지 내가 들어가자 이내 뚝 그쳤다. 나는 그들에게 담배 한 갑씩을 나눠주었다. 마세도니아스라는 담배였는데, 너무나 단단찮게 말려 있어 양쪽 끝을 비틀어 말지 않으면 안 되었다. 마네라가 자기 라이터를 켜 한 바퀴 돌렸다. 라이터는 피아트 차의 라디에이터 모양으로 생긴 것이었다. 나는 소령에게서 들은 이야기를 전하였다.

"아까 내려올 때 어째 그 주차장을 못 보았을까요?"

파시니가 물었다.

"커브를 돈 바로 앞에 있었어."

"그 도로는 굉장히 혼란해지겠어요."

마네라가 말했다.

"놈들이 마구 포탄을 퍼부을 테지요."

"그렇겠지."

"식산 어떻게 합니까, 중위님? 시작되면 먹을 시간도 없을 걸요."

"어디 지금 가서 알아보지."

"우리들은 여기 있는게 좋겠습니까, 이 근처를 좀 나다녀도 괜찮겠습니까?"

"여기 있는게 좋아."

나는 다시 소령의 참호로 갔다. 소령은 이제 야전 취사차(野戰炊事車)가 올 테니 운전병도 스튜를 받으러 가라고 했다. 반합이 없으면 빌려주마고도 했다. 반합은 모두 가지고 있을 거라고 했다. 운전병들에게로 돌아와서 식사가 오면 곧 타다 주마고 했다. 포격이 시작되기 전에 와달라고 마네라가 말했다. 그들은 내가 나갈 때까지 잠자코 있었다. 기술공인 그들은 모두 전쟁을 싫어했다.

나는 밖으로 나와서 차를 다시 점검하고 주위를 살핀 다음 참호로 돌아와서 네 운전병들과 자리를 같이하고 앉았다. 모두들 땅에 주저앉아 벽에 기댄 채 담배를 피우고 있었다. 밖은 아주 컴컴해졌다. 참호 속의 땅은 따뜻하고 건조했다. 나는 어깨를 벽에 기대고 허리가 땅에 닿도록 반은 누운 편안한 자세를 취했다.

"누가 공격을 시작합니까?"

구부치가 물었다.

"저격병."

"저격병만인가요?"

"그럴걸."

"본격적인 공격을 할 만한 부대가 여긴 없잖아요?"

"아마 본격적인 공격을 하려는 지점으로부터 적의 주의를 이쪽으로 돌리게 하는 것이겠지."

"누가 공격을 할 것인지 병사들은 알고 있나요?"

"모르고 있을걸."

"물론 모르지." 하고 마네라가 말참견을 하였다.

"알고 있으면 어떤 놈이 공격을 해."

"아니, 하지." 그 말을 이번에는 파시니가 받았다.

"저격병들은 바보들이니까."

"그들은 용감하고 우수한 훈련을 받은 병사들이야."

내가 말했다.

"놈들은 확실히 재어 보면 흉위도 넓고 튼튼하기도 합니다만 역시 바보예요."

"척탄병은 키다리들이야."

밑도 끝도 없이 마네라가 이렇게 말했다. 농담이었다. 모두들 웃어댔다.

"놈들이 아무리해도 공격에 나서려고 하지 않았기 때문에 열 번째 사람마다 총살했을 때 현장에 계셨습니까, 중위님?"

"아니."

"정말이에요. 나중엔 한 줄로 쭉 세워 놓고 열 번째마다 하나씩 총살했지요. 헌병이 했어요."

"헌병이."

파시니는 이렇게 말하면서 땅바닥에다 탁 침을 뱉었다.

"하지만 저 척탄병들은 키가 모두 6피트가 넘지. 그들은 공격을 싫어했으니까."

"모두들 공격을 싫어하면 전쟁은 진작 끝났을 텐데……."

마네라가 말했다.

"척탄병은 그게 아냐. 겁이 났던 거야. 척탄병의 장교들은 모두가 양갓집 출신이라는군."

"하지만 그 중에는 단신 공격에 나선 장교도 있었대."

"어떤 상사가 나가려 들지 않는 장교를 두 명이나 쏴 죽였대."

"병사 중에도 나간 놈들이 있다던데."

"그때 나간 병사들은 총살당할 때 그 열 번째 대열에 서지 않아도 괜찮았대."

"헌병에게 총살을 당한 병사 중 우리 마을 출신이 하나 있었는데." 하며 파시니가 이야기를 꺼냈다. "척탄병에 어울리는 키 크고 멋있는 녀석이었지. 늘 로마에만 있었는데 아가씨들이 항상 붙어다녔어. 헌병과도 늘 함께 있었구." 그는 웃었다. "지금은 그 친구네 집에 총검을 든 위병이 지키고 있어. 그의 부모와 누이동생을 만나고 싶어도 아무도 갈 수가 없지. 아버진 시민권까지 박탈되어 투표도 못한다는군. 그들을 보호하는 법률이 없대나. 그러니까 아무나 마음만 먹으면 그들의 재산을 빼앗을 수도 있단 말이야."

"자기 가족이 그런 변만 안 당한다면 어떤 놈이 공격에 나가겠나?"

"아냐, 알프스 산악병이라면 나갈거야. 저 V·E(근위)병들도 나갈거고. 저격병들 가운데에도 더러 있을거야."

"저격병도 도망쳤다던데. 그들은 그런 걸 잊어버리려고 하고 있지만."

"우리들에게 이런 소릴 지껄이게 그냥 내버려두는 건 좋지 않지 않습니까, 중위님. 군대 만세!"

파시니가 비꼬는 조로 이렇게 말했다.

"난 자네들이 얘기하고 있는 뜻을 잘 알고 있어. 하나 차나 잘 몰고 그리고……."

"…… 그리고 다른 장교들에게 들리지 않게 지껄이는 한은, 이죠."

마네라가 내 말을 가로챘다.

"전쟁은 끝까지 싸워야만 한다고 나는 생각해." 나는 말을 이었다. "한쪽이 전투를 그만둔다고 해서 전쟁이 끝나진 않아. 만약 우리가 싸우는 걸 그만둔다면 형세는 더욱 악화될 뿐이야."

"이 이상은 더 나빠지려 해도 나빠질 건덕지가 없겠죠." 파시니가 공손하게 한 마디 던졌다. "전쟁보다 나쁜 게 또 어디 있습니까?"

"패전은 더 나쁜거야."

"그렇게 생각지 않습니다." 파시니는 여전히 공손하게 말했다. "패전은 뭡니까 ? 고향으로 돌아가는거죠."

"적이 뒤쫓아와서 집을 빼앗고 누이동생을 빼앗아가도 ?"

"그렇지 않아요. 적이라고 모두가 그런 짓을 하진 않아요. 서로 가정을 지키도록 하거든요. 누이동생들은 집 속에다 꼭 감춰두게 하고요."

"자넨 교수형을 받게 돼. 놈들이 들어와서 자넬 또다시 군인으로 끌어낼거야. 이번에는 앰뷸런스 운전병이 아니라 보병으로."

"하나도 빼놓지 않고 교수형을 하다니 될 말인가요."

"남의 나라 사람을 자기네 군인으로야 안 쓰겠죠." 마네라가 말했다. "첫번 전투에서 모두들 내빼고 말거예요."

"체코 사람들처럼 ?"

"자네들은 정복당한다는 것이 어떤건지 조금도 모르는 모양이군. 그렇기 때문에 져도 대단한 게 아니라고 생각하는 것 같애."

"중위님 !" 하고 파시니가 불렀다. "중위님은 우리들이 이야기하는 대로 내버려두시겠습니까, 들어보세요. 전쟁만큼 나쁜 게 또 어디 있겠습니까 ? 앰뷸런스에나 근무하는 우리들은 전쟁이 얼마나 나쁜 것인지 실제로는 모릅니다. 얼마나 나쁜지 그것을 알게 되면 그만둘 수밖에 없지요. 모두들 미쳐버리고 말 테니까요. 개중에는 전혀 아무것도 모르는 병사들도 있습니다. 상관인 장교들을 무서워하는 병사들도 있어요. 전쟁이 계속되고 있는 것은 그런 작자가 있기 때문이지요."

"전쟁이 나쁘다는 건 나도 알고 있어. 하지만 어쨌든 끝장은 봐야 해."

"끝날 수가 있나요 ? 전쟁이란 끝이 없는 법이에요."

"아냐, 있어."

파시니는 머리를 가로저었다.

"전쟁에 이긴다고 해서 반드시 승리하는 건 아닙니다. 가령 아군이 산가브리엘레를 점령하였다고 한들 그게 무슨 소용이 있습니까 ? 카르소와 몬팔코네와 트레에스트를 빼앗은들 뭐합니까 ? 우리들이 어떻게 된다는 겁니까 ? 오늘 중위님은 그 먼 산들을 죄다 보셨죠 ? 그것들을 전부 점령할 수 있다고 생각하세요? 그야, 오스트리아 군이 전투를 그만두면 얘기는 다르겠죠만. 한쪽이 전투를 그만두지 않으면 안 됩니다. 왜 우리가 전투를 그만두지 않습니까? 가령 적군이 산을 내려와 이탈리아로 침입해 들어온다 하더라도 놈들은 그러는 동안 그만 지쳐빠져서 돌아가버릴 거예요. 놈들에게는 자기 나라가 있으니까요. 하지만 글렀어요. 지금 이처럼 전쟁만 하고 있잖습니까."

"자넨 웅변가로군."

"우리들은 생각합니다. 책도 읽습니다. 우리들은 농부가 아니예요. 기술공입니다. 그러나 농부들이라 할지라도 전쟁을 고마워할 만큼 무지하진 않습니다. 누구나 다 이 전쟁을 싫어하지요."

"한 나라를 다스리면서도 우둔하고 아무것도 모르는 계급이 있는 법이야. 그들은 알래야 알 수도 없지. 그렇기 때문에 이런 전쟁을 하고 있지."

"게다가 그 전쟁으로 돈벌일 하고 있거든."

"그들의 대부분은 돈벌이도 못하는 위인들이야." 파시니가 말을 이었다. "돈벌이도 못할 만큼 바보야. 아무 벌이도 안 되는 걸 가지고 전쟁을 하고 있거든, 멍청해가지고."

"자, 그만해 두세." 마네라가 말했다.

"아무리 중위님 앞이라도 얘기가 좀 지나쳤어."

"중위님도 이런 얘길 좋아하시는 걸. 중위님을 전향시켜 드려야지."

"제발 그만들 둬."

마네라가 다시 한 번 되풀이했다.

"식산 아직 멀었습니까, 중위님?"

구부치가 물었다.

"어디 가보고 오지."

고르디니가 일어서서 내 뒤를 따라나왔다.

"제가 뭐 할 수 있는 일 없습니까, 중위님? 있으면 뭐든 도와드리겠습니다."

그는 네 사람 중에서 제일 온순한 병사였다.

"그럼 같이 가보세."

참호 밖은 컴컴했다. 탐조등의 긴 광선이 산 위로 움직이고 있었다. 이 전선에는 군용 트럭에 실은 대형 탐조등이 있어, 가끔 밤중에 최전선 바로 후방의 도로상에서 만나는 수가 있었다. 그 군용 트럭이 길에서 약간 벗어난 곳에 서 있었다. 한 장교와 조명 지휘를 하고 있던 소속 병사들은 그 옆에서 어쩔 줄 몰라하며 겁을 먹고 있었다. 우리들은 벽돌 공장을 가로지른 다음 구호소 본부 앞에서 걸음을 멈췄다. 바깥 출입구 위는 푸른 가지로 약간 가려져 있고 어둠 속에서 햇볕에 마른 나뭇잎이 밤바람에 버스럭거리고 있었다. 구호소 안에는 등불이 켜져 있었다. 소령이 상자 위에 걸터앉아서 1시간 연기되었다고 말하며 코냑을 한 잔 따라서 나에게 권했다. 나는 판자 테이블과 불빛에 반짝이는 의료 기구와 세수대야와 마개를 막은 병들을 둘러보았다. 고르디니는 내 뒤에 서 있었다. 소령이 전화를 끝내고 일어서며,

"자, 이제 시작이다." 하고 말했다. "아까대로 변경이야."

밖을 내다보니 컴컴하였고, 오스트리아 군의 탐조등이 우리들 뒤에 있는 산 위를 비추고 있었다. 잠깐 동안은 잠잠했으나 이윽고 등 뒤에 있는 대포가 일제히 발사되기 시작했다.

"이제 됐다."

소령이 중얼거렸다.

"저어 수프 말인데요, 소령님."

내가 물었다. 그는 듣질 못했다. 나는 다시 한 번 더 되풀이했다.

"아직 안 왔는데."

대형 포탄 하나가 바깥 벽돌 공장에서 터졌다. 계속해서 또 한 발. 그 폭음과 더불어 벽돌과 흙덩이가 쏟아져 떨어지는 낮은 소리가 들렸다.

"뭐든지 주시면 가지고 가겠습니다."

"파스타 아슈타(마카로니 요리의 일종)라면 좀 있지."

소령이 당번병에게 말하자 당번병은 뒤로 사라지더니, 이내 식어빠진 마카로니를 쇠그릇에 담아가지고 나왔다. 나는 그것을 고르디니에게 주었다.

"치즈는 없습니까?"

소령은 퉁명스럽게 명령했다. 당번병은 다시 뒤로 통하는 구멍으로 들어가더니 흰 치즈를 한 덩어리 들고 나왔다.

"고맙습니다."

"밖으로 안 나가는 게 좋아."

바깥 입구 옆에 무엇을 내려놓는 소리가 들렸다. 그것을 날라온 두 병사 중 하나가 안을 기웃거렸다. "안으로 들어와!" 하고 소령이 소리쳤다. "뭘 우물쭈물하는거야? 우리들이 나가서 짊어지고 들어오란말야?"

두 사람의 위생병이 부상자의 겨드랑이와 다리를 부축해 들어왔다.

"윗옷을 찢어."

소령이 말했다.

그는 핀셋 끝에 가제를 집어들고 있었다. 두 군의관은 윗도리를 벗었다.

"여기 있으면 안 돼. 밖으로 나가."

소령이 두 위생병에게 명령했다.

"자아, 가자!"

나는 고르디니에게 말했다.

"포격이 끝날 때까지 기다리는 게 좋아."

소령이 돌아오면서 말했다.

"부하들이 시장해하고 있는데요."

"그렇다면 좋을 대로 해."

밖으로 나오자 달음질쳐 벽돌 공장 마당을 가로질렀다. 포탄이 강둑 바로 못미처에서 터졌다. 계속해서 또 한 발 날아왔으나 폭발할 때까지 우리들은 그 소리를 듣지 못했다. 우린 얼른 땅바닥에 납작 엎드렸다.

섬광과 폭풍과 초연(硝煙) 냄새, 동시에 우르르하고 떨어지는 벽돌의 파편, 고르디니가 일어서서 참호를 향해 달렸다. 나도 치즈를 안은 채 그 뒤를 따라 뛰었다. 치즈의 번들번들한 면이 벽돌 먼지투성이가 되었다. 참호 속에는 세 운전병이 벽에 기댄 채 담배를 피우고 있었다.

"어이, 애국자들."

내가 불렀다.

"병원 차는 어떻습니까?"

마네라가 물었다.

"괜찮아."

"놀라셨죠, 중위님?"

"잘 아는데."

나는 나이프를 꺼내 날을 닦은 다음에 치즈의 먼지 묻은 면을 도려내었다. 구부치가 마카로니 반합을 나에게 내밀었다.

"먼저 잡수세요, 중위님."

"아냐, 바닥 위에 내려놔. 다 같이 먹자."

"포크가 없는데요."

"제기랄."

나는 영어로 말했다.

치즈를 잘게 썰어서 마카로니 위에 올려놓았다.

"둘러앉지 그래."

그들은 둘러앉아 기다렸다. 나는 두 손가락을 마카로니 속에다 넣었다가 집어올렸다. 한 덩어리가 딸려 올라왔다.

"높이 드세요, 중위님."

"팔 자라는 데까지 쳐들어 올리자 마카로니 가락은 공중에 길게 늘어졌다. 그것을 입 속에 흘려넣어 끝에서부터 쭉 빨아들이며 씹었다. 그리고는 치즈를 한 입 베어먹고 포도주를 한 잔 마셨다.

녹슨 쇠맛이 났다. 나는 물병을 파시니에게 돌려 주었다.

파시니가 물병을 받으며 말했다.

"썩었죠? 너무 오랫동안 물병에 넣어 두었더랬어요. 아까 차에서 먹어봤지요."

모두들 그릇 바로 위까지 턱을 내밀고 고개를 뒤로 젖히고 마카로니를 가닥 끝에서부터 쭉쭉 빨아들였다. 나는 마카로니와 치즈를 한 입 더 입속에 넣고는 포도주를 마셨다. 뭔지 땅을 흔들며 밖에 떨어졌다.

"420밀리 포거나 지뢰거야."

구부치가 말했다.

"산에 420밀리 포는 하나도 없어."

내가 말했다.

"적은 커다란 스코다 포를 가지고 있어요. 나는 그놈이 땅에 떨어진 뒤에 생긴 구멍을 본 일이 있어요."

"305밀리 포겠지."

우리들은 계속해서 먹었다. 기침을 하는 듯한 소리며 기관차가 발동할 때에 나는 듯한 소리가 들린 것 같더니 이어 또 땅을 흔드는 듯한 폭발이 일어났다.

"이건 깊은 참호가 아닌데."

파시니가 말했다.

"지금 것은 대형 박격포였구나."

"그렇습니다."

나는 먹다 남은 치즈를 마저 먹고서 포도주를 한 모금 마셨다. 다른 소리에 섞인 기침 소리가 들렸다. 이어 츄츄츄츄 하는 소리와 용광로의 문이 활짝 열어젖혀졌을 때와 같은 강렬한 섬광과 굉음, 섬광은 처음에는 흰 빛인 듯하더니 이내 붉게 빛나면서 맹렬한 폭음과 더불어 사방으로 퍼져나갔다. 나는 숨을 쉬려고 했지만 쉴 수가 없었고, 내몸이면서도 내 몸 같지 않게 몸뚱이째 밖으로 빨려 나가는 것만 같았다. 그리고 쉴새없이 자꾸만 온몸이 허공으로 날아가는 것만 같았다. 온 몸이 순식간에 밖으로 날려 나온 순간 난 죽었구나 하는 생각이 들었다. 그러나 이내 죽었구나 하고 생각한 것은 잘못이었다는 것을 깨달았다. 나는 몸뚱이가 공중으로 떴다가 날아가는 게 아니라 미끄러지듯이 내려오는 것을 느꼈다. 숨을 돌리고 보니 제자리에 되돌아와 있었다. 땅바닥이 패이고 갈라졌으며 내 머리 앞에는 부서진 갱목이 널려 있었다. 어찔한 머리에 누가 뭐라고 소리 지르고 있는 게 어렴풋이 들렸다. 누가 비명을 지르는 것이라고 생각했다. 움직이려고 했지만 꿈쩍도 할 수 없었다.

건너편 일대에서 퍼붓듯 기관총과 소총 사격 소리가 들려왔다. 불꽃이 튀는 소리가 크게 나고 조명탄이 하늘에서 작렬되어 흰 불빛을 내며 떠 있고 폭탄이 터졌다. 이 모두가 일순간에 벌어진 일이었다. 바로 옆에서 "아아, 어머니, 어머니!" 하는 소리가 들렸다. 나는 몸을 끌고 비틀고 해서 겨우 다리를 빼고는 몸을 돌려 그를 만져보았다. 파시니였다. 만지자 그는 비명을 질렀다. 두 다리가 내쪽으로 뻗쳐 있었으므로 명멸하는 포화 사이로 본 그의 두 다리는 모두 무릎 위까지 산산이 부숴져 있었다. 한쪽 다리는 없어졌고 또 한쪽 다리는 힘줄과 바짓가랑이의 일부로 간신히 달라붙어 있었다. 몸에 붙어 있지 않은 것처럼 끊어진 다리가 꿈틀거리고 뒤틀리고 했다. 그는 자기 팔을 물어뜯으며 신음하고 있었다. "아아, 어머니, 어머니" 하다가 "살려 주세요, 성모님. 살려주십시오, 성모님, 아아, 예수님, 날 쏘아 주세요. 어머니, 어머니, 아아 맑고 아름다운 성모님, 막아주십시오. 오오, 오오, 오……." 그러나 숨이 막히는지 "어머니, 어머니" 하더니 이내 조용해졌다. 그는 팔을 깨물고 있었다. 그의 끊어진 다리가 꿈틀거렸다.

"위생병!" 하고 나는 두 손을 나팔처럼 입에 대고 소리질렀다. "위생병!"

좀더 파시니의 옆으로 다가가서 다리에 지혈대를 감아주려고 했지만 꼼짝도 할 수 없었다. 다시 해보았더니 다리가 좀 움직였다. 다리와 팔꿈치로 겨우 몸을 뒤로 끌 수 있었다. 파시니는 이제 조용하여졌다. 그의 옆으로 다가가서 윗도리를 벗기고 셔츠 자락을 찢으려고 했다. 그러나 아무리 해도 찢어지지 않았으므로 한 끝을 이로 물어뜯었다. 그 때 그의 각반 생각이 났다. 나는 목이 긴 털양말을 신고 있었지만 파시니는 각반을 차고 있었던 것이다. 운전병은 모두가 각반을 차고 있었다. 그러나 파시니는 한쪽 다리밖에 없었다. 나는 그 각반을 풀기 시작했는데 풀고 있는 동안 지혈대를 할 필요가 없다는 것을 알았다. 이미 죽었기 때문이었다. 나는 그가 죽은 것을 확인했다. 다른 세 병사의 행방을 찾아야 했다. 나는 몸을 일으키려고 하였다. 일으키려고 하자, 머릿속에 무엇인지 인형의 눈알을 굴리는 추 같은 것이 덜렁덜렁하는 것을 느꼈다. 그것이 눈알의 안쪽에 와 부딪쳤다. 두 다리가 뜨끈한 것이 축축했고 구두 속도 끈적한게 미적지근했다. 맞았구나! 하는 생각에 몸을 꾸부리고는 한쪽 무릎을 만져보았다. 무릎이 없었다. 손을 넣어 뻗쳐보았더니 무릎이 정강이쯤에 있었다. 셔츠에 손을 훔쳤다. 다시 공중에 떠 있는 광선이 느릿느릿 내려왔다. 나는 내 다리를 보고 무서운 공포에 사로잡혔다. "아아, 하느님, 여기서 제발 날 건져주옵소서." 그러나 나는 세 병사가 있다는 것을 알았다. 운전병은 네 명이었다. 파시니 하나가 죽었으니 세 사람이 남아 있을 것이다. 누군가가 내 겨드랑이를 잡고, 또 누군가가 내 두 다리를 들었다.

"아직 세 사람이 있어. 하나는 죽고."

내가 말했다.

"마네라예요. 들것을 가지러 갔는데 하나도 없더군요. 좀 어떠세요, 중위님?"

"고르디니와 구부치는 지금 어디 있나?"

"고르디니는 응급 치료소에서 붕대를 하고 있습니다. 구부치는 지금 중위님 다리를 들고 있고요. 내 목에 매달리십쇼, 중위님. 부상이 심합니까?"

"다리야. 고르디니는 어때?"

"괜찮습니다. 대형 박격 포탄이었어요."

"파시니는 죽었어."

"네, 죽었어요."

포탄이 가까운 곳에 떨어졌다. 그들은 땅바닥에 엎드리는 바람에 나를 떨어뜨렸다.

"미안합니다, 중위님." 마네라가 말했다. "제 목에 꼭 매달리세요."

"또 떨어뜨리지 않겠나?"

"깜짝 놀라는 바람에 그랬어요."

"자네들은 부상을 입지 않았나?"

"둘 다 경상입니다."

"고르디니는 운전할 수 있을까?"

"못할걸요."

응급 치료소에 도착하기 전에 그들은 또 한 번 나를 떨어뜨렸다.

"망할 것들."

나는 욕을 했다.

"정말 미안합니다, 중위님."

마네라가 어쩔 줄을 몰라했다.

"이젠 절대로 안 떨어뜨리겠습니다."

응급 치료소 밖에는 많은 병사들이 어둠 속에서 땅바닥에 누워 있었다. 위생병들이 연방 부상자들을 날라들이고 날라내오며 법석이었다. 부상자들을 날라들이고 내갈 때마다 구호소의 커튼이 열리며 그 사이로 불빛이 비쳐나오는 것이 보였다. 시체는 한편으로 치워놓고 있었다. 군의들이 어깨까지 소매를 걷어올리고는 백정처럼 피를 묻힌 채 일을 하고 있었다. 들것이 모자랐다. 부상자 중에는 큰소리로 떠드는 사람도 있었지만 대부분은 조용하였다. 바람이 구호소의 문을 가리고 있는 나뭇잎을 바스락거리며 흔들었고 밤은 점점 냉랭해갔다. 쉴새없이 위생병들이 들것을 들고 안으로 들어와서는 부상자들을 내려놓고 갔다. 내가 구호소에 이르자 마네라는 위생 상사 한 명을 데리고 왔다. 위생 상사는 내 다리에 붕대를 감아주었다.

그는 상처에 흙이 잔뜩 끼어서 출혈이 뜻밖에 적었다고 말했다. 그는 될 수 있는 한 빨리 치료에 착수하겠노란 한 마디를 남기고는 다시 안으로 들어가버렸다. 고르디니는 운전이 불가능하다고 마네라가 말했다. 어깨뼈를 상한데다가 머리에도 부상을 입었다고 했다. 그는 대수롭잖게 생각하고 있었지만 벌써 어깨가 뻣뻣해져서 움직이지 않는다고 했다. 그는 벽돌담 한쪽에 앉아 있었다. 마네라와 구부치는 각기 부상병을 싣고 떠났다. 그들은 운전을 할 수 있었다. 영국병이 앰뷸런스를 세 대 가지고 와 있었다. 한 대에 운전병 두 명씩 타고 있었다. 고르디니가 그 중 한 명을 데리고 내 옆으로 왔다. 고르디니는 창백하고 몹시 초췌한 얼굴을 하고 있었다. 그 영국병은 허리를 숙여 나를 내려다보았다.

"몹시 다치셨습니까?"

그가 물었다. 키가 큰 사나이로 쇠테 안경을 쓰고 있었다.

"다리를."

"중상이 아니면 좋을텐데. 담배 피우시겠어요?"

"고맙소."

"운전병 두 명이 못 쓰게 됐다죠?"

"그렇소. 하난 죽고 또 하난 당신을 데리고 온 그 병사요."

"운이 나빴군요. 차 운전은 우리들이 맡을까요?"

"그렇지 않아도 부탁하려고 했는데 참 잘됐소."

"차는 충분히 조심해서 다루겠습니다. 나중에 숙소로 돌려보내 드리죠. 206호던가요?"

"응."

"거긴 참 좋은 곳이더군요. 거기서 장교님을 뵌 적이 있어요. 장교님은 미국 분이시라죠?"

"그렇소."

"전 영국 사람입니다."

"정말인가?"

"네, 영국 사람입니다. 이탈리아 사람인 줄 아셨습니까? 저희 부대에도 이탈리아 사람이 몇 있습니다."

"차를 봐주겠다니 고맙네."

"차만큼은 조심하죠." 그는 몸을 일으켰다.

"이 사람이 장교님을 꼭 만나달라고 간청하더군요."

그는 고르디니의 어깨를 툭 쳤다. 고르디니는 어색한 듯 미소를 띠었다. 영국병은 제법 유창하고 정확한 이탈리아어로 말하기 시작했다.

"자, 이걸로 만사는 잘됐네. 자네 중위님도 만나뵈었구. 차 두 대는 우리들이 맡기로 하지. 이젠 걱정할 것 없네."

그는 잠시 말을 중단했다가 이어 "어떻게든지 여기서 나가게 해드려야겠군요. 위생병을 좀 만나봐야겠어요. 후송은 우리들이 해드리겠습니다." 하고 말했다.

그는 부상병들 사이로 조심조심 발을 디디면서 구호소 쪽으로 걸어갔다. 커튼으로 친 담요가 젖혀지자 그 바람에 불빛이 새어 나왔고, 다음 그가 안으로 들어가는 것이 보였다.

"저 사람이 중위님을 보살펴 줄 겁니다."

고르디니가 말했다.

"프랑코, 자넨 좀 어떤가?"

"전 괜찮습니다."

그는 내 옆에 앉았다. 그러자 구호소 입구에 친 담요가 젖혀지며 두 사람의 위생병이 나타났다. 아까 그 키 큰 영국병이 그 뒤를 따라 나왔다. 영국병은 위생병을 내가 있는 데로 데리고 왔다.

"이분이 미국인 중위야."

그는 이탈리아 어로 말했다.

"아냐, 난 기다리기로 하지. 나보다도 심한 중상자가 얼마든지 있는데. 난 괜찮소."

"어서, 어서. 쓸데없는 영웅심은 버리세요." 그러더니 그는 다시 이탈리아어로 ── "조심들 해서 쳐들게, 다리를. 다리가 몹시 아프니까. 이분은 윌슨 대통령의 맏아드님이시라네." 하고 말했다.

그들은 나를 들어올려 구호실로 들어갔다. 방안에는 비어있는 수술대라곤 한 대도 없었다. 몸집이 조그마한 소령이 난처한 얼굴로 우리들을 쳐다보았다. 그는 나를 알아보고는 핀셋을 흔들어 보였다.

"괜찮은가?"

"괜찮습니다."

"제가 모시고 왔습니다." 키 큰 영국병은 이탈리아 어로 말했다. "미국 대사의 외아드님이십니다. 여기 있다가 준비가 되면 수술을 받도록 해 주십쇼. 끝나는 대로 맨 먼저 자동차로 제가 후송하겠습니다." 그는 허리를 구부려 나를 내려다보며 말했다. "부관님을 만나 아주 서류를 만들어 가지고 오겠습니다. 그러면 모든 것이 훨씬 빨라질 테니까요."

그는 허리를 숙이고 낮은 문 밖으로 나갔다. 소령은 핀셋을 하나하나 고리에서 끌러서 대야 속에 떨어뜨렸다. 나는 눈으로 그의 손 동작을 좇았다. 그런 다음 그는 붕대를 감기 시작했다. 그러자 위생병이 그 환자를 수술대에서 내렸다.

"이번에는 미국인 중위를 수술해야겠어."

군의관 대위가 말했다. 그들은 나를 수술대 위에 올려놓았다. 수술대는 딱딱한 것이 미끄러웠다. 약 냄새, 퀴퀴한 피 냄새 등 여러 가지 냄새가 몹시 코를 찔렀다. 그들은 내 바지를 벗겼다. 군의관 대위가 치료를 하면서 조수인 상사에게 부르는 것을 받아쓰게 했다.

"좌우 대퇴부, 좌우 무릎 관절 및 우족부(右足部)에 다수의 외상, 우측 무릎 관절 및 우족부에 심부(深部) 부상. 두피 파열상(頭皮破裂傷)." 그는 상처에 탐침(探針)을 집어넣었다. "아파요?" "앗! 아파!" "두개골에 골절의 의심 있음. 제일선 근무중 부상. 이렇게 해두면 고의적인 부상이라고 해서 군법회의에 회부되진 않을 거야." 이렇게 말한 다음 그는 이어 “브랜디 한잔하겠나? 어쩌다 이렇게 부상을 입게 됐지? 뭘 하려고 그랬지? 자살? 파상풍의 예방을 부탁하네. 그리고 양쪽 다리에 십(十)자 표를 달아주게. 됐어 여긴 좀 깨끗이 닦아내고 씻은 다음 붕대를 감아 줘야겠군. 자네 피는 깨끗이 응결되었는데.”

조수가 서류에서 눈을 떼고 물었다. “이 부상은 무엇으로 당한 겁니까?”

군의관 대위도 “뭣에 맞았소?” 하고 물었다.

나는 눈을 감은 채 “박격포탄입니다.” 했다.

대위는 지독히 아프게 근육 조직을 잘라 내면서,

“그건 정말이오?” 했다.

난 애써 조용히 누워 있으려고 애쓰며 근육이 잘라지고 있을 때는 뱃속까지 떨리는 것을 느끼며 말했다.

“그럴 겁니다.”

군의관 대위는 자기가 찾아낸 것에 흥미를 느끼며 “적의 박격포탄 파편이오. 당신이 원한다면 이걸 몇 개 더 찾아봐도 좋겠지만 그럴 필요 없어. 여기다 약을 고루 발라놓지. 여기 쑤시지는 않소? 됐어. 이런 것쯤은 나중에 당할 고통에 비하면 아무것도 아니오. 통증은 아직 시작도 되지 않은 셈이오. 브랜디를 한 잔 갖다 줘. 타격이 심해. 아직 아픈 것도 모를걸. 그러나 이런 건 문제없어. 화농만 되지 않으면 걱정할 건 없어. 요새는 감염되는 일은 별로 없으니까. 머린 어떻소?”

“아파 죽겠어요.”

“그럼 브랜디는 많이 마시지 않는 게 좋아요. 골절이 있을 경우 염증을 일으켜서는 안 되니까. 여긴 어때요?” 온몸에 진땀이 흘렀다.

“지독히 아파요!”

“그럼 골절이구먼, 확실히 아주 붕대로 싸매 드리지. 머리를 함부로 흔들면 안 돼요.” 그의 붕대 감는 솜씨는 매우 빨라 잠깐 동안에 붕대는 단단하게 매어졌다. “이젠 됐어. 행운을 빌겠소. 프랑스 만세.”

"이 사람은 미국인이야."

다른 대위 하나가 말했다.

"난 또 프랑스 사람인 줄 알았지. 프랑스 말도 하기에." 하고 그 대위는 말했다. "전부터 얼굴은 알고 있었어. 여태까지 프랑스 사람인 줄로만 알았군 그래, 난." 그는 코냑을 반 컵이나 마셨다. "중상자부터 날라와. 그 파상풍의 예방제도 좀더 가져오고."

대위는 나에게 손을 흔들었다. 위생병은 나를 쳐들었다. 나올 때 담요 자락이 내 얼굴을 스쳤다. 밖으로 나오자 부관인 상사가 누워 있는 내 옆에 무릎을 꿇고 나직이 물었다.

"성명은? 이름은? 계급은? 출생지는? 병과는? 소속 부대는?" 등등.

"안 됐는데요, 중위님, 머리에 부상을 입으셔서. 아까보다 좀 나으십니까? 이제 영국군 야전 앰뷸런스로 후송하겠습니다."

"괜찮소. 여러 가지로 고맙소."

아까 소령이 이야기한 그 통증이 벌써 시작되고 있었다. 이제 앞으로 어떠한 일이 일어난다 해도 나에게는 아무 흥미도 없고 관계도 없는 일이었다.

잠시 후 영국군 앰뷸런스가 와서 나를 들것에 옮겨 차 높이까지 들어올려 차 안으로 밀어넣었다. 옆에 또 한 개의 들것이 있었고 거기 한 명의 사나이가 누워 있었다. 얼굴 전체를 붕대로 감아서 핏기 없는 코만 보였다. 몹시 힘들게 숨을 쉬고 있었다. 또 몇 개의 들것이 쳐들어올려졌고 위의 가죽띠에 걸려졌다.

그 키 큰 영국군 운전병이 와서 안을 들여다보며 말했다.

"아주 가만가만히 몰겠습니다. 마음을 놓으십시오."

엔진 걸리는 것이 느껴졌고 그가 운전석으로 올라와 브레이크를 풀고 클러치를 거는 것을 알 수 있었다.

잠시 후 우리들은 출발하였다. 나는 가만히 누운 채 내 체내를 달리는 고통을 참고 있었다.

차가 언덕길에 이르자 속력은 줄어들고 길이 혼잡해서 가끔 서기도 하고 또 커브 길에서 뒷걸음질을 하기도 했지만 이내 빠른 속력으로 달려 올라갔다. 무언가 뚝뚝 떨어지는 소리를 나는 들었다. 처음에는 천천히 규칙적으로 똑똑 한 방울씩 떨어지더니 이내 그것은 흐르는 것처럼 떨어져 흘러내렸다. 나는 운전병에게 소리를 질렀다. 그는 차를 세우더니 뒷창으로 들여다 보았다.

"뭡니까?"

"내 위에 있는 부상병이 출혈하고 있어."

"꼭대기까지는 얼마 안 남았습니다. 나 혼자서는 도저히 그 들것을 움직일 수 없습니다."

그는 다시 차를 몰았다. 피는 여전히 흘러내렸다. 어두워서 머리 위 들것의 어디쯤에서 떨어지는지는 알 수가 없었다. 나는 몸에 떨어지지 않게 옆으로 몸을 비키려고 했다. 뜨뜻한 피가 흘러들어 온 내복 밑이 끈적끈적하게 느껴졌다. 나는 춥고 다리가 쑤셔 기분이 언짢았다.

머리 위 들것에서 떨어지는 흐름이 줄고 또다시 처음처럼 똑똑 한 방울씩 떨어지기 시작했다. 위 들것의 천이 움직이는 소리와 함께 사람 움직이는 기척이 느껴졌는데 들것 안에 있는 사나이가 다소 편안한 자세를 취한 모양이었다.

"어떻습니까, 그 사람은?"

영국병이 이쪽에 대고 소리를 질렀다.

"거의 다 왔습니다."

"어째 죽은 것 같은데."

핏방울은 겨울철 해가 진 후에 고드름에서 떨어지는 물방울처럼 한참 만에 한 방울씩 떨어졌다. 차차 올라감에 따라 차 안은 자꾸만 추워졌다. 꼭대기 주차지에서 그 들것을 밖으로 날라내고 그 대신 다른 들것을 실은 차는 계속 달렸다.

10

야전 병원의 병실에서 오후에 나는 문병객이 찾아왔다는 말을 들었다. 더운 날씨로 병실에는 파리가 많았다. 내 담당 위생병은 종이를 가늘게 찢어서 그것은 막대기 끝에다 묶어가지고 파리채를 만들었다. 나는 파리 떼가 천장에 가 앉는 것을 지켜보았다. 그가 파리 쫓기를 그만두고 잠이 들자, 파리들은 다시 날아 내려왔다. 나는 그것을 입으로 후후 불어서 쫓곤 했는데, 나중에는 나도 두 손으로 얼굴을 가리고는 자버렸다. 지독히 더운 날씨였다. 잠이 깨자 다리가 가려웠다. 위생병을 깨워서 붕대 위로 탄산수를 부어 달라고 했다. 그것은 침대를 적셔 시원하게 했다. 잠이 깬 부상병들은 병상 너머로 서로 이야기를 주고받고 있었다. 오후 시간은 사뭇 조용했다. 오전중은 세 명의 간호병과 한 명의 군의가 차례로 병상을 돌면서 환자를 침대에서 내려서 치료실로 데리고 가서 치료를 했다. 그 동안에 침대를 다시 정돈하는 것이다. 치료실로 옮겨지는 것은 그다지 편한 일은 아니었다. 환자를 침대에 그대로 눕혀 둔 채로도 자리를 정돈할 수 있다는 것을 나는 나중에 가서 겨우 알게 되었다. 위생병이 탄산수를 다 뿌리자 침대가 서늘해지며 기분이 상쾌해졌다. 발뒤축 가려운 데를 간호병에게 긁어 달라고 하고 있을 때 군의 하나가 리날디를 데리고 들어왔다. 그는 재빨리 들어오더니 침대 위로 몸을 구부리고는 나에게 키스를 했다. 그는 장갑을 끼고 있었다.

"어때, 도련님, 좀 나은가? 이걸 가지고 왔지."

코냑 병이었다. 위생병이 갖다놓은 의자에 그는 앉았다.

"그리고 좋은 소식 하나. 자네 훈장을 타게 될걸세. 은(銀) 훈장밖에 못 탈거야."

"뭘 했길래?"

"중상을 입었으니까. 자네가 영웅적 행위를 했다고 증명할 수 있다면은 훈장을 탈 수 있다는 걸세. 그렇지 못하면 동 훈장이고. 당시의 얘기를 자세히 해보게. 어떤 영웅적인 행동을 했나?"

"아니. 다들 치즈를 먹고 있을 때 폭탄이 터져서 나만 날려버렸을 뿐야."

"농담이 아냐. 부상을 입기 전후에 무슨 영웅적인 행위를 했을 것 아냐. 잘 생각해봐."

"아무 일도 없었어."

"누구를 업어다 주진 않았나? 고르디니 얘기는 자네가 대여섯 명의 부상병을 업어날랐다는데, 제일 응급소의 소령은 그건 불가능하다고 그런단 말이야. 그 소령이 전공(戰功) 보고서에 서명하게 되어 있어."

"나르긴 누굴 날라, 꼼짝도 못하고 있었는데."

그는 장갑을 벗었다.

"자네에게 훈장을 타게 해줄 수 있을 것 같아. 자넨 다른 부상병보다 먼저 치료받기를 거부했다지?"

"그렇게 딱 거절한 것도 아니야."

"그런 건 아무래도 괜찮아. 현재 자넨 중상을 입고 있지 않나? 늘 전방을 지원하던 용감한 행위를 고려해야 해. 게다가 작전도 성공했겠다."

"강은 잘 건넜나?"

"대성공. 약 천 명의 포로. 회보(會報)에 나와 있어. 못 봤나, 자넨?"

"못 봤어."

"다음에 올 때 갖다줌세. 성공적인 기습이었지."

"모두들 어떤가?"

"굉장하지. 모두 사기 충천이야. 모두들 자네를 자랑하고 있어. 부상시의 상황을 그대로 얘기해봐. 꼭 은 훈장을 탈거야. 자, 얘기해 보라구. 자세히 얘기해봐." 그는 말을 끊고 잠시 생각하는 듯하였다. "어쩌면 영국 훈장도 타게 될지 모를걸. 거기 영국군이 한 명 있었으니까. 그렇지, 그 친굴 만나서 자넬 추천해 줄는지 어디 좀 물어봐야겠어. 그 친구도 뭘 좀 해줄 수 있을거야. 몹시 아픈가? 한 잔 들게. 위생병, 병마개 뽑는 거 좀 가져와.

그렇지, 내가 소장(小腸)을 3미터나 잘라내는 수술을 해낸 솜씨를 보여줘야 할텐데. 이젠 전보다도 훨씬 기술이 늘었네. 이건 〈란셋〉(영국의 주간 의학 잡지) 지에 실릴 만하네. 자네가 번역만 해준다면 〈란셋〉지에 기고할 생각이야. 나날이 난 기술이 늘어간다네. 불쌍한 친구야, 몸은 어때? 그런데 그 병마개 뽑는 게 어디 갔기에 빨리 못 가져오지? 자네가 너무도 조용히 있기 때문에 난 자네가 괴로워하고 있다는 걸 깜빡 잊어버리고 있었어."

그는 장갑으로 침대 가장자리를 찰싹 때렸다.

"병마개 뽑기 가져왔습니다, 중위님."

하고 위생병이 말했다.

"마갤 빼, 컵도 가지고 오구. 자, 한 잔. 불쌍하게도, 머린 어때? 자네 서류를 봤지. 골절은 전혀 없어. 그 제일 응급소의 소령은 돼지 백정이야. 내가 자넬 맡았더라면 조금도 아프게 하지 않았을 걸. 난 어떤 환자라도 아프게 하진 않아. 수술하는 요령을 익혔거든. 매일 어떻게 하면 좀더 쉽고 솜씨있게 수술을 할 수 있는가를 배우고 있단 말일세. 혼자 너무 지껄여대고 있지만 용서해 주지 않으면 안 되네 중상을 입고 있는 자네를 보고 나는 아주 흥분해서 그만. 자, 마셔. 맛좋아. 15리라나 준 거야. 맛좋을 수밖에. 파이브 스타(술의 이름)일세. 가는 길에나 영국 군인을 만나봐야지. 자네가 영국 훈장을 타도록 힘써 줄거야."

"주긴 뭘 줘. 그런 건 영국 사람에게도 그리 흔히 주는 게 아냐."

"왜 이리 겸손해, 자넨. 연락 장교를 보내 봐야지. 그치들은 영어를 할 줄 아니까."

"버클리 양을 만났나?"

"여기 데려다 줌세. 곧 가서 데려오지."

"그만두게. 고리지아 얘기라도 해주게. 여자들은 어떤가?"

"계집다운 건 없어. 벌써 2주일 동안이나 여자 교체가 없거든. 난 거긴 절대로 안 가. 체면 문제거든. 계집이란 건 없어. 모두 낯익은 전우지."

"전혀 안 가나?"

"새로 온 여자가 있나 가볼 뿐이지. 잠깐 들러보는 정도야. 그것들 모두 자네 얘기만 묻던데 그래. 너무 오래 있어서 이젠 우리와 친구가 돼버렸으니 이건 좀 민망스런 노릇이야."

"여자들도 이 이상 전선으로 오고 싶어하지 않는 모양이지."

"물론 오고 싶어야 하지. 군엔 흔한 게 여잔데. 다만 운영 방법이 서툴 뿐이야. 후방 참호 속에 틀어박혀 있는 녀석들의 위안거리로 잡아두고 있으니까 그래."

"그거 안 됐는데, 리날디 님. 혼자 쓸쓸히 전선에 나와 있는데, 새 여자 하나 차례가 안 오다니."

리날디는 코냑을 한 잔 따라 마셨다.

"별로 몸에 나쁘진 않을 걸세, 마시게."

나는 코냑을 마셨다. 뜨거운 것이 후끈 뱃속으로 내려갔다. 리날디는 또 한 잔 따랐다. 그는 좀 조용해진 것 같았다. 그는 잔을 높이 들었다.

"자네의 용감한 부상을 위해, 자네 은 훈장을 위해 건배! 이렇게 더운데 밤낮 누워만 있으면 답답하지 않은가?"

"때로는."

"나라면 죽어도 이런 짓은 못할 것 같네. 미치고 말 거야."

"지금은 미치지 않은 줄 아나?"

"자네가 어서 돌아와 주었으면 좋겠어. 밤중에 연애를 끝내고 돌아오는 녀석도 없고 놀려 줄 상대도 없단 말야. 돈을 꿔주는 친구도 없고. 친형제 같은 동거인이 있어야지. 왜 자넨 부상을 당했단 말인가?"

"군목을 놀릴 수 있지 않나?"

"그 군목 말이야. 그 군목 놀리는 게 난가, 대위지. 난 그 군목을 좋아해. 군목이 필요하다면 그 군목을 부르게. 자넬 만나러 올 걸세. 굉장히 준비하고 있던데 그래."

"나도 그가 좋아."

"응, 나도 그건 알지. 때로 가끔 자네와 군목이 그거 아닐까 하고 생각할 때도 있어. 어때 틀리나?"

"거 쓸데없는 소리."

"아냐, 가끔 그렇게 생각할 때가 있어. 안코나 여단의 제 1 연대 녀석들처럼 다소 그것다운 데가 있어."

"뭐라고, 이 망할 친구."

그는 일어서서 장갑을 끼었다.

"아, 난 자넬 놀려대는 게 재미나 죽겠어. 자네에겐 군목도 있고, 또 영국 여자도 있어. 하지만 정말은 자네 심중도 나와 마찬가지야."

"아냐, 그렇지 않아."

"아냐, 우리들은 마찬가지야. 자네는 진짜 이탈리아 사람이야. 불이랑 연기는 연방 올리고 있지만 속은 텅 비었어. 자네는 미국 사람인 척하고 있을 뿐야. 우리들은 형제야, 서로 사랑하고 있단 말야."

"내가 없는 동안 점잖게 하고 있으라고."

"버클리 양을 보내주지. 나보다는 그 여자와 함께 있는 게 좋겠지. 그편이 더 순결하고 달콤할 테니까."

"고약한 친구 같으니."

"그 여잘 보내주지. 자네의 아름답고 냉정한 영국의 여신을. 그런 여자라면 떠받들고 있을 수밖에 무슨 딴 짓을 하겠나? 대체 영국 여잔 그밖에 무슨 소용이 있나?"

"자네는 무식하고 입이 험한 데이고우(이탈리아인의 비칭)야."

"입이 험한 뭐라고?"

"무식한 워프 공(이탈리아의 꽁생원이란 뜻)이란 말이야."

"내가 워프 공이라고. 그렇다면 자넨 냉혈한 워프야."

"자넨 무식하고 바보야." 이 말이 그의 가슴을 따끔하게 한 것을 눈치채고 나는 다시 말을 이었다. "무식하고 풋내기고, 풋내기니까 바보야."

"정말인가? 그렇다면 나도 할 말이 있네. 자네의 선량한 여자에 관해서 한 마디 하지, 자네의 그 여신인 아가씨에 대해. 얌전한 처녀를 다치는 것과 거리의 여자와 관계하는 것과 다른 점은 꼭 하나밖에 없어. 처녀를 상대로 할 때는 귀찮은 일이 따른다, 그뿐일세." 그는 장갑으로 침대를 때리며 "그리고 처녀 측에서도 정말 그걸 좋아하는지 어떤지, 이건 자넨 분명 몰라." 하고 말했다.

"자네 화났나?"

"천만에, 화는 왜. 다만 자네 생각을 해서 가르쳐주는 거야. 자네에게 귀찮은 일이 생길까봐 그러는 거야."

"차이란 그것뿐인가?"

"그렇지. 하나 몇 백만이나 되는 자네 같은 바보들은 그것을 모르고 있지."

"그런 걸 얘기해주다니 기특하이."

"입씨름은 그만두세. 난 자네를 너무 좋아하니 말일세. 하지만 바보짓은 말게, 제발."

"알았네. 나도 자네 같은 꾀보가 되려네."

"화내지 말게, 이 친구야. 웃어봐. 자, 한 잔 더 마셔. 이젠 정말 가야겠네."

"자넨 고마운 친구야."

"이제 겨우 알았구먼. 한 꺼풀 벗기고 보면 나나 자네나 다 같다니까. 우린 전우 아닌가. 작별 인사로 키스해 주게."

"이런 친구 봤나."

"아니. 내가 자네보다 인정이 깊을 뿐이지." 그의 숨결이 가까이 온 것을 느꼈다. "잘 있게, 또 옴세." 그의 숨결이 멀어져 갔다. "자네가 싫다면 키스는 그만두지. 자네의 영국 여잘 보내주지. 잘 있게. 코냑은 침대 밑에 있어. 어서 빨리 완쾌하게."

그는 가버렸다.

11

군목이 온 것은 해질 무렵이었다. 수프가 저녁식사로 나왔고 그 그릇이 치워지자 나는 드러누운 채 나란히 늘어선 침대를 바라보다가 석양 미풍에 가볍게 떨고 있는 창 밖의 나무 끝을 바라보고 있었다. 미풍이 창으로부터 불어 들어왔고 해가 저물어감에 따라 점점 서늘해 갔다. 파리 떼는 이제 천장과 전선에 매달린 전구에 달라붙어 있었다. 전등이 켜지는 것은 밤에 환자가 안으로 운반돼 들어올 때와 무슨 일을 할 때뿐이었다. 황혼이 지자 어두워졌고 그 어둠 속에 가만히 누워 있노라니 마치 소년 시절로 돌아간 것만 같았다. 이른 저녁 식사를 마치고 잠자리 속에 눕혀진 느낌이 들었다. 그때 위생병이 침대 사이로 걸어와서 내 침대 옆에서 멈췄다. 동행이 있었다. 군목이었다. 그는 조그만 갈색 얼굴에 어쩔 줄을 몰라하는 표정을 띠고 거기 서 있었다.

"어떠십니까?"

이렇게 물으며 그는 꾸러미에 산 것을 마룻바닥에 내려놓았다.

"괜찮습니다, 군목님."

그는 아까 리날디가 앉았던 의자에 앉아서 어리둥절한 채 밖을 내다보았다. 안색이 좋지 못한 것이 퍽 피곤해 보였다.

"잠깐밖에 있을 수 없겠습니다. 너무 늦었으니까요."

"늦긴요. 식당에선 여전합니까?"

그는 웃었다.

"나는 아직도 놀림감이지요." 말소리까지도 피곤하게 들렸다. "덕택으로 모두들 잘 있습니다." 다시 그는 물었다. "괜찮으시다니 다행입니다. 아프진 않나요?" 그는 여간 피곤해 보이지 않았다. 이렇게 피곤한 그를 여태껏 본 일이 없었다.

"아무렇지도 않습니다, 이젠."

“식당에서 뵐 수 없어 섭섭합니다.”

“나도 가고 싶군요. 우리들 얘긴 언제나 재미있었지요.”

“뭘 좀 가져온 게 있습니다.” 그는 꾸러미에 싼 것을 집어들었다. “이것은 모기장이고, 이것은 백포도줍니다. 백포도주 좋아하시죠? 이것은 영국 신문들입니다.”

“좀 풀어주세요.”

그는 기쁜 듯이 그것들을 끌렀다. 나는 모기장을 손에 집어들었다. 그는 백포도주 병을 쳐들어 나에게 보인 다음 침대 옆 마룻바닥에 놓았다. 나는 영국 신문 뭉치를 하나 집어 들었다. 창으로부터 새어들어오는 흐릿한 광선으로 표제를 읽을 수 있었다. 그것은 〈세계의 뉴스〉였다.

“다른 건 삽화가 든 겁니다.”

“이런 걸 읽을 수 있다니 참 고마워요. 어디서 구하셨습니까?”

“메스트레로 주문했죠. 이제 또 올거예요.”

“참 잘 와주셨습니다, 군목님. 백포도주 한 잔 하실까요?”

“고맙습니다. 둬 두세요. 당신을 위해서 사온 거니까.”

“아뇨, 한 잔만 드세요.”

“그러죠. 다음에 또 가지고 오죠.”

위생병이 컵을 가지고 와서 병마개를 뽑았다. 코르크의 병마개를 부수고 말았으므로 그 끝을 병 속에다 틀어넣지 않을 수 없었다. 군목은 퍽 실망한 빛이었다. 다만 “괜찮습니다, 할 수 없죠.”라고 말했을 뿐이었다.

“우선 군목님의 건강을 위해.”

“당신의 건강이 회복되길 바라며.”

다 마신 뒤에도 그는 빈 잔을 그대로 손에 쥐고 있었다. 우리들은 서로 시선이 마주쳤다. 우리들은 때로는 잘 지껄이는 좋은 친구였지만 오늘 밤만큼은 그것이 어려웠다.

“웬일입니까, 군목님, 퍽 피곤하신 것 같은데.”

“피곤하긴 하지만, 피곤할 이유가 없습니다.”

"더위 때문인가 보죠?"

"아뇨, 아직 봄인데요. 어쩐지 맥이 없어요."

"전쟁 혐오증이군요."

"그렇진 않습니다. 하지만 난 전쟁을 미워합니다."

"나도 전쟁을 좋아하진 않습니다."

나도 그 말에 동의했다. 그는 고개를 저어 보이며 창 밖을 내다보았다.

"당신은 전쟁에 관심을 두고 있진 않습니다. 전쟁을 모릅니다. 용서하십쇼, 이런 말을 해서. 부상당하고 계신 건 잘 알고 있지만."

"다치려고 해서 다쳤나요, 우연이었죠."

"부상을 당했다 해도 역시 당신은 전쟁을 모릅니다. 정말입니다. 저 자신도 알진 못하지만, 약간은 느낄 수가 있습니다."

"내가 부상을 당했을 때에도 우리들은 모두들 전쟁 얘길 하고 있었어요. 파시니가 열을 내며 이야기했죠."

군목은 컵을 내려놓았다. 그는 다른 무엇을 생각하고 있었다.

"나도 병사들 기분은 압니다. 나도 그 사람들과 뭐 다른게 있겠어요?"

"그래도 역시 군목님은 그들과는 다르지요."

"아니, 다를 게 없습니다."

"장교들이야말로 아무것도 모르지요."

"아는 사람도 있죠. 개중에는 퍽 섬세한 분도 있어 누구보다도 비참한 기분을 느끼지요."

"그러나 대부분은 그렇지 않아요."

"교육과 돈 탓이 아닙니다. 그 외의 무엇입니다. 교육과 돈이 있다고 해도 파시니 같은 사람은 장교가 되기를 원하지 않을 겁니다. 나도 장교는 되고 싶지 않아요."

"군목님은 장교 대우 아닙니까. 나도 장교이고."

"나야 진짜 장교가 아니죠. 당신은 이탈리아 사람이 아니고 외국인이니까. 그러나 당신은 병사들과 가깝기보다는 장교 편에 가깝죠."

"어떻게 다른가요?"

"한 마디로 말할 순 없군요. 전쟁을 일으키고 싶어하는 사람들이 있습니다. 이 나라에도 그런 사람들이 많지요. 반면에 전쟁을 일으키고 싶어하지 않는 사람도 있습니다."

"즉 전자들이 모든 사람에게 전쟁을 시키고 있단 말이죠?"

"그렇습니다."

"그리고 나는 그런 사람들을 돕고 있고."

"당신은 외국인이죠. 애국자입니다."

"그러면 전쟁을 일으키고 싶어하지 않는 사람들은 어떻습니까? 그들이 전쟁을 그만두게 할 수 있습니까?"

"모를 일이지요."

그는 다시 창 밖을 내다보았다. 나는 그의 얼굴을 지켜보았다.

"대관절 그들이 이제까지 전쟁을 막았던 일이 있습니까?"

"그들은 무엇이건 방지할 수 있게끔 조직되어 있지 않지요. 조직되면 지도자들이 팔아버립니다."

"그렇다면 희망이 없는 셈이게요?"

"전혀 희망이 없는 것도 아니죠. 그러나 나에게도 가끔 희망을 가질 수 있을 때가 있습니다. 늘 희망을 가지려고 노력하고 있습니다만, 때론 안 될 때가 있습니다."

"그 사이 그럭저럭 전쟁이 끝날지도 모르지요."

"그러길 바랍니다."

"그렇게 되면 군목님은 뭘 하시겠습니까?"

그의 갈색 얼굴에 갑자기 활기가 돌았다.

"군목님은 아브루치를 사랑하시는군요."

"네, 퍽 사랑합니다."

"그렇다면 그리로 가야 합니다."

"그렇게 되면 더할나위없이 행복하겠어요. 거기서 살며 하느님을 사랑하고 하느님에게 봉사할 수가 있다면."

"그리고 세상 사람들의 존경도 받고 말이지요."

내가 덧붙였다.

"그렇습니다. 모든 사람의 존경을 받을 수 있다면 마땅히 그렇게 돼야죠."

"물론이죠, 존경을 받아야 하고말고요."

"그건 뭐 아무래도 상관 없습니다. 그러나 저희 고향에선 사람은 으레 하느님을 사랑하는 것으로 되어 있습니다. 이건 하찮은 농담이 아닙니다."

"알겠습니다."

그는 내 얼굴을 쳐다보며 미소지었다.

"당신은 알곤 있으면서 하느님을 사랑하지 않습니다."

"그렇습니다."

"전혀 하느님을 사랑하지 않습니까?"

"가끔 밤이면 하느님이 두려울 때가 있습니다."

"하느님을 사랑하지 않으면 안 됩니다."

"나는 뭐든 몹시 사랑하는 성품이 아니랍니다."

"아니, 사랑해 보세요. 밤에 가끔 나에게 하던 얘기, 그건 사랑이 아닙니다. 그것은 정열과 육욕에 지나지 않습니다. 사랑을 하면 그것을 위해서 무언지 하고 싶어하죠. 희생을 하고 싶어집니다. 봉사도 하고 싶어지고요."

"나는 사랑을 못합니다."

"사랑하게 됩니다. 그렇게 될 걸 알고 있습니다. 그때는 당신도 행복해질 겁니다."

"나는 행복합니다. 이제까지도 늘 행복했고요."

"그것과는 다른 행복입니다. 이것은 가져보지 않고는 모르는 행복입니다."

"아, 그렇다면 그것을 가지게 되면 알려 드리죠."

"너무 오랫동안 지껄였습니다."

그는 정말로 그것이 마음에 걸렸던 모양이다.

"아니, 좀더 있다 가세요. 그렇다면 여잘 사랑하는 건 어떻습니까? 만일 내가 진심으로 어떤 여잘 사랑한다고 하면 역시 그것과 똑같은 행복을 얻을 수 있을까요?"

"그건 난 모르겠습니다. 난 여잘 사랑해 본 적이 없으니까요."

"어머니는요?"

"어머니라면 사랑했지요."

"군목님은 늘 하느님을 사랑하셨습니까?"

"아주 조그마한 어린애 때부터 내리."

"그래요." 이렇게 한 마디 해놓고 나는 뭐라고 해야 좋을지 몰랐다. "군목님은 아직도 훌륭한 젊은이입니다."

"난 젊은이입니다. 그런데도 당신은 나를 군목님이라고 부르지요."

"그건 예의지요."

그는 웃었다.

"정말 가야겠습니다." 이렇게 한 마디 한 다음 그는 "무슨 부탁할거 없습니까?" 하고 물었다.

정말 그는 무슨 부탁이라도 받았으면 좋겠다는 표정이었다.

"아뇨, 다만 얘기하고 싶을 뿐입니다."

"식당 친구들에게 안부 전해드리지요."

"훌륭한 선물을 많이 갖다 주셔서 감사합니다."

"천만에요."

"또 와주세요."

"오고말고요. 자아, 그럼 안녕히."

그는 가볍게 내 손을 두드렸다.

"그럼 또."

나는 이탈리아 사투리로 말했다.

“그럼 또.” 그도 내 말을 흉내냈다.

병실 안은 컴컴하였고 침대 발치에 앉아 있던 위생병이 일어서서 군목과 나갔다. 나는 그가 퍽 좋았다. 그래서 그가 아브루치로 돌아가 살게 됐으면 하고 바랐다. 그는 식당에서는 여전히 놀림감이 되어 있었지만, 요행히도 그것을 견디어 나갔다. 나는 그가 고향에 돌아가면 어떤 생활을 할 것인가 생각해 보았다. 그의 말에 의하면 카프라코타에는 마을 아래로 흐르고 있는 개울에 송어가 있다는 것이다. 밤에 피리를 부는 것은 금지되어 있다고 했다. 젊은 남자가 애인의 창 밑에서 세레나데를 부를 때에도 피리를 부는 것만은 금지되어 있다는 것이다. 왜 그러느냐고 물었더니 젊은 처녀가 밤에 피리 소리를 듣는 것은 좋지 못하기 때문이라고 했다. 그곳 농부들은 모두가 우리를 ‘나으리’라고 부르며 길가에서 만날 때에는 모자를 벗는다고 했다. 그의 부친은 매일같이 사냥을 나가서는 농가에서 식사를 했으며, 농부들은 그걸 영광으로 생각한다고 했다. 외국 사람이 사냥을 오면 아직까지 한 번도 죄를 저지른 일이 없다는 증명서를 제출해야 한다고도 했다. 그란 사쏘 이탈리아에는 곰이 있지만 거기까지는 너무 멀다고 했다. 아퀼라는 아름다운 마을이라고도 했다. 여름밤은 시원하고 아브루치의 봄은 이탈리아에서도 가장 아름답다는 것이다. 그러나 즐거운 것은 밤나무 숲으로 사냥갈 수 있는 가을. 새들은 포도를 따먹기 때문에 모두가 한결같이 고기 맛이 있다고 했다. 도시락 같은 건 전연 가지고 갈 필요가 없다는 것이다. 왜냐하면 농부들은 자기 집에서 같이 식사해 주는 것을 언제나 영광으로 생각하기 때문이다. 그는 이런 이야기를 들려주었다. 잠시 후에 나는 잠이 들었다.

12

기다란 병실엔 오른쪽에 창문들이 나 있고 저쪽 막바지에는 치료실로 통하는 문이 있었다. 내 쪽 침대의 열(列)은 창에 면해 있었고, 또 한 줄은 창 아래 벽에 면해 있었다. 그래서 왼편으로 돌아누우면 그 치료실의 문이 보였다. 저쪽 막바지에는 또 하나 문이 있어 가끔 그 문으로 사람들이 들어왔다. 임종이 가까운 환자가 생기면 그 침대 주위에 휘장을 쳐서 보이지 않도록 하기 때문에 군의와 위생병의 구두와 각반만이 휘장 아래로 보였다. 임종 때에는 뭐라고 속삭이는 소리가 들릴 때도 있었다. 얼마 후 군목이 휘장 뒤에서 나오면 그와 교대로 위생병이 휘장 뒤로 들어가서 담요를 덮은 시체를 들고 나와 침대 사이의 통로로 운반해 간다. 다음 누군가가 휘장을 걷어가지고 간다.

그날 아침 병동 주임인 소령이 나에게 내일 여행할 수 있겠느냐고 물었다. 할 수 있다고 나는 대답했다. 그랬더니 그는 그럼 내일 아침 일찍 나를 후송하겠다고 했다. 너무 더워지기 전에 출발하는 것이 좋을 것이라고 말했다.

침대에서 업혀 치료실로 운반되어 갈 때면 창 밖을 내다볼 수 있었다. 마당에 새로 만들어진 무덤이 눈에 띄었다. 한 병사가 마당으로 열린 문 밖에 앉아서 십자가를 만들어서 거기다가 마당에 묻힌 병사의 성명과 계급, 소속 연대 따위를 페인트로 써넣고 있었다. 그도 역시 병실 내의 시중을 드는 병사로 한가한 틈을 이용해서 오스트리아 군의 소총 탄피로 라이터를 만들어 내게 선사한 일도 있었다. 군의관들은 모두가 친절했고 퍽 유능한 사람들인 것 같았다. 그들은 나를 밀라노로 보내고 싶어했다. 밀라노에는 좀더 훌륭한 X 레이 설비도 있고, 또 수술을 받은 뒤에 기계 치료를 받을 수도 있다는 것이다. 나도 밀라노라면 가고 싶었다. 병원에서는 우리들을 모두 될 수 있으면 후방으로 보내고 싶어했다. 공격이 시작되면 침대가 전부 필요하게 되기 때문이다.

야전 병원을 떠나기 전날 밤, 리날디가 우리들의 식당 친구인 소령과 함께 찾아왔다. 그들은 내가 밀라노에 신설된 미군 병원으로 이송될 것이라고 이야기했다. 미군의 위생대와 약간의 부대가 이 병원에 파견될 예정이었고 그들 위생대원은 이탈리아에서 군무에 종사하고 있는 그밖의 미국 사람들을 위해서도 사용될 작정이었다. 적십자에는 많은 미국인들이 있었다. 미국은 독일에는 선전 포고를 했지만, 오스트리아에 대해서는 아직 하지 않았다.

미국은 오스트리아에 대해서도 선전 포고를 할 것이라고 이탈리아 사람은 확신하고 있었으며 그래서 파견되어 오는 미국인에 대해서는 설사 적십자 요원들이라도 환영을 했다. 그들은 윌슨 대통령이 오스트리아에 대해서도 선전 포고를 할 것이냐고 나에게 물었다. 그것은 시간 문제라고 대답했다. 우리들 미국 사람이 오스트리아에 대해서 무슨 감정이 있는지 나는 모르지만, 독일에 대해 선전 포고를 했다면 의당 오스트리아에 대해서도 선전 포고를 하는 것이 당연하지 않겠는가. 그렇다면 터키에 대해서도 선전 포고를 할 것이냐고 그들은 물었다. 그건 의문이라고 대답했다. 터키(칠면조)는 우리 미국 국민이 좋아하는 새이기 때문이라고 했더니 이 농담을 잘못 알아듣고 매우 어리둥절한 눈치였기에 난 어쩌면 터키에 대해서도 선전 포고를 할 것이라고 말해 줬다. 그렇담 불가리아에 대해서는?

우리들은 이미 브랜디를 대여섯 잔 마신 뒤였다. 나는, 단연코 미국은 불가리아에 대해서도 일본에 대해서도 그럴 것이라고 말했다. 그랬더니 그들은 일본은 영국의 동맹국인데 곤란하지 않겠느냐고 했다. 영국을 누가 믿을 수 있어. 일본은 하와이를 탐낸다고 나는 말했다. 하와이란 대관절 어디 있는 거야? 태평양에 있지. 왜 일본은 그것을 탐내지? 일본이 정말로 탐낸다는 건 아냐. 그저 그렇다는 얘기지. 일본인은 춤과 약한 술을 좋아하는 키작은 국민이지. 프랑스인 같군, 하고 소령이 말했다.

우리들은 프랑스로부터 니스와 사브와를 빼앗는다. 그리고 코르시카와 아드리아 바다의 전 연안을 점령한다고 리날디가 말했다. 이탈리아는 이제 다시 로마 시대의 영화로 돌아간다고 소령이 한술 더 떴다. 나는 로마를 좋아하지 않는다고 반박했다. 더운데다 온통 벼룩투성이야. 뭣이 어째, 로마가 싫다고, 자넨? 천만에, 난 로마가 제일 좋아. 로마는 모든 나라의 어머니야. 나는 티베르 강물을 먹여 기른 로물루소를 잊을 수는 없어. 뭐라고? 아냐, 아무것도 아냐. 모두들 로마로 가세, 오늘 밤에 로마로 가서 돌아오지 않기로 하세, 로마는 아름다운 도시야, 하고 소령이 열을 올렸다. 모든 국가의 어머니인 동시에 아버지야, 하고 이번에는 내가 한 마디 덧붙였다. 로마는 여성이야, 하고 리날디가 말했다. 그러니까 아버지는 될 수 없지. 그렇다면 아버지는 누구야, 성령(聖靈)인가? 신을 모독하지 말게. 모독이 아니야, 다만 사실을 알려고 할 뿐이야. 자네 취했네, 도련님. 취하게 한 장본인은 누구야? 내가 취하게 했지, 하고 소령이 나섰다. 왜냐하면 난 자네가 좋으니까. 내가 취하게 했지. 게다가 미국이 참전해 주었으니까 말일세. 실컷 마셔 취해 볼테야, 하고 내가 큰소리 쳤다. 자네는 내일 아침 떠나는 거야, 도련님, 하고 리날디가 한 마디 거들었다. 응, 로마로, 하고 내가 말했다. 아냐, 밀라노야. 밀라노로? 소령이 말하였다. 수정궁으로, 코바로, 캄파리로, 비피로, 갈레리아로. 운 좋은 친구야. 그랑 이탈리아에도 가야지, 거기서 조지한테 돈을 꾸어야지, 하고 내가 말했다. 스칼라 극장에도, 리날디가 말했다. 스칼라에도 갈테야. 매일 밤 가야지, 하고 내가 말했다. 무슨 돈으로 매일 밤이야, 하고 소령이 말했다.

입장권이 굉장히 비싸지. 뭘, 할아버지 명의로 일람불(一覽拂) 환어음을 떼지, 하고 내가 말했다. 일람 뭐라고? 일람불 환어음 말이야. 할아버지가 갚아 줄 테지, 그렇지 않으면 감옥 행이고. 은행에 있는 커닝엄 씨가 해주겠지. 나는 일람불 환어음으로 먹고 사니까. 이탈리아를 구하려다가 이제 죽음에 처해 있는 애국자 손자를 할아버지가 감옥으로 보내지야 않겠지. 미국의 가리발디(이탈리아 애국자) 만세! 하고 리날디가 외쳤다. 일람불 환어음 만세! 내가 응했다. 조용히 하지 않으면 안 돼 하고 소령이 주의시켰다. 조용히 해 달라고 몇 번이나 주의를 받고 있으니까. 정말 내일 떠날 작정인가, 페데리코? 글쎄 미군 병원으로 간다니까요. 리날디가 말했다. 예쁜 미국인 간호원들이 있는 곳으로. 야전 병원의 수염을 기른 위생병이 아니랍니다. 그래 알겠어, 미군 병원으로 간댔어. 소령이 말했다. 수염 같은 건 상관없습니다. 하고 내가 말했다. 누구든지 수염을 기르고 싶거든 마음대로 기르라지. 근데 소령님은 왜 수염을 기르지 않습니까? 방독면이 들어가지 않기 때문이야. 아뇨, 들어갑니다. 방독 마스크 속엔 아무거나 다 들어갑니다. 나는 방독 마스크 속에서 토한 적도 있는걸. 제발 큰소리를 지르지 말아요, 도련님, 하고 리날디가 핀잔을 했다. 자네가 전선에 있었다는건 우리들이 모두 알고 있으니까. 아아, 그런데 자네가 가버리면 난 어떡하지? 가야겠네, 이젠, 하고 소령이 말했다. 여기 있으면 자꾸만 감상적이 되어서 안 되겠어. 어이, 듣게, 자넬 깜짝 놀라게 할 것이 하나 있네. 자네 그 영국 여자 말이야. 그 여자도 밀라노로 간대. 자네가 매일 밤 병원으로 만나러 가던 그 영국 여자 말이야. 다른 간호원 하나하고 같이 미군 병원으로 전근이라네. 밀라노에는 미국에서 아직 간호원이 안 와 있다는 거야. 오늘 그녀들이 간호장을 만나서 얘길 들었지. 전선에 여자가 너무 많대나, 그래 일부는 후방으로 돌려보낸다는군. 어때, 반갑지? 그렇지, 응? 자네는 이제부터 큰 도시로 가고, 게다가 그 영국 여자는 자네를 껴안아 줄 테고. 난 왜 부상도 안 당할까? 부상당할는지 어떻게 아나, 하고 내가 말했다. 자아 이젠 가야 하네, 하고 소령이 말했다. 술을 마시고, 떠들어대고, 페데리코에게 너무 폐가 많았군. 천만에요. 가지 말아요. 안 돼, 이젠 가야 해. 안녕, 안녕. 무사하기를 비네. 재미 많이 보게. 그럼 또, 안녕. 빨리 돌아오게. 리날디가 나에게 키스를 했다. 자넨 소독약 냄새가 나는군. 안녕, 도련님. 안녕, 재미 많이 보게. 소령이 내 어깨를 가볍게 두드렸다. 그들은 발끝으로 조용히 걸어나갔다. 나는 완전히 취해버린 것을 알았지만 그대로 잠이 들어버렸다.

다음날 아침 우리들은 밀라노를 향해 떠나 48시간 만에 도착했다. 지독한 여행이었다. 열차가 메스트레에 이르기도 전에 전방 대피선에서 오랫동안 기다리지 않으면 안 되었다. 아이들이 몰려와서 차 안을 기웃거렸다. 한 자그마한 사내아이에게 코냑을 한 병 사다 달라고 시켰으나 꼬마는 한참 만에 돌아와 그래파밖에는 구할 수가 없다고 했다. 그럼 그거라도 사오라고 다시 보냈다. 술을 가지고 오자 거스름돈을 그애에게 심부름값으로 주고 나는 옆에 누운 친구하고 그것을 나눠 마셨는데, 취해서 빈센자를 지날 때까지 잠이 들어버렸다. 눈을 뜨자 나는 마룻바닥에 몹시 토했다. 그러나 대단치는 않았다. 옆의 친구는 벌써 몇 번이나 마룻바닥 위에 토하고 있었기 때문이다. 그후 어찌나 목이 타는지 베로나 교외의 정거장에서 차창 밖을 왔다갔다하고 있는 병사를 불러 물을 청했더니 갖다주었다. 술을 같이 먹고 정신없이 취한 조르제티를 깨워 물을 권했다. 그는 어깨에 부어달라고 한 마디 하고는 또 다시 잠이 들었다. 물을 떠다 준 그 군인은 고맙다고 하며 내가 준 수고값은 받으려고 하지 않고 되려 물이 많은 오렌지 하나를 갖다 주었다. 나는 한 입 깨물어 달콤한 물을 쭉쭉 빨아마시곤 속살을 뱉어버렸다. 그러면서 저쪽 화차 옆을 오가고 있는 그 병사를 바라보았다. 잠시 후에 열차는 덜컹하고 한 번 크게 움직이더니 떠나기 시작했다.

제 2 부

13

이른 아침 열차는 밀라노에 도착해서 우리들을 화물차 플랫폼에 내려놓았다. 한 대의 앰뷸런스가 나를 미군 병원으로 옮겨 갔다. 들것에 실린 채 앰뷸런스를 타고 있었으므로 어느 거리를 달리고 있는지 알 수 없었지만, 들것이 내려지자 시장이 있고 열어놓은 술집 앞을 젊은 여자가 소제를 하고 있는 것이 보였다. 사람들이 거리에 물을 뿌리고 있었고 거리에선 이른 아침의 냄새가 풍겼다. 그들은 들것을 내려놓고 안으로 들어갔다. 포터가 그들과 함께 나왔다. 그는 반백의 입수염을 기르고 있었는데 포터 제모에 셔츠 소매를 걷고 있었다. 들것이 아무리 해도 엘리베이터 안에 들어가지 않았으므로 그들은 나를 들것에서 내려서 엘리베이터에 올라갈 것인지, 혹은 들것에 태운 채 계단을 올라갈 것인가를 의논했다. 나는 그들이 의논하고 있는 것을 들었다. 이내 그들은 엘리베이터로 결정했다. 그들은 나를 들것에서 안아 일으켰다.

"살살 해주게." 내가 말했다. "조심해 줘."

엘리베이터 안은 우리들만으로 꽉 차버려 나는 다리가 구부러져 아파서 견딜 수가 없었다.

"다리를 좀 펴 주게." 하고 내가 말했다.

"안 됩니다, 중위님. 좁아서요."

이렇게 말한 병사가 나를 안고 있었고, 나는 두 팔로 그의 목에 매달렸다. 그의 입김에서 마늘과 붉은 포도주의 금속성 냄새가 났다.

"가만히 계세요." 다른 사나이가 말했다.

"뭐라고, 가만히 있지 않고 그럼 누가 어쨌나!"

"가만히 있으란 말입니다."

다리를 붙잡고 있는 병사가 되풀이 말했다.

엘리베이터 문이 닫히고 또 철창문이 닫힌 다음, 포터가 4층 단추를 눌렀다. 포터는 걱정스러운 표정이었다.

엘리베이터는 천천히 올라갔다.

"무거운가?"

나는 마늘 냄새가 나는 병사에게 물었다.

"괜찮습니다."

얼굴에서 땀을 흘리며 그는 몹시 힘들어 하였다.

"엘리베이터는 천천히 올라가서 멈췄다. 다리를 붙잡고 있는 병사가 문 밖으로 나갔다. 발코니였다. 놋쇠 손잡이가 달린 문이 대여섯 개 있었다. 다리를 붙잡고 있는 병사가 초인종을 눌렀다. 문 안쪽에서 벨 울리는 소리가 났다. 아무도 나오지 않았다. 포터가 계단으로 올라갔다.

"병원 사람들은 어디 있어요?"

위생병이 물었다.

"모르겠는데요. 늘 아래층에서 자니까."

"누굴 좀 불러 줘요."

포터는 벨을 누르고 문을 두드리고 하다가 문을 열고 안으로 들어갔다. 그는 곧 안경을 쓴 중년 부인을 데리고 나왔다. 머리가 풀어져서 금방 흘러내릴 것 같았다. 그녀는 간호복을 입고 있었다.

"난 몰라요." 하고 간호사는 말했다. "난 이탈리아 말을 몰라요."

"나는 영어를 할 줄 압니다." 하고 내가 말했다.

"날 병실로 옮겨 달라는 겁니다."

"어느 병실도 아직 준비가 돼 있지 않아요. 환자를 받게 돼 있지 않은데요."

그녀는 머리를 치켜올리며 근시안의 눈을 찌푸리면서 나를 쳐다보았다.

"아무 데라도 날 수용할 만한 병실을 사람들에게 가르쳐주십시오."

"어떡하나. 환자를 받게 돼 있지 않아요. 아무 병실에고 수용할 수 없어요."

나는 "아무 방이라도 괜찮습니다." 하고 말한 다음 포터를 향해 이탈리아어로 말했다. "빈방을 찾아봐 줘요."

"방은 전부 비어 있습니다." 하고 포터는 대답했다.

"중위님이 첫 환자예요."

그는 모자를 손에 쥔 채 중년 간호사의 눈치를 살폈다.

"제발 부탁이오, 어서 날 아무데라도 눕혀 주시오."

꾸부리고 있는 다리의 진통이 점점 심해져서 아픔이 뼛 속까지 스며드는 것 같았다. 포터가 회색 머리의 간호사를 따라 들어가더니 이내 빠른 걸음으로 돌아왔다.

"날 따라오십쇼."

그들은 나를 업고 복도를 지나 덧문이 있는 방으로 들어갔다. 새 가구 냄새가 났다. 침대 하나와 거울이 달린 큰 옷장이 놓여 있었다. 그들은 나를 침대 위에 내려놓았다.

"홑이불은 없어요." 그 간호사가 말했다.

"전부 집어넣고 잠가버려서."

나는 간호사에게는 아무 대꾸도 않고 포터에게 말했다.

"내 주머니에 돈이 있소. 단추가 채워져 있는 주머니에."

포터는 돈을 꺼냈다. 두 위생병은 모자를 손에 쥐고 침대 옆에 서 있었다.

"이 두 사람에게 5리라씩 나눠 줘요. 당신도 5리라 갖고. 내 서류가 다른 쪽 주머니에 있으니까 그건 간호사에게 주고."

위생병은 경례를 하고 고맙다고 했다.

"잘 가게. 여러 가지로 정말 고마웠소." 내가 말했다.

그들은 또 한 번 경례하고는 밖으로 나갔다.

"그 서류에." 나는 간호사에게 말했다. "내 증세와 지금까지 치료받은 경과가 기록되어 있습니다."

그 간호사는 서류를 들고 안경 너머로 들여다봤다. 서류는 세 통이었고 모두가 접혀 있었다.

"어떻게 해야 좋을지 모르겠어요. 이탈리아 말을 읽을 줄 몰라요. 의사 선생님의 지시가 없인 뭐 하나 할 수 없어요."

그녀는 훌쩍이기 시작하며 간호복의 앞주머니에 그 서류를 넣었다.

"선생님은 미국 분이세요?"

그녀는 울면서 물었다.

"그렇습니다. 그 서류는 침대 옆 테이블 위에다 놓고 가십시오."

병실은 어두컴컴하고 서늘했다. 침대에 누운 채 저쪽 벽에 걸려 있는 큰 거울을 볼 수 있었지만, 무엇이 비치는지는 안 보였다.

"포터가 침대 옆에 서 있었다. 마음이 선량해 보이는 친절한 사람이었다.

"가도 좋아요." 하고 나는 포터에게 말했다. 간호사에게도 "당신도 가도 좋습니다." 하고 나서 다시 이내 "당신 이름은?" 하고 물었다.

"미시즈 워커예요."

"가도 좋습니다. 미시즈 워커. 좀 자고 싶군요."

병실에는 나뿐이었다. 서늘하였고 병원 냄새가 나지 않았다. 매트리스는 단단해서 편안하고 기분이 좋았다. 나는 숨을 죽인 채 가만히 누워서 진통이 슬며시 가라앉는 쾌감을 맛보고 있었다.

한참 후에 물이 마시고 싶어졌다. 침대 옆에 초인종 전선을 발견하고서 눌러 보았으나 아무도 오지 않았다.

나는 잠이 들었다.

잠이 깨자 사방을 둘러보았다. 창문 사이로 햇빛이 들어왔다. 큰 옷장과 맨벽과 의자 두 개가 보였다. 더러운 붕대가 감긴 내 다리가 침대 밖으로 비죽 나와 있었다. 그것을 움직이지 않으려고 나는 조심을 했다. 목이 말랐으므로 나는 초인종에 손을 뻗혀 단추를 눌렀다. 문 열리는 소리가 들리고 간호사가 나타났다. 젊고 귀여운 얼굴이었다.

"안녕하시오?"

내가 인사를 했다.

"안녕하세요?" 그녀는 침대 곁으로 다가왔다.

"의사 선생님이 안 계세요. 코모 호수에 가셨어요. 환자가 올 줄은 아무도 몰랐어요. 그런데 어디를 다치셨어요?"

"부상당했죠. 다리와 발과 머리를요."

"성함은요?"

"헨리, 프레드릭 헨리."

"몸을 닦아 드리지요. 그러나 선생님이 오실 때까지 치료는 해드릴 수 없어요."

"미스 버클리라고 여기 있습니까?"

"아뇨. 그런 이름을 가진 여자는 없어요."

"누굽니까, 내가 들어왔을 때 온 여자분은?"

간호사가 웃었다.

"그분은 미시즈 워커예요. 어제 야근을 해서 지금 자고 있어요. 아무도 안 올 줄 알고."

이야기를 하면서 그녀는 내 옷을 벗겨 주고 붕대가 감겨진 곳을 제외한 온 몸을 아주 가볍고 부드럽게 닦아 주었다. 무척 기분이 상쾌해졌다. 머리에도 붕대를 감고 있었는데 그녀는 그 가장자리를 돌아가며 깨끗이 닦아 주었다.

"어디서 다치셨어요?"

"플라바의 북쪽 이손조 강변에서요."

"그건 어디 있죠?"

"그리지아의 북쪽."

그러한 지명이 그녀에게는 아무런 의미도 없다는 것을 나는 알 수 있었다.

"몹시 아프세요?"

"아뇨, 이젠 그렇게 아프진 않습니다."

그녀는 체온계를 내 입속에 넣었다.

"이탈리아 사람들은 체온계를 겨드랑이 밑에 꽂던데요."

"가만 계세요."

그녀는 체온계를 꺼내 그것을 들여다본 다음 흔들어서 내렸다.

"몇 도지요?"

"그런 건 몰라도 좋아요."

"몇 도인지 가르쳐주십시오."

"거의 평온이에요."

"신열이 난 적은 없으니까 다만 내 다리에는 온통 고철들이 박혀 있습니다."

"무슨 말이세요?"

"박격포탄의 파편이니, 나사못이니, 침대 스프링이니 하는 것들이 들어 있단 말입니다."

그녀는 머리를 저으며 생긋 웃었다.

"만일 다리에 다른 못 쓸 게 들어 있으면 염증을 일으키고 열이 나요."

"그래요. 이제 뭐가 나올지 알게 될 겁니다."

그녀는 병실을 나가더니 어제의 그 간호사와 함께 들어왔다. 나를 침대에 누인 채 둘이서 침대를 정돈해 줬다. 나로서는 처음 보는 일로 그럴 듯한 솜씨였다.

"여기 책임자는 누굽니까?"

"미스 밴 캠펜이에요."

"간호사는 몇 명 있나요?"

"우리들 둘 뿐이에요."

"좀더 오지 않나요?"

"몇 명 더 온대요."

"언제 온답디까, 여긴?"

"모르죠. 환자가 뭐 그리 묻는 게 많으세요?"

"환자가 아니라 부상병이지요."

그녀들은 침대 정돈을 끝마쳤다. 나는 감촉이 좋은 깨끗한 시트를 밑에 깔고 다른 한 장은 덮었다. 미시즈 워커가 밖으로 나가더니 파자마를 가지고 왔다.

그녀들은 그것을 나에게 입혀 주었다. 아주 상쾌하고 침착한 기분이 들었다.

"당신들은 여간 친절하지 않군요."

나의 이 말을 듣고 미스 게이지라는 간호사가 킬킬대며 웃었다.

"물 한 컵 갖다 주시겠어요?"

"네, 아침 식사도 갖다 드리지요."

"아침은 생각이 없는데요. 덧문 좀 열어 주시겠소?"

덧문이 열리자 이때까지 어두컴컴했던 방안으로 밝은 햇빛이 들어왔다. 나는 밖의 발코니를 바라보고 그 너머에 있는 기와지붕과 굴뚝을 바라보았다. 기와지붕 너머로 흰 구름과 맑고 푸른 하늘이 보였다.

"다른 간호사들은 언제 오는지 모르십니까?"

"왜 그러세요? 우리들의 간호가 나빠서 그러세요?"

"당신들은 퍽 친절해요."

"변기(便器) 쓰시고 싶으세요?"

"어디 해볼까요?"

그들은 나를 도와 일으켜 주었지만 용변이 되지 않았다. 또다시 누운 채 열린 문 사이로 발코니 쪽을 내다보았다.

"의사는 언제 오나요?"

"오셔야지요. 빨리 돌아오시도록 코모 호반에 전활 해놨어요."

"다른 의산 없습니까?"

"그분이 이 병원의 의사 선생님이에요."

미스 게이지가 물주전자와 유리컵을 가지고 왔다. 나는 거푸 세 잔이나 마셨다. 그녀들이 나간 뒤에 나는 잠깐 동안 창 밖을 내다보다가 또 잠이 들었다. 그런 후 점심을 조금 먹었다. 오후에 간호장인 미스 밴 캠펜이 나를 보러 왔다. 그녀는 나를 좋아하지 않았지만 나도 그녀가 싫었다. 키가 작은 데다가 퍽 의심이 많았고 지위에 어울리지 않게 지나치게 난체했다. 쓸데없이 이것저것 질문을 했는데, 그녀는 내가 이탈리아 군에 있었던 것을 불명예스러운 일로 생각하는 것 같았다.

"식사 때 포도주를 마셔도 좋습니까?" 내가 물었다.

"의사 선생님의 지시가 있으면요."

"그럼, 의사가 올 때까진 안 되겠군요?"

"절대로 안 됩니다."

"의사가 오도록 주선하고 계시겠지요?"

"코모 호반에 전화로 연락해 놓았습니다."

그녀가 나가자 미스 게이지가 들어왔다.

"왜 미스 밴 캠펜에게 무뚝뚝하게 대하셨어요?"

그녀는 나를 아주 깔끔하고 세밀히 돌봐 준 다음 이렇게 물었다.

"그러려고 그런 건 아녜요. 그러나 그 여자 좀 건방져요."

"미스 캠펜은 선생님이 아주 거만하고 무뚝뚝하더라고 그랬어요."

"그럴 리가 있나요. 하지만 의사 없는 병원이 될 말입니까?"

"곧 오신대두요. 곧 오시도록 코모 호반에 전화 걸었어요."

"거기서 뭘 하고 있나요? 수영?"

"아뇨. 거기도 진료소가 있어요."

"왜 의사를 또 두지 않습니까?"

"가만 계세요. 조용히 계시면 선생님이 곧 오실 거예요."

나는 포터를 불러 달랬다. 그가 오자 이탈리아 말로 술집에 가서 친자노(베르뭇의 상표) 한 병과 키안티(독한 포도주) 한 병, 그리고 석간 신문을 사다 달라고 부탁했다. 그는 밖으로 나가자 잠시 후 그것들을 신문에 싸가지고 와서 풀었다. 나는 포도주와 베르뭇은 병마개를 빼서 침대 밑에다 놔달라고 했다. 그가 나가고 혼자 남게 되자 침대에 누워서 잠시 신문을 뒤적였다. 일선 소식이며 전사한 장교들의 명단과 그들에게 수여된 훈장의 종류 같은 것을 읽었다. 그 다음 침대 밑을 더듬어 친자노 병을 집어서 배 위에 똑바로 올려놓고 차디찬 유리컵도 역시 배에다 올려놓고는 조금씩 마셨다. 마시면서도 병을 그대로 배 위에 놓고 있었기 때문에 배 위에 몇 개씩의 동그란 자국이 생겼다. 나는 그대로 바깥 거리의 지붕 위가 점점 컴컴하게 어두워가는 것을 바라봤다. 제비가 커다란 원을 그리면서 빙빙 돌고 있었다. 그 제비와 지붕 위를 날고 있는 매를 바라보면서 친자노를 마셨다. 미스 게이지가 계란 술을 만들어 가지고 왔다. 그녀가 들어올 때 나는 술병을 침대 반대편에 내려 감췄다.

"미스 밴 캠펜이 여기다 셰리 주를 좀 타서 줬어요. 그분에게 무뚝뚝하게 하지 마세요. 젊은 분도 아니고 이 병원에선 큰 책임을 맡고 있으니까요. 미시즈 워커는 너무 늙어서 그분에게 별로 도움이 안 돼요."

"그래도 훌륭한 분이오. 고맙기 짝이 없습니다."

"곧 저녁 식사를 가지고 오겠어요."

"괜찮습니다, 아직은."

그녀가 저녁을 가지고 와서 침대 옆 탁자에 놓았으므로 고맙다고 하고 먹었다. 밖이 어두워지자 몇 줄기의 탐조등 불빛이 하늘에서 움직이는 것이 보였다. 잠시 그것을 보고 있다가 나는 잠이 들었다. 깊이 잠이 들었다. 단 한 번 식은땀을 흘리고 놀라 잠을 깼지만, 곧 다시 꿈을 꾸지 않으려고 애를 쓰면서 잠이 들었다.

날이 새기 훨씬 전에 잠이 깨어 닭 우는 소리를 들으면서 날이 밝을 때까지 눈을 뜨고 있었다. 피곤했으므로 완전히 날이 밝은 뒤에야 다시 잠이 들었다.

14

눈을 떴을 때 병실 안은 눈이 부실 정도로 햇빛이 가득 차있었다. 전선으로 돌아와 있는 것 같은 착각이 들어 나는 침대 속에서 쭉 기지개를 켰다. 다리에 통증을 느껴 내려다보니 아직도 더러운 붕대를 감은 다리가 보였고 비로소 내가 지금 어디에 있는지를 알았다. 손을 뻗쳐 벨의 줄을 잡고 단추를 눌렀다. 복도에서 벨이 찌르릉 하고 울리는 소리가 들리더니 이내 누군가가 고무창을 댄 신을 끌며 복도를 걸어오는 소리가 들렸다. 미스 게이지였다. 밝은 곳에서의 그녀는 약간 더 늙어 보였고 그다지 예쁘지도 않았다.

"잘 주무셨어요?"

그녀는 인사를 했다.

"네, 덕택으로. 이발사를 부를 수 없을까요?"

"어떻게 주무시나 간밤에 와봤더니 이걸 안고 주무시더군요."

그녀는 옷장 문을 열고 베르뭇 병을 쳐들어 보였다. 거의 빈병이었다.

"침대 밑에 있던 다른 병도 옷장 속에 넣어 뒀어요. 왜 잔을 날더러 갖다 달래지 않으셨어요?"

"술을 못하게 할 줄 알았지요."

"조금쯤은 같이 마실 수도 있었을 텐데."

"멋있는 분이군요."

"혼자서 마시는 건 좋지 않아요." 그녀가 말했다.

"그러시면 안 돼요."

"알겠소."

"중위님 친구라는 미스 버클리가 왔어요."

"정말?"

"정말이에요. 난 그녀를 좋아하지 않아요."

"이제 곧 좋아하게 될거요. 여간 좋은 사람이 아닙니다."

그녀는 머리를 가로저었다.

"그야 예쁜 건 확실해요. 조금 이쪽으로 옮겨 누우세요. 됐어요. 아침 식사 전에 몸을 깨끗이 해드려야지."

그녀는 수건과 비누, 더운 물로 내 몸을 닦아 주었다.

"어깨를 들어 주세요. 됐어요."

"식사 전에 이발사를 불러올 수 없을까요?"

"포터더러 불러오라고 그러지요."

그녀는 나가더니 이내 곧 돌아왔다.

"부르러 갔어요." 그녀는 손에 들었던 수건을 물이 담긴 대야에 넣었다.

이발사가 포터와 같이 왔다. 쉰 살쯤 된 사나이로 수염을 치켜 기르고 있었다. 미스 게이지가 시중을 끝마치고 나가자 이발사는 내 얼굴에 비누거품을 내고는 면도를 하기 시작했다. 그는 얼굴을 잔뜩 찡그리고 입을 굳게 다물고 있었다.

"웬일이오? 무슨 뉴스라도 없소?"

내가 말을 건넸다.

"무슨 뉴스요?"

"아무거라도. 거리는 어떻소?"

"전시입니다." 그는 말했다. "적은 사방에서 듣고 있어요."

나는 그를 올려다보았다. 그는 "얼굴을 가만히 하고 계십쇼." 그렇게 한 마디 하고는 면도를 계속했다. "아무것도 말하지 않겠소."

"웬일이오, 당신?"

"난 이탈리아 사람이오. 적과 내통하진 않겠소."

나는 지껄이는 대로 내버려두었다. 만일 이 친구가 미쳤다면 1초라도 빨리 이 면도기 아래서 빠져나오는 것이 상책이다. 한 번 그의 얼굴을 잘 봐두려 했다.

"가만히 계세요. 잘못하면 벱니다."

면도가 끝나자 나는 이발료를 지불하고 팁으로 반 리라 주었다. 그랬더니 그는 그것을 도로 줬다.

"이건 받을 수 없소. 일선에 가 있진 않지만 이래봬도 난 이탈리아 사람이오."

"알겠소, 빨리 나가 주시오."

"실례했습니다."

그는 신문지에다 면도기를 쌌다. 동전 반 리라를 그대로 침대 옆 탁자 위에 놔둔 채 나가버렸다.

나는 벨을 눌렀다. 미스 게이지가 들어왔다.

"포터 좀 불러 주시겠소?"

"그러지요."

포터가 들어왔다. 그는 웃음을 참고 있었다.

"그 이발사 미쳤소?"

"아뇨, 중위님. 잘못 생각했어요. 제 말을 잘못 알아들었어요. 제가 중위님을 오스트리아 장교라고 한 줄 안 거랍니다."

"그랬군."

"하하하!"

포터는 웃었다.

"재미있는 사람입니다. 조금이라도 움직이면 이렇게 할 작정이었대요——."

그는 손가락으로 목 자르는 시늉을 했다.

"하하하!"

그는 소리내어 웃었다.

"중위님이 오스트리아 사람이 아니라고 했더니, 하하하!"

"하하하!" 나도 따라 웃었다.

"그 작자가 내 목을 잘랐다면 재미날 뻔했군. 하하하!"

"천만에요, 중위님. 아니죠. 그 사람 오스트리아 사람을 얼마나 무서워한다고요."

"하하하! 그만 나가 봐요."

그가 나간 뒤에도 복도에서 그의 웃는 소리가 들려왔다. 누가 복도를 걸어오는 소리가 났다. 나는 문 쪽을 돌아다보았다.

캐서린 버클리였다.

그녀는 방안으로 들어오자 침대 있는 데로 가까이 다가왔다.

"오래간만이에요."

그녀는 인사를 했다. 싱싱하고 젊고 아름다웠다. 이렇게 아름다운 여자는 처음 보는 것만 같았다.

"나도." 나는 대답을 했다. 단번에 나는 사랑의 불길이 타올랐다.

가슴속의 모든 것이 뒤집혀지는 것 같았다. 그녀는 문쪽을 보고 나서 아무도 없는 것을 확인하자 침대 가에 걸터앉아 몸을 굽혀 키스를 했다. 나는 그녀를 와락 끌어당겨 키스를 했다. 그녀의 뛰는 가슴이 내게 느껴졌다.

"아아!" 하고 나는 나직이 부르짖었다.

"당신이 여기 오다니 꿈만 같구료."

"오는건 그렇게 어렵지 않았어요. 여기 있는 것이 어려울지도 몰라요."

"여기 있어야 해. 아아, 정말 잘 됐어."

나는 미칠 것만 같았다. 그녀가 여기 와 있다는 것이 아무리 해도 믿어지지 않았다. 나는 그녀를 꼭 껴안았다.

"안 돼요, 아직 몸도 완쾌되지 않았는데."

"괜찮아. 자아, 이리 와요."

"안 돼요. 아직 기운도 없으실 텐데."

"아냐, 괜찮아. 정말이야, 제발."

"날 사랑하세요?"

"정말로. 난 당신 때문에 미칠 것 같아, 자 이리 와요."

"우리 가슴이 서로 뛰고 있네요."

"그런건 아무래도 좋아. 난 당신이 필요해. 당신이 그리워 미칠 지경이야."

"날 정말 사랑하세요?"

"왜 자꾸 그런 소리를 하지. 자 빨리, 어서 자아, 캐서린."

"네, 하지만 잠깐만."

"좋아, 문을 닫아요."

"싫어요, 그건."

"자아 빨리. 얘긴 그만하고, 어서 이리."

캐서린은 침대 옆 의자에 걸터앉았다. 문이 복도를 향해 열린 채로 있었다. 열띤 기분이 사라지자 기분이 매우 상쾌해졌다.

그녀가 물었다.

"내가 당신을 사랑하고 있다는 걸 믿어 주시겠지요?"

"아아, 당신은 너무 귀여워." 내가 말했다.

"여기 언제까지나 있어야 해. 다른 데로 가선 안 돼. 난 미칠 듯이 당신을 사랑하고 있어."

"우리들은 여간 조심하지 않으면 안 돼요."

"밤이라면 괜찮겠지."

"조심해야 돼요. 당신도 다른 사람들 앞에선."

"조심하지."

"정말 그래야 해요. 당신은 좋으신 분이에요. 날 사랑하시죠?"

"그런 말 자꾸 하지 말아요. 그 말이 얼마나 섭섭하게 들리는지 당신은 몰라."

"그럼 나도 조심할게요. 이 이상 당신을 괴롭혀 드려선 안 돼요. 정말 가봐야겠어요.”

“곧 돌아와 줘.”

“될 수 있으면 올게요.”

“빨리 와요.”

“갔다 오겠어요.”

그녀는 나갔다. 내가 그녀와 사랑을 하게 되리라고는 상상도 못했다. 나는 누구와도 사랑에 빠지고 싶은 생각은 없었다. 그런데 나는 사랑에 빠진 것이다. 밀라노 병원의 한 병실에 누워 있다니. 여러 가지 일들이 머리에 떠올랐다. 그러나 기분은 퍽 유쾌했다. 미스 게이지가 들어왔다.

“의사 선생님이 오신답니다. 코모 호반에서 전화가 왔어요.”

“언제 온답니까?”

“오늘 오후에는 도착하실 거예요.”

15

오후까지 아무 일도 없었다. 의사는 야위고 점잖은, 몸집이 작은 사람으로 전쟁을 퍽 싫어하는 것 같았다. 그는 퍽 세련된 품위있는 표정으로 불쾌감을 감추면서 내 넓적다리에서 조그만 강철 파편을 여러 개 꺼냈다. 그는 ‘눈(snow)’인지 뭔지 하는 약명의 국부 마취약을 썼다. 그것은 근육 조직을 얼게 하여 탐침(探針)이나 메스나 핀세트가 언 부분의 속에 이를 때까지 아픔을 모르게 했다. 마취된 국부를 나도 똑똑히 알 수 있었다. 한참 후에 의사는 섬세한 신경이 완전히 소모되었는지 X 레이를 찍어보는 게 좋을 거라고 했다. 탐침으로는 아무리 해도 만족하게 알 수 없다는 것이다.

X 레이는 ‘오스페달레 마죠레(큰 병원이라는 뜻)’에서 찍었는데 그 의사는 유능하고 명랑한 흥분하기 잘하는 사람이었다. 어깨를 일으켜 세우고 찍었으므로 체내에 들어가 있는 커다란 이질체(異質體)를 볼 수 있었다. 원판은

나중에 보내주마고 했다.

의사는 그의 수첩에 내 이름과 소속 연대, 감상 등을 써달라고 했다. 그는 사진으로 본 이질체가 추악하고 끔찍하다고 했다. 오스트리아 인은 모두 개새끼라며 몇이나 죽였느냐고 물었다. 나는 죽인 일은 없지만 상대방을 즐겁게 해주고 싶어서 퍽 많이 죽였노라고 대답했다. 나를 따라온 미스 게이지를 보고 의사는 거의 끌어안다시피하며 클레오파트라보다도 미인이라고 했다. 이 여자는 무슨 소린지 알아들었을까? 옛날 이집트의 여왕 클레오파트라 말이야. 그렇지, 정말 미인이야. 우리들은 앰뷸런스로 먼저 병원으로 다시 돌아왔다. 나는 위층으로 업혀 올라와 다시 침대에 뉘어졌다. 원판은 그날 오후에 왔다. 의사는 무슨 일이 있더라도 오후까지는 완성하겠다고 한 약속을 지켜 준 것이다. 캐서린 버클리가 그것을 나에게 보여주었다. 빨간 봉투에 들어 있는 원판을 그녀가 봉투에서 꺼내 우리들은 불빛에서 그것을 함께 들여다보았다.

"이게 바른편 다리에요."

그녀는 그 원판을 봉투에 집어넣었다.

"이게 왼쪽이고요."

"다 치워 두고 침대로 와요."

"싫어요." 그녀가 말했다.

"이걸 보여 드리려고 잠깐 들렀어요."

그녀는 나가버렸고 나는 누워버렸다. 무더운 오후여서 침대에 누워 있는 것이 싫증이 났다. 포터를 신문을 살 수 있는 데까지 전부 사가지고 오라고 보냈다.

그가 돌아오기 전에 의사 세 사람이 들어왔다. 전부터 알고 있는 일이지만 치료에 대한 경험이 부족한 의사는 진찰을 할 때 동료와 같이 있으면서 서로 원조를 구하는 경향이 있는 것 같다. 맹장을 잘 떼낼 줄 모르는 의사는 편도선을 멋있게 자를 줄 모르는 의사를 추천하는 법이다. 이 세 사람도 그런 의사들이었다.

"이 사람인데요."

화사한 손을 하고 있는 병원 의사가 말했다.

"어떻소?"

수염을 기른, 키가 크고 마른 의사가 물었다. 붉은 봉투에 든 X 레이 사진을 들고 온 셋째 번 의사는 아무 말도 안했다.

"붕대를 풀어 볼까요?"

수염 기른 의사가 물었다.

"그러죠. 붕대를 풀어요, 간호사."

이 병원 의사가 미스 게이지에게 일렀다. 게이지가 붕대를 풀었다. 나는 다리를 내려다 보았다. 야전 병원에서는 별로 신선하지 않은 햄버거 스테이크처럼 보였었다. 그러나 지금은 상처가 굳었고 무릎께는 부어서 변색되어 있었다. 장딴지는 살이 빠져 있었지만 화농하지는 않았다.

"아주 깨끗한데." 하고 이 병원 의사가 말했다.

"아주 깨끗하고 곱군."

"음."

수염난 의사가 말했다. 셋째 번 의사는 이 병원 의사의 어깨 너머로 보고 있었다.

"무릎을 움직여 봐요."

수염난 의사가 말했다.

"움직일 수 없어요."

"관절을 조사해 볼까요?"

수염난 의사가 말했다.

그는 군복 소매에 줄 하나와 별 셋을 붙이고 있었다. 이것은 선임 대위 표시였다.

"그럴까요."

병원 의사가 동의했다. 두 의사는 조심스럽게 내 오른쪽 다리를 들고 구부렸다.

"아픕니다."

"자, 좀더 구부려 봅시다."

"그만 그만. 이제 더 안 구부려져요." 하고 내가 말했다.

"부분적으로 관절이 상했군." 하고 선임 대위가 말했다.

"닥터, 한 번 더 그 사진을 보여주십시오." 셋째 번 의사가 원판을 한 장 그에게 주었다. "아니, 왼쪽 다리 것을."

"그게 왼쪽입니다, 닥터."

"아, 난 반대쪽에서 보고 있었군."

그는 원판을 돌려주고 또 한 장의 다른 원판을 한참 들여다봤다.

"저, 이것 좀 보세요."

그는 빛에 원판을 비쳐보며 둥글고 뚜렷하게 보이는 이질체를 가리켰다. 그들은 다시 원판을 살폈다. "이것만은 말할 수 있겠군." 얼마 후 예의 그 수염난 선임 대위가 말했다.

"이건 시간이 좀 걸리겠는데. 삼 개월 아니면 육 개월 쯤."

"확실히 관절액(關節液)이 새로 생겨야겠죠."

"그렇죠. 때가 되어야 합니다. 이런 무릎은 양심상 지금 절개할 수 없어요. 탄알이 포낭(包囊) 될 때까지는."

"나도 동감입니다."

"뭣에 6개월이나 걸립니까?"

내가 물었다.

"무릎을 안전하게 수술하려면 탄알이 포낭될 때까지 6개월 걸린단 말이오."

"믿어지지 않는데요."

"당신 무릎을 잃고 싶진 않겠지?"

"아뇨."

"뭐라고요?"

"자르고 싶습니다." 하고 내가 말했다. "무릎에 고리를 달면 되니까요."

“무슨 소리요? 고리라니?”

“이 사람 농담을 하고 있는 거예요.”

이 병원 의사가 말했다. 그는 내 어깨를 가만가만 두드려주었다.

“무릎을 절단하고 싶을 리가 있나. 이 사람 아주 용감한 젊은 친구랍니다. 은장(銀章)을 타게 되어 있지요.”

“그건 반가운 일이군요.” 선임 대위는 내 손을 잡고 악수를 했다. “내가 말할 수 있는 것은 안전하게 무릎을 수술하려면 적어도 6개월은 기다리지 않으면 안 된다는 거요. 물론 다른 의견이 있다면 그대로 해도 좋고요.”

“감사합니다. 군의관님 의견대로.”

선임 대위는 시계를 보았다.

“가야겠군 이젠. 그럼 몸조심해요.”

“행운을 빕니다. 여러 가지로 고맙습니다.” 나는 인사를 했다. 나는 셋째 번 의사와도 악수를 했다. “바리니 대위입니다.” “헨리 중위입니다.” 이렇게 인사를 하고 나자 세 사람은 병실에서 나갔다.

“미스 게이지.”

내가 불렀다. 그녀가 들어왔다.

“우리 병원 의사더러 잠깐 와달라고 해주시오.”

그가 모자를 손에 든 채 방으로 들어와서 침대 곁에 섰다.

“무슨 일이 있으십니까?”

“네. 수술까지 6개월 동안 못 기다리겠습니다, 난. 대관절 군의관님은 6개월 동안 침대에 누워 계신 적이 있으십니까?”

“누워 있는 게 아닙니다. 우선 상처에 일광을 쐬지 않으면 안 됩니다. 그 후는 지팡이를 짚고 다닐 수 있어요.”

“6개월 후에 수술을 받는다는 거죠?”

“그편이 안전하죠. 이질체가 포낭되지 않으면 안 되니까요. 그러면 관절액도 재생될 거고. 그러고 나서 무릎을 수술하는 것이 안전합니다.”

“정말 그렇게 오랫 동안 기다려야 하나요?”

"그것이 안전한 방법입니다."

"누굽니까, 그 선임 대위는?"

"밀라노에서 퍽 우수한 외과 의사죠."

"선임 대위지요, 그 사람?"

"네, 그래도 뛰어난 외과 의사입니다."

"나는 선임 대위한테 내 다리를 멋대로 다루게 하고 싶진 않아요. 정말로 우수하다면 소령이 돼 있어야죠. 난 선임 대위가 어느 정도인지 알고 있습니다, 선생님."

"그분은 우수한 외과 의사입니다. 나는 내가 아는 어떤 누구의 진단보다 그 분의 진단에 따르고 싶은데요."

"다른 의사더러 봐달라고 할 순 없을까요?"

"그야 할 수 있죠, 원하신다면. 그러나 저 같으면 바렐라 박사의 의견에 따르고 싶습니다."

"다른 의사를 불러 주시겠습니까?"

"발렌티니에게 부탁해 보죠."

"어떤 사람입니까, 그분은?"

"오스페달레 마죠레의 외과의입니다."

"좋습니다. 감사합니다. 알아 주시겠지요, 제 기분을. 전 6개월 동안 누워 있을 수 없어요."

"누워 있는 게 아니라니까요. 우선 일광 치료부터 하고 다음에는 가벼운 운동 정도를, 그리고 포낭되면 수술해버리는 겁니다."

"그래도 6개월은 기다릴 수 없어요."

의사는 모자를 쥐고 있던 손의 가느다란 손가락을 펴면서 미소지었다.

"당신은 그렇게 빨리 전선에 가고 싶소?"

"그럼요."

"참 장하십니다. 당신은 훌륭한 분이오." 그는 허리를 굽혀 가볍게 내 이마에 키스를 했다.

"발렌티니를 불러오죠. 걱정하거나 흥분하지 말고 조용히 계세요."

"한 잔 어떻습니까?"

내가 물었다.

"아뇨, 고맙습니다. 난 술은 안합니다."

"한 잔만."

나는 포터에게 잔을 가져오라고 할 생각으로 벨을 눌렀다.

"아니, 정말 안합니다. 모두들 기다리고 있어서."

"그럼 안녕히 가십쇼."

할 수 없었다.

"안녕히."

두 시간 후에 발렌티니 박사가 병실로 들어왔다. 그는 몹시 성급한 사람으로 수염 끝이 위로 뻗쳐올라가 있었다. 소령으로 얼굴이 검게 타고 노상 싱글벙글하고 있었다.

"어쩌다 이렇게 됐소? 몹시 다쳤군." 그는 수다를 떨기 시작했다. "어디 사진 좀 봅시다. 아, 바로 그거야. 자넨 염소처럼 건강해 보이는군. 이 미인은 누구? 자네 애인인가? 그럴 줄 알았지. 지독한 전쟁이지? 자네 생각은 어떤가? 멋진 친구로군. 내 새로 태어난 것 이상으로 아주 깨끗하게 해주지. 이거 어때, 아파? 물론 아프겠지. 의사들은 아프게 해주는 걸 좋아하지, 이 의사들은 말이야. 여태까지 어떤 치료를 받았나? 이 아가씨, 이탈리아 말 아나? 그럼 배워야지. 정말 미인인걸. 내가 가르쳐 줘도 좋지. 나도 환자가 되어서 여기 들어올까. 그게 아니라 아가씨 해산은 무료로 봐주지. 이 아가씨, 무슨 소린지 아나? 자네에게 귀여운 사내애를 낳아 줄 걸세, 이 아가씬. 아가씨를 닮은 귀여운 금발 사내아기를. 그만하면 됐어. 참 귀여운 아가씨군. 나와 함께 저녁을 하겠는가 한 번 물어봐주게. 천만에, 자네 애인을 뺏진 않아. 됐어. 됐습니다, 아가씨. 자 이걸로 그만."

"이제 알고 싶은 건 다 알았어." 그는 가볍게 내 어깨를 두드렸다.

"붕대는 풀어버리시오."

"한 잔 어떻습니까, 발렌티니 박사님?"

"한 잔? 좋지. 열 잔이라도 합시다. 어디 있소, 술은?"

"장 안에 있습니다. 미스 버클리가 꺼내줄 겁니다."

"축배. 아가씨를 위해 축배. 정말 미인이야. 다음에 올 땐 이것보단 고급의 코냑을 갖다 주지."

이러면서 그는 수염을 닦았다.

"수술은 언제쯤 할 수 있을까요?"

"내일 아침에. 그 전엔 안 돼. 위가 비어야 하니까. 뱃속을 깨끗이 씻어놔야지. 아래층 늙은 간호부를 만나서 얘기해 두지. 잘 있게. 내일 또. 이것보다 좋은 코냑을 갖다 줌세. 자네 여기가 퍽 편한 것 같군. 잘 있게. 그럼 내일까지 잘 자두게. 내일 아침엔 일찍 올 테니까."

그는 문 앞에서 손을 흔들었다. 수염이 위로 뻗친 거무스레한 얼굴이 웃고 있었다. 소령인지라 네모꼴 안에 새겨진 별이 하나 소매에 달려 있었다.

16

그날 밤 박쥐 한 마리가 발코니로 통하는 열린 문으로 해서 방에 날아들어왔다. 그 문으로 우리는 시가지의 지붕 위에 덮인 밤을 내다보고 있었다. 병실 안은 아주 컴컴했고 다만 거리 상공의 밤하늘만이 희미하게 밝았으므로 박쥐는 놀라지도 않고 바깥에 있는 것처럼 방안을 이리저리 날아다녔다. 우리는 누운 채 그것을 바라보고 있었다. 가만히 누워 있었으므로 박쥐는 우리들을 보지 못한 모양이었다. 박쥐가 밖으로 사라지자 탐조등이 켜지더니 하늘을 한 번 가로질렀다. 하나 그것도 이내 꺼지고 사방은 다시 깜깜해졌다. 이웃집 옥상의 고사포 병들의 이야깃 소리가 들려왔다. 서늘한 밤이어서 그들은 망토를 걸치고 있었다. 밤중에 누가 올라와 보지나 않을까 걱정하자 캐서린은 모두 자고 있다고 했다. 밤새 꼭 한 번 잠이 들었는데, 눈을 떠보니 그녀는 거기 없었다. 그러자 복도를 걸어오는 발소리가 들리더니 문이 열리고 그녀가 침대로 돌아왔다. 아래층에 내려가 보았더니 모두들 자고 있어 걱정없다고 했다. 미스 밴 캠펜의 방 앞까지 가보았지만 숨쉬는 소리만 들리더라는 것이다. 그녀가 크래커를 가지고 왔기에 그것을 먹으며 베르뭇을 몇 잔 마셨다. 무척 배가 고팠으나 지금 먹은 것도 아침이 되면 죄다 토해버려야 할 거라고 그녀는 말했다.

날이 밝을 무렵 나는 다시 잠이 들었고 잠이 깼을 때에 캐서린은 또 보이지 않았다.

얼마 후 그녀는 신선한 귀여운 얼굴로 들어와서 침대에 걸터앉자, 내 입에다 체온기를 꽂아주었다. 물고 있는 동안에 해가 떠올랐고 우리는 지붕의 이슬 냄새와 이웃집 옥상의 고사포 병들이 끓이는 커피 냄새를 맡았다.

"우리 산책 나갈 수 있었으면 좋겠어요." 캐서린이 말했다.

"바퀴의자가 있으면 밀어 드릴 텐데."

"의자엔 어떻게 앉지?"

"저희들이 앉혀 드리지요."

"그러면 공원으로 가 옥외에서 아침 식사를 할 수 있겠군."

나는 열린 문 밖을 내다보았다.

"정말, 우리들은." 하고 그녀는 화제를 돌렸다.

"발렌티니 박사님이 언제 오셔도 좋도록 준비하고 있어야 해요."

"훌륭한 사람 같던데."

"난 당신만큼 좋은 줄 모르겠어요. 하지만 퍽 좋은 분 같아요."

"이리 와요, 캐서린."

"안 돼요. 즐거운 밤을 보내지 않았어요?"

"오늘 밤도 또 야근할 수 있어?"

"아마 되겠지요. 하지만 당신은 날 원하지 않을 거예요."

"아냐, 그렇지 않아."

"안 돼요. 당신은 한 번도 수술을 받은 적이 없어 수술을 하면 어떤 상태가 되는지 몰라요."

"괜찮을 거야."

"기분이 나빠지면 나 같은 거 아무렇지도 않게 생각될 거예요."

"그럼, 지금 와요."

"안 돼요." 그녀는 말했다. "체온표를 만들고, 당신 수술 준비도 해야 돼요."

"당신은 진실로 날 사랑하지 않는군. 그렇지 않다면 이리 좀 와봐요."

"정말 고집쟁이야." 그녀는 나에게 키스를 했다. "체온표는 이상 없어요. 당신의 체온은 늘 평온이니까. 좋은 체온이에요."

"당신 손에 가면 뭐나 다 좋아지지."

"어머나, 체온이 일정해서 좋다고 한 거예요. 당신 체온이 퍽 자랑스러워요."

"우리들이 낳는 애들도 훌륭한 체온을 갖게 되겠지."

"우리 애들은 형편없는 체온일 거예요."

"발렌티니 선생의 수술 준비란 어떤 걸 해야 하는 거지?"

"대단한 건 없어요. 하지만 아주 기분 나쁜 거예요."

"그런 거 당신에게 시키기 싫은데."

"그렇지 않아요. 난 아무에게도 당신 몸에 손대게 하고 싶지 않아요. 바보지요? 다른 사람이 손을 대면 화가 나요."

"퍼거슨도?"

"퍼거슨이라면 더욱 그래요. 게이지도, 또 한 사람 뭐라더라?"

"워커 말이야?"

"그래요. 그 사람. 여긴 지금 간호사가 너무 많아요. 환자가 더 들어와야지 잘못하면 다른 데로 옮겨가게 될 거예요. 간호사가 지금 넷이나 있으니까요."

"이제 환자가 오겠지. 간호사도 그 만큼은 필요하고. 꽤 큰 병원이니까."

"좀더 환자가 왔으면 좋겠어요. 만일 다른 데로 가게 되면 어떻게 하죠? 좀더 환자가 들지 않으면 다른 데로 가게 될 거예요."

"나도 가지."

"바보 같은 소리 마세요. 갈 수도 없으시면서. 어서 빨리 나을 궁리나 하세요. 그럼 어디로든 같이 갈 수 있어요."

"그 다음은 어떡하지?"

"그러는 동안 전쟁도 끝나겠죠. 영원히 계속되진 않을 거예요."

"나도 이제 곧 나을 거요. 발렌티니 선생이 고쳐 줄 테지."

"그분 수염값을 하겠지요. 그런데 에테르 마취를 걸 때에는 알겠지요, 뭔가 딴 생각을 해야 돼요 —— 우리들 생각말고. 마취에 걸리면 누구든 비밀도 술술 얘기해버리게 되니까요."

"그럼 무슨 생각을 할까?"

"아무거나. 우리들 이외의 생각이라면 아무거래도. 당신 집안 식구 생각이라도 하세요. 다른 여자 생각이라도 괜찮아요."

"싫어."

"그럼 기도하고 계세요. 굉장히 좋은 인상을 줄 테니까."

"어쩌면 아무 말도 지껄이지 않을 거요."

"그럴지도 몰라요. 지껄이지 않는 사람도 많아요."

"나는 지껄이지 않을 테요."

"장담하지 마세요. 당신은 퍽 좋은 분이시니까 장담을 해서는 안 돼요. 하지 말아요."

"한 마디도 안 해, 난."

"저 봐, 또 그러시네. 장담할 것 없다니까. 심호흡하라고 하면, 곧 기도나 시를 외어 보세요. 그래야 당신은 좋은 분이에요. 그렇지 않아도 난 당신을 자랑스럽게 생각하지만. 훌륭한 체온을 가지고 계시고 어린애처럼 베갤

나로 알고 끌어안고 주무시니까. 혹 다른 여자로 생각하고 그런지도 몰라. 어떤 예쁜 이탈리아 아가씬지도 모르지."

"당신이야."

"물론 나겠죠. 아아, 당신을 사랑해요. 발렌티니 선생님이 이제 곧 다릴 훌륭히 고쳐주실 거예요. 나 그걸 보지 않아도 되는 것이 고마워요."

"자, 그러면 오늘 밤은 야근이겠지."

"그럼요. 하지만 당신은 정신이 없을 걸요."

"두고 보라니까."

"자, 봐요. 이제 몸이 죄다 아주 깨끗해졌어요. 말해 줘요. 네, 당신 이제까지 여자를 몇이나 사랑했어요?"

"없어, 하나도."

"나도요?"

"아니, 당신뿐이야."

"정말로 나 말고 몇이나 있어요?"

"없어."

"이제까지 몇 명의 여자와 —— 뭐라고 하면 좋지 —— 같이 자 봤어요?"

"하나도 없다니까."

"거짓말!"

"정말야."

"괜찮아요, 암만 거짓말을 하셔도. 나도 그편이 좋아요. 예쁜 여자들이었어요?"

"아무하고도 잔 적 없다니깐." "괜찮아요. 아주 매력적이었나요?"

"그런 거 난 몰라."

"당신은 틀림없이 내 거예요. 정말이에요. 아직 한 번이라도 다른 여자의 것이 돼본 일은 없죠? 설사 그런 일이 있었다. 해도 난 괜찮아요. 그런 사람들 겁나지 않아요. 그렇지만 그 사람들 얘기는 나에게 하지 말아요. 남자가 여자하고 잘 때 여자들은 언제 돈 말을 하나요?"

"몰라!"

"물론 모르시겠죠. 여자가 당신을 사랑한다고 그러나요? 그 얘길 해줘요. 알고 싶어요."

"사랑한다 그러지. 남자가 바란다면."

"남자도 그 여잘 사랑한다고 그러나요? 그걸 좀 들려 줘요. 중요한 거예요."

"그렇게 얘기하고 싶으면 그러겠지."

"그렇지만 당신은 한 번도 그러지 않았지요? 그렇죠?"

"그럼."

"정말 그래요? 바른대로 말해 줘요."

"안했다니까."

나는 거짓말을 했다.

"안하셨을 거야. 안하셨다는 걸 알아요. 아아, 당신을 사랑해요."

밖에는 벌써 해가 지붕 위로 떠올라 성당의 첨탑이 아침 햇살에 반짝이고 있는 것이 보였다.

나는 몸 안팎을 깨끗이 씻어내고 의사를 기다리고 있었다.

"그럼, 이러겠네요." 하고 잠시 후에 캐서린이 물었다.

"여자는 남자가 무얼 원하는지 묻겠네요?"

"늘 그렇다고만은 할 수 없지."

"그렇지만 나라면 그럴 거예요. 당신이 원하는 걸 해드릴 테예요. 그러면 당신은 다른 여자를 생각하지 않겠지요, 그렇죠?" 그녀는 자못 행복한 듯이 나를 쳐다보았다.

"당신이 원하는 대로 해드리고 당신이 원하는 얘기만 할 테예요. 그러면 당신 마음에 들겠죠, 그렇죠?"

"그럼."

"이제 준비도 끝났는데, 당신 뭐 원하는 건 없어요?"

"한 번만 더 침대로 와줘요."

"좋아요, 가겠어요."

"아아, 당신은 귀여워, 정말 귀여워."

"거 봐요. 당신이 원하는 건 뭣이든지 해드리잖아요."

"정말 귀여워."

"나 아직 익숙하지 않을지도 몰라요."

"정말 귀여워."

"당신이 원하는 건 바로 저도 원하는 거예요. 나라는 건 이미 없어요. 다만 당신이 원하고 있는 것 뿐이에요."

"당신은 귀여워."

"나도 꽤 좋죠? 안 그래요? 다른 여잘 생각진 않겠죠?"

"그럼."

"정말 내가 좋지요? 당신이 원하는 대로 해드리잖아요."

17

수술이 끝나 마취에서 깨어 보니 나는 죽어 있지는 않았다. 저세상에 가는 것도 그렇게 쉬운 일은 아닌가 보다. 다만 질식되었을 뿐이다. 죽는 것과는 달리 그저 약의 힘으로 숨이 막히게 되는 까닭에 감각이 없어지고 토할 때 나오는 것이 담즙(膽汁)이라는 것뿐이다. 그러고도 기분이 나아지지 않는 것을 제외하고는 술취한 것과 별로 다를 것이 없다. 침대 끝에 모래 부대가 놓여 있는 것이 보였다. 그것은 깁스에서 나온 파이프 위에 놓여 있었다. 잠시 후에 미스 게이지가 보였다.

"지금 어떠세요, 기분은?" 하고 그녀가 물었다.

"아까보단 괜찮아요." 내가 대답했다.

"의사 선생님은 정말 훌륭하게 무릎을 수술하셨어요."

"얼마나 걸렸소?"

"두 시간 반요."

"무슨 쓸데없는 소릴 지껄이던가요?"

"아니, 한 마디도. 얘기하면 안 돼요, 가만히 계세요."

캐서린 말대로 나는 괴로웠다. 누가 야근이 되든 그런 것은 아무래도 좋았다.

얼마 뒤 이 병원에도 환자가 나 말고 세 사람이나 늘었다. 조지아주 출신으로 적십자에 근무하다 말라리아에 걸린 마른 청년, 뉴욕 출신의 말라리아와 황달에 걸린 역시 마르고 참한 청년, 또 한 사람, 산탄과 고성능 폭탄을 합친 포탄의 신관(信管) 뚜껑을 기념으로 빼내려던 청년, 이렇게 세 사람이었다. 그것은 산악 지대의 오스트리아 군이 사용한 유산탄으로 그 끝에 달려 있는 뚜껑은 폭발 후에도 아무것에고 닿는 대로 터지는 것이었다.

캐서린 버클리는 언제나 야근을 도맡아 했으므로 다른 간호사들은 모두 그녀를 좋아했다. 그녀가 말라리아 환자를 돌보는 일은 그다지 많지 않았고 신관 뚜껑을 뜯으려던 군인은 우리들 편이어서 밤에 꼭 필요한 일이 없는 한 결코 벨을 누르지 않았다. 우리들은 그녀의 근무 시간 사이사이 언제나 같이 있었다.

나는 지극히 그녀를 사랑했고 그녀 또한 나를 사랑했다. 나는 낮에는 잠을 잤다. 잠을 안 잘 때는 우리들은 짧은 편지를 써서 퍼거슨을 통해 주고받았다. 퍼거슨은 착한 여자였다. 오빠가 제 52사단에 하나, 메소포타미아에 하나 있다는 것 외에는 그녀에 관해서 아무것도 몰랐지만, 그녀는 캐서린 버클리에게 아주 친절하게 대했다.

"우리들 결혼식에 꼭 와주시겠죠?" 한 번은 내가 그녀에게 이렇게 물어본 적이 있었다.

"당신은 결혼 같은 거 하지 않을 거예요."

"왜 안해요."

"못할 거예요."

"왜?"

"결혼하기 전에 먼저 싸움부터 할 걸요."

"싸움 같은 건 안해요. 우리는."

"아직 두고 봐야지요."

"절대로 안 싸워."

"그러면 죽을 거예요. 싸우거나 죽거나. 사람이란 다 그런 거예요. 결혼하게는 안 돼요."

나는 손을 뻗쳐 그녀의 손을 잡으려 했다.

"잡지 마세요." 하고 그녀는 말했다.

"나 울고 있는 거 아네요. 두 분은 잘 되겠지요. 하지만 애길 갖게 하거나 하진 마세요. 그렇게 되면 내가 가만 있지 않을 거예요."

"그렇게 될 리가 있나요?"

"그러니까 조심하세요. 두 분이 잘해 나가길 빌어요. 재미 많이 보세요."

"그렇잖아도 즐겁습니다."

"그럼 싸우지 마시고. 그앨 괴롭게 하시지 않도록."

"그런 짓은 안해요."

"그러나 조심하세요. 난 캐서린까지 흔한 전쟁 고아를 갖게 하고 싶진 않아요."

"당신은 참 좋은 분이오, 퍼기."

"그렇지도 않아요. 내게까지 아첨할 건 없어요. 다린 어떠세요?"

"괜찮아요."

"머리는요?"

그녀는 손끝으로 내 정수리를 만져 보았다.

그것은 신경이 마비된 발을 만지는 것과 같은 감각이었다.

"아무렇지도 않아요."

"그렇게 몹시 다치면 미치는 수도 있어요. 아무렇지도 않으세요?"

"아무렇지도 않아요."

"운도 좋으신 분이셔. 편지 쓰셨어요? 저 내려가야겠는데."

"여기 있소."

"당분간 저애에게 야근해 달라고 하지 마세요. 여간 피로해 있는게 아니에요."

"알겠소. 그러죠."

"내가 해주고 싶어도 도무지 듣지 않아요. 다른 간호사들은 그애가 야근을 해주니까 아주 좋아해요. 좀 쉬어야 될 거예요."

"알았습니다."

"미스 밴 캠펜이 중위님은 늘 오전중엔 내내 주무신다던데요."

"그렇겠지."

"캐서린도 좀 쉬게 하는 게 좋을 거예요."

"나도 생각하고 있었소."

"정말이세요? 쉬게 해준다면 난 그것만으로도 중위님을 존경하겠어요."

"쉬도록 하죠."

"곧이 안 들려요."

그녀는 편지를 들고 나가버렸다. 나는 벨을 눌렀다. 좀 있다가 미스 게이지가 들어왔다.

"왜 그러세요?"

"잠깐 얘기할 게 있어서요. 미스 버클리, 잠깐 야근을 그만두게 해야겠다고 생각진 않아요? 퍽 피곤해 보이던데. 왜 줄곧 혼자만 야근을 하고 있는지 모르겠어요."

미스 게이지는 나를 쳐다보았다.

"난 당신들을 이해하고 있어요. 그렇게 말씀 안 하셔도 좋아요."

"무슨 말씀이시죠?"

"시침떼지 마세요. 용무는 그것뿐인가요?"

"어떻소, 한 잔의 베르뭇?"

"마시죠. 그러나 곧 가야 해요."

그녀는 옷 장에서 병을 꺼내 컵을 하나만 가지고 왔다.

"당신은 컵으로 해요. 난 병으로 할테니." 내가 말했다.

"건강을 위해서 건배."

미스 게이지는 건배를 했다.

"밴 켐펜은 아침 늦게까지 자는 걸 뭐라고 하던가요?"

"그냥 투덜거릴 뿐예요. 중위님을 특별 대우 환자라고 그러면서."

"빌어먹을."

"야비한 사람은 아니에요. 단지 늙어서 까다로울 뿐이지. 그분은 중위님과 잘못 사귀었어요."

"그렇소."

"하지만 전 안 그래요. 게다가 당신 편이구요. 그걸 잊어버리지 마세요."

"당신은 굉장히 좋은 분이오."

"천만에. 중위님이 좋다고 생각하는 사람이 누군지 다 알고 있어요. 그러나 난 중위님 편이에요. 다리는 어떠세요?"

"괜찮소."

"찬 탄산수를 갖다 뿌려 드릴까요? 깁스한 밑이 가려울 거예요. 바깥쪽이 뜨뜻해졌어요."

"고맙소, 정말."

"몹시 가려워요?"

"아니, 괜찮소."

"모래 주머니를 잘 놔드리죠."

그녀는 허리를 구부렸다. "난 당신 편이에요."

"알고 있소."

"아니, 모르세요. 그러나 언젠가는 알게 되겠죠."

캐서린 버클리는 사흘 동안 야근을 쉬었다가 다시 계속하게 되었다. 우리는 마치 먼 여행을 떠났다가 다시 만난 것 같은 기분이었다.

18

그해 여름 우리는 즐거운 시간을 보냈다. 내가 밖을 나갈 수 있게 되자 우리는 마차를 타고 공원을 돌아다녔다. 그 마차, 느릿느릿 달리는 말, 앞자리에 높이 보이던 윤이 나도록 닦은 실크 모자를 쓴 마부의 등, 나와 나란히 앉아 있던 캐서린 버클리, 이러한 것들을 나는 기억하고 있다. 우리들은 손이 닿으면 아주 잠깐 동안이지만, 내 손이 그녀의 손 끝에 닿기만 해도 우리들은 가슴이 두근거렸다. 그 후 목발을 짚고 다니게 되자 우리들은 비피와 그랑 이탈리아 같은 데로 저녁 식사를 하러 가서 바깥 베란다에 자리를 잡았다. 웨이터들이 드나들고 많은 사람들이 오갔으며 테이블 위에 갓을 씌운 촛불이 놓여 있었다. 그랑 이탈리아가 제일 마음에 든다고 결정한 뒤로 웨이터장인 조지가 언제나 테이블을 잡아 두었다가 안내해 주곤 했다. 그는 빈틈없는 사람으로 식사 주문은 그 사람에게 맡겨 놓고는 우리는 오고가는 사람들과 황혼에 잠긴 베란다를 구경하고 서로 얼굴을 마주 쳐다보곤 했다. 우리는 얼음에 채운 맛이 산뜻한 백(白)카프리주를 마셨다. 하기야 그 밖에도 프레사, 바르베라 등 좋은 포도주를 많이 마시긴 했지만. 전쟁 때문에 포도주 전문 웨이터가 없었으므로 내가 프레사 같은 포도주에 대해 물으면 조지는 늘 부끄러운 듯한 미소를 띠었다.

"포도가 딸기 맛이 난다고 해서 포도줄 만드는 나라가 있다고 생각하시는 건 아니시겠죠?" 그가 말했다.

"그러면 어때요?" 하고 캐서린이 물었다. "훌륭할 것 같은데요."

"그럼 부인께서는 원하신다면 그걸 드시죠. 그러나 중위님에겐 작은 마르고 포도주를 한 병 갖다드리죠."

"아니 그걸 한 번 마셔보지, 조지."

"중위님께는 권할 수 없는데요. 딸기 맛조차도 나지 않으니까요."

"날지도 몰라요." 캐서린이 말했다.

"딸기 맛이 나면 훌륭하겠는데."

"가지고 와보죠. 그랬다가 부인이 마실 만큼 드셨으면 가져가죠."

그것은 별로 술 같지 않았다. 그의 말대로 딸기 맛조차 나지 않았다. 우리들은 다시 카프리 주로 바꿨다.

어느 날 저녁 돈이 부족했다. 그러자 조지가 백 리라 꾸어주었다.

"괜찮습니다, 중위님." 하고 그는 말했다. "사정은 다 압니다. 남자분이 돈이 부족해하는 것쯤 알고 있지요. 만약에 중위님이나 부인께서 돈이 필요하시다면 언제든지 꿔드리겠습니다."

식사를 마치면 우리들은 베란다를 빠져나와 다른 식당들과 셔터가 닫힌 가게들을 지나 거닐다가 샌드위치를 파는 조그마한 가게 앞에서 걸음을 멈췄다. 상추를 넣은 햄샌드위치와 갈색 윤이 나는 손가락만큼 작은 롤빵으로 만든 안초비 샌드위치 등이 있었다. 우리는 이런 것을 사두었다가 밤중에 배가 고프면 먹었다. 성당 앞 베란다 밖에서 무개(無蓋) 마차를 타고는 병원으로 돌아왔다. 병원 현관에서는 포터가 그녀와 목발을 짚은 나를 마차에서 내려줬다. 마부에게 마차 삯을 치른 뒤에 우리는 엘리베이터를 타고 위층으로 올라갔다. 캐서린은 간호사들이 거처하는 층에서 내리고 나는 더 올라가서 목발을 짚고 복도를 걸어 내 방으로 들어갔다. 때로는 곧 옷을 벗고 자리에 들어가는 때도 있고, 어떤 때에는 발코니로 나가 의자에 걸터앉아 다른 의자에 다리를 올려놓고 지붕 위를 날아다니는 제비들을 바라보면서 캐서린이 올라오기를 기다렸다. 그녀가 올라오면 마치 오랜 여행이라도 갔다 온 것처럼 반가웠고 나는 목발을 짚고 그녀를 따라 복도를 걸어다니며 대야를 날라 주기도 하고 때론 병실 밖에서 기다리기도 하고 방안에까지 따라들어 갈 때도 있었다. 내가 안으로 들어가고 안 들어가고는 그 병실 사람들이 우리들 편인가 아닌가에 달려 있었다. 그녀가 할 일을 마치면 우리는 내 방 바깥 발코니로 나가서 앉았다. 내가 잠자리로 들어가고 환자들도 잠이 들어 이 이상 자기를 찾을 염려가 없다고 확인하면 그녀도 자리에 들었다. 나는 그녀의 머리를 풀어주는 것을 좋아했고 그럴 동안 그녀는 침대에 앉아서 까딱하지 않고 가만히 있었다. 때로는 갑자기 허리를 굽히고는 나에게 키스를 할 때도 있었다. 나는 핀을 뽑아 홑이불 위에 놓는다. 머리가 풀어진다. 꼼짝도 않고 있는 그녀를 나는 바라본다. 다음 마지막 두 개의 핀을 뽑는다. 나머지 머리카락이 온통 흘러내린다. 그녀가 고개를 숙이면 우리는 둘 다 머리카락 속에 파묻혀버려 텐트 속이나 폭포 뒤에 있는 듯한 느낌이었다.

그녀는 더할나위없이 아름다운 머리를 가지고 있었다. 가끔 자리에 누운 채 열린 문으로 새어드는 빛으로 그녀가 머리를 틀어올리는 것을 쳐다보고 있노라면 날이 밝기 전에 호수가 가끔 빛날 때가 있는 것처럼 밤인데도 그녀의 머리칼이 빛나는 것을 볼 수 있었다. 그녀는 얼굴도 몸도 아름다웠고 피부도 아름다운 것이 부드러웠다. 함께 자리에 누울 때마다 손끝으로 그녀의 볼이며 이마, 눈 아래며 턱과 목을 매만지며 "피아노의 건반처럼 매끄러워." 하고 내가 말하면 그녀도 내 턱을 손가락으로 어루만지면서 말했다.

"샌드페이퍼처럼 껄끄러워서 피아노 건반에겐 너무 거칠어요."

"거칠단 말이지?"

"아녜요, 좀 놀려봤을 따름이에요."

밤은 늘 유쾌했고 서로 몸이 닿는 것만으로도 우리는 행복했다. 굉장한 즐거움을 나눠 갖는 외에 여러 가지 사랑의 장난도 하여 두 사람이 각기 다른 방에 있을 때에도 서로를 생각하도록 애썼다. 간간이 잘 통할 때도 있었다. 그것은 아마 두 사람이 같은 생각을 품고 있었기 때문이리라.

우리들은 그녀가 이 병원으로 온 첫날에 결혼한 것으로 치고 그 결혼날로부터 몇 달이나 되었는지를 세어 보았다. 나는 정식으로 결혼했으면 싶었지만, 캐서린은 만일 결혼한다면 자기는 병원을 나가야 하며, 다만 결혼 수속을 하는 것만으로도 병원의 감시를 받게 될 것이니, 두 사람의 사이는 갈라지고 말 것이라는 것이다. 또 우리들은 이탈리아의 법률에 따라 결혼해야 하는데 그 수속 또한 여간 귀찮은 것이 아니었다. 어린

아이가 생기는 경우를 생각할 때 그것이 마음에 걸려 나는 정식으로 결혼을 해야겠다고 생각했다. 그래도 우리는 결혼한 것으로 생각하고 걱정하지 않기로 했다. 사실 나는 결혼하지 않고 지내는 것이 오히려 즐거웠다. 어느날 밤 결혼에 관한 얘기를 할 때 캐서린이 말했다.

"그러면 병원에선 날 내보낼 거예요."

"그럴 리가 있나?"

"쫓아낼 거예요. 본국으로 보내버릴 거예요. 그러면 우리들은 전쟁이 끝날 때까지 헤어져 있게 돼요."

"내가 휴가를 맡아 찾아가지."

"휴가 정도론 스코틀랜드까지 갔다 되돌아올 수 없어요. 그리고 난 당신과 헤어져 있는 게 싫어요. 이제 새삼스레 결혼이 무슨 소용이 있어요? 우리 정말은 결혼했잖아요? 이 이상 또 무슨 결혼을 해요."

"나는 당신을 위해서 그러는 거야."

"나라는 건 없어요. 난 당신이에요. 따로 떨어져 있는 저는 생각지도 마세요."

"난 말이오, 여자라는 건 언젠가 반드시 결혼하고 싶어한다고 알고 있소."

"그래요. 하지만 당신, 난 결혼했어요, 당신과 결혼했어요. 좋은 아내 노릇 하잖아요?"

"사랑스러운 아내야."

"이보세요 당신. 난 한 번 결혼을 기다린 적이 있었어요."

"그런 소린 듣고 싶지 않아."

"알죠, 내가 당신만을 사랑하는 걸! 예전에 다른 남자가 나를 사랑했다고 해서 기분나빠해서는 안 돼요."

"기분 나쁜 걸."

"죽은 사람을 질투해서는 안 돼요. 모든 것이 다 당신 것이 되었는데."

"질투하는 건 아냐. 하지만 그런 얘긴 듣기 싫어."

"어머, 난 당신이 여러 여자를 상대했던 걸 알지만 조금도 문제삼지 않아요."

"어떻게 비밀리에 결혼하는 방도는 없을까? 만약 내게 어떤 일이 생기거나 당신이 어린아이를 갖게 되는 경우를 위해."

"결혼은 교회나 국가의 법률에 의하지 않고선 방도가 없어요. 우리들 이미 비밀리에 결혼한 게 아녜요? 내가 무슨 종교를 가졌다면 그것이 중대한 문제겠지요. 그러나 난 종교가 없어요."

"당신은 나에게 성 안토니를 주지 않았소?"

"그건 행운이 있으라고 드린 거죠. 누가 선사한 거예요."

"그럼 당신 아무런 걱정도 없소?"

"당신 곁을 떠나게 되지나 않나 하는 것뿐이예요. 당신은 내 종교고 내가 얻은 전부예요."

"알았소. 그러나 난 당신이 결혼하고자 하면 언제라도 하겠소."

"마치 날 정식 아내로 만들어야 할 것처럼 얘기하지 마세요. 난 어엿한 정식 아내예요. 당신이 행복하시고 그것을 자랑스럽게 생각한다면 아무것도 부끄러워할 건 없을 거예요, 당신은 행복하지 않으세요?"

"설마, 당신 날 버리고 다른 남자한테로 가진 않겠지?"

"그럼요. 내가 당신을 버리고 다른 남자한테로 갈 것 같아요? 앞으로 우리에겐 여러 가지 어려운 일이 생길 거예요. 그렇지만 그것만은 걱정할 필요 없어요."

"걱정은 안해. 그러나 난 당신을 이렇게 사랑하는데 당신은 전에 다른 사람을 사랑한 적이 있지 않소."

"하지만 그 사람은 어떻게 됐죠?"

"죽었지."

"그래요. 만일 그 사람이 죽지 않았다면 난 당신을 못 만났을 거예요. 나는 성실치 못한 여자가 아녜요. 그야 결점도 퍽 많지만 절조는 있어요. 이제 당신이 진저리날 정도로 정숙할 거예요."

"난 곧 일선으로 돌아가야 해."

"당신이 떠나게 될 때까지 우리 그런 생각은 말기로 해요. 난 행복해요. 아주 즐겁게 지내잖아요. 난 오랫동안 행복이란 걸 알지 못했어요. 그래서 당신을 만났을 때는 거의 미쳐 있었나 봐요. 아마 미쳐 있었을 거예요. 하지만 우리들은 행복하고 서로 사랑하고 있어요. 행복한 것을 그저 마음껏 즐겨요. 당신도 행복하시죠, 네? 내가 해드린 것 중에서 마음에 안 드시는 게 있어요? 뭐 새롭게 당신을 즐겁게 해드릴 수 없을까요? 내 머릴 풀어보고 싶으세요? 장난하고 싶으세요?"

"응, 이리로 들어와요."

"네, 네. 그 전에 우선 환자부터 보고 올게요."

19

이렇게 그해 여름은 지나갔다. 다만 더웠다는 것과 신문에 많은 전과가 보도됐다는 것 외에는 지나간 그날그날을 그다지 기억하고 있지 않다. 나는 건강해졌고 다리의 회복도 빨랐으므로 목발을 짚고 다닌 지 얼마 안 가서 그것 없이 지팡이만으로 걸을 수 있게 되었다. 그후 오스페달레 마죠레에서 무릎을 굽히는 치료를 시작하여 반사경이 달린 상자 속에서 자외선욕(紫外線浴)을 하거나 마사지와 목욕 등의 물리 치료를 받았다. 병원에는 매일 오후에 갔고 돌아오는 길에 카페에 들러서 한잔 하면서 신문을 읽었다. 거리를 쏘다니지 않고 카페에서 곧장 병원으로 돌아오고 싶었다.

캐서린을 만난다는 것만이 내가 바라는 전부였다. 그 나머지 시간은 희생해도 좋았다.

오전중에는 대부분 잤고 오후가 되면 때때로 경마 구경을 갔다가 늦게야 물리 치료를 받으러 갔다. 또 어떤 때는 영미(英美) 클럽에 들러서 창 바로 앞에 놓여 있는 쿠션 좋은 가죽 의자에 몸을 묻고 잡지를 읽었다.

목발 없이 걷게 되자 병원에서는 우리가 같이 외출하는 것을 허락하지 않았다. 시중이 필요치 않은 환자에게 간호사가 같이 다닌다는 것은 온당하지 않다는 것이었다. 그래서 오후에는 같이 있을 기회가 많지 않았다. 그래도 퍼거슨이 함께 가 줄 때에는 간혹 같이 저녁을 먹으러 외출할 수가 있었다. 미스 밴 캠펜은 캐서린이 일을 많이 덜어 주기 때문에 우리들의 친밀한 사이를 인정해 주었다. 그녀는 캐서린이 좋은 집안 출신이라고 하여 나중에는 편파적일 만큼 그녀를 두둔했다. 미스 밴 캠펜은 가문을 퍽 존중했고 그녀 자신도 훌륭한 집안 출신이었다. 요새는 병원 일이 매우 바빠져서 그녀는 늘 일에 몰렸다. 그해 여름은 무척 더웠다. 밀라노에는 아는 사람도 많았지만 나는 석양 무렵이 되면 한 시라도 빨리 병원으로 돌아가고 싶어했다.

전선에서는 아군은 카르소까지 진격해서 벌써 플라바 전방의 쿡을 점령했고, 이제는 바인시차 고원을 점령하려고 작전 중이었다.

서부 전선은 아군에게 그다지 유리한 것 같지 않았다. 아무래도 전쟁은 장기전으로 들어간 모양이었다. 미국도 참전은 했지만 대부대를 파견하여 전투 훈련을 시키려면 1년은 걸릴 것 같았다. 내년엔 전세가 악화될지도 모르지만, 어쩌면 유리하게 전개될지도 모르겠다. 이탈리아 군은 막대한 병력을 손실시키고 있어 앞으로 전쟁을 계속할 수 있을지 알 수 없었다. 비록 바인시차와 산가브리엘레 산 일대를 완전히 점령한다 하더라도 오스트리아까지에는 산들이 첩첩이 가로놓여 있었다. 나는 실제로 보아서 알고 있었다. 험한 준령은 모두 저편에 있었다.

카르소에서는 아군이 전진하고 있지만 해안 지대에는 늪과 습지가 많았다. 나폴레옹이라면 평지에서 오스트리아 군을 격파하였을 것이다. 산악 지대에서 그들과 싸우는 일은 결코 하지 않았을 것이며 평지로 진격해 오는 것을 기다렸다가 베로나 근방에서 격파하였을 것이다. 서부 전선에서는 아직 서로 상대방을 격파하지 못하고 있었다. 전쟁은 일방적인 승리로 끝나지는 않을 것 같았다. 전쟁은 영원히 계속될지도 모른다. 제 2

의 '백년 전쟁'이 될지도 모른다. 나는 신문을 신문걸이에 걸고는 클럽을 나왔다. 조심스럽게 계단을 내려간 다음 만초니 거리를 걸었다. 그랑 호텔 밖에서 마차에서 내리는 마이어즈 노부처와 만났다. 경마에서 돌아오는 길이었다. 부인은 검은 공단 옷을 차려입은 가슴이 풍만한 여자였다. 마이어즈 씨는 키가 작은 노인으로 흰 수염을 길렀으며 등나무 단장을 짚고 발바닥이 평발인 사람이 걷는 그런 걸음걸이로 걸었다.

"오랜만이에요." 부인이 나에게 악수를 청했다.

마이어즈 씨도 "여어." 하고 인사를 했다.

"경마는 어땠습니까?"

"훌륭했다우. 퍽 재미있었어요. 난 경마에서 세 번이나 맞혔다우."

"노인께서는 어떠셨습니까?"

마이어즈 씨에게로 고개를 돌리며 물었다.

"좋았지. 한 번 맞혔다네." "저분이 어떻게 하는지 난 통 모르겠어요. 아무 말도 안해주니까."

"난 나대로 잘한다우." 노인은 부드럽고 친절한 표정으로 말했다. "자네도 좀 나오도록 해보지."

마이어즈 씨와 이야기를 하고 있으면, 이 노인은 상대방을 보고 있지 않는게 아닌가 혹은 사람을 잘못 보고나 있는 게 아닌가 하는 인상을 받는다.

"네, 이제 나가지요."

"그렇지 않아도 당신을 보러 갈 참이었다우." 이번에는 마이어즈 노부인이 말했다. "내 아들에게 갖다 줄 것이 생겼다우. 당신들은 모두가 다 내 아들이지. 당신들은 정말 모두가 내 귀여운 아들이야."

"노인을 만나면 다들 좋아할 거예요."

"다들 귀여운 아들들이지. 당신도 그렇고. 당신도 내 아들의 하나야."

"가봐야겠습니다."

귀여운 아들들에게 안부 잘 전해 줘요. 갖다줄 것이 퍽 많다우. 훌륭한 마르살라(이탈리아 산 백포도주)도 있고 과자도 있고."

"안녕히 가십쇼. 노인이 오시면 모두들 좋아할 겁니다."

"잘 가요." 이번에는 마이어즈 씨가 인사를 했다.

"갈레리아에도 좀 나와요. 내 테이블 있는 덴 알고 있겠지? 우리들은 오후엔 매일 거기 가 있으니까."

그들과 헤어져 나는 그대로 거리를 걸어갔다. 코바에서 캐서린에게 갖다 줄 걸 사고 싶었다. 코바로 들어가서 초콜릿 한 상자를 샀다. 여점원이 그것을 싸고 있는 동안 바로 갔다. 두 명의 영국 사람과 항공병이 몇 있었다. 나는 혼자서 마티니(카테일의 일종)를 마시고 그 값을 치른 뒤 바깥 매점에서 초콜렛 상자를 받은 다음 병원으로 천천히 걸어갔다. 가는 도중 스칼라 극장으로부터 뻗은 거리에 면해 있는 조그마한 바 앞에서 아는 사람을 만났다. 부영사(副領事)와 성악을 공부하고 있는 두 사람과 그리고 샌프란시스코에서 온 이탈리아인으로 이탈리아 군에 입대해 있는 에토레 모레티 등이었다. 이들과 한잔 했다. 가수 중 하나는 랠프 시몬즈가 본명이었지만 엔리코 델 크레도라는 예명(藝名)으로 노래를 부르고 있었다. 어느 정도의 가수인지는 알 수 없었으나 그는 언제나 무엇인지 터무니없이 굉장한 일을 이제라도 당장 벌이고 말 것처럼 허풍을 떠는 사나이였다. 살찐 뚱뚱한 몸집에 코와 입언저리가 건초열(乾草熱)에라도 걸려 있는 것처럼 허옇게 말라 있었다. 피아센자에서 노래를 부르고 돌아오는 길이라고 했다. 토스카를 불렀다는데, 그것이 대단한 성공을 거두었다고 했다.

"물론 자넨 아직 한 번도 내가 부르는 노랠 듣지 못했지."
하고 그가 먼저 말을 꺼냈다.

"여기선 언제 부르나?"

"가을에 스칼라 극장에 나갈 거야."

"나가면 뭘 해, 손님들이 의자를 던질 텐데." 하고 에토레가 놀려댔다. "모데나에서 이 친구 얻어맞은 얘기 들었나?"

“터무니없는 얘기야, 믿지 말게.”

“손님들이 막 의자를 던졌다네.” 에코레가 되풀이했다.

“나도 거기에 있었어. 나 역시 의자를 여섯 개나 집어던졌지.”

“어이, 시끄러, 이 프리시코(샌프란시스코의 줄인 이름)에서 돌아온 워프 공(公).”

“이 작잔 이탈리아어의 첫발음도 모른다네.” 에토레가 또 다시 놀려댔다. “가는 곳마다 의자 세례야.”

“피아센자 극장은 북부 이탈리아에서도 제일 부르기 힘든 곳이야.” 하고 다른 테너 가수가 말을 받았다.

“거짓말이 아냐. 정말 거기는 부르기 고약한 곳이야.”

이 테너 가수는 에드거 손더즈로서 에두아르도 지오바니라고 하는 예명으로 노래를 부르고 있었다.

“너 역시 그 극장에서 의자 세례를 당하는 꼴을 좀 보았으면 좋겠는데.” 하고 또다시 에토레가 말했다. “제 주제에 무슨 이탈리아 말로 노랠 부를 줄 안다구.”

“저 작자 좀 보게.” 이번에는 에드거 손더즈의 반격이었다. “저 친군 의자 세례 말밖에는 아무것도 할 줄 몰라.”

“너희들이 노래하면 손님들이 그런 짓밖엔 하지 않으니까 그렇지.” 하고 에토레가 덧붙였다. “그래도 미국에 가서는 스칼라 극장에서 대성공이었다고 큰소릴 치겠지? 아마 스칼라 극장에선 처음 한 곡조만 듣고도 그만 집어치우라고 청중들이 야단들일게다.”

“봐라, 내가 스칼라 극장에서 노랠 부를 테니.”

시몬즈도 지질 않았다. “10월에는 토스카를 부르겠어.”

“그땐 우리도 가세, 웅, 맥?” 하고 에토레가 이번에는 부영사에게 말을 건넸다. “이치들, 누구든 보호해 주는 사람이 없으면 큰일날 테니까.”

“아마 미군이 출동해서 보호해 줄 거야.” 부영사도 맞장구를 쳤다. “어때 또 한 잔, 시몬즈? 자넨 어떤가, 손더즈?”

“하지.”

손더즈가 서슴지 않고 대답했다.

"소문엔 자네 은장을 받는다면서?" 이번에는 에토레가 나에게 말을 건넸다.

"어떤 전공으론가?"

"몰라. 훈장을 받을지 어떨지도 몰라."

"받게 돼 있어. 거 참, 대단한데. 훈장을 타면 코바 아가씨들은 자넬 굉장한 인물로 생각할 걸세. 모두들 자네가 오스트리아 병사를 2백 명이나 죽였거나 단신으로 적의 참호를 뺏었다고 생각할 것일세. 정말이야, 나도 훈장을 타려고 어지간히 일했지."

"그래 자네는 몇 개나 탔나, 에토레?"

부영사가 물었다.

"그 사람 안 탄 훈장이 어디 있나?"

시몬즈가 한 마디 했다.

"저 친구 때문에 모두가 전쟁을 하고 있는 셈인데."

"청동장(青銅章)을 두 번, 은장을 세 번 탔지."

하고 에토레가 으스대며 말했다. "그러나 표창장은 한 번밖엔 못 탔어."

"다른 건 어찌 되구?"

시몬즈가 물었다.

"작전이 성공하지 못해서." 하고 에토레가 대답했다.

"작전이 성공하지 못할 때에는 공로장은 모두 보류거든."

"자넨 몇 번이나 부상당했지, 에토레?"

"중상이 세 번. 그래 전상 휘장(戰傷徽章)이 세 개 붙어 있어. 이봐."

이러면서 그는 소매를 돌려 보였다. 어깨에서 8인치 가량 내려온 곳에, 소매에 꿰매붙인 흑색 바탕의 천에 세 개의 은선(銀線)이 나란히 있었다.

"자네도 하나 있지." 하며 에토레가 나까지 끌어 넣었다.

"정말이야, 이것이 있으면 굉장하지. 나도 훈장보다도 이게 더 부러워. 알겠나, 여보게, 이놈을 세 개나 타려면 여간 어려운 게 아니야. 병원에

3개월 동안이나 입원해야 할만한 부상을 입어야 겨우 이것 하나야."

"자넨 어딜 다쳤지, 에토레?" 부영사가 다시 물었다.

에토레는 소매를 걷어올렸다.

"여기야." 그는 움푹 파인 반질반질한 붉은 상처 자국을 보였다. "다리는 여기고. 각반을 차고 있으니까 보일 수 없지만. 다음은 발이야. 발에 죽은 뼈가 있어서 지금도 냄새가 심해. 아침마다 조금씩 뼈 부스러기를 뽑아 버리지만 그래도 늘 냄새가 나."

"뭣에 다쳤길래?" 시몬즈가 물었다.

"수류탄이야. 그 감자 찧는 절굿공이 같은 거 말이야. 그놈이 내 발 한쪽을 온통 날려가버렸지. 그 감자 찧는 절굿공이 같은 거 알겠지?" 그는 나를 쳐다보았다.

"알고말고."

"난 그 망할 녀석들이 그걸 던지는 걸 보았지." 하고 에토레는 말을 이었다. "그걸 맞고 넘어지면서 이젠 죽었구나 했지. 그랬더니 그 절굿공이 말이야, 속이 텅텅 비어 있지 않아. 나는 내 소총으로 그자를 쏴 죽였지. 내가 늘 소총을 가지고 다니기 때문에 놈들은 내가 장교라는 걸 몰랐지."

"어떤 얼굴을 하고 있던가?" 시몬즈가 물었다.

"수류탄이 그거 하나밖엔 없었던 모양이야. 뭣 땜에 그걸 나에게 던졌는지 모르겠어. 아마 늘 그걸 한 번 던져보기가 원이었던 모양이야. 진짜 전투는 한 번도 못해 본 놈인가봐. 내가 쏜 탄알은 그놈에게 명중했지."

"자네가 쏘았을 때 어떤 얼굴을 하고 있던가?"

시몬즈가 재차 물었다.

"그걸 어떻게 알아? 난 그자의 배를 쐈어. 처음엔 머릴 겨누다가 빗맞을 것 같아서."

"자네는 장교가 된 지 몇 해나 되나, 에토레?"

내가 물었다.

"2년. 곧 대위야. 자넨 중위가 된 지 얼마나 됐나?"

"이럭저럭 3년이 되네."

"자네는 대윈 못될 걸, 이탈리아 말을 못하니까. 말은 하지만 읽고 쓰는 게 부족하니까. 대위가 되려면 교육을 받아야 돼. 왜 미군에 안 들어가나?"

"들어갈지도 모르지."

"나도 들어갔으면 하고 있어. 어이, 여보게, 대위 봉급은 얼마나 되지, 맥?"

"정확히는 모르지만, 2백 50달러쯤 되겠지."

"2백 50달러 있으면 뭐든지 하겠는데, 자넨 빨리 미군에 들어가는게 좋겠어, 프레드. 나도 들어갈 수 있는지 좀 알아보게."

"그렇게 하지."

"나는 이탈리아어로 1개 중대를 지휘할 수 있어. 영어로도 문제 없이 해낼 수 있게 될 거야."

"자넨 장군이 될지도 몰라."

시몬즈가 말했다.

"아냐, 장군이 되기엔 부족해. 장군은 굉장한 지식을 지니고 있어야 돼. 자네들은 전쟁이 무턱대고 아무렇게나 되는 줄 알고 있는 모양이야. 자네들 머리로는 이등 하사도 못 될거야."

"그런 것 안 되기가 천만 다행이야."

시몬즈가 말했다.

"이제 군에서 자네 같은 게으름뱅이들을 징벌할 거야. 봐. 군에 안 들어오고 배길 재주가 있나. 그렇지, 이봐, 자네들을 내 소대에다 넣으면 좋겠어. 맥, 자네도 그렇고. 자넨 내 연락병으로 하고 싶은데."

"오 위대하셔라. 그런데 자넨 암만 봐도 군국주의자 같아." 맥이 말했다.

"난 전쟁이 끝날 때까지 대령은 될 거야."

"전사만 않으면 말이지?"

“전산 왜 해!” 그는 엄지손가락과 집게손가락으로 그의 칼라에 달린 별을 만졌다. “내가 뭘 하는지 아나? 우리들은 전사라는 말을 입에 담으면 언제나 이렇게 성장(星裝)을 만지지.”

“그만 가세, 심.”

“손더즈가 일어섰다.

“그러지.”

“그러면 또.” 하고 내가 인사를 했다. “나도 가야겠어.”

바의 시계는 6시 15분 전이었다.

“잘 있게, 에토레.”

“잘 가게, 프레드.” 에토레가 인사를 받았다.

“참 잘됐네, 은장을 타게 돼서.”

“아직 모르겠어.”

“타게 될 거야, 프레드. 타게 되리라는 소문을 들었어.”

“또 만나세.” 하고 내가 다시 인사를 했다. “사고나 내지 말게, 에토레.”

“내 걱정은 말아. 술도 안 마시고 색싯집 뒤지는 놈도 아니니까. 몸 위하는 일이 어느 건진 잘 알고 있다네.”

“잘 가게. 자네가 대위로 진급한다니 반갑네.”

“진급할 때까지 기다리고만 있는게 아니야. 전공을 세워가지고 대위로 되는 거지. 알겠나? 별 셋과 그 위에 검(劍) 두 자루를 교차시키고 왕관이 있는 거, 그게 바로 내가 바라는 거야.”

“행운을 비네.”

“고마워. 행운을! 자넨 언제 전선으로 돌아가나?”

“머지않아 곧.”

“그래! 또 만나세, 거기서.”

“자, 그럼 또.”

“잘 가게! 몸조심하게.”

나는 병원으로 통하는 지름길로 해서 골목을 걸어갔다. 에토레는 스물

두 살이었다. 샌프란시스코에 있는 숙부 밑에서 자랐는데, 토리노에 있는 부모를 찾아왔다가 그만 선전포고가 되고 말았다. 그는 누이동생과 함께 미국에 있는 숙부에게로 가서 올해 사범 학교를 졸업할 예정이었다. 그는 타고난 지나치게 유쾌한 성격으로 만나는 사람마다 싫증을 내게 했다. 캐서린도 이 사람이라면 딱 질색이었다.

"우리 나라에도 호걸형의 사람은 있어요." 하고 캐서린이 말했다. "그러나 대개는 좀더 점잖아요."

"난 괜찮은데, 그 친구."

"나도 그렇게 자신만만하고 날 성가시게 하지만 않으면 별반 싫은 건 없어요. 하지만 그분을 대하기만 하면 견딜 수가 없어요."

"좀 그렇긴 해."

"그렇게 말씀해 주시니 기뻐요. 하지만 당신까지 그렇게 말씀하실 필요 없어요. 당신은 전선에서의 그분을 상상할 수 있고 그 사람의 살 만한 점도 알고 있지 않아요? 하지만 그분은 내가 조금도 매력을 느끼지 못할 형이에요."

"알겠소."

"알아 주셔서 고마워요. 나도 그분을 좋아해야겠다고 생각하곤 있지만, 정말 그렇게 안 돼요."

"오늘 저녁때 만났는데, 곧 대위가 된다는군."

"잘됐군요. 그분 좋아하겠군요."

"내가 계급이 올랐으면 하고 생각지 않소?"

"아뇨. 그저 고급 식당에 들어갈 수 있을 만한 계급이면 되죠 뭘."

"지금의 내 계급이 꼭 알맞는 셈이군."

"훌륭한 계급이에요. 그 이상의 계급은 바라지 않아요. 계급 때문에 머리가 이상해질지도 모르니까. 난 당신이 뽐내지 않아서 참 좋아요. 하긴 당신이 잘난 체해도 역시 난 당신과 결혼했을 테지만. 그러나 뽐내지 않는 남편을 갖고 있다는 것이 퍽 마음이 놓여요."

우리들은 발코니로 나가서 조용히 이야기를 주고받았다. 달이 뜰 것으로 생각되었으나, 거리는 온통 안개로 덮이고 달은 뜨지 않았다. 잠시 후에 이슬비가 내리기 시작했으므로 우리는 방안으로 들어왔다. 어느새 안개는 비로 변해 밖에서는 이내 좍좍 내리는 빗소리와 함께 지붕을 두드리는 소리가 들렸다. 나는 일어서서 비가 들이치나 보려고 창가로 가서 보았지만, 그렇지 않았으므로 열린 채로 두었다.

"또 누굴 만났어요?"

캐서린이 물었다.

"마이어즈 부부를 만났지."

"그분들 이상한 사람들이죠?"

"남편은 본국에서 감옥에 들어가 있었대. 나이가 많아 얼마 못 살 것 같으니까 내보낸 게지."

"그후로는 쭉 밀라노에서 행복스럽게 살고 있죠."

"얼마나 행복한지 모르지."

"감옥에 있던 때를 생각하면 그야 행복하죠."

"부인이 병원으로 뭘 갖다 주겠다는데."

"늘 좋은 선물을 갖다 줘요. 당신도 그분의 귀여운 아들이에요?"

"아들의 하나지."

"당신들은 모두 그분의 귀여운 아들이에요. 그분은 아들을 좋아하나봐. 들어보세요, 빗소리."

"몹시 오는군."

"언제나 날 사랑해 주시겠죠?"

"그럼."

"저렇게 비가 쏟아져도 변함없겠죠?"

"없지."

"아아, 기뻐요. 난 비가 무서워요."

"왜?"

나는 졸렸다. 밖에선 쉬지 않고 좍좍 비가 퍼부었다.

“왠진 모르겠어요. 그전부터 비가 무서웠어요.”

“나는 좋은데.”

“빗속을 걷는 건 나도 좋아요. 그러나 비는 사랑엔 여간 무정한 게 아니에요.”

“나는 언제나 당신을 사랑할거요.”

“나도 당신을 사랑해요, 비가 오나 눈이 오나 우박이 쏟아지나 —— 또 무엇이 있을까요?”

“몰라. 졸려 죽겠어.”

“어서 주무세요, 아무래도 좋아요, 난 당신을 사랑하니까.”

“당신, 비가 무섭다며?”

“당신과 함께라면 무섭지 않아요.”

“왜 비가 무섭지?”

“모르겠어요.”

“얘기해 봐요.”

“조르지 마세요.”

“얘기해 봐.”

“싫어요.”

“얘기해 봐.”

“그럼 말하죠. 비가 무서운 건요. 가끔 빗속에서 내가 죽어 있는 것이 보이기 때문이에요.”

“바보 같은 소리!”

“그리고 가끔 당신이 죽어 있는 것도 보여요.”

“그거 그럴 듯하구먼.”

“아녜요, 그렇지 않아요. 그렇지만 난 당신을 위험으로부터 지킬 수 있어요. 정말 할 수 있어요. 하지만 자신을 지킬 수 있는 사람은 아무도 없어요.”

"자, 그만해요. 오늘 밤은 스코틀랜드 사람 같은 잔소리나 그런 잠꼬대 같은 소린 하지 말아요. 떠날 날도 얼마 남지 않았는데."

"그래요. 그렇지만 난 스코틀랜드 사람이고 미쳤어요. 그 얘긴 그만두죠. 모두 다 싱거운 얘기니까요."

"그렇지, 모두 다 싱거운 얘기야."

"정말 그래요. 잠꼬대예요. 나 비 같은 거 무섭지 않아요. 비는 무섭지 않아요. 아아, 하느님, 무섭지 않게 해주세요."

그녀는 울고 있었다. 내가 달래자 이내 울음을 그쳤다. 그러나 밖에는 아직도 줄기차게 비가 내리고 있었다.

20

어느 날 오후 우리는 경마 구경을 갔다. 퍼거슨과 포탄 신관으로 눈을 다친 크로웰 로저스도 같이 갔다. 점심을 끝내고 그녀들이 옷을 갈아입으러 간 동안 크로웰과 나는 그의 병실 침대에 걸터앉아서 경마 신문에 나와 있는 이제까지의 경마 성적과 오늘의 예상 같은 것을 읽고 있었다. 크로웰은 머리에 붕대를 감고 있었다. 그는 경마에는 그다지 관심이 없었지만 그래도 경마 신문만큼은 늘 읽고 있었고 심심풀이로 모든 말의 경마 성적을 모아놓고 있었다. 여기 말들은 모두가 다 신통치 않지만, 말이라곤 이것밖에 없으니까 어쩔 수 없다고 그는 말했다.

마이어즈 씨는 크로웰이 마음에 들었는지 이길거라고 생각되는 말을 몰래 가르쳐주곤 했다. 마이어즈 씨는 거의 경마 때마다 계속해서 이겼지만 배당금이 적어진다 해서 다른 사람에게 이길 말의 예상을 가르쳐주기를 꺼려했다. 여기 경마는 매우 허술했다. 다른 어떤 경마장에도 출장(出場)이 금지되어 있는 기수들이 이탈리아에서는 경마에 나왔다. 마이어즈 노인의 정보는 확실하지만, 나는 그에게 묻는 것이 싫었다. 누가 물어보면 대답을 피할 때도 있고 마지못해 말해주면서도 불쾌해하는 표정이었기 때문이다.

그러나 그는 웬일인지 우리들에게만은 가르쳐주어야 한다고 느낀 모양이었는지 크로웰에게 가르쳐주었다. 크로웰은 눈에 부상을 입고 있었다. 한쪽 눈은 특히 심했는데 마이어즈 노인도 눈병을 앓고 있었다. 그래서인지 크로웰에게 유다른 호의를 보이고 있었다. 마이어즈 노인은 자기가 어떤 말을 걸고 있다고 하는 것을 부인에게도 절대 말하지 않았다. 그 부인은 따기도 하고 잃기도 했다. 그러나 대체로 잃고 있었다. 그녀는 줄곧 수다만 떨고 있었다.

우리 네 사람은 무개 마차를 타고 산 시로로 나갔다. 좋은 날씨로, 공원을 지나 전찻길을 따라 마차를 몰고 길에 먼지가 이는 교외로 나왔다. 철책을 두른 별장, 나무가 무성한 넓은 정원, 물이 흐르고 있는 도랑, 잎사귀에 먼지가 앉은 푸른 채소밭들이 있었다. 온 들판이 한눈에 들어왔으며 농가와 함께 봇도랑이 있는 기름진 농장이 보이고 북녘에 산들이 보였다. 많은 마차가 경마장으로 갔다. 우리들은 군복차림이었으므로 입구에 있는 사람은 우리를 입장권 없이 들여보냈다. 우리들은 마차에서 내려 프로그램을 사가지고 내야(內野)를 지나 다시 경주로의 부드럽고 폭신폭신한 잔디밭을 가로질러 출장마를 넣어둔 곳으로 갔다. 중앙 관람석은 오래된 목조로 마권 매표소는 관람석 밑에 마구간까지 한 줄로 늘어서 있었다. 내야 울타리쪽으로는 군인들이 한데 몰려 있었다. 말 대기소에도 많은 사람들이 있었다. 중앙 관람석 뒤 나무 그늘에 있는 마장에서는 조마사들이 말을 빙빙 돌려 걸려 보고 있었다. 아는 사람들도 만났다. 퍼거슨과 캐서린에게 자리를 잡아주고 말을 구경했다.

말은 목을 늘이고 조마사에게 끌려 차례로 빙빙 돌고 있었다. 크로웰은 자주색이 도는 검은빛 말을 보고 확실히 물들인 것이라고 말했다. 자세히 보니 그런 것 같기도 했다. 그 말은 안장을 놓으라는 신호 벨이 나기 직전에 끌려 나왔다. 조마사의 완장에 붙인 번호로 프로그램에 나와 있는 그 말의 이름을 찾았더니 자팔라크라는 검정색 거세마(去勢馬)라고 되어 있었다. 이 경마에 나가는 것은 상금 천 리라 이상의 경마에 우승한 일이 없는 말들로만 국한되어 있었다. 캐서린도 확실히 그 말의 털은 염색한 것이라고 했다. 퍼거슨은 잘 모르겠다고 했다. 나도 좀 의심쩍어하였다. 우리들은 이 말에다 걸기로 결정하고 백 리라를 거둬 모았다. 마권 할 당표에는 이 말이 이기면 35대 1의 비율로 배당금이 돌아온다고 기록되어 있었다. 크로웰이 마권을 사러 간 동안 우리들은 기수들이 시험삼아 말을 달려 보고 난 뒤 나무 그늘을 지나 경주로 있는 데로 가서 출발점으로 천천히 말을 끌고 가는 것을 바라보았다.

우리들은 경마를 구경하려고 중앙 관람석으로 올라갔다. 당시 산 시로엔 자동식 출발 장치가 없었으므로 출발계가 말들을 일렬로 나란히 세웠다. 말들은 저쪽 경주로에서 아주 조그맣게 보였다. 잠시 후 출발계는 손에 들고 있던 긴 채찍을 휙 올리는 것을 신호로 그 말들을 출발시켰다. 말들은 우리들 앞을 지나갔다. 예의 그 검은 말이 선두를 달리고 있었다. 그 말은 코너에서는 다른 말보다 훨씬 앞을 달렸다.

나는 망원경으로 연방 멀리서 달리고 있는 말들을 좇았다. 검은 말을 탄 기수는 속력을 억제하느라고 무던히 애를 쓰고 있었다. 그러나 그 말은 코너를 돌아 마지막 경주로로 들어섰을 땐 다른 말보다 15마신(馬身)이나 앞서 있었다. 그말은 결승점을 지난 뒤에도 코너 있는 데까지 계속 달려갔다.

"얼마나 멋있어요!" 캐서린이 먼저 입을 열었다.

"3천 리라 이상 타겠네요. 정말 굉장한 말이네요."

"배당금 지불이 끝날 때까지 염색한 게 변하지 않으면 좋겠어요."

크로웰이 말했다.

"정말 굉장한 말이었어요." 캐서린이 또 감탄했다. "마이어즈 씨도 그 말에 걸었는지 몰라."

"저 이긴 말에 걸었습니까?"

내가 마이어즈 노인에게 큰소리로 물었다. 그는 고개를 끄덕였다.

"난 글쎄 딴 말에 걸었지 뭐에요."

마이어즈 부인이 말했다.

“당신들은 어느 말에 걸었소?”

“자팔라크예요.”

“정말? 그건 35밴데!”

“그 말의 빛깔이 마음에 들었어요.”

“난 마음에 안 들었어. 웬일인지 시시해 보여서, 모두들 그 말에 걸지 말라고 하더군.”

“대단한 할당은 없을걸.”

마이어즈 노인이 말했다.

“배당표에는 35대 1로 나와 있는데요.”

내가 말했다.

“많이 돌아오진 않을 거야. 마지막 순간에 그 말에 많이들 걸었거든.”

“누가요?”

“켐프톤과 그 패들이. 두고 보게나, 두 배도 못될 테니.”

“그럼 우리들은 3천 리라는 못 타겠네요.” 하고 캐서린이 소리쳤다. “이런 엉터리 경만 질색이야!”

“2백 리라는 타게 되겠지.”

“그런 건 안 타는 거나 마찬가지예요. 그것 가지고야 뭣에다 쓰겠어요? 3천 리라 탈 것으로만 알고 있었는데.”

“엉터리야, 정말.”

퍼거슨도 분해했다.

“정말이야.” 캐서린은 아쉬운 표정으로 말했다. “엉터리가 아니었더라면 우리들은 그런 말에 한 푼도 걸지 않았을 텐데. 하지만 그 3천 리라는 부러웠어.”

“아래로 가서 한 잔하고 우리 몫이 얼마나 되나 봅시다.” 하고 크로웰이 말했다. 번호를 써 붙인 곳으로 가보았다. 할당금을 내준다는 벨이 울리고 자팔라크라고 하는 이름 옆에 단승(單勝) 18·50이라는 게시가 붙어 있었다. 이것은 10리라를 걸어가지고 배당금이 같은 액수인 10리라도 안 된다는 것을 의미하는 것이다.

"우리들은 본부 스탠드 밑에 있는 바로 가서 위스키 소다를 한 잔씩 했다. 안면 있는 이탈리아 사람 둘과 부영사인 맥 애덤즈를 만났다. 우리들은 그들과 함께 그녀들 있는 곳으로 왔다. 그 두 이탈리아 사람은 여간 예의가 바르지 않았다. 우리가 또 걸기 위하여 아래로 내려간 동안 맥 애덤즈는 캐서린과 이야기하고 있었다. 마이어즈 씨가 마권 매표소 근처에 서 있었다.

"어느 말에다 걸었는지 물어보고 오게."

내가 크로웰에게 말했다.

"마이어즈 영감님, 어느 것에 거셨어요?"

크로웰이 물었다. 마이어즈 씨는 프로그램을 꺼내서 연필로 5번을 가리켰다.

"저희들도 그 말에 걸어도 괜찮겠습니까?"

크로웰에게 물었다.

"어서 걸어요, 어서, 그러나 자네에게 가르쳐준 것은 우리집 사람에겐 절대 비밀일세."

"한잔 하시렵니까?" 내가 물었다.

"아니, 고맙소. 난 술은 안해요."

우리들은 5번이 우승하리라 믿어, 백 리라 걸고 거기에 또 백 리라 더 걸었다. 우린 위스키 소다를 한 잔씩 더 마셨다.

나는 기분이 상쾌했다. 우리는 다른 두 명의 이탈리아 사람과도 인사를 건넸는데, 그들은 같이 잔을 나눈 다음 다 같이 여자들 있는 데로 돌아갔다. 이 이탈리아 사람들도 무척 정중한 것이 우리가 사귄 두 이탈리아 사람과 비길 만했다. 잠시 동안은 아무도 앉을 수가 없을 지경이었다. 나는 캐서린에게 마권을 주었다.

"어떤 말이에요?"

“모르겠어. 마이어즈 씨가 골라 주었어.”

“이름도 몰라요?”

“응, 프로그램을 보면 알 수 있을 테지. 5번인 것 같아.”

“당신은 아주 꽉 믿고 계시군요.”

5번은 이겼지만 역시 할당은 형편없었다.

“20리라 따는 데에 2백 리라를 걸다니…….”

마이어즈 씨는 분개했다.

“아니 또 12리라로 10리라라니 말이 되나. 우리집 사람은 20리라나 잃었어.”

“나도 함께 내려가 보겠어요.”

캐서린이 나에게 말했다. 이탈리아 사람들도 모두들 일어났다. 우리들은 아래로 내려가서 말 대기소로 갔다.

“당신 이런 것 좋으세요?”

캐서린이 물었다.

“괜찮은데.”

“하지만 난 이렇게 많은 사람들을 만나는 거 견딜 수 없어요.”

“많지도 않은 것 같은데 그래.”

“그래요. 하지만 저 마이어즈네 부부니, 아내와 딸을 데리고 온 은행가니…….”

“그 사람은 내 수표를 현금으로 바꿔주는 사람이오.”

“그야 그렇겠죠. 하지만 그분이 아니라도 누구 다른 사람이 바꿔 줄 게 아니에요? 그리고 그 나중에 만난 네 사람은 정말 싫어요, 난.”

“거기 가지 말고 여기 울타리 있는 데서 구경하지.”

“그게 좋아요. 한 번도 들은 적이 없는, 마이어즈 씨도 걸지 않은 말에 걸어 봐요.”

“그럽시다.”

우리는 ‘나의 빛’이라고 하는 말에다 걸었는데 이 말은 다섯 마리가 뛰는 경마에서 넷째를 했다. 우리는 울타리에 몸을 기댄 채 발굽 소리도 요란스레 우리들 앞을 달려가는 말들을 바라보았다. 그리곤 저 멀리 산이며 숲과 들 저 너머의 밀라노를 바라보았다.

"여기가 훨씬 상쾌해요."

캐서린이 말했다. 말들이 비를 맞은 것처럼 땀에 흠뻑 젖어 문으로 들어오고 있었다. 기수들은 말을 달래며 나무 그늘로 몰고 가서 거기서 말을 내렸다.

"한 잔 하시겠어요? 여기라면 마시면서 말 구경을 할 수 있을 것 같아요."

"내 가지고 오지."

"보이가 가져다 줄 거예요."

그녀가 한 손을 쳐들자 보이가 마구간 옆 파고다 바에서 나왔다. 우리들은 둥근 쇠테이블을 사이에 두고 앉았다.

"우리들 둘만이 있는게 좋지 않으세요?"

"좋은데, 역시."

"여러 사람들과 같이 있으면 난 퍽 쓸쓸한 느낌이 들어요."

"나도 맘에 들어, 여기가."

"그래요. 정말 멋진 경마장이에요."

"정말이야."

"모처럼 당신이 좋아하시는 걸 방해하진 않겠어요. 저쪽으로 가라시면 언제라도 가겠어요."

"아냐, 여기서 둘이서만 마십시다. 나중에 아래로 가서 장애물 경주나 구경합시다."

"당신은 정말 상냥한 분이셔."

한동안 둘이서만 있다가 다시 우리는 즐거운 마음으로 다른 사람들과 어울렸다. 유쾌한 하루였다.

21

9월로 들어서자 비로소 서늘한 밤이 찾아들더니 이내 낮도 서늘해지기 시작했다. 공원의 나뭇잎에 단풍이 들기 시작하는 것을 보고 우리는 여름이 간 것을 알았다. 전선의 상황은 극히 불리하여 아군은 아직도 산 가브리엘레를 점령하지 못했다. 바인시차 고지의 전투는 끝났고 이달 중순경에는 산 가브리엘레의 전투도 끝날 예정이었다. 결국 그곳을 점령하지 못했던 것이다. 에토레는 다시 전선으로 돌아갔다. 말들은 로마로 옮겨가서 경마도 없었다. 크로웰도 로마로 떠났는데 곧 미국으로 후송될 예정이었다. 밀라노에선 반전 폭동이 두 번 일어났고 투린에서도 대규모 폭동이 일어났다. 클럽에서 만난 한 영국군 소령이 바인시차 고지와 산 가브리엘레 전투에서 이탈리아 군은 15만 명을 잃었다고 했다. 그외에 카르소에서도 4만 명을 잃었다고 했다. 술은 같이 마셨지만 소령 혼자서 떠들어댔다. 그는 이 방면의 전투도 금년은 이것으로 끝이다. 이탈리아 군은 분수에 넘친 작전을 시도했다고 말했다. 또 플랜더스 전선의 공격도 신통치 않다고 했다. 금년 가을처럼 병력을 잃었다간 연합군은 1년만 지나면 끝장날 것이다. 이미 모두 지쳐버렸지만 그것을 모르고 있는 동안은 좌우간 염려는 없다고 했다. 벌써 우린 끝장이 났다. 문제는 그것을 인정하지 않고 있는 점에 있다. 그것을 최후까지 알지 못하고 있는 나라가 전쟁에는 이기는 법이다. 우리들은 또 한 잔 마셨다. 내가 어느 부대 참모냐고? 아니야. 그는 참모였다. 클럽에는 우리들 둘만이 커다란 가죽 소파에 몸을 기댄 채 앉아 있었다. 그의 반장화는 잘 손질을 한, 윤이 안 나는 가죽이었다. 훌륭한 반장화였다. 모든 것이 다 뒤죽박죽이라고 그는 말했다. 군 당국은 다만 사단이니 병력이니 그런 것만을 표준으로 해서 만사를 생각한다. 사단이니 뭐니 하고 떠들다가 그걸 보내 주면 모두 몰살시키고 있다. 모두 끝장이다.

독일 군이 승리할 것이다. 그들이야말로 정말 군인이니까. 독일 놈들은 옛날부터 군인이거든. 하지만 그들 역시 끝장이다. 모두가 끝장이다. 나는 러시아 군은 어떠냐고 물었다. 그는 러시아도 벌써 옛날에 끝났다고 했다. 나도 곧 그들이 끝장난 걸 알게 되리라고 했다. 그리고 오스트리아 군도 끝장났어. 만일 오스트리아 군에 독일의 몇 개 사단이 가담한다면 해볼 만하겠지. 이번 가을에 오스트리아 군이 공격할 것 같소? 물론. 이탈리아 군도 끝장났어. 그들이 끝장난건 세상이 다 아는 사실이야. 독일 놈들이 남하하여 트렌티노를 돌파하고 비센자에서 철도를 차단하게 되면 이탈리아 군은 어떻게 되지? 1916년에도 그런 작전을 했지요, 하고 내가 말했다. 도이치 군이, 아니, 독일 군이지요, 하고 내가 말했다. 그러나 아마도 그런 작전은 하지 않을 걸 하고 그는 말했다. 너무 명백하니까. 좀더 복잡한 작전을 해가지고 그럴 듯하게 끝장낼 테지. 이젠 가야겠습니다. 나는 일어섰다. 병원으로 가야 했다.

"그럼 안녕히." 그는 작별 인사를 했다.

"만사 행운을 비오!"

퍽 쾌활한 목소리로 그는 말했다. 그의 비관적인 세계와 개인적인 쾌활함은 무척 대조적이었다.

나는 이발소에 들러서 면도를 하고 병원으로 돌아왔다. 다리는 이제 장기간 보행에 지탱해 나갈 수 있을 만큼 튼튼하게 되었다. 3일 전에 시험을 받았다. 오스페달레 마죠레에서 전반적인 치료가 끝날 때까지는 아직도 며칠 남아 있었다. 나는 절룩거리지 않도록 연습하면서 거리를 걸어갔다.

한 노인이 회랑 아래에서 실루엣을 오려내고 있었다. 나는 걸음을 멈추고 구경하였다. 두 처녀가 포즈를 취하고 있었다. 노인은 한쪽으로 고개를 기울인 채 여자를 쳐다보면서 매우 빠른 솜씨로 실루엣을 오려 나갔다. 여자들은 킬킬 웃었다. 노인은 그것을 흰 종이 위에 풀로 붙여 그들에게 주기 전에 나에게 보였다.

"아름답죠? 어떻습니까, 중위님?"

여자들은 자기의 실루엣을 보고 웃으면서 가버렸다. 잘 생긴 처녀들이었다. 병원 맞은편에 있는 술 파는 가게에서 일하는 여자들이었다.

"하나 해볼까요?"

"모자를 벗으세요."

"아니, 쓴 채로 해주시오."

"그럼, 아름답게 안 될텐데." 그는 말했다.

"하지만." 그는 명랑해지면서 말했다.

"그편이 더 군인답겠군요."

그는 검은 종이로 내 옆얼굴을 만들어 오려서, 그 오려낸 두 장의 종이를 따로따로 두꺼운 종이에다 붙여서 나에게 주었다.

"얼맙니까?"

"그만두십시오." 그는 손을 내저었다.

"그저 하나 만들어드린 겁니다."

"받으십쇼." 나는 동전 몇 리라를 꺼냈다.

"미안하니까요."

"괜찮아요. 심심풀이로 만들어 본 거예요. 사랑하는 분에게 드리십시오."

"고맙습니다. 자, 그럼 또."

나는 병원으로 걸어갔다. 몇 통의 편지가 와 있었다. 공용 한장과 그 외의 몇 통이었다. 공용은 3주간의 요양 휴가를 보낸 뒤에 전선으로 돌아오라는 것이었다. 몇 번이나 되풀이해 읽었다. 이렇게 됐단 말이지! 요양 휴가는 내 치료가 끝나는 10월 4일부터 시작이었다. 3주일이라고 하면 21일간이다. 그럼 10월 25일이 된다. 나는 병원에 안 들어가겠다고 말한 다음, 병원에서 조금 떨어진 식당으로 저녁을 먹으러 갔다. 식탁에서 편지와 '꼬리에레 델라 세라' 신문을 읽었다. 할아버지가 보낸 편지에는 가족들의 소식과 애국적인 격려의 말, 그리고 2백 달러의 송금 수표와 신문을 오린 것이 몇 장 들어있었다. 장교 식당 친구인 군목으로부터의 싱거운 편지. 비행사로 프랑스 군에 입대해 있는 친구의 편지. 이 친구는 짓궂은 장난꾸러기 패거리와 같이 있다며 그 이야기를 적어 보냈다. 리날디는 짧은 편지에서 자네는 언제까지 밀라노에서 빈둥거리고 있을 셈이냐, 도대체 어떻게 돌아가는 거냐고 했다. 그리고 돌아올 때에는 레코드를 사가지고 오라며 그 목록이 들어있었다. 나는 식사와 함께 작은 키안티 병 하나를 마시고 커피와 코냑을 마셨다. 신문을 읽은 뒤 편지를 주머니에 넣고 신문과 팁을 테이블 위에 놓고 나왔다.

병원의 내 방으로 돌아와서 옷을 벗고 잠옷으로 갈아 입은 다음, 발코니로 통하는 문에 커튼을 치고 침대에 걸터앉아 마이어즈 부인이 입원 병사들에게 보라고 두고 간 보스턴 신문을 읽었다. 시카고 화이트삭스 팀이 아메리칸 리그에서 우승하게 됐고 뉴욕 자이언트 팀이 내셔널 리그에서 리드하고 있다. 베이브 루드는 당시 보스턴 팀의 투수였다. 신문은 한결같이 흥미없고 뉴스라야 지역적이고 너절한 것들뿐이었다. 전쟁 뉴스 역시 낡은 것이었다. 모두 약속이라도 한 듯이 신병훈련소에 관한 것뿐이었다. 그 훈련소에 있지 않기가 다행이었다고 생각됐다. 읽을 만한 것은 고작 야구 뉴스였지만 그런 것에는 조금도 흥미가 없었다. 야구를 취급하는 신문이 너무나 많기 때문에 그 전부에 흥미를 가질 수는 없다. 묵은 기사뿐이었지만 나는 그것을 읽었다. 미국은 정말로 참전할 것인가? 메이저리그는 중지될 것인가? 설마 그럴 리는 없겠지. 밀라노에서는 아직 경마가 계속되고 있고 전쟁은 악화될 것 같지 않다. 프랑스에서는 경마를 중지하고 있다. 우리들이 건 자팔라크라는 말은 프랑스에서 온 말이었다. 캐서린은 9시까지 근무가 없었다. 근무 시간이 되자 이내 그녀가 복도로 지나다니는 소리가 들렸고 지나가는 모습도 한 번 힐끗 보였다. 다른 병실을 둘러보고서야 그녀는 나에게로 왔다.

"늦었어요, 그만." 하고 그녀는 미안해했다. "일이 어찌나 많았는지. 어때요, 당신?"

나는 편지 이야기, 휴가 이야기 등을 해줬다.

"잘 됐네요. 어디로 가고 싶으세요?"

"가고 싶은 데가 없소. 그냥 여기 있고 싶어."

"그런 소리 마세요. 갈 곳을 정하시면 나도 갈 테니."

"그렇게 할 수 있겠소?"

"아직은 몰라요. 하지만 가겠어요."

"용감한데, 당신."

"그렇지 않아요. 잃을 것이 없는 인생이란 살아가기가 그리 어려운 건 아니에요."

"그건 또 무슨 소리지?"

"아무것도 아니에요. 다만 이제까지 퍽 큰 장애처럼 생각되던 일이 별안간 어쩌면 이렇게 보잘것없게 보일까 하고 생각했을 뿐이에요."

"암만해도 쉽게 처리할 수 있다고는 생각되지 않는데, 난."

"천만에요. 난 그렇지 않아요. 막다른 골목에 다다르면 떠날 뿐이에요. 하지만 그렇겐 안 될 거예요."

"간다고 하면 어디로 가지?"

"아무데나 가죠. 당신이 가고 싶은 곳이라면 아무데라도. 아는 사람이 없는 곳으로."

"아무데라도 좋아?"

"네, 난 아무데라도 좋아질 것 같아요."

그녀는 마음을 가라앉히지 못한 채 몹시 흥분하고 있는 것같이 보였다.

"웬일이오, 캐서린?"

"아무렇지도 않아요."

"아냐, 그렇지 않아."

"아녜요. 아무렇지도 않아요. 정말 아무렇지도 않아요."

"얼굴에 씌어 있는데? 말해 봐요. 내게 못할 얘기가 어디 있소."

"아무것도 아니에요."

"말해 봐."

"말하고 싶지 않아요. 당신이 불쾌해하거나 걱정할까 싶어서."

"아냐, 그럴 리는 없어."

"정말이에요? 난 아무렇지도 않지만 당신이 걱정하시지나 않으실지?"

"당신이 걱정하지 않는다면 나도 걱정하지 않아."

"나 얘기하고 싶지 않아요."

"어서 얘기해 봐요."

"꼭 해야만 돼요?"

"그럼."

"나 어린애가 생겼나 봐요. 벌써 석 달이나 돼요. 당신 걱정되시죠? 하지만 염려 마세요. 걱정 같은 거 하시면 안 돼요."

"걱정은 무슨."

"정말 걱정 안하죠?"

"물론."

"난 별짓을 다 해봤어요. 별짓 다 해봤지만 아무 효과가 없었어요."

"난 조금도 걱정 안해."

"어떡할 수 없었어요. 하지만 난 이젠 걱정하고 있지 않아요. 당신도 걱정하거나 불쾌한 생각을 가져서는 안 돼요."

"난 다만 당신 일이 걱정이오."

"아니에요. 어느 시대나 여자라면 누구나 다 어린애를 낳는 법이에요. 그렇지 않은 여자가 어디 있나요? 자연스러운 일이죠."

"당신 정말 용기 있소."

"그렇지도 않아요. 하지만 정말 걱정해서는 안 돼요. 나 당신을 성가시게 하지 않도록 할 테예요. 전엔 당신을 괴롭혔지만. 하지만 지금까지 전 좋은 여자였잖아요? 이런 거 당신은 조금도 모르셨죠?"

"응."

"그럴 거예요. 그저 걱정만 안하시면 돼요. 당신이 지금 걱정하고 있는 걸 난 알아요. 그만두세요. 한 잔 안하시겠어요? 당신, 한잔하시면 언제나 명랑해지시던데."

"괜찮아, 안 마실 테야. 난 유쾌해. 그런데 당신 정말 용감하구려."

"그렇진 않아요. 하지만 우리가 갈 곳을 당신이 정해 주신다면 갈 수 있도록 모든 준비를 해놓겠어요. 10월이니까 멋있을 거예요. 우리들 참 재미나게 보낼 거예요. 그리고 당신이 전선에 가 계실 동안 나 매일같이 편지하겠어요."

"당신은 어디로 갈 작정이오?"

"모르겠어요, 아직. 하지만 어디든 멋진 곳으로 가고 싶어요. 그런 데를 찾아 보겠어요."

한동안 우리는 침묵을 지킨 채 잠시 가만히 앉아 있었다. 캐서린은 침대 위에 걸터앉아 있었고 나는 그녀를 쳐다보고 있었다. 그러나 서로 몸에 손을 대는 일은 하지 않았다. 누가 안으로 갑자기 들어왔을 때 맛보는 그러한 쑥스러운 기분으로 우리는 서로 떨어져 있었다. 그녀는 손을 뻗쳐 내 손을 잡았다.

"화나시지 않으셨죠. 네?"

"아니."

"함정에 빠졌다고 생각되지 않으세요?"

"조금은. 그러나 당신 때문은 아냐."

"누가 나 때문이래요? 바보 같은 소리 마세요. 다만 그냥 함정에 빠졌다는 것뿐이에요."

"이럴 때에는 언제나 생리적으로 함정에 빠졌다는 느낌이 드는 거요."

몸을 까딱하지도 않고, 그렇다고 손을 놓은 것도 아니고 가만히 있는 채 그녀는 먼 곳으로 날아가버리는 것 같았다.

"그 '언제나'라고 하는 말, 그렇게 듣기 좋은 말은 아니군요."

"미안해."

"괜찮아요, 그런 거. 그러나 난 아직 어린앨 낳아 본 적도 없고 누구를 사랑해 본 적도 없어요. 나는 당신 원하시는 대로 되려고 애를 써왔어요. 그런데 '언제나'라는 말을 함부로 쓰시는군요."

"내 혀를 빼버리고 싶을 정도요."

나는 사과했다.

"아아, 당신도!" 그녀는 먼 곳에서 다시 제자리로 되돌아왔다. "내가 한 말 개의치 마세요."

우리는 또다시 한마음이 되었고 어색한 기분은 사라졌다.

"우리는 정말 한 몸이나 같으니까 일부러 서로 오해해서는 안 돼요."

"오핸 무슨 오해."

"그러나 세상 사람은 안 그래요. 서로 사랑하고 있으면서도 일부러 오해를 해가지고 이내 사이가 허물어지고 말아요."

"우리는 싸우지 않아."

"그러지 말아야지요. 세상 사람은 전부 남이고 우리는 단지 우리 둘뿐이니까요. 만일 우리 사이에 무슨 불화가 있으면 그땐 우린 파멸이에요. 세상에 지고 마는 거예요."

"지지 않을 거야, 당신은 지나칠 정도로 용감하니까. 용감한 사람에겐 아무 일도 일어나지 않는 법이야."

"그러나 역시 죽긴 하겠죠."

"그러나 꼭 한 번뿐이지."

"그럴까요? 누가 그런 말을 했죠?"

"비겁한 자는 천 번을 죽고 용감한 자는 오직 한 번뿐이라지?"

"그래요. 누구 말이죠?"

"모르겠어."

"그 사람은 아마 비겁자였을 거예요. 비겁한 자에 대해서는 잘 알고 있으면서도 용감한 자에 대해선 아무것도 몰라요. 용감한 자가 영리한 사람이라면 아마 2천 번이라도 죽을 거예요. 다만 그걸 입밖에 내지 않을 뿐이죠."

"난 모르겠어. 용감한 자의 머릿속까지 들여다보긴 어렵겠지."

"그래요. 그러니까 용감한 자지요."

"당신은 권위자구료."

"맞았어요. 그런 말 들을 만한 자격이 있어요."

"당신은 용기가 있어."

"천만에요. 하지만 그렇게 되고는 싶어요."

"난 용감한 자는 아냐. 난 내 힘을 똑똑히 알고 있어. 오랫동안 전선에 나가 있으니까 그걸 잘 알게 되더군. 2할 3푼은 치지만 그 이상은 칠 수 없다고 하는 걸 알고 있는 야구 선수와 마찬가지로."

"2할 3푼 치는 선수란 무슨 말이에요? 무척 인상적인 말이에요."

아냐, 그건 야구에서 이류 타자를 두고 하는 말이야."

"하지만 역시 타자는 타자 아녜요?"

그녀는 나를 쿡쿡 찔렀다.

"아마 우리는 둘 다 자존심이 강한 모양이야."

그렇게 말하고 나서 나는 다시 "그렇지만 역시 당신은 용감해." 하고 말했다.

"아녜요. 그렇지만 그렇게 되기를 원해요."

"우린 둘 다 용감해. 그리고 난 한 잔 들어가면 더욱 용감해지지."

"우리는 정말 유별난 사람들이에요." 하면서 캐서린은 옷장으로 가서 코냑과 유리잔을 하나 가지고 왔다.

"한 잔 하세요, 당신은 퍽 내게 친절하게 해주셨으니까."

"정말 할 생각 없는데."

"한 잔만."

"그러지."

나는 유리잔에 코냑을 3분의 1 가량 따라서 마셨다.

"멋있어요, 마시는 폼이. 브랜디는 영웅의 술이라죠? 그러나 당신 너무 마시면 안 돼요."

"전쟁이 끝나면 우리 어디서 살까?"

"어떤 친지네 집에서라도. 난 3년 동안 마치 어린애처럼 전쟁이 크리스마스 날 끝나주었으면 하고 바랐어요. 그러나 이젠 우리의 아들이 해군 소령이 되면 끝날까 하고 기다리고 있어요."

"육군 대장이 될지도 모르지."

"백년 전쟁이라도 되면 육군에도 해군에도 근무할 수 있을 거예요."

"당신 술 안하겠소?"

"싫어요. 술을 마시면 당신은 언제나 즐거워지겠지만 난 어지러울 뿐이에요."

"그럼 브랜디도 마셔 본 적이 없소?"

"없어요. 나 여간 고지식한 아내가 아니죠?"

나는 손을 뻗쳐 마룻바닥에 있는 코냑 병을 집어 또 한 잔 따랐다.

"당신 전우들을 한 번 돌아보고 오는 게 좋겠어요. 내가 돌아올 때까지 신문이라도 읽고 계세요."

"꼭 가야 하나?"

"지금, 그렇지 않으면 조금 있다가."

"그래 그럼 지금 갔다 오우."

"좀 있다 또 올게요."

"그때까지 신문이나 읽어두지."

22

그날 밤 날씨가 갑자기 쌀쌀해지더니 다음날은 비가 내렸다. 오스페달레 마죠레에서 돌아오는 길에 억수같이 비가 퍼부었으므로 병원에 도착했을 때에는 흠뻑 비에 젖고 말았다. 위층 병실로 올라오자 바깥 발코니에 비가 죽죽 내려 퍼부으며 바람이 유리문에 비를 몰아쳤다. 옷을 갈아입고 브랜디를 마셨지만 맛이 좋지 않았다. 밤에 몸이 불편하더니 다음 날 아침에는 식사한 것을 토해버렸다.

"틀림없어, 그거야." 하고 의사는 간호사에게 말했다. "눈의 흰자윌 좀 봐요, 간호원."

게이지가 들여다 보았다. 그들은 나에게 거울을 보여 주었다. 흰자위가 누런 색을 띠고 있었다. 황달이었다. 그 때문에 우리는 병후의 요양 휴가를 같이 보낼 수가 없게 되었다. 우리는 마죠레 호반의 팔란자로 갈 계획이었다. 가을 단풍이 들 무렵의 그곳 경치는 여간 아름답지 않았다. 산책할 수 있는 좋은 산길도 있고 호수에 배를 띄우고 송어 낚시도 할 수 있었다. 스트레사에 비해 팔란자에는 사람들이 그리 많이 안 와서 더욱 좋았다. 스트레사는 밀라노에서 가기가 쉬웠으므로 항상 아는 사람들이 몰려왔다. 팔란자에는 경치 좋은 아담한 마을도 있고, 어부들이 살고 있는 섬에까지 배를 저어 갈 수도 있고, 제일 큰 섬에는 음식점도 있었다. 그러나 우리는 갈 수 없었다.

황달로 누워 있던 어느 날, 밴 캠펜이 병실로 들어와서 옷장의 문을 열어 보고 거기에 있는 빈 병들을 보았다. 나는 포터에게 빈 병을 한 아름 아래층으로 나르게 했는데 그녀는 그것을 보고서 아직도 더 있으리라고 짐작하고 찾으러 올라왔음에 틀림없을 것이다. 그것은 대부분 베르뭇 병, 카프리 병, 빈 휴대용 키안티 병, 그리고 몇 개의 코냑 병들이었다. 포터는 우선 베르뭇이 들어 있던 큰 병과 짚으로 싼 휴대용 키안티 병을 가지고 간 것인데 브랜디 병만은 나중에 가지고 갈 요량으로 남겨 둔 것이었다.

미스 밴 캠펜이 발견한 것 중에서 이 브랜디 병과 퀌멜 주가 들어 있는 곰처럼 생긴 병이 특히 그녀를 노하게 했다. 그녀는 병을 들고 보았다. 곰은 앞발을 쳐들고 주저앉아 있고 그 유리로 된 머리에는 코르크 병마개가 끼여 있으며 밑바닥에는 끈적끈적한 결정체가 조금 남아 있었다.

"그건 퀌멜 주입니다. 최고급품은 그러한 곰 모양의 병에 들어 있지요.

러시아산이죠." 나는 웃으며 말했다.

"저게 전부 브랜디 병이죠?"

밴 캠펜이 물었다.

"잘 보이지 않는데요. 하지만 아마 그럴걸요."

나는 대답했다.

"언제부터 이런 짓을 하고 계셨죠?"

"내가 직접 사서 내 손으로 가지고 온 것들이죠. 이탈리아 장교들이 자주 나를 찾아오는 까닭에 그들을 대접하려고 사다둔 거죠."

"중위님은 마시지 않으셨겠죠?"

"나도 마셨죠."

"브랜디를요?" 하고 그녀는 깜짝 놀랐다. "브랜디를 열한 병이나 비우고 또 저 곰처럼 생긴 술도요?"

"퀌멜 주입니다."

"누굴 보내서 이걸 치우게 하겠어요. 여기 있는 빈 병은 이게 전부예요?"

"네, 우선은요."

"그런 걸 모르고 난 당신이 황달에 걸린 걸 가엾게 생각하고 있었군요. 동정도 중위님에겐 낭비예요."

"미안합니다."

"전선으로 돌아가고 싶어하지 않는 기분은 비난할 수 없을 것도 같아요. 하지만 좀더 영리한 방법이 있을 법한데요. 알콜 중독 같은 것으로 황달에 걸리는 것보다는."

"뭘로요?"

"알콜 중독 말이에요. 내 말 못 알아들으셨어요?"

나는 잠자코 있었다.

"황달이 나으면 전선으로 또 돌아가야겠죠, 다른 방도를 강구하지 않는 한. 자청해서 걸린 황달은 병후 요양 휴가를 받을 자격이 없다고 생각돼요."

"그럴까요?"

"그렇고말고요."

"당신은 황달에 걸려 본 적이 없소, 미스 밴 캠펜?"

"없어요. 하지만 황달병 환자는 많이 봤어요."

"그래서 환자가 황달에 걸려서 좋아하고 있는 걸 봤다는 거군요."

"전선보다는 그게 나을 것이니까요."

"미스 밴 캠펜!" 하고 나는 소리를 높였다. "당신은 자기 낭심을 걷어차고 군대 근무를 면하려고 한 사람도 알고 있소?"

미스 밴 캠펜은 이 질문을 무시해버렸다. 못들은 척하거나 이 방에서 나가거나, 이 둘 중의 하나밖에 딴 도리가 없었을 것이다. 그러나 이 여자는 나갈 생각은 아예 없었다. 그것은 이제야말로 오랫동안 나를 싫어한 그 앙갚음을 할 기회가 왔기 때문이었다.

"나는 고의로 부상을 입어 전선으로부터 도피하려고 한 사람을 많이 알고 있어요."

"그건 내가 물은 질문에 대한 대답이 아닌데요? 고의로 부상을 입은 사람이야 봐서 알 수 있잖소. 내가 물은 건 자기가 자기 낭심을 걷어차서 병신이 되려고 한 사람을 알고 있느냐는 거지요. 왜 그러냐 하면 그것은 황달과 가장 가까운 감각이고, 또 여자들이 거의 경험해 본 일이 없는 감각일 테니까요. 그래서 당신은 황달에 걸린 적이 있었느냐고 물은 겁니다, 미스 밴 캠펜."

미스 밴 캠펜은 아무 말 않고 방을 나갔다. 조금 후 미스 게이지가 들어왔다.

"미스 밴 캠펜에게 무슨 말씀을 하셨어요? 아주 펄쩍펄쩍 뛰던데요."

"감각을 비교해 봤죠. 그 여자에게 그녀가 어린애 낳은 경험이 한 번도 없었다는 걸 깨우쳐주려고 했는데……."

"바보시군요. 선생님을 골탕 먹이려고 한 거예요."

"벌써 당하고 있는 걸, 난. 휴가가 취소돼버렸고 어쩌면 날 군법 회의에 회부하려고 할지도 모르지. 야비한 여자야."

"애당초부터 중위님을 좋아하지 않았어요. 대관절 뭣 때문이에요?"

"내가 전선에 가기 싫어서 술을 마시고 일부러 황달에 걸렸다는 거야."

"어머! 그런 거라면 한 잔도 안했다고 내가 증언해 드리죠. 누구나 술 같은 건 조금도 안 마셨다고 증언해 드릴 거예요."

"술병을 발견해 냈는데?"

"빈 병을 치워버리라고 내가 몇 번이나 그러지 않았어요. 어딨어요, 빈 병?"

"옷장 속에."

"가방 있어요?"

"없소, 저 륙색 속에다 넣어 주시오."

미스 게이지는 빈 병을 륙색 속에다 처넣었다.

"내가 포터에게 맡기죠."

그녀는 그걸 문 밖으로 가지고 나가려 했다.

"잠깐." 미스 밴 캠펜의 목소리였다.

"그 병을 내가 가지고 가죠."

그녀는 포터를 데리고 와 있었다. "이걸 날라 가세요."

그녀는 이렇게 포터에게 말하고 나서 "보고서를 만들 적에 이걸 군의관께 보여드려야겠어요."라고 말했다.

그녀는 복도로 나가버렸다. 포터는 륙색을 가지고 갔다. 포터는 그 속에 무엇이 들어 있는가를 잘 알고 있었다.

휴가를 놓친 것 외에는 아무 일도 일어나지 않았다.

23

전선으로 돌아가기로 된 그날 밤 나는 포터를 시켜 뚜린으로부터 오는 기차의 좌석 하나를 잡게 하였다.

기차는 한밤중 12시에 떠나기로 돼 있었다. 뚜린에서 정비하여 출발하면 밤 10시 반에 밀라노에 도착하고 그리곤 떠날 때까진 역에 그대로 머물러 있는 것이다. 좌석을 잡으려면 기차가 들어올 때 미리 역에 나가 있지 않으면 안 되었다. 포터는 친구 하나를 데리고 갔다. 양복점에서 일을 하다가 지금은 기관총수로 휴가중인 사나이였다. 이 사나이와 둘이서 가면 좌석 하나쯤은 문제없다고 포터는 그를 데리고 간 것이었다. 그들에게 입장권 살 돈을 주고 짐을 가지고 가게 했다. 큰 륙색이 하나, 잡낭(雜囊)이 두 개였다.

5시쯤 돼 병원 사람들에게 작별 인사를 하고 밖으로 나왔다. 포터는 벌써 내 짐을 자기 방에다 옮겨 놓았으며 나는 그에게 12시 조금 전에 역으로 나가겠다고 말했다. 그의 아내는 나를 '나리님'이라고 부르며 눈물을 흘리기 시작했다. 수건으로 눈물을 닦고 나와 악수를 하고는 또 울었다. 내가 그녀의 어깨를 가볍게 두드려 주자 그녀는 다시 울었다. 그녀는 그동안 내 옷가지를 꿰매 주었는데 몹시 키가 작고 몸집이 뚱뚱한, 머리가 희고 걱정이 없어 보이는 얼굴을 하고 있는 여자였다. 울 때는 얼굴 전체가 일그러졌다. 나는 거리 모퉁이에 있는 술집으로 들어가서 창 밖을 내다보며 기다렸다. 밖은 어둡고 춥고 안개가 자욱했다. 그래파 값과 커피 값을 치르고는 유리창을 통해서 불빛 속으로 지나다니는 사람들을 지켜보았다.

캐서린을 보자 나는 안에서 창을 똑똑 두드렸다. 그녀는 나를 보자 생긋 웃었다. 나는 밖으로 나가 그녀 옆으로 갔다. 그녀는 진한 남색 케이프에 부드러운 펠트모자를 쓰고 있었다. 우리는 어깨를 나란히 하여 걷기 시작했다. 광장 옆에 군데군데 서 있는 몇 개의 술집 앞을 지나 시장 광장을 가로지른 다음, 거리를 걸어올라가 아치가 있는 길을 지나 성당 앞 광장으로 향했다. 거기에는 전차 선로가 있고 그 건너편에 성당이 있었다. 성당은 안개 속에 희게 젖어 있었다. 우리들은 전차 선로를 건넜다. 왼쪽에는 상점들이 즐비해 있었고 그 창에는 불들이 환히 켜져 있었으며 갈레리아로 들어가는 입구가 있었다. 광장에는 안개가 자욱했고, 성당 앞으로 가까이 가자 성당은 매우 크게 보였고 돌은 젖어 있었다.

"들어가 볼까?"

"싫어요."

캐서린이 대답했다. 우리는 그대로 앞으로 걸어갔다. 우리들 앞길의 석벽(石壁) 그늘에 군인 하나가 애인과 나란히 서 있었다. 우리들은 그들 곁을 지나갔다. 그들은 돌벽 기둥에 바싹 기대 서 있었는데 남자는 자기 망토로 여자를 꼭 싸안고 있었다.

"저 사람들도 우리 두 사람 같군."

내가 말했다.

"우리 같은 사람은 없어요." 하고 캐서린이 말했다. 행복하다는 의미로 한 말이 아니었다.

"저 두 사람도 어디 갈 곳이 있으면 좋겠군."

"갈 곳은 있어도 별로 좋을 것이 없는지도 모르지요."

"글쎄, 누구나 어딘지 갈 곳이 없으면 안 되지."

"저 사람들에겐 성당이 있지 않아요?"

우리들은 성당 앞을 지났다. 광장 끝을 가로지른 다음 성당을 돌아다보았다. 안개 속의 성당은 아름다웠다. 우리는 가죽 제품을 파는 상점 앞에 서 있었다. 진열장에는 승마화, 륙색, 스키화 등이 있었다. 하나하나의 상품을 마치 전시라도 하는 것처럼, 륙색을 한가운데에 놓고 승마화와 스키화를 양쪽에 멀찍이 떼어 진열해놓고 있었다. 가죽은 길이 든 안장처럼 검고 매끄럽게 기름을 먹인 것 같았다. 전등 빛이 윤이 안 나는 기름먹인 가죽을 환하게 비추고 있었다.

"언제 같이 스키를 타러 갑시다."

"이제 두 달만 지나면 뮈렌에서 스키를 탈 수 있겠군요."

"거기로 가지."

"그래요."

캐서린는 즐거워했다. 몇 개의 진열장 앞을 더 지난 뒤에 우리들은 좁은 길로 들어섰다.

"이 길은 처음이에요."

"이건 내가 병원으로 다니던 길이오."

그 좁은 길을 우리는 오른쪽으로 붙어서서 걸어갔다. 안개 속을 많은 사람들이 걸어가고 있었다. 상점이 즐비해 있고 모든 진열장에 불이 켜져 있었다. 우리는 한 진열장 속에 수북이 쌓인 치즈 무더기를 보았다. 나는 총포점 앞에서 걸음을 멈췄다.

"잠깐 들어갑시다. 총을 한 자루 사야겠어."

"무슨 총을요?"

"권총."

우리는 안으로 들어갔다. 나는 혁대를 풀어 빈 권총집이 달린 채로 그것을 카운터 위에 놓았다. 카운터 뒤에 여점원이 두 사람 있었다. 여점원이 권총을 몇 자루 내놓았다.

"이 권총집에 맞아야 할 텐데."

나는 권총집을 열면서 말했다. 그것은 회색 가죽 권총집으로 거리에 나갈 때의 휴대용으로 중고품을 산 것이었다.

"좋은 권총이 있을까요?"

캐서린이 물었다.

"모두 비슷비슷하군. 한 번 시험해 봐도 좋소, 이걸?"

나는 점원에게 물었다.

"쏘아 보실 만한 장소가 없는데요." 여점원의 대답이었다. "하지만 이건 퍽 좋은 거예요. 이거면 절대로 빗나가지 않을 거예요."

나는 찰카닥 하고 방아쇠를 잡아당겨 보았다. 스프링이 약간 센 편이었지만 느낌이 좋았다. 조준을 맞춰서 한 번 더 당겨 보았다.

"이건 중고품이에요." 하고 여점원이 말했다.

"사격을 잘 하는 어느 장교님이 가지고 계시던 거예요."

“여기서 판 건가요?”

“네.”

“어떻게 다시 돌아왔나요?”

“그분 당번병한테서 샀어요.”

“내 것도 여기 있을지 모르겠군. 이건 얼마요?”

“50리라예요. 아주 싸죠.”

“이걸 주시오. 예비 클립 두 개하고 실탄 한 상자하고.”

그녀는 카운터 아래에서 그것을 꺼냈다.

“대검(帶劍)은 필요 없으세요?” 하고 여점원이 물었다.

“중고품으로 아주 싼 게 한 자루 있는데요.”

“나는 전선으로 가는 길이오.”

“아, 그러세요. 그럼 대검은 필요없으시겠네요.”

나는 실탄과 권총 값을 치르고 탄창(彈倉)에 탄알을 재서 꽂고, 예비 클립에 탄알을 재서 그것을 권총집 위에 붙어 있는 가죽집에 끼워서 혁대를 찼다. 권총이 달리니까 혁대가 묵직했다. 이때 나는 정규 권총을 살 걸 그랬나보다 하고 생각했다. 그거라면 언제든지 탄알을 구할 수 있었기 때문이다.

“자, 이걸로 이제 완전무장이 됐군.” 나는 마음이 가벼워졌다. “이것만큼은 잊어버리지 않게 해야지. 그전에 가졌던 것은 병원에 오는 도중에 누가 떼어가버렸어.”

“성능이 좋은 권총이면 좋을텐데.”

캐서린도 말했다.

“그 외에 필요하신 물건은?”

여점원이 물었다.

“별로.”

“그 권총엔 끈이 달려 있어요.”

“나도 봤소.”

여점원은 무엇을 또 팔고 싶어했다.

"호각은 필요없으세요?"

"필요없소."

여점원이 안녕히 가라고 인사를 했고 우리들은 보도로 나왔다. 캐서린은 진열장 안을 기웃거렸다. 여점원은 밖을 내다보며 우리들에게 머리를 숙였다.

"저 나무에 조그만 거울이 여러 개 박혀 있는 거 뭣에 쓰는 거예요?"

"그것은 새들을 불러들이는 데에 쓰는 거지. 그걸 들판에 가지고 나가서 빙빙 돌리면 종달새들이 그걸 보고 날아오는 거야. 그걸 이탈리아 사람들은 총을 쏘아 잡지."

"꽤 많은 사람들이군요." 캐서린이 말했다.

"미국에선 종달새 같은 거 안 잡나요?"

"거의 안 잡지."

우리는 거리를 건너서 반대쪽 길을 걸어올라가기 시작했다.

"이제 좀 마음이 놓이네요." 캐서린이 말했다.

"나올 때에는 왠지 좋잖았어요."

"같이 있으면 우린 언제나 마음이 가라앉지."

"우리는 언제나 같이 있게 되겠죠?"

"그렇지, 12시에 내가 떠나는 것만 빼놓곤."

"그런 거 생각하지 말기로 해요."

우리들은 거리를 그대로 걸었다. 안개로 불빛이 노랗게 보였다.

"당신 피로하지 않으세요?"

캐서린이 물었다.

"당신은?"

"난 아무렇지도 않아요. 걷는 게 재미나요."

"그러나 너무 많이 걷진 맙시다."

"네."

우리는 불빛이 없는 옆골목으로 돌아 내려가서 거리를 걸었다. 나는 걸음을 멈추고 캐서린에게 키스를 했다. 키스를 하고 있는 동안에 어깨에 그녀의 손이 와 닿는 것을 느꼈다. 그녀는 내 망토를 자기 쪽으로 끌어 잡아당겼으므로 우리는 망토 속에 싸이고 말았다. 우리는 길가의 높은 담에 기대어 서 있었다.

"어디 딴 데로 갑시다."

내가 속삭였다.

"네, 가요."

그 거리를 그대로 걸어나가 한쪽이 운하로 되어 있는 넓은 길로 나왔다. 운하 저쪽에는 벽돌담에 둘러싸인 건물이 있었다. 저쪽 길 앞으로 전차가 다리를 건너가고 있는 것이 보였다.

"저 다리까지 가면 마차를 하나 잡을 수 있겠지."

내가 말했다. 우리는 안개에 싸인 다리 위에 서서 마차를 기다렸다. 전차가 몇 대 지나갔다. 모두가 집으로 가는 사람들로 가득 차 있었다. 잠시 후 마차가 한 대 왔으나 사람이 타고 있었다. 안개가 점점 비로 변해가고 있었다.

"걷든지 전차를 타든지 해야겠어요."

캐서린이 말했다.

"이제 곧 오겠지. 여기가 지나가는 길목이니까."

"저기 하나 오는군요."

그녀는 소리를 질렀다. 마부는 말을 세우고 미터에 달린 금속판 표지를 내렸다. 좌석 위에는 포장이 쳐 있고 마부의 외투에는 물방울이 묻어 있었다. 모자는 비에 젖어 반짝였다. 우리는 자리에 나란히 푹 파묻혔다. 포장이 자리를 어둡게 해줬다.

"어디로 가라고 했어요?"

"역으로. 역 건너편에 호텔이 있어. 거기라면 갈 수 있겠지."

"이대로 그냥 가도 좋아요, 짐도 안 가지고?"

"괜찮아."

비가 오는 거리를 치달려 역까지 가는 데는 꽤 시간이 걸렸다.

"저녁 안 먹어요?" 캐서린이 물었다. "나 배고파요."

"호텔 방에서 먹도록 합시다."

"입을 게 아무것도 없어요. 나이트가운조차 없어요."

"하나 사지 뭐." 그러고 나서 나는 마부에게 큰소리로 말했다.

"만초니 거리로 나가서 그 거리를 쭉 갑시다."

마부는 고개를 끄덕이고는 다음 모퉁이에서 왼쪽으로 말머리를 돌렸다. 큰 거리로 나가자 캐서린은 상점을 찾았다. "저기 하나 있군요." 하고 캐서린이 말했다. 내가 마부에게 마차를 세우게 하자 캐서린은 마차를 내려서 보도를 건너 상점 안으로 들어갔다. 나는 등을 뒤에 기대고 앉아 마차 안에서 그녀를 기다렸다. 비는 계속 내리고 있었다. 젖은 거리의 냄새, 빗속에서 김이 무럭무럭 나는 말의 냄새를 맡을 수 있었다.

그녀가 꾸러미를 들고 돌아오자 마차는 다시 움직이기 시작했다.

"굉장히 비싼 물건이에요." 하고 그녀는 말했다.

"하지만 아주 멋진 나이트가운이에요."

호텔에 도착하자 캐서린더러 그대로 마차 속에 있으라고 하고 나는 안으로 들어가서 지배인에게 빈 방이 있느냐고 물었다. 빈 방은 많이 있었다. 나는 마차로 되돌아와서 마부에게 돈을 치른 다음 캐서린과 함께 호텔로 들어갔다. 금단추를 두 줄로 단 몸집이 작은 소년이 꾸러미를 받아들고 따라들어왔다. 지배인이 우리를 엘리베이터 쪽으로 안내했다. 빨간 명주 천과 놋쇠를 많이 사용한 엘리베이터였다. 지배인이 함께 엘리베이터로 올라왔다.

"방에서 식사를 하시렵니까?"

"네. 메뉴를 올려보내 주시오." 내가 말했다.

"식사 때 특별히 주문하실 건 없습니까? 산새 요리라든가 수플레(달걀 요리의 일종)라든가."

엘리베이터는 매층마다 번번이 소리를 내며 세 개의 층을 지나더니 이내 또 한 번 딸각하고는 멎었다.

"산새 요리론 무엇이 있죠?"

"꿩이나 누런 도요새가 있습니다."

"그럼 누런 도요새로."

내가 말했다. 우리는 복도를 걸어갔다. 융단은 낡은 것이었다. 방문이 여러 개 즐비해 있었다. 지배인이 그 중 하나 앞에서 우뚝 서더니 열쇠를 돌려 문을 열었다.

"여깁니다. 아늑한 방입니다."

아까의 그 조그마한 소년이 꾸러미를 방 한가운데에 있는 테이블 위에 놓았다.

지배인이 커튼을 젖혔다.

"창 밖을 내다보며 지배인은 "밖은 온통 안갠데요." 했다. 실내는 온통 빨간 명주 천으로 장식되어 있었다. 거울이 여러 개 걸려 있었고, 의자가 두 개, 새 공단 커버를 두른 큰 침대가 하나, 그리고 욕실로 들어가는 문이 보였다.

"메뉴를 올려보내겠습니다."

지배인은 이렇게 말하고 허리를 굽혀 보이고는 이내 나가버렸다.

나는 창가로 다가가서 밖을 내다본 뒤, 줄을 당겨 두꺼운 명주 커튼을 내렸다. 캐서린은 침대에 걸터앉아서 유리로 만든 샹들리에를 쳐다보고 있었다. 모자를 벗고 있었으므로 머리카락이 불빛에 반짝이고 있었다. 그녀는 거울에 자기 얼굴을 비쳐보고 머리에 손을 가져갔다. 나는 다른 세 개의 거울에 비치는 그녀의 모습을 보고 있었다. 별반 기분이 좋은 것 같지 않았다. 그녀는 케이프를 침대 위에 흘려 떨어뜨렸다.

"기분이 별로 좋지 않은가 본데?"

그러자 그녀는 뜻밖에 이렇게 말했다.

"난 이제까지 한 번도 나를 매춘부라고 느껴본 적이 없었어요."

나는 창가로 가서 커튼을 한쪽으로 밀고 밖을 내다보았다. 이렇게 되리라고는 꿈에도 생각지 않았다.

"당신은 매춘부가 아니오."

"그건 알아요. 하지만 그런 생각이 든다는 건 유쾌하지 않아요."

그 목소리는 힘이 하나도 없었고 메말랐다.

"여기가 우리가 올 수 있는 제일 좋은 호텔이오."

나는 창 밖을 내다보았다. 광장을 가로지른 저쪽에 역의 전등이 보였다. 거리에는 마차가 지나가고 공원의 많은 나무들도 보였다. 호텔에서 새어나온 불빛이 젖은 보도를 비췄다. 정말 이러한 때에 우리는 여기서 말다툼을 해야 할까?

"이리 오세요, 네?" 캐서린의 목소리는 아까의 그 목소리와는 전혀 다른 것이었다. "이리 오세요, 다시 착한 당신의 애인이 될게요."

나는 침대 쪽을 바라보았다. 그녀는 미소를 띠고 있었다.

나는 그녀 곁으로 다가가서 침대에 나란히 걸터앉아 그녀에게 키스했다. 그리고는 말했다.

"당신은 내 귀여운 애인이야."

"난 정말 당신거예요." 그녀가 말했다.

식사를 끝마치자 우리는 한결 명랑해졌고 얼마 안 있어 무한한 행복감에 젖었다. 그리고 이곳이 우리들의 집처럼 느껴졌다. 어제까지는 병원의 내 방이 우리들의 집이었듯이 지금은 이 방이 우리의 집이었다.

캐서린은 식사를 하는 동안 내 군복 윗도리를 어깨에 걸치고 있었다. 매우 배가 고팠던지라 식사는 맛이 좋았다. 카프리 주 한 병과 센트 에스테프 주 한 병을 더 마셨다. 거의 내가 마셨지만 캐서린도 마셨다. 그것이 그녀의 기분을 한결 돋우었다. 식사는 수플레 감자와 누런 도요새 요리, 그리고 밤이 들어 있는 수프와 샐러드, 디저트에는 자바이오네(달걀 요리의 일종)를 들었다.

"훌륭한 방이에요." 캐서린이 말했다. "아늑한 방이에요. 밀라노에 있는 동안 줄곧 여기 있을 걸 그랬어요."

"묘한 방이지만 그래도 괜찮은데."

"나쁜 짓이란 재미있는 건가 봐요." 캐서린이 말했다. "나쁜 짓을 찾아 들어오는 사람들도 그 방면에는 퍽 고상한 취미를 가지고 있나 봐요. 저 붉은 명주천, 정말 멋져요. 정말 어울려요. 그리고 저 여러 개의 거울도 참 매혹적이에요."

"당신 참 귀여운 소릴 하는군."

"이런 방에서 아침에 잠이 깨면 어떤 기분이 들까요? 정말 멋있는 방이에요."

나는 센트 에스테프 주를 또 한 잔 따랐다.

"난 우리도 한 번 죄스러운 짓을 해봤으면 싶어요." 하고 캐서린은 또 말을 이었다. "우리가 하고 있는 짓은 모두가 소박하고 단순한 것 같아요. 우리는 나쁜 짓이라곤 도저히 못할 것만 같아요."

"당신은 대단해."

"난 그저 그래 봤으면 할 뿐이에요. 해보고 싶을 뿐이에요."

"당신은 착하고 순진한 여자야."

"난 순진해요. 그걸 이해해 준 것은 당신 말고는 아무도 없었어요."

"내가 처음 당신을 만났을 때 난 당신을 어떡하면 카부르 호텔로 데리고 가나, 그리고 간 뒤의 이것저것을 생각하느라고 오후를 보낸 적이 있었소?"

"당신 정말 능글맞아요, 그런 걸 생각하고 계셨다니. 여긴 카부르 호텔이 아녜요, 그렇잖아요?"

"아니지. 그 호텔은 우리들 같은 건 받아주지도 않을 거야."

"언제고 받아주겠지요. 하지만 바로 그런 점이 우리가 다른 점이에요. 난 그때 아무것도 생각하지 않았어요."

"전혀 생각하지 않았단 말이오?"

"조금은요."

"요 귀염둥이."

나는 술을 한 잔 더 따랐다.

"난 아주 단순한 여자예요."

"난 처음에는 그렇게 생각하지 않았어. 약간 돈 여자라고 생각했었지."

"조금은 돌아 있었지요. 하지만 그렇게 귀찮도록 돌진 않았어요. 나 별로 당신을 괴롭히지 않았지요?"

"술이란 좋은 것이야. 나쁜 일을 죄다 잊어버리게 해주거든."

"좋은 것이긴 해요. 하지만 술 때문에 우리 아버진 중풍에 걸렸어요."

"당신 아버지가 살아 계시오?"

"네, 중풍에 걸려 있어요. 아버진 안 만나도 좋아요. 당신은 아버지가 안 계세요?"

"계부가 있지."

"내가 좋아질 분일지 몰라?"

"만나지 않아도 괜찮아."

"정말 즐거운 시간 보냈어요." 하고 캐서린이 말했다.

"나 이젠 다른 것에는 아무 흥미도 없어요. 당신과 결혼해서 참 행복해요."

웨이터가 들어와서 그릇을 가지고 나갔다. 잠시 후 우리는 두 사람 다 말이 없이 그저 빗소리에 귀를 기울였다. 아래쪽 거리에서 자동차가 경적을 울렸다.

내 등뒤에서 끊임없이 들리는 소리.
날개 돋친 세월의 수레가
서둘러 다가오는 소리.

내가 시를 외었다.

"나도 알아요, 그 시." 하고 캐서린이 말했다. "마벨(영국의 시인)의 시죠.

하지만 그건 남자와 같이 살려고 하지 않은 어떤 처녀를 읊은 시예요."

머리가 아주 또렷하게 맑아 왔으므로 나는 당면 문제를 이야기해 보고 싶어졌다.

"당신은 어디서 어린앨 날 작정이오?"

"몰라요. 제일 좋은 곳에서 낳겠어요."

"어떻게 그 준빌 하지?"

"하는 데까지 잘해 봐야죠. 걱정하지 마세요. 전쟁이 끝날 때까진 우리들 몇이나 더 낳게 될지 몰라요."

"가야 할 시간이 거의 다 됐군."

"알아요. 당신이 나가고 싶을 때 떠나기로 해요."

"아니야."

"걱정할 것 없어요. 지금까지 기분이 좋으셨는데 벌써 걱정하고 계시네요."

"아냐. 얼마나 자주 편지 줄 테요?"

"매일 쓰죠. 편질 검열하나요?"

"영어를 잘 모르니까 내용을 삭제하거나 하지는 못하지."

"그럼 난 아주 어렵게 쓸 테예요."

"그러나 너무 어렵게 쓰진 말아."

"그럼 조금만 어렵게 쓰죠."

"이젠 나가봐야 하지 않겠소?"

"네, 그래요."

"이렇게 즐거운 보금자리를 떠나고 싶지가 않군."

"나도요."

"그래도 이젠 나가야지."

"네, 나가요. 하지만 우리는 한 번도 우리들 보금자리에서 편히 마음놓고 쉰 적이 없네요."

"이제 쉴 때가 오겠지."

“당신이 돌아오실 때까진 좋은 보금자리를 준비해 놓지요.”
“아마 곧 돌아오게 될 거요.”
“어쩌면 발에 약간 경상을 입고——.”
“그렇지 않으면 귓볼에라도 말이지.”
“싫어요, 당신 귀는 그대로 두고 싶어요.”
“그럼 발은 괜찮단 말이오?”
“발은 벌써 부상을 입었으니까요.”
“이젠 정말로 나가야겠소.”
“네, 가요. 당신 먼저 앞서세요.”

24

우리는 엘리베이터를 타지 않고 계단을 걸어서 내려갔다.

계단의 융단은 낡아 있었다. 식사 대금은 저녁을 가져왔을 때에 이미 치러 놓았지만 식사를 날라 왔던 그 웨이터가 가까운 자리에 앉아 있었다. 그는 벌써 일어나서 인사를 했다. 나는 그를 데리고 옆방으로 들어가서 방값을 치렀다. 지배인은 나를 잘 안다고 수선을 피우며 방값을 미리 지불하려 해도 거절했는데 내가 방값을 내지 않고 나가는 일이 없도록 문 앞에 웨이터를 지키게 하고 자러 간 모양이었다. 방값을 떼인 일이 있었던 모양이다. 잘 아는 사람들의 경우에도 그런 일은 있을 것이다. 전쟁 중에는 여러 방면으로 아는 사람이 생기게 마련이다.

나는 웨이터에게 마차를 하나 잡아 달라고 부탁했다. 그는 내가 들고 있던 캐서린의 꾸러미를 받아 들고 우산을 받고 나갔다. 유리창을 통해서 그가 빗속으로 길을 건너가는 것이 보였다. 우리는 현관 옆방에 서서 창밖을 내다보았다.

“기분은 어떻소, 캐서린?”
“졸려요.”

"나는 어째 속이 텅 빈 것이 배가 고픈데."

"뭐 잡수실 것 가지고 계세요?"

"응, 배낭 속에."

마차가 오는 것이 보였다. 마차가 섰고, 말은 빗속에 머리를 숙이고 있었다. 웨이터가 내리더니 우산을 펴들고 호텔 쪽으로 걸어왔다. 우리는 문 앞에서 그를 맞아 그 우산을 받고 차도에 있는 마차 쪽으로 젖은 길을 걸어갔다. 하수구에 빗물이 흘렀다.

"짐은 좌석에 놔두었습니다."

웨이터가 말했다. 그는 우리가 마차에 탈 때까지 우산을 받쳐 주었다. 나는 그에게 팁을 주었다.

"고맙습니다. 즐거운 여행을 하십시오." 하고 그가 말했다.

마부가 고삐를 들자 말은 움직이기 시작했다. 웨이터는 우산을 받은 채 발길을 돌려 호텔 쪽으로 갔다. 마차는 거리를 달려 내려와서 왼쪽으로 돌아 바로 역 앞에서 오른쪽으로 돌았다. 간신히 비를 피해 불 밑에 두 명의 기총병(騎銃兵)이 서 있었다. 불빛이 그들의 모자를 비추고 있었다. 역의 불빛으로 비가 맑고 투명하게 보였다. 포터가 역대합실에서 어깨에 비를 맞으며 나왔다.

"괜찮소, 필요없소." 내가 말했다.

그는 다시 지붕 밑으로 돌아갔다. 나는 캐서린 쪽으로 얼굴을 돌렸다. 그녀의 얼굴은 마차 포장 그늘에 가려 있었다.

"이젠 작별 인살 하는게 좋겠군."

"나는 들어갈 수 없어요?"

"안 돼."

"그럼 안녕, 캐서린."

"병원을 마부에게 일러주시겠어요?"

"그러지."

나는 마부에게 갈 곳을 일러주었다.

그는 고개를 끄덕였다.

"안녕." 하고 나는 작별 인사를 했다. "몸조심 해. 뱃속의 캐서린도 조심하고."

"안녕히 가세요."

"안녕."

내가 빗속으로 걸음을 내딛자 마차는 떠났다. 캐서린이 창밖으로 몸을 내밀었다. 불빛으로 그녀의 얼굴이 보였다. 그녀는 미소를 띠면서 손을 흔들었다. 마차는 거리를 그대로 달려갔는데 캐서린은 지붕 밑을 손가락으로 가리켰다. 가리키는 쪽을 보니 두 기총병과 현관문이 있을 뿐이었는데 나는 곧 그것이 비를 피해 안으로 들어서라는 뜻임을 알았다. 그 안으로 들어가서 우두커니 선 채 마차가 거리 모퉁이를 돌아가는 것을 지켜보았다. 마차가 안 보이게 된 다음에야 나는 정거장을 빠져 통로를 지나 기차 있는 데로 갔다.

병원의 포터가 플랫폼에서 나를 찾고 있었다. 나는 그를 따라 차 안으로 들어가 붐비는 승객들 틈을 헤치고 통로를 따라 문을 열고 만원인 좌석 한구석의 기관총수가 앉아 있는 데로 갔다. 내 륙색과 배낭은 그의 머리 위 수하물 선반에 놓여 있었다. 통로에는 많은 사람들이 있었는데 우리가 들어서자 차 안의 승객들이 일제히 우리를 바라보았다. 기차 안은 좌석이 충분치 못했으므로 그들의 시선은 적의에 차 있었다. 기관총수가 나를 앉히려고 일어섰다. 누가 내 어깨를 두드렸다. 나는 돌아보았다. 키가 크고 마른 포병 대위로 턱에 붉은 상처가 있었다. 그는 통로의 유리를 통해 들여다보다가 차 안으로 들어온 것이다.

"무슨 일이십니까?"

내가 물었다. 나는 몸을 돌려 그와 마주섰다. 그는 나보다 훨씬 키가 컸고 모자 차양 밑으로 보이는 그의 얼굴은 무척 말라 보였다. 상처는 그리 오래되지 않은 양 번쩍거렸다. 차 안의 사람들이 모두 나를 보았다.

"그런 짓을 해서는 안 돼." 그가 말했다.

“사병에게 자리를 잡아놓게 하다니, 그건 안 돼.”

“벌써 끝난 일입니다.”

그는 꿀꺽 침을 삼켰다. 그의 후골(喉骨)이 올라갔다 내려오는 것이 보였다. 기관총수는 좌석 앞에 서 있었다. 다른 승객들이 유리창 너머로 이쪽을 들여다보고 있었다. 차 안의 사람들은 아무도 입을 열지 않았다.

“그런 짓을 할 권리는 없소. 나는 귀관보다도 두 시간 전에 여기 와 있었소.”

“어쩌란 말입니까?”

“그 좌석을 내놓으란 말이오.”

“나도 필요합니다.”

그는 내 얼굴을 가만히 지켜보았다. 나는 차 안의 모든 사람들이 내 편이 아닌 것을 느꼈다.

그들을 원망할 생각은 없었다. 대위 역시 옳은 말이다. 하나 나는 좌석이 필요했다. 여전히 아무도 말이 없었다.

제기랄 하고 나는 생각했다. “앉으시오, 대위님.” 하고 말했다. 기관총수가 자리를 비키자 키 큰 대위가 앉았다. 그는 나를 쳐다보았다. 자존심을 상한 듯한 표정이었다. 하지만 좌석은 뺏은 셈이다.

“내 짐을 내려주게.”

나는 기관총수에게 말했다. 우리는 통로로 나왔다. 기차는 만원이어서 나는 좌석을 얻을 가망이 없음을 잘 알고 있었다. 나는 포터와 기관총수에게 10리라씩 주었다. 그들은 통로를 지나 플랫폼으로 나가 창문으로 들여다보고 다녔지만 빈 자리라곤 없었다.

“브레스치아에선 좀 자리가 날 겁니다.”

포터가 말했다.

“타는 사람이 더 많을걸, 거기선.”

기관총수가 말했다.

나는 그들에게 작별 인사를 하고 서로 악수를 했다. 그들은 떠났다.

둘 다 미안해하는 표정이었다. 승객들 대개가 통로에 선 채 차는 출발했다. 나는 역 구내의 불빛이 눈앞을 스쳐가는 것을 내다보았다. 아직도 비가 내리고 있어 이내 창문은 비에 젖어 밖이 보이지 않게 되었다. 얼마 후 나는 통로 바닥에서 잠이 들었다. 자기 전에 돈과 서류가 들어 있는 지갑을 내복과 바지 사이에 넣어 그것이 바짓가랑이 안쪽에 들어 있게 하였다. 나는 밤새도록 잤다. 브레스치아와 베로나에서 승객들이 차 안으로 들어왔을 때 잠을 깼지만 이내 또 잠이 들었다. 나는 배낭을 베고 짐이 만져지도록 팔로 그걸 끌어안고 잤다. 누구든 나를 밟을 생각이 없는 사람은 나를 타넘어가야 했다. 통로에는 사람들이 줄을 지어 마룻바닥에서 자고 있었다. 다른 승객들은 창틀을 잡거나 벽에 기대어 서 있었다. 이 기차는 언제나 만원이었다.

제 3 부

25

가을로 접어들자 나무들은 나뭇잎이 떨어지고 길은 진창이 되었다. 나는 군용 트럭을 타고 우디네에서 고리지아로 달렸다. 도중에 다른 군용 트럭을 지나쳤다. 나는 시골 풍경에 눈길을 모았다. 뽕나무는 잎이 떨어졌고 들판은 갈색이었다. 길에는 헐벗은 나무가 줄지어 서 있고 땅엔 그 나무에서 떨어진 젖은 잎이 뒹굴고 있었다. 병사들이 가로수 사이에서 자갈을 주워다가 차바퀴로 패인 곳을 메우는 작업을 하고 있었다. 안개로 산들은 안보였지만 안개에 싸인 고리지아의 거리가 보였다. 강을 건널 때 물이 불은 것이 보였다. 산악 지대에서는 비가 여러 날 내린 모양이었다. 공장들과 주택들과 별장을 지나서 시가지로 들어섰다. 더욱 많은 집들이 포격으로 파괴되어 있었다. 좁은 거리에서 영국 적십자 앰뷸런스를 지나쳤다. 운전수는 전투모를 쓰고 있었는데 여위고 새카맣게 그을린 모르는 얼굴이었다. 나는 시장 저택 앞의 넓은 광장에서 차를 내렸다. 운전병이 내 륙색을 내려주었다. 나는 그것을 지고 두 개의 배낭을 든 채 숙소인 별장으로 걸어갔다. 내 집에 돌아오는 기분은 나지 않았다. 나는 나무들 사이로 별장을 바라보면서 축축한 자갈길을 걸어 내려갔다. 창문은 모두 닫혀 있었지만 출입문은 열려 있었다. 들어가니 벽에 지도와 타이프 친

서류만이 붙어 있는 텅빈 방에 소령이 테이블에 앉아 있었다.

"여어, 어떤가?" 그가 소리를 질렀다. 그는 더 늙고 맥빠져 보였다.

"괜찮습니다. 여기는 잘 돼 갑니까?" 하고 내가 물었다.

"다 끝났네. 배낭을 내려놓고 좀 앉게."

나는 륙색과 두 개의 배낭을 마루에 내려놓고 모자를 륙색 위에 놓았다. 나는 벽에 붙여 놓은 의자를 가져다가 책상 옆에 놓고 앉았다.

"형편없는 여름이었지." 하고 소령이 말을 꺼냈다.

"자네 이젠 건강한가?"

"네."

"훈장도 타고?"

"네, 훌륭한 걸 탔습니다. 고맙습니다."

"어디 보여주게."

나는 외투를 젖혀 두 개의 약장(略章)을 보였다.

"정장(正章)이 들어 있는 상자도 주던가?"

"아뇨, 상장뿐입니다."

"상자는 나중에 보내 줄 걸세. 그건 좀 시일이 걸리니까."

"저는 뭘 맡게 됩니까?"

"차는 전부 나가 있어. 여섯 대가 북쪽의 카포레토에 가 있지. 자넨 카포레토를 아나?"

"네."

나는 골짜기에 종루(鐘樓)가 있는 조그만 마을이라고 기억하고 있었다. 깨끗하고 작은 마을로 광장에는 멋있는 분수가 있었다.

"거기를 중심으로 활동하고 있네. 지금 환자가 많아. 싸움은 끝났어."

"다른 차는 어디 있습니까?"

"두 대는 산악 지대에, 네 대는 아직도 바인시차에 있지. 다른 두 앰뷸런스 소대는 제3군에 소속되어 카르소에 있네."

"난 뭘 하면 좋을까요?"

"바인시차로 가서 거기 있는 네 대를 맡게나. 지노가 가 있는지 퍽 오래됐네. 자네는 아직 그쪽에 가본 일 없지?"

"없습니다."

"형편없었다네. 우리는 세 대를 잃었어."

"그 얘긴 들었습니다."

"그렇지, 리날디가 편지를 했겠군."

"리날디는 어디 있나요?"

"여기 병원에 있지. 여름내 그리고 가을내 있다네."

"그렇군요."

"참 대단했지. 얼마나 형편없게 당했는지 자넨 상상도 못할 걸세. 자넨 그때 다치기가 천만 다행이었어. 난 지금도 그렇게 생각하네."

"다행인 줄은 저도 압니다."

"내년엔 더 나빠질 걸." 소령은 말을 이었다.

"이제 적은 공세로 나올지도 모르지. 공세로 나올 거라고 모두들 말하지만 난 그렇게 믿지 않아. 이미 너무 늦었거든. 자네 그 강 봤나?"

"네, 물이 불었던데요."

"이미 장마가 들어섰는데 공세를 취하리라곤 믿어지지 않아. 곧 눈이 올거야. 그런데 자네 나라 사람들은 어떻게 된 건가? 자네 말고 또 미국 사람들이 오나?"

"1천 만의 군대를 훈련중입니다."

"그 중에서 약간만 이리로 보내주면 좋겠는데. 하지만 프랑스 군이 전부 차지할 테지. 우린 차례도 안 오겠지. 좋아. 자넨 오늘 밤은 여기서 자고 내일 소형차로 가서 지노를 보내주게. 길을 아는 병사를 딸려 보내지. 지노가 자세한 설명을 해줄 걸세. 아직도 조금씩 폭격을 해오지만 끝난 셈이야. 자넨 바인시차를 보고 싶잖나?"

"보고 싶습니다. 소령님 곁으로 돌아온 것을 기쁘게 생각합니다."

그는 빙그레 웃었다.

"그렇게 말해주니 고맙네. 난 이 전쟁엔 지쳐버렸어. 만일 어디로 일단 후송되면 다시 여기로 돌아와질 것 같지 않아."

"그렇게 나쁩니까?"

"그럼, 말도 말게, 가서 씻고 자네 친구 리날디나 만나보게."

나는 밖으로 나와 짐을 2층으로 가지고 갔다. 리날디는 방에 없었지만 소지품은 그대로 있었다. 나는 침대에 걸터앉아 각반을 풀고 오른쪽 군화를 벗었다. 그러고 나서 침대 위에 벌렁 드러누웠다. 피로했고 오른발이 아팠다. 한쪽 구두만 벗고 침대에 누워 있는 것이 어색할 것 같아 일어나서 왼쪽발의 구두끈을 풀어 침대 밑으로 벗어던지고 다시 담요 위에 벌렁 누웠다. 방안 공기는 창문이 닫혀 있어 무더웠지만 너무 피곤해서 일어서서 창문을 열 기운도 없었다. 내 소지품이 모두 방 한구석에 있는 것이 보였다. 밖은 점점 어두워가고 있었다. 나는 침대에 누워서 캐서린을 생각하며 리날디를 기다렸다. 앞으로 밤에 자기 전 외에는 캐서린을 생각하지 않을 작정이었다. 그러나 지금은 피곤했고 할 일도 없었으므로 드러누워서 캐서린을 생각했다. 그녀 생각에 골몰해 있을 때에 리날디가 들어왔다. 조금도 변한 데가 없었다. 약간 여위었다고 생각되는 정도였다.

"야아, 도련님."

그는 소리를 질렀다. 나는 침대 위에 일어나 앉았다. 그는 나에게로 다가와서 곁에 앉더니 두 팔로 얼싸안았다. "어이, 정든 도련님." 그는 내 등을 철썩 때렸다. 나는 그의 두 팔을 붙잡았다.

"이봐 도련님." 그가 말했다. "어디 무릎 좀 보여주게."

"바지를 벗어야 해."

"벗어. 여기선 다들 친구 아닌가? 그 녀석들이 어떻게 만들어 놨는지 보고 싶어."

나는 일어서 바지를 벗고 무릎 붕대를 풀기 시작했다. 리날디는 마룻바닥에 주저앉아서 내 무릎을 가만히 앞뒤로 폈다 꾸부렸다 해보였다. 손을 펴서 상처를 쓰다듬다가 양쪽 엄지손가락으로 무릎뼈를 눌러 보고 가만가만 흔들어 보이기도 했다.

"이걸로 관절 접합(關節接合)은 다 끝났다는거야?"

"응."

"이러구서 전선으로 다시 보내다니 죄악일세. 좀더 완전한 접합을 해야지."

"그래도 전보다는 퍽 좋아졌네. 전엔 판자처럼 뻣뻣했더랬는데."

리날디는 다시 한 번 내 무릎을 구부렸다. 나는 그의 두 손을 지켜보았다. 그는 외과 의사로서의 훌륭한 솜씨를 가지고 있었다. 그의 정수리를 내려다보니 머리칼이 윤기가 흐르고 부드럽게 좌우로 갈라져 있었다. 그가 너무 무릎을 구부렸으므로 나는 "아야!" 했다.

"기계로 좀더 치료를 받아야 하겠는데."

"전보다는 좋아졌어."

"그야 그렇겠지. 그러나 이런덴 자네보다도 내가 좀 밝은편 아닐까?"

그는 몸을 일으켜 침대에 걸터앉았다.

"무릎 자첸 잘돼 있네." 그는 무릎 검사를 끝마친 모양이었다.

"자아, 이제 모조리 얘기해 봐."

"뭐 얘기할 게 있나, 그냥 조용히 있다가 온 걸."

"결혼한 사람처럼 점잖아졌군 그래. 웬일이야?"

"뭐가 웬일이야. 자네야말로 어떻게 된건가?"

"이 전쟁 때문에 난 죽을 것 같네. 전쟁 때문에 우울해 죽겠어." 그는 무릎 위에 두 손을 모아 쥐었다.

"저런."

"뭐야, 인간적인 충동까지도 갖지 말란 말인가?"

"아니야, 자넨 그동안 퍽 유쾌하게 지냈다고 생각되는데, 얘기해 봐."

"여름내 가을내 수술만 했어. 밤낮 일만 했지. 모든 사람의 일을 혼자 도맡아 했지. 힘든 일은 전부 내게만 떠맡겼으니, 정말. 여보게, 나도 유명한 의사가 될 모양이야."

"거 잘됐군."

"난 일체 생각하지 않기로 했어. 난 절대로 생각 안해. 하는 건 수술뿐이야."

"그럴 테지."

"하지만 자네, 이젠 모두가 다 끝났어. 이젠 수술은 안 하지만 지옥에 있는 것 같은 기분이야. 정말 지긋지긋한 전쟁이야. 내 말을 자네도 알아주겠지. 자, 날 유쾌하게 해주게. 레코드는 사왔겠지?"

"응."

레코드는 마분지 상자 속에 종이로 싸여 륙색 속에 들어 있었다. 나는 그것을 꺼낼 기운마저 없을 만큼 피로했다.

"어디 몸이 좋지 않은가?"

"피곤해 죽겠어."

"무서운 전쟁이야. 자, 우리 술이나 취해서 기운을 내세. 그리고 밖에 나가서 어디 실컷 놀아 보세. 그럼 기분이 좀 나아질테지."

"난 황달에 걸렸더랬어. 술은 못해."

"저런, 여보게, 그래 가지고도 용케 나한테로 돌아왔네그려. 병까지 걸려 가지고서. 돼먹지 않은 전쟁이야. 어떡하다 이런 짓을 하게 됐을까?"

"하세. 난 취하긴 싫지만 한잔 하세."

리날디는 방을 가로질러 세면대 있는 데로 가서 유리컵 두 개와 코냑병을 들고 왔다. "오스트리아 코냑일세. 세븐스타야. 산가브리엘레에서 뺏은 건 이것뿐이야."

"거기 갔더랬나?"

"아니, 난 아무데도 안 갔어. 난 늘 여기 있으면서 수술만 했다네. 이보게. 이건 자네가 쓰던 양치질용 컵일세. 자넬 잊지 않으려고 그대로 뒀지."

"자네 이 닦는 걸 잊지 않기 위해서겠지."

"천만에. 난 내 것이 있는 걸. 이걸 그대로 둔 것은 자네가 매일 아침 욕지거리를 하거나 아스피린을 먹으면서 아가씨들을 저주하고 빌라 로사를 이빨에서 닦아내려고 하던 것을 잊어버리지 않기 위해서라네. 나는 이 유리컵을 볼 때마다 자네가 칫솔로 양심을 닦으려던 것을 생각하곤 하지.” 그는 침대로 다가서면서 말했다.

“나에게 키스하고 자넨 얌전해지지 않았다고 말해 주게.”

“자네하고 키슬 해? 원숭이하고?”

“그래? 아참, 자넨 훌륭한 앵글로 색슨 청년이지. 그래, 그렇지, 자넨 참회하는 청년이지. 난 그 앵글로 색슨이 뒷 장난을 치솔로 깨끗이 닦아내는 구경이나 해야겠군.”

“코냑이나 따라 주게.”

우리는 컵을 서로 부딪치고 마셨다.

리날디는 나를 비웃었다.

“난 자네를 취하게 하여 자네 간(肝)주머니를 떼고 그 대신 질긴 이탈리아식 간장을 집어넣어 다시 한 번 남자답게 만들어 볼테야.”

나는 컵을 내밀어 또 한 잔 받아 마셨다. 밖은 벌써 어두웠다. 코냑 술잔을 손에 든 채 나는 창가로 가서 창문을 열었다. 비는 그쳐 있었다. 밖은 방안보다 싸늘했고 나무들은 안개에 잠겨 있었다.

“코냑을 창 밖에 버리진 말게.” 리날디가 말했다.

“마시지 않으려면 이리 줘.”

“실컷 마시고 혼자 취하게나.”

내가 대꾸했다. 또 다시 리날디를 만나게 된 것이 기뻤다. 그는 2년 동안이나 나를 곯렸지만 나는 그를 항상 좋아했다. 우리들은 늘 서로 마음속으로 충분히 이해하고 있었던 것이다.

“자네 결혼했나?”

그는 침대에 앉은 채 물었다. 나는 창가에 기대 서 있었다.

“아직.”

“사랑은 했나?”

“응.”

"그 영국 여자하고?"

"응."

"불쌍한 도련님. 그래 잘해 주던가?"

"물론."

"아니, 실제적인 의미에서 잘해 줬냐 말이야."

"집어치워, 그런 소린."

"그만두지. 자네도 내가 여간 예의바른 사람이 아니라는 걸 알게 될 걸세. 그런데 그 여자는……."

"리닌." 하고 내가 말을 막았다.

"제발 그만두게. 자네가 내 친구가 되고 싶다면 그만둬 주게."

"자네 친구가 되고 싶은 게 아니라 나는 바로 자네 친구야."

"그럼 가만히 있어."

"그러지."

나는 침대로 다가가서 리날디 곁에 걸터앉았다. 그는 유리컵을 든 채 마룻바닥을 내려다보고 있었다.

"이해하겠지, 리닌?"

"그럼 이해하지. 난 이제껏 농담해선 안 될 신성한 문제를 많이 보아왔지만 자네하고는 그런 흉허물이 없는 줄 알았지. 자네도 역시 그런 건 가지고 있어야겠지."

그는 여전히 마룻바닥을 내려다보았다.

"없어."

"하나도?"

"없어."

"내가 자네 어머니나 누이동생을 두고 그런 농담을 해도 상관없단 말인가?"

"자네 '누이'에 대해서도 마찬가지야."

리날디는 빠른 어조로 말했다. 우리는 함께 웃었다.

"못당하겠어, 자넨."

"아마 내가 질투를 하나 보군."

리날디가 말했다.

"아냐, 질투가 아냐."

"그런 의미가 아냐. 좀더 다른 뜻에서 한 말이야. 자네 누구 결혼한 친구 있나?"

"있지."

"난 없네. 부부간에 사랑하는 녀석과는 친구가 될 수 없단 말야."

"왜?"

"나를 좋아하지 않으니까."

"왜?"

"난 뱀이야. 이성(理性)의 뱀 말이야."

"자넨 혼돈하고 있어. 능금이 이성이야."

"아니야. 뱀이야."

그는 다소 쾌활해졌다.

"그렇게 심각하게 생각하지 않을 때의 자네가 더 좋네."

"난 자네가 좋아." 리날디가 말을 계속했다.

"내가 위대한 이탈리아의 사상가가 되려고 하면 자넨 금방 나를 납작하게 만들어버린단 말이야. 그러나 나는 입으로는 설명할 수 없는 것을 알고 있다네. 자네보다는 많이 알고 있지."

"그렇지, 자네 말이 옳아."

"그러나 재미는 자네가 더 많이 볼 걸세. 후회하면서도 자네가 재미는 더 볼 걸세."

"그렇지도 않을 걸."

"아냐, 그래. 그건 정말이야. 내가 행복을 느끼는 건 내가 일을 할 때뿐이야."

그는 다시 마룻바닥으로 시선을 떨어뜨렸다.

“이제 곧 그런 건 극복하게 되겠지.”

“아니야. 그밖에 내가 좋아하는 게 두 가지 있지. 한 가지는 내 일에 좋지 못하고, 또 하나는 30분이나 15분으로 끝나고 마네. 그렇게 걸리지 않을 때도 있지.”

“때로는 아주 잠깐일 때도 있을 걸.”

“아마 내가 익숙해진 모양이야. 자넨 잘 몰라. 그러나 이 두 가지와 일이 있을 뿐이야.”

“앞으로 다른 재미가 생기겠지.”

“천만에. 다른 게 전혀 생길 성싶지 않아. 모두가 날 때부터 가지고 있는 것 뿐으로 무얼 배워서 알게 된건 아냐. 새로 무엇을 얻는 일은 절대로 없어. 우리는 애당초부터 완전한 것으로서 출발하는 거야. 자네는 라틴계 국민으로 태어나지 않길 잘했어.”

“라틴계 국민이란 따로 없는 거야. 그거야말로 ‘라틴적’ 사고방식이지. 자네는 지금 자기 결점을 자랑하고 있어.”

리날디는 고개를 들고 껄껄 웃었다.

“자, 이제 그만두세. 난 너무 이것저것 생각하면 피곤해서.” 아까 들어왔을 때부터 그는 피로해 보였다.

“거의 식사시간이 됐군. 자네가 돌아와서 반갑네. 자네는 나의 가장 좋은 친구이며 전우야.”

“전우들은 몇 시에 식사하나?”

내가 물었다.

“곧. 자네 간 주머닐 위해서 한 잔 더 하세.”

“성(聖) 바울처럼.”

“틀렸어. 그건 포도주와 위 주머니지. 그대 위 주머니를 위해 포도주를 조금 들지어다, 이런 거지!”

“병 속에 무엇이 들어 있건 자네가 말하는 그 무엇을 위해서 좌우간 마시지.”

“자네 애인을 위해서.” 그렇게 말하며 리날디는 들고 있던 컵을 내밀었다.

“좋아.”

“난 그 여자에 관해서 절대로 추잡한 소린 안하겠네.”

“그렇게 억지 쓸 건 없어.”

그는 코냑을 쭉 마셨다.

“난 순수해. 자네와 조금도 다를 게 없네. 나도 영국 색시를 얻어야지. 사실 자네 애인은 내가 먼저 알았지만 나보다 키가 좀 컸어. 키 큰 여자는 누이로 모셔라, 이런 거지.”

그는 그 말을 어디에서인지 인용했다.

“자넨 사랑스럽고 순결한 마음의 소유자야.”

“물론이지! 그래서 모두들 날보고 순결한 리날디라고 그러지 않나.”

“난봉꾼 리날디는 아니구.”

“자, 여보게. 내 마음이 순결한 동안 내려가서 식사하세.”

나는 세수를 하고 머리를 빗고 계단을 내려갔다. 리날디는 약간 취해 있었다. 우리가 식사를 할 방에는 아직 식사 준비가 되어 있지 않았다.

“가서 술병을 가져와야겠군.”

리날디가 말했다. 그는 계단을 올라갔다. 식탁에 앉아서 기다리자 그가 술병을 가지고 와서 각각 반컵씩 코냑을 따랐다.

“너무 많은데.”

나는 컵을 쳐들고 식탁 위의 램프 불에 비춰보았다.

“빈 위엔 많지 않아. 이건 참 묘한 거야. 위를 완전히 태워버릴걸세. 자네에겐 하나도 나쁠 건 없지.”

“괜찮아.”

“나날이 자멸해가는거야.” 리날디가 혼자 중얼거렸다.

“위를 망치고 손은 자꾸만 떨려 가고. 외과 의사에겐 안성맞춤이로구나."

"자넨 그걸 권유하는 건가?"

"진심으로. 다른 건 필요없어. 쭉 들이켜. 그리고 병 앓을 것을 각오하란 말이야."

나는 컵을 반쯤 비웠다. 홀에서 당번병의 "수프! 수프가 됐습니다." 하는 소리가 들렸다. 소령이 들어와서 우리에게 고개를 끄덕이고 자리에 앉았다. 자리에 앉은 그는 여간 조그맣게 보이지 않았다.

"이걸로 전원인가?"

소령이 물었다. 당번병이 수프 그릇을 놓고 한 접시 가득 담았다.

"이걸로 전붑니다." 리날디가 대답했다.

"군목만 오지 않는다면. 그는 페데리코가 여기 있는 줄 알면 당장 올겁니다."

"군목은 어딜 갔기에?"

내가 물었다.

"307부대에 가 있지."

소령이 말했다. 그는 열심히 수프를 먹고 있었다. 그는 입을 닦고 위로 비벼 올린 회색 수염을 조심스레 닦았다.

"이제 곧 올거야. 내 자네가 왔다고 전화하도록 시켜놨으니까."

"식당이 법석거리지 않아 섭섭한데요."

내가 말했다.

"그래, 조용해졌어."

소령이 말했다.

"내가 한 번 떠들어보지."

리날디가 말했다.

"엔리코, 포도주 좀 들게."

소령이 내 잔에 포도주를 가득 따랐다.

스파게티가 나오자 우린 그걸 먹느라고 바빴다. 스파게티를 다 먹자 군목이 들어왔다. 그는 전과 다름없이 조그맣고 거무스름한 것이 빈틈없는 표정이었다. 나는 일어서서 악수를 했다. 그는 내 어깨에 손을 얹고 말했다.

"당신이 왔단 말을 듣고 곧 달려왔지요."

"어서 앉으시오." 하고 소령이 말했다.

"늦었군요."

"안녕하십니까, 군목님?"

리날디가 영어로 말했다. 그들은 몇 마디 영어를 지껄일 줄 아는, 군목을 잘 놀리는 대위한테서 이런 말을 배웠다.

"안녕하시오, 리날디?"

군목이 말했다.

당번병이 수프를 가지고 왔으나 군목은 스파게티부터 먹겠다고 말했다.

"어떠십니까, 이젠?"

군목이 나에게 물었다.

"좋습니다. 군목님은 어떠세요?"

"포도주 좀 드시오, 군목님."

리날디가 말했다.

"그대 위 주머니를 위해서 포도주를 조금 들지어다. 이건 아시다시피 성 바울입니다."

"네, 알고 있습니다."

군목은 상냥하게 대답했다. 리날디가 군목의 잔을 채웠다.

"그래 성 바울이야." 리날디가 말했다.

"이분은 모든 재난의 근원이시지."

군목은 나를 쳐다보고 미소를 지었다. 나는 그를 아무리 놀려봐야 이제는 별로 효과가 없음을 알았다.

"성 바울은 말이야." 하고 리날디는 다시 말을 이었다. "그 작잔 주정뱅이에다 여자 꽁무닐 따라다녔는데, 그만 그런 것에 열이 식어버린 다음에야 그런 것을 해서 안 된다고 했거든. 자기는 할 만큼 다하고는 아직 한창인 우리들에겐 규칙을 만들어 그런 걸 하지 말란단 말이야. 안 그런가, 페데리코?"

소령이 웃었다. 우리들은 소고기 스튜를 먹고 있었다.

"난 날이 저문 뒤에는 절대로 성자(聖者)에 대해 이러쿵저러쿵 하지 않기로 했어." 하고 내가 말했다.

군목은 스튜 그릇에서 얼굴을 들고 나에게 웃어 보였다.

"옳지, 이젠 군목 편을 드네." 하고 리날디가 말했다. "군목을 곯려 먹던 그 선량한 친구들은 다 어디로 간거야? 카발칸티는? 브룬디는? 케사레는? 난 도와주는 친구도 없이 군목님을 놀려야 하나?"

"이분은 좋은 군목님일세."

소령이 말했다.

"이분은 좋은 군목님이죠."

리날디가 받았다.

"그러나 역시 군목은 군목이거든. 나는 이 식당을 그리운 옛날처럼 만들려는거야. 난 페데리코를 행복하게 해주고 싶어. 군목님, 지옥으로 가란 말이오!"

그를 쳐다본 소령은 그가 취한 것을 눈치챘다. 그의 야윈 얼굴은 창백했다. 흰 앞이마에 헝클어진 머리카락이 유난히 검게 보였다.

"괜찮아요, 리날디 중위." 군목이 말했다. "괜찮습니다."

"지옥으로 가란 말이오. 전쟁이고 뭐고 죄다 지옥으로 꺼지란 말이야."

그는 자기 의자에 풀썩 주저앉았다.

"무리를 해서 지친거야."

소령이 나에게 말했다. 그는 쇠고기를 먹고 빵조각으로 고깃국물을 닦아 먹었다.

"될 대로 되라지." 리날디는 식탁에 둘러앉은 우리들에게 말했다. "전쟁이고 뭐고 다 지옥으로 꺼져버려!"

그는 거리낌없이 식탁을 둘러보았다. 눈은 생기가 없고 안색은 창백했다.

"그렇고말고. 이건 정말 빌어먹을 짓들이지."

내가 맞장구를 쳤다.

"천만에, 천만에." 리날디가 말했다.

"자네는 안 돼, 자네로선 무리야. 자네는 술도 안 마시고, 맹탕 텅 비었고, 그리고 아무것도 없어. 그밖엔 아무것도 없단 말이야. 뭣이 있단 말이야, 제기랄. 난 내가 언제 일을 그만둬야 하는지 잘 알고 있단 말이다."

군목은 머리를 흔들었다. 당번병이 스튜 접시를 날라갔다.

"뭣 때문에 고길 먹는거요?" 리날디는 군목 쪽을 향하여 소리를 질렀다. "오늘은 금요일이라는 걸 모르오?"

"오늘은 목요일이에요."

군목이 대꾸했다.

"거짓말 마쇼. 금요일이야. 당신은 주님의 살을 먹고 있는거요. 그것은 하느님의 살이오. 내 모를 줄 아슈? 그것은 오스트리아 병정의 시체야. 그걸 지금 먹고 있는거요."

"흰 고기는 장교의 살이고."

나는 그의 농담을 보충해 주었다.

리날디는 껄껄 웃었다. 그는 자기 잔을 채웠다.

"날 상관 말게." 리날디는 말했다. "난 지금 약간 돌았어."

"휴가를 얻어야겠군요."

군목이 말했다. 소령은 군목에게 머리를 흔들어 보였다. 리날디는 군목을 쳐다보았다.

"휴가를 얻어야겠다고 생각하오?"

소령은 군목에게 머리를 흔들었다. 리날디는 군목을 쳐다보고 있었다.

"뜻대로 하시는 거죠." 군목이 대답했다.

"싫으시다면 그만두고."

"지옥으로나 가버려." 리날디가 소리쳤다. "모두들 날 빼돌리려고.

되레 내가 쫓아버릴 테다. 내가 그것에 걸렸다면 어떻단 말이야? 누구나 다 걸려 있는데. 세상 놈이 다 걸린걸. 우선 처음엔." 그는 자못 강의하는 어조로 말을 이었다.

"그저 조그만 부스럼이 난다. 다음은 어깻죽지 사이로 부스럼이 나타나고. 그리곤 아무 징후도 확인할 수 없다. 우리들은 그저 수은(水銀)만 믿을 뿐이다."

"아니면 살바르산이나."

소령이 조용히 한마디 했다.

"수은제죠." 하고 리날디가 말했다. 득의만만한 어조였다.

"이 두 가지에 관해선 꽤 알고 있소. 친절하신 군목님. 당신은 절대로 걸리지 않을거요. 우리 친구는 걸리겠지만. 이건 직업상의 사고야. 다만 직업적인 사고에 지나지 않아."

당번병이 과자와 커피를 가지고 왔다. 과자는 굳은 소스를 친 일종의 흑빵 같은 푸딩이었다. 램프 속은 연기가 자욱했다. 등피 속에 검은 연기가 가득히 맴돌았다.

"양초를 두 자루 가져오고 램프는 가지고 가."

소령이 말했다.

"당번병이 불을 붙인 양초 두 자루를 각기 접시에 붙여가지고 와선 램프를 들고 가면서 불어서 꺼버렸다.

리날디는 이제 조용해졌다. 기분이 가라앉은 모양이었다.

우리들은 잡담을 나누고 커피를 마신 다음 모두 홀로 나갔다.

"자네는 군목님과 얘기하고 싶겠지. 나는 거리에 나가봐야 해." 하고 리날디는 나에게 말했다. "군목님, 굿나잇!"

"굿나잇, 리날디 중위."

"프레디, 나중에 만나세." 리날디가 말했다.

"그러세, 일찍 돌아오게."

그는 얼굴을 찌푸려 보이고는 문 밖으로 나가버렸다. 소령은 우리들과 같이 서 있었다.

“저 친군 몹시 피로해 있어. 과로야.” 하고 소령이 말했다. “게다가 자긴 매독에 걸렸다고 생각하고 있지. 난 믿지 않지만 어쩌면 걸렸을지도 모르지. 그 치료를 손수 하고 있다네. 그럼 잘들 가게. 엔리코, 자넨 새벽녘에 떠날 테지?”

“네.”

“그럼 잘 가게. 행운을 비네. 페두치가 자넬 깨워서 같이 갈 걸세.”

“안녕히 주무십쇼, 소령님.”

“잘 가게. 오스트리아 군이 공세를 취할 거라는 소문이 있지만 난 안 믿어. 없으면 좋겠네만. 좌우간 여기선 없겠지. 지노가 모든 얘길 해줄 걸세. 전환 이제 잘 통해.”

“정기적으로 전화를 하죠.”

“그래 주게. 잘 가게. 리날디가 브랜딜 너무 많이 마시지 않도록 해주게.”

“그러죠.”

“굿나잇, 군목님.”

“굿나잇, 소령님.”

그는 자기 사무실로 들어갔다.

26

나는 문 앞으로 가서 밖을 내다보았다. 비는 그쳐 있었지만 안개가 자욱했다.

“2층으로 올라갈까요?”

나는 군목에게 물었다.

“잠깐밖에 있을 수 없는데요.”

“올라갑시다.”

우리는 계단을 올라 내 방으로 들어갔다.

나는 리날디의 침대에 드러누웠다. 군목은 당번병이 만들어 준 내 침대에 걸터앉았다. 방안은 어두웠다.

"그런데." 하고 군목이 말을 꺼냈다. "건강은 정말 어떠십니까?"

"이젠 아무렇지도 않아요. 오늘 밤은 피곤하군요."

"나도 피곤한데요. 별로 피곤할 이유도 없는데."

"전쟁은 어떻게 되는 겁니까?"

"내 생각엔 곧 끝날 것 같소. 왠지는 몰라도 어쩐지 그렇게 느껴지는군요."

"어째서 그렇게 느껴집니까?"

"소령의 거동을 보셨겠죠? 온순하죠? 요새는 모든 사람이 다 그렇답니다."

"나 자신도 그런데요."

내가 말했다.

"지긋지긋한 여름이었죠?"

군목이 말했다. 그는 내가 이곳을 떠났을 때보다도 훨씬 자신있어 보였다.

"어땠는지 믿지 않으실겁니다요. 실제로 현장에 있어서 그것이 얼마나 지독했는지 알기 전엔 말이죠. 많은 사람들이 이번 여름에야 전쟁이라는 것을 인식했죠. 절대로 인식하지 못하리라고 생각했던 장교들까지도 전쟁을 인식했죠."

"어떻게 될까요?"

나는 손으로 담요를 툭툭 쳤다.

"모르긴 모르겠습니다만 그다지 길게 계속될 것 같진 않습니다."

"그럼 어떻게 되나요?"

"전쟁을 그만두겠죠."

"누가요?"

"쌍방이."

"그랬으면 좋겠는데."

"당신에겐 그것이 믿어지지 않습니까?"

"쌍방이 동시에 전쟁을 그만두리라곤 믿어지지 않아요."

"나도 동감입니다. 그래선 기대가 너무 큰거죠. 그러나 사람들의 변화를 보면 오래 계속되리라곤 생각되지 않는군요."

"이번 여름 전투는 어느 쪽이 이긴 겁니까?"

"어느 쪽도 못 이겼죠."

"오스트리아 군이 이긴 겁니다. 그들은 공격에서 산가브리엘레를 끝내 지켰습니다. 그들이 이긴 거죠. 전쟁을 그만두지 않을 겁니다."

"그들 역시 우리가 느끼는 것과 똑같이 느낀다면 그만두겠지요. 그들도 우리들과 똑같은 경험을 겪어 왔으니까요."

"이길 때에 싸움을 그만두는 사람은 없어요."

"그 말을 들으니 맥이 풀리는군요."

"나는 생각한 대로를 말할 뿐입니다."

"그럼, 언제까지고 계속될 거라는 겁니까? 아무일도 안 일어나고?"

"모르겠어요. 다만 오스트리아 군은 승리를 하고 있을 때에 싸움을 그만두지 않으리라는 것뿐이에요. 우리가 크리스찬이 되는 건 지고 있을 때니까."

"오스트리아 인도 크리스찬입니다. 보스니아(유고슬라비아 연방의 하나) 인만 제외하고."

"나는 형식적인 의미에서 크리스찬을 말한 건 아닙니다. '하느님' 같은 사람을 뜻한 거죠."

그는 아무 말도 하지 않았다.

"우리는 지고 있으니까 온순해진 거예요. 만일 베드로가 감람(橄欖) 동산에서 주님을 구했더라면 주님은 어떻게 되었을까요?"

"역시 마찬가지였겠죠."

"난 그렇게 생각 안합니다."

"당신 얘길 들으면 자꾸 용기가 꺾입니다." 군목이 말했다.

"나는 무엇이 일어날 것을 믿고 또 빌고 있어요. 그것이 아주 가까워진 걸 느끼고 있습니다."

"그야 무엇이 일어나긴 하겠지요. 그러나 그건 우리에게만 일어날 겁니다. 그들도 우리가 느끼는 것을 느낀다면 더욱 좋겠지요. 그러나 그들은 우리에게 이겼습니다. 그들이 느끼는 건 달라요."

"많은 병사들이 늘 그렇게 느껴 왔죠. 반드시 전쟁에 졌다고 해서 느끼는 건 아닙니다."

"그들은 애당초부터 진겁니다. 그들은 농장에서 군대로 끌려왔을 때 벌써 진거예요. 농부들에게 분별이 있는 것은 애당초부터 지고 들어가기 때문입니다. 그들에게 권력을 갖게 해보십시오. 얼마나 분별 있는가 곧 알게 될 겁니다."

그는 아무 말도 하지 않았다. 생각에 잠겨 있었다.

"나는 이제 용기를 잃었어요." 하고 내가 말했다.

"그렇기 때문에 나는 그런 것을 생각하지 않습니다. 절대로 생각하지 않습니다. 지껄이기 시작하면 무의식중에 머릿속에 있는 것을 그대로 얘기하고 맙니다."

"나는 줄곧 무엇인가를 바라고 있었어요."

"패전을요?"

"아니, 그 이상의 무엇을."

"그 이상의 것이라곤 없습니다. 승리 말고는. 그게 더 나쁠지도 모르지만."

"나는 오랫동안 승리를 바랐지요."

"나도 그랬습니다."

"이제는 모르겠어요."

"승리냐 패배냐, 둘 중의 하나겠지요."

"난 이제 승리는 믿지 않습니다."

"나 역시. 그러나 패배도 믿지 않습니다. 그것이 더 나을지도 모르지만."

"그럼 뭘 믿습니까?"

"잠을."

내가 말했다. 그는 일어섰다.

"너무 오랫동안 미안합니다. 그러나 당신하고 얘기하는게 즐겁습니다."

"다시 얘기할 수 있게 되어 유쾌합니다. 잠 이야긴 별 의미없이 한 겁니다."

우리들은 일어나서 어둠 속에서 악수를 했다.

"나는 지금 307에 묵고 있어요."

그가 말했다.

"나는 내일 아침 일찍 임지로 떠납니다."

"돌아오거든 또 만납시다."

"같이 산책이나 하면서 얘기합시다."

나는 그와 문 앞까지 갔다.

"내려오지 마세요." 하고 그가 말했다. "당신이 돌아와서 무척 반갑습니다. 당신에겐 별로 신통할 게 없겠지만."

그는 내 어깨에 손을 얹었다.

"난 괜찮습니다. 안녕히 주무세요."

"안녕히!"

"안녕!"

나는 졸려서 못견딜 지경이었다.

27

리날디가 들어왔을 때 잠이 깼지만 그가 아무 말도 않기에 다시 잠이 들었다. 다음날, 나는 날이 밝기 전에 준비를 하고 떠났다. 내가 떠날 때 리날디는 깨지 않았다.

나는 아직 바인시차를 본 일이 없었다. 전에 내가 부상을 입은 강 밑

지점을 넘어서 오스트리아 군이 있던 언덕길을 올라가자니까 어쩐지 이상한 기분이 들었다. 가파른 새 길이 생기고 트럭이 여러 대 있었다. 그것을 지나자 길이 평탄해지며 숲과 가파른 산들이 안개 사이로 보였다. 갑자기 점령되었기 때문에 파괴를 모면한 숲들이었다. 그리고 도로가 구릉에 둘러싸여 있지 않은 곳은 양쪽과 상부를 매트로 가리어 놓았다. 그 도로는 어느 파괴된 마을에서 끝나 있었다. 전선은 그 앞 고지에 있었다. 주위에는 많은 포들이 있었다. 집들은 몹시 파괴되었지만 모든 것이 질서 정연했고 사방에 표지판(標識板)이 있었다. 지노가 있는 곳을 찾아 커피를 얻어마시고 나중에 그와 함께 여러 사람들을 만난 후 내가 맡을 지점을 돌아보았다. 지노는 바인시차의 훨씬 아래에 있는 라브네에 영국군의 앰뷸런스가 활동하고 있다고 했다. 그는 영국인에 크게 탄복하고 있었다. 그의 말로는 포격은 다소 있지만 부상자는 그리 많지 않다고 했다. 장마기에 들어섰으니까 이제 환자가 많이 나올 것이라고 했다. 오스트리아 군이 공세로 나올지도 모르겠다는 추측도 있지만 그는 그것을 믿지 않았다. 이쪽에서 공세를 취할 것 같기도 했지만 새 증원 부대를 조금도 보내지 않는 걸 보면 역시 단념한 모양이라고 했다. 여기는 식량이 변변치 않으므로 고리지아에서 실컷 먹었으면 좋겠다고도 했다. 어제 저녁 식사로 뭘 먹었는지 얘기해 주자 그건 굉장한 식사라고 부러워했다. 돌체(디저트의 단 것)에 더욱 탄복했다. 나는 자세한 설명을 하지 않고 다만 돌체라고만 했다. 그는 빵 푸딩 정도가 아니라 좀더 손이 간 것이라고 생각한 모양이었다.

그는 자기가 어디로 배치될 것인지 아느냐고 물었다. 나는 그건 모르지만 다른 앰뷸런스가 몇 대 카포레토에 가 있다고 대답했다. 그는 거기로 나갔으면 했다. 그리 크지 않은 아담한 곳으로 건너편에 솟아 있는 높은 산이 마음에 든다고 했다. 그는 똑똑한 청년으로 모든 사람들이 그를 좋아하는 눈치였다. 이어 그는 정말로 지옥과 같았던 것은 산가브리엘레의 전투와 실패로 끝난 롬 전방의 공격이었다고 말했다.

오스트리아 군은 아군의 바로 건너편과 머리 위 테르노바의 능선을 따라 숲속에 많은 야포 진지를 갖고 있어 밤이 되면 맹렬히 도로에 포격을 가했다고 했다. 저쪽에 있는 해군 부대의 포 사격은 특히 신경을 자극했다고 했다. 이 포들은 탄도가 수평이니까 나도 곧 알게 될 것이라고 했다. 포격이 시작되었구나 하는 순간 대기를 찢는 듯한 포성이 시작되지. 적은 언제나 동시에 두 발 연거푸 발사하는 까닭에 폭발하면 파편이 어마어마해. 그는 파편 하나를 나에게 보여줬는데 길이 1피트 이상의 들쭉날쭉한 톱날 모양의 금속편이었다. 배비트 합금인 것 같았다.

"그렇게 위력이 있는 거 같진 않지만."

지노는 말을 이었다. "그러나 놀란단 말이야. 파편이란 파편은 죄 자기를 향해서 날아오는 것 같거든. 쿵 하는 소리가 나는가 하면 땅을 뒤흔드는 듯한 소리를 내며 터져버리지. 부상은 안 당해도 죽을 것처럼 놀라니 죽는 거나 마찬가지란 말야."

현재 우리 진지 반대편에는 크로아티아 인과 마자르 인이 약간 있다고 했다. 아군은 아직도 공격 태세로 있는 그대로였다. 오스트리아 군이 공격해 오면 아군 측엔 철조망도 없고 후퇴하여 수비할 지점도 없어, 고원에서 내리뻗친 낮은 산악지대에 안성맞춤의 방어 진지가 있지만 방어를 위한 설비가 전혀 되어 있지 않아. 이렇게 말하면서 그는 바인시차를 어떻게 생각하느냐고 물었다.

나는 좀더 평탄하고 고원 지대다운 것이라고 생각했었다. 이렇게 기복이 심한 줄은 몰랐다고 말했다.

"고원이지 평원은 아냐." 지노가 말했다.

우리는 그가 머물고 있는 집 지하실로 돌아왔다. 나는 산꼭대기가 평평하며 약간 깊은 곳도 있는 능선이 조그만 산들이 연달아 있는 곳보다는 방어하기가 한결 용이하고 실리적으로 생각한다고 말했다. 산을 공격하는 것은 평지를 공격하는 것보다 곤란하지 않다고 나는 주장했다.

"그야 산 나름이지." 하고 그가 말했다. "산가브리엘레를 보라구."

"그렇지. 그러나 진땀을 뺀 건 산꼭대기의 평평한 곳에서였어. 정상까지는 쉽게 갔잖나."

"그렇게 쉽지도 않았어."

그가 말했다.

"그렇지. 그러나 그건 산이라기보다는 요새(要塞)였으니까 특수한 경우지. 오스트리아 군은 수년간을 두고 그것을 요새화했지."

나는 전략적인 의미에서 기동성이 있는 전쟁의 경우를 말한 것이다. 산악 지대라 해도 간단히 우회할 수 있는 까닭으로 전선으로 지탱하기엔 아무 소용도 없다. 될 수 있는 한 기동성을 가져야 할 것인데 산악이란 그다지 기동성이 없다. 게다가 산상에서 아래를 향해 발사하는 경우 사정(射程)거리를 넘는 수가 많다. 만일 측면을 우회당하는 경우라면 정예부대는 가장 높은 고지에 남게 된다. 나는 산악전은 좋게 생각하지 않았다. 그것에 관해서는 나도 상당히 생각해 봤다고 말했다. 이쪽이 산을 하나 빼앗으면 저쪽에서도 다른 산을 하나 빼앗고 하다가 결전할 단계에 이르면 쌍방이 다 산악 지대를 버려서 평지로 나오게 마련이라고 했다.

"그럼 산악이 국경으로 돼 있다면 어떡하겠나?"

그가 물었다.

"거기까진 아직 연구하지 않았는데."

우리는 함께 껄껄 웃었다.

"그렇지만." 하고 나는 말을 이었다. "옛날에 오스트리아 군은 언제나 베로나 부근의 사각(四角) 지대에서 큰 타격을 받았지. 평지로 내려오도록 해서 거기서 격파했거든."

"그렇지." 지노도 끄덕였다. "그러나 그건 프랑스 군대였어. 다른 나라에서 싸우는 경우라면 군사상의 문제는 거침없이 해결할 수 있는 법이야."

"그래." 하고 내가 말했다. "자기 나라에서 싸우면 그렇게 과학적으로 군대를 이용할 수가 없지."

"러시아 군은 그걸 했지. 나폴레옹을 함정에 빠뜨렸거든."

"그래. 그러나 그들은 광대한 국토를 가지고 있었지. 만일 이탈리아에서 나폴레옹을 함정에 빠뜨리려고 후퇴해 보게, 브린디시(이탈리아 남쪽 끝의 군항)까지 밀려가게 될 테니."

"브린디시, 지독한 곳이야." 하고 지노가 말했다.

"거기 가봤나?"

"지낸 일은 없어." 지노가 말했다.

"나는 애국자지만 암만해도 브린디시나 타란토(이탈리아 동남쪽의 도시)는 좋아지지 않아."

"바인시차는 좋은가?" 하고 내가 물었다.

"땅은 신성해. 하지만 좀더 감자가 많이 생산됐으면 좋겠어. 우리가 여기 왔을 땐 오스트리아 군이 심어 논 감자밭이 있었지."

"식량은 정말 부족한가?"

"나 자신 한 번도 배불리 먹어 본 적이 없어. 그러나 나는 대식가지만 굶어죽진 않았어. 식사는 보통은 돼. 전선의 연대는 꽤 괜찮은 급식을 받는 모양이지만 예비대는 그렇게 보급을 못 받고 있어. 뭔가 어디에 잘못된 데가 있어. 양식은 충분히 있을거야."

"개새끼들이 딴 데 팔아먹은 모양이지."

"그런가 봐. 전방 부대엔 될 수 있는 대로 많이 보급하지만 후방 부대는 아주 부족해. 후방 오스트리아 군의 감자고 숲에서 딴 밤이고간에 전부 먹어버렸거든. 좀더 급식을 잘해 주어야 해. 우리들은 대식가야. 식량은 충분히 있을거야. 군대가 식량 부족이라면 이건 좀 곤란해. 급식이 병사들에 끼치는 영향을 생각해 본 일이 있나?"

"그럼. 그래선 전쟁엔 이길 수 없지, 져."

"지는 얘긴 집어치우세. 지는 얘긴 그렇잖아도 파다하게 들리니까. 이번 여름에 한 것이 헛되이 끝날 리는 없겠지."

나는 아무 말도 하지 않았다. 나는 신성이니 영광이니 희생이니 하는 그런 공허한 표현에는 언제나 어리둥절했다. 때로는 음성이 들리지 않을 정도의 빗속에 서서 그런 말을 들은 적도 있었는데 그럴 때 들려오는 건 고함소리뿐이었다. 다른 포고문 위에 벌써 오래 전에 덧붙여진 포고문에서 그런 문구를 읽은 일도 있지만, 실제로 내 눈으로 신성한 것을 본 적은 없었다. 영광이라고 불려진 것도 조금도 영광이 아니었다. 희생이란 것 역시 고깃덩어리를 매장하는 것 외에 별 뾰족한 것이 아니라면 시카고의 도살장과 조금도 다를 것이 없었다.

차마 들을 수 없는 말들이 너무도 많은 까닭에 나중에는 다만 지명(地名)만이 위엄을 갖게 됐다. 어떤 숫자라든가 날짜 같은 것, 이것들이 지명과 함께 우리가 말할 수 있고 어떤 의미를 가질 수 있는 유일한 말들이었다. 명예니 용기니 신성이니 하는 추상적인 말들은 촌락의 이름, 도로 번호, 강 이름, 연대나 날짜의 숫자 같은 구체적인 이름 곁에 갖다놓으면 오히려 유치해졌다. 지노는 애국자였다. 때로는 우리들을 갈라놓는 어긋나는 말도 하지만 역시 좋은 친구였고 그가 애국자임을 나는 이해하고 있었다. 그는 나면서부터 애국자였다. 그는 고리지아로 돌아가기 위해서 페두치와 함께 자동차로 떠났다.

그날은 종일 폭풍우가 몰아쳤다. 바람은 비를 몰아쳐 가는 곳마다 물웅덩이와 진창투성이였다. 파괴된 집의 벽토는 회색으로 젖어 있었다. 오후 늦게서야 비가 그쳤다. 제 2 번 주차지에서 바라보니 산봉우리에 구름이 둘린 헐벗고 젖은 가을 경치며 도로를 가려놓은 매트에 물방울이 스며드는 것이 보였다. 해는 가라앉기 전에 한 번 얼굴을 내놓고 산마루 너머에 있는 헐벗은 숲을 비쳤다. 그 산마루의 숲에는 오스트리아 군의 야포가 많이 있었으나 불을 토한 것은 몇 대 안되었다.

나는 전선 근처의 파괴된 농가 상공으로 갑자기 유산탄의 둥근 포연이 오르는 것을 쳐다보았다. 그것은 한복판에 희고 누런 색의 섬광이 있는 부드러운 연기 덩어리였다. 섬광이 번쩍하면 다음에 포성이 들리고 연기덩어리가 바람에 날리면서 부서져가는 것이 보인다. 파괴된 인가의 깨진

기왓장 속에도, 주차지가 있던 파괴된 농가 옆의 도로에도 유산탄의 파편이 많았지만 그날 오후엔 주차지 부근의 포격은 없었다. 우리는 두 대의 앰뷸런스에 부상병을 싣고 젖은 매트로 가려진 도로를 달렸다. 태양의 마지막 잔광이 멍석의 틈 사이로 새어들어왔다. 우리가 산 후면에 있는 차폐되지 않은 도로에 나오기 전에 해는 졌다. 차폐되지 않은 도로를 달려 모퉁이를 돌아 넓은 공지로 나왔다가 다시 네모진 아치형의 매트 터널로 들어가자 비가 내리기 시작했다.

밤이 되자 바람은 더욱 심해졌다. 새벽 3시, 억수로 퍼붓는 비와 함께 포격이 시작됐다. 크로아티아 인 부대가 산간의 초원을 횡단하고 숲을 통과하여 전선에 습격을 가해왔다. 어둠 속 빗속에서 격전이 벌어졌는데 제 2 선에 있던 놀란 병사들의 반격으로 격퇴되었다. 비를 무릅쓰고 많은 포탄이 쏟아졌고 로켓탄이 발사되었으며 전선 일대에서 기관총과 소총 소리가 요란했다. 적은 재차 내습해 오진 않았다. 점차 조용해졌고 갑자기 심해져가는 비바람 사이로 멀리 북쪽의 포격 소리가 들려왔다.

부상병들이 더러는 들것으로, 더러는 걸어서, 더러는 전우의 등에 업혀 들판을 건너 주차지 있는 데로 왔다. 비에 흠뻑 젖은 그들은 모두가 겁에 질려 있었다.

우리는 주차지의 지하실에서 들것이 올라오는 대로 두 대의 앰뷸런스를 부상병으로 채웠다. 나는 두 번째의 차의 문을 닫고 잠글 때 얼굴을 때리는 비가 눈으로 변한 것을 느꼈다. 눈송이는 비에 섞여 펑펑 빠르게 내렸다.

날이 밝아도 폭풍은 여전했으나 눈은 그쳤다. 눈은 젖은 땅에 내려앉자 곧 녹았다. 그것은 다시 비로 변해 있었다. 날이 밝은 직후에도 또 한 번 공격이 있었지만 실패로 돌아갔다. 우리들은 하루 종일 공격을 기다리고 있었지만 해가 질 때까지 공격은 없었다. 포격은 오스트리아 군의 포병대가 집결해 있는 길다란 산림 지대 남쪽에서 시작되었다. 우리도 포격을 받으리라 예기했지만 아무 일도 없었다. 점점 어두워갔다. 마을 뒤쪽 들판에서 야포들이 포격을 하고 있었고 기분좋은 소리를 내며 포탄이 날아왔다.

우리는 남쪽에서의 공격이 성공하지 못했다는 소식을 들었다. 그날 밤 적의 공격은 없었지만 북쪽 전선이 돌파당했다는 말이 들렸다. 밤중에 후퇴할 준비를 하라는 통지가 왔다. 주차지의 대위가 나에게 그것을 알렸다. 여단(旅團) 사령부에서 그 통지를 받았다고 했다. 그러나 잠시 후 전화를 받고 돌아오더니 그건 거짓말이었다고 했다. 여단 사령부는 여하한 일이 있더라도 바인시차 전선을 확보하라는 명령을 받았다고 했다. 내가 아군의 전선이 돌파되었다던데요, 하고 대위에게 묻자 그는 자기가 여단에서 들은 바에 의하면 오스트리아 군이 카포레토를 향해서 제27군을 돌파했다고 말했다. 북방에선 온종일 큰 전투가 있었던 것이다.

"자식들이 적에게 돌파당했다면 우린 끝장난 거야."

"독일 군이랍니다, 공격하고 있는 건."

의무 장교 하나가 대꾸했다. 독일 군이라는 말은 공포의 대상이었다. 우리는 독일 군과는 아무 관계도 갖고 싶지 않았다. "독일 군은 15개 사단이 있어요." 하고 그 의무 장교가 말했다. "놈들이 아군 전선을 돌파했다면 우린 전멸입니다."

"여단 사령부에선 이 전선은 확보해야 한다는 거야. 돌파되었다곤 해도 그다지 대단한 것은 아니라는 거지. 아군은 마죠레 산에서부터 산악 지대를 횡단하는 전선을 확보하려는 거래."

"그런 얘긴 어디서 들은 거랍니까?"

"사단 본부에서."

"우리가 후퇴할 계획이란 말도 사단 본부에서 나왔다는데."

"우리들은 군 사령부 밑에서 움직이고 있습니다." 하고 내가 말했다. "그러나 여기선 대위님 밑에서 움직이고 있습니다. 대위님이 후퇴하라고 하면 당연히 후퇴하는 거죠. 그러나 명령은 정확히 받으세요." "명령은 여기 그대로 있으라는 거야. 자네는 부상자를 수용소로 수송해 주게."

"때에 따라선 가수용소에서 야전 병원으로 수송할 적도 있죠." 하고 내가 말했다. "나는 아직 후퇴라는 걸 경험한 적이 없는데……만일 후퇴할 경우에는 어떻게 부상자 전원을 후송시킵니까?"

"전부는 아냐. 될 수 있는 데까지 후송하고 나머지는 남겨두고 가지."

"앰뷸런스엔 무얼 싣습니까?"

"병원 시설."

"알겠습니다."

다음날 밤 후퇴하기 시작했다. 독일 군과 오스트리아 군이 북방 전선을 돌파하고 치비달레와 우디네를 향해 계곡을 타고 전진중이라는 말을 들었다. 후퇴는 비에 젖고 침울했지만 질서 정연했다. 밤중에 혼잡한 도로를 따라 서서히 나아가면서 빗속을 행군하는 부대와 대포, 마차를 끄는 군마와 노새, 트럭 등의 대열을 지나쳤다. 모두가 전선에서 이동하는 것들이었다. 전진할 때에 비해서 그다지 혼란은 없었다.

그날 밤 우리들은 고지의 가장 덜 파괴된 마을에 설치해 두었던 야전 병원의 철수를 도와 부상자를 강둑에 있는 플라바로 운반시켰다. 다음날은 플라바의 야전 병원과 가수용소를 철수시키기 위해 비를 무릅쓰고 온종일 일을 했다. 바인시차 방면의 부대들은 그해 봄 큰 승리를 거두었던 강을 건너 시월의 비를 맞으면서 고원으로부터 이동해 왔다. 우리는 다음날 점심때쯤 되어서 고리지아에 도착했다. 비는 그치고, 거리는 거의 텅 비어 있었다. 우리가 거리에 도착했을 때 병사들이 군인 위안소에서 여자들을 트럭에 싣고 있었다. 여자는 일곱 명이었는데 모자와 외투차림에 조그만 옷 가방을 들고 있었다. 그 중 두 여자는 울고 있었다. 하나가 우리들에게 미소를 던지더니 혀를 내밀어 아래위로 날름거려 보였다. 그녀는 두툼한 큰 입술과 검은 눈을 가지고 있었다.

나는 차를 세우고 포주에게 가서 말을 걸었다. 장교 위안소의 여자들은 오늘 아침에 떠났다고 했다. 어디로 갔느냐고 물었더니 코네리아노라고 그녀는 대답했다. 여자를 실은 트럭이 출발했다. 두꺼운 입술의 여자가 우리에게 또 혀를 내보였다. 포주는 손을 흔들었다. 두 여자는 여전히 울고 있었다. 다른 여자들은 재미있는 듯 거리를 내다보고 있었다. 나는 차로 되돌아왔다.

"저 패들과 같이 가면 좋겠는데요." 보넬로가 말했다.

"유쾌한 여행이 될 거예요."

"이제 유쾌한 여행을 하게 될 거다."

"이제 지옥 같은 여행을 하게 될 겁니다."

"내 말이 그 말이야."

우리는 별장 가도로 차를 몰았다.

"그 왈패놈들이 아가씨 집으로 기어드는 꼴을 봤으면 좋겠네요."

"그럴 것 같은가?"

"물론이죠. 제 2 군에서 저 포주를 모르는 놈은 하나도 없어요."

우리들은 별장 근처로 나왔다.

"모두들 그 여잘 수녀 원장(修女院長)이라고 부른답니다. 계집애들은 낯설지만 그 여자라면 모르는 사람이 없지요. 아마 후퇴 직전에 저 패들을 데리고 왔나 봐요."

"그럼 단단히 당하겠는 걸."

"단단히 당하겠죠. 공짜로 한 번 저것들을 해치웠으면 좋겠어요. 저 집은 너무 비싸요. 정부가 우리를 착취하는 거죠."

"차를 밖으로 내놓고 정비병에게 정비를 시켜." 하고 내가 말했다. "오일을 갈아넣고 차동 장치(差動裝置)를 점검해. 가솔린을 채워 놓고 나선 좀 자둬."

"네, 중위님."

별장은 비워 있었다. 리날디는 병원을 따라가고 없었다. 소령도 간부 전용차에 병원 요원을 싣고 가버린 뒤였다. 창문에 내 앞으로 써놓은 쪽지가 있었다. 복도에 쌓아 놓은 물건들을 싣고 포르데노네로 오라고 씌어 있었다. 정비병들도 이미 떠나가고 없었다. 나는 되돌아와 차고로 갔다. 내가 거기 있을 동안 다른 앰뷸런스가 두 대 도착하여 운전병이 차에서 내려왔다. 또 비가 내리기 시작했다.

"어찌나 졸립던지…… 플라바에서 여기까지 오는 도중에 세 번이나 잠이 들었죠." 하고 피아니가 말했다.

"이제부터 우리들은 뭘합니까, 중위님?"

"오일을 갈아넣고 그리스를 치고, 가솔린이 가득차면 현관에다 차를 대어 놓고 남기고 간 자질구레한 물건들을 싣는 거야."

"그리고 출발입니까?"

"아니 세 시간 동안 자는거야."

"잠을 잘 수 있다니! 고맙습니다." 하고 보넬로가 말했다.

"도무지 눈이 감겨 운전할 수가 있어야죠."

"자네 차는 어때, 아이모?"

"이상없습니다."

"가서 작업복을 가져와, 오일 가는 걸 도와줄 테니까."

"괜찮습니다, 중위님." 하고 아이모가 말했다.

"문제없어요. 저리 가셔서 중위님 짐이나 싸세요."

"내 짐은 벌써 다 싸놨어. 그럼 선발대가 남기고 간 짐을 가지고 나올테니 준비가 되는 대로 차를 앞으로 돌려 주게."

그들은 앰뷸런스를 별장 현관으로 돌렸다. 우리들은 복도에 쌓여있던 위생 자재를 차에 실었다. 짐 싣는 일을 마치자 세 대의 앰뷸런스는 비가 내리는 나무 아래의 차도에 일렬로 나란히 섰다. 우리는 집안으로 들어갔다.

"주방에서 불을 지피고 옷들을 말리지."

내가 말했다.

"옷이야 마르건 말건 상관없어요." 피아니가 대꾸했다.

"우선 자야겠어요."

"난 소령의 침대에서 자야지."

보넬로가 말했다.

"어디서 자든 난 상관없어." 하고 피아니가 말했다.

"여기도 침대가 두 개 있어."

나는 문을 열었다.

"난 그 방에 뭣이 있었는지 통 몰랐어요."

보넬로가 말했다.

"그게 물고기 상판 영감의 방이었다네."

"자네들 둘은 거기서 자. 내가 깨워 줄테니."

"너무 오래 자면 오스트리아 군이 깨울 겁니다."

보넬로가 말했다.

"난 늦잠을 안 자. 아이모는 어디 있지 ? "

"주방에 갔습니다."

"자, 어서들 자."

"자야겠어요." 피아니가 말했다. "온종일 앉은 채로 잤어요. 정수리가 온통 눈까풀을 덮어 누르더군요."

"구둘 벗으라구." 보넬로가 말했다.

"물고기 상판 영감의 침대야."

"물고기 상판이 무슨 상관이야."

피아니는 진창투성이의 장화를 신은 채 발을 뻗고 팔을 베개삼아 침대에 드러누웠다. 나는 주방으로 가보았다. 아이모가 난로에 불을 피우고 물 주전자를 올려놓고 있었다.

"파스타 아슈타를 만들려고요. 잠이 깨면 배가 고플 것 같아서요."

"자넨 안 졸리나, 바르토로메오 ? "

"그렇게 졸리지 않습니다. 물이 끓으면 놔두고 자죠. 불은 저절로 꺼질 테니까."

"좀 자두는 게 좋을 걸. 치즈하고 통조림을 먹으면 되지 뭘."

"이게 더 좋을 걸요. 저 두 명의 무정부주의자들에겐 뭐든 뜨거운 게 좋겠죠. 중위님도 어서 주무세요."

"소령님 방에 침대가 하나 있네."

"중위님이 거기서 주무십쇼."

"아냐, 난 내가 쓰던 방으로 가겠네. 한 잔 생각없나?"

"떠날 때 하지요, 중위님. 지금 마셔봐야 아무 소용도 없어요."

"세 시간 후에 만약 내가 깨우러 오지 않으면 날 깨워 주게. 알겠지?"

"시계가 없는데요, 중위님."

"소령님 방 벽에 시계가 있어."

"알겠습니다."

나는 식당을 빠져 복도로 나와서 대리석 계단을 올라가 리날디와 같이 쓰던 방으로 갔다. 밖엔 아직도 비가 내리고 있었다. 나는 창가로 가서 밖을 내다보았다. 어둠이 내리고 있었고 나무 밑에 나란히 세워 둔 세 대의 차량이 보였다. 비에 젖은 나무에서 빗방울이 떨어지고 있었다. 공기는 차갑고 나뭇가지에 물방울이 달려 있었다. 나는 리날디의 침대로 가서 몸을 눕히고 잠이 오길 기다렸다.

떠나기 전에 주방에서 요기를 했다. 아이모가 마늘과 통조림 고기를 다져서 넣은 스파게티를 내놓았다. 우리는 식탁에 둘러앉아 별장 지하실에 남아 있던 포도주 두 병을 마셨다. 밖은 벌써 어두워졌고 비가 내리고 있었다. 피아니는 몹시 졸린 얼굴로 식탁에 앉아 있었다.

"전진보다는 후퇴가 재미있어." 하고 보넬로가 말했다.

"후퇴할 때는 바르베라를 마시거든."

"지금은 술을 마시고 있지만 내일은 빗물을 마시게 될지도 모르지." 아이모의 말이었다.

"내일은 우디네에 도착이다. 샴페인을 마시자. 거긴 병역 기피자들이 살고 있는 곳이거든. 일어나, 피아니! 내일은 우디네에서 샴페인을 마시는거야!"

"잠 깨었어." 피아니가 말했다. 그는 접시에다 스파게티와 고기를 수북이 담았다. "토마토 소스는 없던가, 바르토?"

"없던데."

아이모가 대답했다.

"우디네에서 샴페인을 마시자구."

보넬로가 말했다. 그는 자기 잔을 맑고 붉은 바르베라 포도주를 채웠다.

"많이 잡수셨습니까, 중위님?"

아이모가 물었다.

"많이 먹었어. 그 병 좀 이리 주게."

"한 사람이 한 병씩 차에 가져갈 수 있게 해놓았습니다."

아이모가 말했다.

"자넨 좀 잤나?"

"난 그다지 잘 필요가 없어요. 자긴 좀 잤죠만."

"내일은 임금님 침대에서 잘거야."

보넬로가 말했다. 기분이 사뭇 좋은 모양이었다.

"나는 왕비하고 잠을 잘거야."

보넬로가 다시 말했다. 그는 내가 이 농담을 어떻게 받아들이나 눈치를 살폈다.

"그만해." 하고 내가 말했다.

"술 몇 잔 마시고 너무 기분이 들떴군."

밖은 비가 세차게 내리고 있었다. 시계를 보았다. 9시 반이었다.

"출발 시간이야."

나는 일어섰다.

"누구 차에 타시렵니까?"

보넬로가 물었다.

"아이모 차에 타겠다. 다음 번은 자네. 그 다음은 피아니. 코르몬스 가도를 달리기로 한다."

"도중에 잠들까봐 걱정인데요."

피아니가 말했다.

"좋아. 내가 자네 차에 타지. 다음이 보넬로, 다음이 아이모."

"그게 좋습니다." 피아니가 말했다.

"졸려 견딜 수가 없으니까요."

"내가 운전할 테니 자넨 좀 자라구."

"자면 깨워 주겠지 하는 것을 아는 동안은 운전할 수 있어요."

"내가 깨워 주지. 바르토 불을 꺼……."

"그냥 둬도 괜찮지 않습니까?" 보넬로가 말했다.

"이제 여긴 아무 소용도 없지 않아요."

"내 방에 조그마한 트렁크가 하나 있는데." 하고 내가 말했다.

"함께 좀 내려다 줄 수 있겠나, 피아니?"

"우리가 가지고 오죠." 피아니가 말했다. "보넬로, 가세."

그는 보넬로와 함께 홀 안으로 들어갔다. 그들이 2층으로 올라가는 소리가 들렸다.

"여긴 참 좋은 곳이었습니다." 하고 아이모가 말했다. 그는 포도주 두 병과 치즈 반 덩어리를 잡낭 속에 넣었다.

"이런 곳은 다시 없겠어요. 어디로 후퇴합니까, 중위님?"

"탈리아멘토 너머라더군. 병원과 배속 부대는 포르데노네에 있게 될 거야."

"여긴 포르데노네보다 좋은 곳입니다."

"난 포르데노네는 몰라." 하고 내가 말했다.

"다만 지나가본 적이 있을 뿐야."

"대단한 곳은 아닙니다."

아이모가 말했다.

28

우리가 거리를 빠져나갈 때 보니까 중심지를 지나가는 부대와 야포의 대열 외엔 비에 젖고 어둠에 싸인 채 텅 비어 있었다. 다른 거리로 지나가는 많은 트럭과 몇 대의 짐마차가 역시 큰 거리에서 집결했다. 피혁 공장 앞을 지나 큰거리로 나오자 많은 부대와 트럭과 짐마차와 야포들이 큰 대열을 짓고 느릿느릿 나아가고 있었다. 우리는 빗속을 천천히, 그러나 쉬지 않고 나아갔다. 내가 탄 자동차의 라디에이터 뚜껑이, 짐을 높이 쌓고 젖은 포장을 덮은 트럭의 꽁무니를 물다시피 따라갔다. 그러자 앞 트럭이 섰다. 대열 전체가 섰다. 또 움직이고 조금 있다간 또다시 섰다.

나는 차를 내려서 트럭과 짐마차 사이를 뚫고 젖은 말의 목밑을 지나 앞으로 나가보았다. 길이 막힌 것은 좀더 앞이었다. 도로를 버리고 도랑에 놓인 발판을 건너 도랑 저편의 들판을 따라 걸었다. 들판을 가로질러 나가보니까 우중에 길이 막혀 나무들 사이에 못박힌 채 서 있는 대열이 보였다.

나는 1마일 가량 걸었다. 길이 막혀 그대로 서 있는 차량 저 앞에서 다른 부대가 움직이는 것이 보였지만 대열은 움직이지 않았다. 나는 차로 되돌아왔다. 이 두절은 어쩌면 우디네까지 뻗쳐 있을지도 모른다. 피아니는 핸들 위에 엎드려 자고 있었다. 그의 옆자리로 기어올라 나도 자고 말았다. 몇 시간 뒤에 바로 앞의 트럭이 기어를 넣는 소리가 들렸다. 피아니를 깨우고 출발했으나 몇 야드 못가서 또 멈추고 다시 나아가고 했다. 비는 여전히 내리고 있었다.

밤에 대열은 다시 길이 막혀 움직이지 못했다. 나는 차를 내려 아이모와 보넬로를 보러 뒤로 갔다. 보넬로는 공병 상사를 두 명 그의 차에 태우고 있었다. 내가 가까이 가자 그 두 상사는 굳어진 얼굴을 했다.

"이 두 사람은 다리에 무슨 장치를 하려고 남아 있었대요." 하고 보넬로가 말했다. "자기 소속 부대를 찾을 수 없다고 해서 태웠습니다."

"중위님, 허가해 주십시오."

"허가하지."

"중위님은 미국인이야." 보넬로가 말했다. "누구든 태워 주실거야."

상사 하나가 싱긋 웃었다. 또 한 상사가 내게 혹 남미나 북미에서 온 이탈리아 사람이 아니냐고 물었다.

"이 분은 이탈리아 인이 아니라니까. 북미의 영국인이지."

상사들은 공손했지만 그 말을 믿지 않았다. 나는 그들 곁을 떠나 아이모에게로 갔다. 그는 옆자리에 두 소녀를 앉혀놓고는 구석에 기대앉은 채 담배를 피우고 있었다.

"아이모! 아이모!" 하고 내가 불렀다.

그는 웃었다.

"이 아가씨들에게 말을 걸어보세오, 중위님. 뭘 말하는지 도무지 못 알아듣겠어요. 이봐!"

그는 소녀의 넓적다리에 손을 얹고 가만히 꼬집는 시늉을 했다. 소녀는 숄로 몸을 감싸며 그의 손을 떼어놓았다.

"이봐! 네 이름과 여기서 뭘 하고 있는지 중위님께 얘기해 봐."

한 소녀가 뚫어지게 나를 바라보았다. 또 한 소녀는 눈을 내리깔고 있었다. 나를 쳐다본 소녀는 한 마디도 알아듣지 못할 사투리로 뭐라고 말을 했다. 그녀는 뚱뚱하고 살빛이 검고 열여섯 살 가량 되어 보였다.

"동생?"

이렇게 내가 물으며 또 한 소녀를 가리켰다. 그녀는 머리를 끄덕이며 미소지었다.

"좋아."

이렇게 말하고 나는 그녀의 무릎을 가볍게 쳤다. 손이 닿자 나는 그녀의 몸이 굳어지는 것을 느꼈다. 동생은 한 번도 얼굴을 쳐들지 않았다. 한 살쯤 아래로 보였다. 아이모가 언니라는 소녀의 넓적다리에다 손을 얹자 얼른 떼어놓았다. 그는 그녀를 보고 웃었다.

"좋은 사람." 그는 자기를 가리켰다. "좋은 사람." 하고 그는 이번에는 나를 가리켰다. "걱정할 것 없어."

소녀는 사나운 눈초리로 그를 보았다. 이 두 소녀는 마치 야조(野鳥)

같았다.

"나를 꺼려한다면 뭣 때문에 나하고 함께 타고 가." 하고 아이모가 말했다. "내가 몸짓을 하니까 단번에 올라탔답니다." 그는 소녀 쪽으로 돌아앉았다. "걱정 말아." 하고 그는 말했다. "그럴 위험은 없어." 그는 상소리를 했다.

"그럴 장소도 없고."

그 말을 알아들은 것을 알 수 있었으나 그뿐이었다. 그녀는 겁먹은 눈초리로 그를 쳐다보았다. 그러고는 숄로 몸을 감쌌다.

"이봐, 자동차가 꽉 차서." 하고 아이모가 말을 했다.

"그럴 위험은 없어. 그럴 장소도 없고."

그 말을 할 때마다 소녀는 조금씩 긴장했다. 그러고는 굳은 표정으로 앉아서 그를 바라보고 울기 시작했다. 입술이 부들부들 떨리고 눈물이 통통한 볼에 흘러내렸다. 동생은 얼굴을 쳐들지도 않고 언니의 손을 잡은 채 그대로 앉아 있었다. 성난 얼굴의 언니는 소리내어 울었다.

"아마 내가 놀라게 했나 본데. 그럴 생각은 아니었는데."

그는 자기 잡낭을 꺼내 치즈를 두 조각 베었다.

"자아." 하고 그는 말했다.

"울지 말아."

언니는 고개를 젓고 여전히 울고 있었지만 동생은 치즈를 받아서 먹기 시작했다. 잠시 후 동생이 두 번째로 받은 치즈 조각을 언니에게 주자 그들은 같이 먹었다. 언니는 아직도 흐느꼈다.

"조금 있으면 괜찮겠지." 아이모가 말했다.

그는 갑자기 무슨 생각이 떠올랐는지,

"처녀?" 하고 바로 곁에 있는 소녀에게 물었다. 그녀는 세게 고개를 끄덕였다.

"너도?"

그는 동생을 가리켰다. 두 소녀는 함께 고개를 끄덕이며 언니가 뭐라고 사투리로 말했다.

"좋아, 좋아." 하고 아이모가 말했다. 두 소녀는 기분이 풀린 모양이었다. 나는 비스듬히 앉아 있는 아이모와 같이 앉아 있는 소녀들을 남겨 둔 채 피아니의 차로 돌아갔다.

차량의 대열은 꼼짝도 안했지만 부대는 끊임없이 곁을 지나갔다.

비는 아직도 세차게 내리고 있었다. 대열이 정지되는 것은 배선(配線)이 젖어 전류가 통하지 않아 차가 멎기 때문이 아닌가 생각됐다. 아니, 그보다도 말이나 사람이 졸기 때문인지도 모른다. 그런데 모두가 졸지 않고 도시를 통과할 때에도 교통은 마비되는 수가 있다. 그것은 마차와 자동차가 섞여 있기 때문이었다. 이 둘은 서로 방해가 될 뿐이다. 농부의 짐마차도 그다지 도움이 안 됐다.

아이모하고 같이 있는 저 두 미인도 마찬가지다. 후퇴하는 마당은 두 처녀가 나타날 곳이 못된다. 틀림없는 처녀가. 매우 신앙이 두터운 것 같다. 전쟁만 아니라면 우리들은 모두 침대 속에 들어가 있을 텐데. 침대 속에 들어가 머리를 베개에 눕힌다. 침대와 식탁, 침대 속에서 빳빳이 사지를 펴고 눕는다. 이미 캐서린은 홑이불을 깔고 한 장은 덮고 침대 위에 누워 있다. 어느 쪽으로 누워 잘까? 어쩌면 안 자고 있을지도 모르지. 누워서 내 생각을 하고 있을지도 모른다. 불어라, 불어라, 너 서풍아. 옳지, 바람이 분다. 그러나 이슬비가 아니라 굵은 빗줄기다. 밤새도록 내렸다. 바람이 비를 몰아다가 내려줬다. 저것을 보라. 제기랄, 캐서린이 내 팔에 안겨 있고 내가 다시 침대에 내리게 하소서. 바람아, 다시 한 번 그녀를 나에게 불어다 주렴. 그렇지, 우리들은 비바람 속에 있다. 모두 비바람 속에 있다. 이슬비로는 바람을 잠재울 수 없으리라.

캐서린, 잘 자! 나는 소리를 내어 말했다. 잘 자기를 바라오. 잠자리가 불편하면 돌아누워요. 냉수를 가져다 주지. 조금 있으면 아침이 될거야. 아침이 되면 나아질거요. 미안하구려, 그처럼 당신을 불편하게 해서. 좀더 자려고 해봐요, 응, 캐서린.

여태까지 쭉 잤는걸요, 하고 캐서린이 말했다. 당신은 잠꼬대를 하시는군요. 몸 괜찮으세요?" 당신은 정말 거기 있소? 물론이죠, 저 여기 있어요. 난 아무데도 가지 않아요. 그때문에 우리들 사이에 달라질 건 없어요. 당신은 정말로 귀엽고 사랑스러워. 밤에도 도망가버리진 않겠지? 물론 안 달아나죠. 전 언제든지 여기 있어요. 당신이 원하신다면 언제든지 갈게요."

피아니가 말했다. "다시 움직이기 시작합니다."

"깜빡 졸았더랬군."

내가 말했다.

시계를 보았다. 새벽 3시였다. 좌석 뒤로 손을 뻗쳐 바르베라 술병을 집었다.

"큰소리로 잠꼬대를 하시던데요."

"영어로 꿈을 꾸고 있었지."

비는 차차 약해지고 차들은 다시 앞을 향해서 움직였다. 동이 트기 전에 또 한 번 길이 막혔는데 날이 밝자 우리는 약간 높은 지대에 와 있었다. 멀리로 뻗쳐 있는 후퇴로가 보였으며, 자동차 대열 사이로 보병이 빠져나갈 뿐 모든 것이 정지 상태였다. 다시 움직이기 시작했다. 낮의 밝음 가운데서 전진 상태를 보니 우디네에 도착할 작정이라면 어떻게 해서든지 간선 도로를 벗어나 밭을 가로질러 갈밖에 딴 도리가 없음을 알았다.

밤이 되자 많은 농부들이 시골 이곳저곳에서 대열로 끼어들어서 세간을 실은 짐마차가 눈에 띄었다. 이불 사이로 거울이 불쑥 빠져나와 있기도 했고 병아리와 집오리가 짐마차에 묶여 있기도 했다. 빗속으로 우리 바로 앞을 가는 짐마차의 재봉틀이 보였다. 가장 돈이 되는 물건을 날라내온 셈이다. 어떤 짐마차에는 비를 피해서 여자들이 서로 의지하면서 웅크리고 앉았고, 또 될 수 있는 대로 짐마차에 바싹 다가가서 따라가는 여자들도 있었다. 가만보니까 대열 속에는 굴러가는 마차 아래로 따라가는 개도 있었다. 길은 진창투성이며 길가의 양쪽 도랑엔 물이 가득했다. 길가에 늘어선 가로수 너머에 있는 밭은 너무 물에 젖어 있어 아예 가로질러 가는 걸 단념해야 했다.

나는 차에서 내려 길을 걸어올라가면서 이곳을 횡단해서 갈 만한 옆길은 없나 하고 그럴 만한 장소를 한참 찾았다. 옆길이 여러 갈래 있는 것을 알고 있었지만 방향이 다른 길이라면 아무 소용없었다. 우리는 늘 간선 도로를 차로 달리면서 지나쳤기 때문에 어디가 어딘지 잘 기억할 수 없었고 게다가 길은 모두 비슷비슷했다. 나는 간선 도로의 번잡을 피해 나가려면 어떻게 해서든지 샛길을 하나 찾아야만 한다는 것을 알았다. 오스트리아 군이 어디 위치해 있는지, 전황(戰況)이 어떻게 되었는지 아무도 아는 사람이 없었지만 만일 비가 그치고 비행기가 날아와 이 대열에 공격을 가한다면 그야말로 끝장이 날 것은 뻔한 노릇이었다. 아주 소수의 병사들은 물론 트럭을 버린다거나 혹은 말 몇 마리라도 죽어 넘어가기만 하면 도로상의 모든 행동은 완전히 마비되게 마련이다.

비는 그다지 심하게 내리지는 않았다. 이런 상태라면 갤지도 모른다고 나는 생각했다. 길가를 따라가다 양쪽에 나무울타리 사이로 조그만 길이 들 가운데 북쪽으로 뻗쳐 있었으므로, 이 길을 따라가는 것이 좋겠다고 생각하고는 급히 차 있는 데로 돌아왔다. 나는 피아니에게 그 길로 차를 돌리라고 한 다음, 보넬로와 아이모에게로 가서 말했다.

"만일 아무 데도 나가는 길이 없다면 되돌아와서 다시 끼어들면 되지."

내가 말했다.

"이 친구들은 어떻게 할까요?"

보넬로가 물었다.

그가 태운 두 상사는 그의 옆 좌석에 앉아 있었다. 면도는 하지 않았지만 그래도 이른 아침에 보니까 그들은 군인 티가 났다.

"차를 미는 데 필요하겠군." 내가 말했다.

"나는 아이모에게로 가서 이제부터 밭을 가로질러 간다고 말했다.

"내 처녀 자매는 어떻게 하죠?"

아이모가 물었다. 두 소녀는 잠이 들어 있었다.

"그다지 필요하지 않은데. 차라리 차를 밀 수 있는 사람을 태우는 게 좋겠어."

"차 뒤칸에 태워 두면 괜찮겠지요." 하고 아이모가 말했다.

"뒤칸에는 아직 여유가 있으니까요."

"자네 소원이라면 그렇게 해. 차를 미는 데에 적합할 어깨가 떡 벌어진 녀석을 골라 태워 봐."

"저격병이 좋겠군요."

아이모가 싱긋 웃었다.

"그 작자들이 가장 어깨가 넓어요. 어깨 넓이를 재보고서 뽑으니까요. 기분은 어떻습니까, 중위님?"

"지극히 좋아, 자넨?"

"좋습니다. 그런데 배가 고픈데요."

"그 길로 가면 뭐가 있겠지. 거기 가서 차를 쉬고 먹도록 하지."

"다리는 어떻습니까, 중위님?"

"괜찮아."

자동차 발판에 서서 앞을 내다보니까 피아니의 차가 대열을 빠져나와 옆길로 들어가는 것이 보였다. 잎 떨어진 나무 울타리 사이로 그의 차가 보였다. 보넬로가 그 길을 꾸부러져 뒤를 따랐다. 그러자 피아니가 앞서 길을 헤치며 나아갔으므로 우린 앞선 두 대의 앰뷸런스를 따라 울타리 사이의 좁은 길을 달렸다. 이 길은 어느 농가로 통해 있었다. 피아니와 보넬로가 차를 세우고 있었다. 낮고 긴 집으로 입구에 포도나무 시렁이 있었다. 마당에는 우물이 있어 피아니가 물을 길어서 라디에이터에 넣고 있었다. 너무 오랫동안 낮은 기어로 달렸기 때문에 라디에이터는 타는 듯이 뜨거웠다.

농가는 텅 비어 있었다. 나는 온 길을 돌아보았다. 농가는 약간 높은 고지에 있어 들판 너머를 볼 수 있었다. 길과 울타리와 밭과 후퇴 대열이 지나가고 있는 도로를 따라 나란히 서 있는 가로수가 보였다. 두 상사는 집안을 뒤지고 있었다. 두 소녀는 잠을 깨고 마당과 농가 앞에 세워 둔 두 대의 앰뷸런스와 우물가에 모여 있는 세 운전병들을 바라보았다. 상사 하나가 괘종 시계를 들고 나왔다.

"도로 갖다놓고 와."

내가 말했다. 그는 나를 쳐다보고 집안으로 들어가더니 빈손으로 나왔다.

"자네 친구는 어디 갔나?"

내가 물었다.

"변소에 갔습니다."

그는 앰뷸런스의 좌석으로 기어올라갔다. 떼어놓고 갈까봐 그것이 걱정인 모양이었다.

"아침 식사는 어떻게 할까요, 중위님?" 하고 보넬로가 물었다. "뭘 좀 먹을 게 있을 것 같습니다. 시간은 그리 오래 걸리지 않을 겁니다."

"자네, 이 길을 저쪽으로 빠져 내려가면 될 것 같은가?"

"그럼요."

"그럼 됐어, 식사하세."

피아니와 보넬로가 집안으로 들어갔다.

"이리 와."

아이모가 두 소녀에게 말했다. 그리고는 손을 뻗쳐 내려 주려고 했다. 언니가 고개를 저었다. 그녀들은 빈집에 절대로 들어가려고 하지 않았다. 그녀들은 우리가 들어가는 뒷모양만 지켜보고 있었다.

"그것들 참 사곤데." 하고 아이모가 말했다. 우리들은 함께 농가로 들어갔다. 텅 빈 것이 어둡고 버림받은 느낌이었다. 보넬로와 피아니는 주방에 있었다.

"먹을 게 그리 많지 않은데요."

피아니가 말했다.

"깨끗이 치우고 갔군."

보넬로는 주방 식탁 위에서 크고 흰 치즈를 잘랐다.

"그 치즈는 어디 있었나?"

"지하실에요. 피아니가 포도주하고 사과를 찾아냈어요."

"그만하면 훌륭한 조반이야."

피아니는 버들가지로 덮은 포도주 항아리의 코르크 마개를 빼고 있었다. 그는 항아리를 기울여 구리 냄비에다 하나 가득 술을 따랐다.

"냄새 좋은데. 술잔을 몇 개 찾아오게."

두 상사가 들어왔다.

"상사님들, 치즈 좀 드시구려."

보넬로가 말했다.

"빨리 가야 할 텐데."

"물론 가야지, 걱정마시오." 하고 보넬로가 말했다.

한 상사가 치즈를 집어들고 포도주를 마시면서 말했다.

"군인이란 뱃심으로 가는 거야."

내가 말했다.

"네?" 하고 상사가 물었다.

"먹어 두는 게 좋단 말이야."

"네. 그렇지만 시간이 귀합니다."

"이 새끼들은 벌써 어디서 먹어 둔 모양이야."

피아니가 말했다. 두 상사가 그를 쳐다보았다. 그들은 우리를 미워했다.

"길을 아십니까?"

그 중 하나가 내게 물었다.

"아니."

그들은 서로 얼굴을 마주보았다.

"이젠 떠나는 게 좋겠습니다."

먼젓번 상사가 말했다.

"떠나려고 하는 중이야."

나는 포도주를 한 잔 더 마셨다. 치즈와 사과를 먹은 뒤인지라 술맛이 좋았다.

"그 치즈는 가지고 가."

나는 밖으로 나갔다. 보넬로가 커다란 항아리를 들고 나왔다.

"그건 너무 큰데."

내가 말했다.

그는 아까운 듯이 그것을 쳐다보았다.

"그렇군요. 술을 넣어 줄테니 수통들을 내놔."

그는 수통에 술을 채웠다. 마당의 돌을 깐 곳에 술이 넘쳐흘렀다. 그런 다음, 그는 술 항아리를 들어 문 안에다 들여놓았다.

"이렇게 두면 오스트리아 놈들, 문을 부수지 않고서도 이것이 보이겠지."

"자, 출발." 하고 내가 말했다.

"피아니와 내가 선두로 가지."

두 공병 상사는 벌써 보넬로의 옆좌석에 앉아 있었다. 소녀들은 치즈와 사과를 먹고 있었다. 아이모는 담배를 피우고 있었다. 우리는 좁은 길을 몰고 내려갔다. 나는 뒤따라오는 두 대의 앰뷸런스와 농가를 돌아보았다. 아담하고 나직한, 견고한 석조 가옥으로 철제의 우물 테두리는 잘 되어 있었다. 우리가 달리는 앞길은 진창이며 길 양쪽에는 높은 울타리가 있었다. 뒤에는 두 대의 차가 바싹 따라오고 있었다.

29

오정 때쯤, 우디네로부터 약 10킬로쯤 떨어졌다고 생각되는 진창길에서 우리는 움직일 수가 없게 됐다. 비는 오전중에 그쳤고 세 번이나 비행기가 머리 위를 지나 저 멀리 왼쪽으로 날아가는 것이 보였고 이어서 간선도로를 폭격하는 소리가 들렸다. 우리는 그물코처럼 얽힌 샛길을 겨우겨우 찾아나갔다. 몇 번이나 막힌 길로도 들어갔지만 그때마다 되돌아나와서는 다른 길을 찾아 우디네로 접근해 갔다.

그런데 아이모의 차가 막힌 길에서 되돌아오다가 길가의 진창 속에 빠져버렸다. 바퀴가 헛돌면서 점점 땅을 깊이 파고 내려앉더니 마침내 차동 장치까지 땅에 닿고 말았다. 이렇게 되면 바퀴 앞의 흙을 파고 쇠사슬이 걸릴 만큼 나뭇가지를 펴서 차가 길 위로 올라설 때까지 미는 외에 딴 방법이 없다. 우리는 모두 내려서 차 주위에 모였다. 두 상사는 차를 살펴보고 바퀴를 조사했다. 그러더니 한 마디 말도 없이 길 아래쪽으로 내려가려 했다. 나는 그들 뒤를 쫓아갔다.

"이봐." 내가 말했다. "나뭇가질 좀 꺾어와."

"우리는 가야 됩니다." 한 상사가 말했다.

"빨리 해." 나는 다시 말했다. "나뭇가질 꺾어오란 말야."

"우리는 가야 됩니다."

그 상사는 되풀이 말했다. 또 한 상사는 아무 말도 하지 않았다. 그들은 떠나려고만 서둘렀다. 나를 바라보려고도 하지 않았다.

"명령이다. 차로 돌아와서 나뭇가지를 꺾어."

한 상사가 돌아보았다.

"우리는 가야 됩니다. 조금 있다간 퇴로(退路)가 차단됩니다. 중위님은 우리에게 명령할 순 없습니다. 중위님은 우리의 상관이 아닙니다."

"명령이다. 나뭇가지를 꺾어와."

나는 거듭 말했다.

그들은 몸을 돌려 내려가기 시작했다.

"서라."

내가 소리쳤다.

그들은 여전히 양쪽에 울타리가 있는 진창길을 계속해서 내려갔다. "명령이다, 서라." 하고 내가 외쳤다. 그들은 좀더 걸음을 빨리했다. 나는 권총집을 열고 권총을 꺼내 말 많던 상사를 겨누어 발사했다. 빗나가서 맞지 않자 두 놈은 함께 뛰기 시작했다. 나는 계속 세 발을 쏘아 하나를 쓰러뜨렸다. 하나는 울타리를 뚫고 뛰어들어 보이지 않았다. 이내 그가 밭을 가로질러 뛰는 것을 보고 울타리 사이로 쏘았다. 탄알이 떨어져 권총이 찰카닥하고 울렸으므로 나는 다른 클립으로 바꿔 끼었다. 그러나 두 번째 상사에게 쏘기에는 거리가 너무 멀었다. 그는 멀리 밭을 가로질러 머리를 숙이고 뛰고 있었다.

나는 빈 클립에 다시 탄알을 재기 시작했다. 보넬로가 다가왔다.

"제가 그 놈을 처치하고 오지요." 하고 그가 말했다. 나는 그에게 권총을 주었다. 보넬로는 상사가 쓰러져 있는 데로 갔다. 그리고 몸을 숙여 상사의 머리에다 권총을 대고 방아쇠를 당겼다. 권총은 불발이었다.

"공이치기를 세워야 돼." 하고 내가 말했다. 그는 공이치기를 세우고 두 번 쏘았다. 그리고 상사의 두 다리를 붙잡고 길가로 끌어내어 울타리 곁에 던졌다. 그는 돌아와 권총을 내게 주었다.

"개새끼 같으니." 그는 상사 쪽을 바라보았다.

"내가 총 쏘는 걸 보셨습니까, 중위님?"

"빨리 나뭇가질 주워와야 해." 하며 나는 물었다.

"또 한 놈도 맞았나?"

"안 맞은 것 같아요." 아이모가 말했다.

"권총으로 맞히기엔 좀 멀었어요."

"개새끼." 하고 피아니가 말했다. 우리는 모두가 나뭇가지를 잘라 모았다. 차 안에 있는 전부를 내렸다. 보넬로가 바퀴 앞을 파고 있었다. 준비가 끝나자 아이모가 발동을 걸고 기어를 넣었다. 바퀴는 헛돌며 나뭇가지와 진창을 튀겼다. 보넬로와 나는 몸의 관절에서 소리가 날 만큼 밀었다. 차는 꿈쩍도 않았다.

"아이모, 차를 앞뒤로 흔들어 봐." 하고 내가 말했다.

그는 엔진을 반대로 넣었다가 다시 바로 넣었다가 했다. 바퀴는 점점 깊이 박힐 뿐이었다. 그러더니 차는 다시 차동 장치까지 빠지고 바퀴는 파놓은 구멍 속에서 멋대로 헛돌았다. 나는 허리를 펴고 일어섰다.

"밧줄로 당겨 보자."

"아무 소용도 없을 겁니다, 중위님. 똑바로 끌 수 없으니까요."

"어디 해봐. 다른 방법으론 꿈쩍도 안하잖아."

피아니와 보넬로의 차는 좁은 길을 앞쪽으로 겨우겨우 내려갔다.

우리는 두 차에 밧줄을 걸고 끌었다. 그러나 바퀴는 구멍 속에서 옆으로 당겨질 뿐이었다.

"소용없어." 내가 외쳤다. "그만둬."

피아니와 보넬로가 차에서 내려 돌아왔다. 아이모도 내렸다. 소녀들은 약 50야드 가량 떨어진 돌담에 앉아 있었다.

"어떡하시렵니까, 중위님?" 하고 보넬로가 물었다.

"흙을 파고 다시 한 번 나뭇가지로 해보자."

나는 길 아래를 내려다보았다. 내 실책이었다. 내가 그들을 여기까지 데리고 온 것이다. 해는 구름 뒤에서 거의 나오고 상사의 시체가 울타리 옆에 뒹굴고 있었다.

"저놈 상의와 외투를 아래에 깔아 보자." 내가 말했다.

보넬로가 그것을 벗기러 갔다. 나는 나뭇가지를 꺾고 아이모와 피아니는 바퀴 앞과 바퀴 사이를 팠다. 나는 외투를 두쪽으로 찢어 바퀴 밑 진창에 깔고 바퀴가 걸리도록 가지를 그 위에 쌓아올렸다. 준비가 끝나자 아이모가 운전대로 올라가서 차를 발동시켰다. 바퀴는 헛돌았다. 우리는 밀고 또 밀었다. 그러나 아무 소용도 없었다.

"할 수 없다. 바르토, 차 속에 뭐 필요한 게 있나?"

아이모가 보넬로와 함께 치즈와 포도주 두 병과 외투를 가지고 내려왔다. 보넬로와 바퀴 뒤에 앉아서 죽은 상사의 호주머니를 뒤지고 있었다.

"코트는 내버려." 내가 말했다. "바르토의 처녀들은 어떡한다."

"뒷자리에 태우죠." 피아니가 말했다. "그렇게 멀리까지 갈 것 같진 않으니까요."

나는 앰뷸런스 뒷문을 열었다.

"이리 와." 내가 말했다. "올라타."

두 여자는 차에 올라 구석에 가 앉았다. 그녀들은 조금 전의 사격 사건을 조금도 마음에 두고 있진 않은 것 같았다. 나는 뒤돌아 길 위를 보았다. 상사가 긴 소매의 내의 바람으로 누워 있었다. 나는 피아니와 한 차를 타고 출발했다. 우리는 들판을 가로질러 가려고 했다. 길이 들로 들어서자 나는 내려서 앞서 걸었다. 가로지르기만 하면 저쪽에 길이 있었다. 그러나 가로지를 수가 없었다. 땅이 너무 무르고 질어서 차에는 무리였다. 바퀴가 바퀴 축까지 묻혀 마침내 오도가도 못하게 되자 우리는 들판에 차를 버리고 도보로 우디네를 향하여 출발했다. 간선 도로로 통하는 도로까지 오자 나는 두 처녀에게 그쪽을 가리켰다.

"저리로 가봐." 내가 말했다.

"사람들을 만날 수 있을 테니까."

그들은 나를 쳐다보았다. 나는 지갑을 꺼내어 10리라짜리 지폐를 한 장씩 주었다.

"저리로 가봐." 다시 큰 길을 가리켰다. "저리 가면 친구도 가족도 있어!"

무슨 말인지 알아듣진 못했지만 손에 돈을 꼭 쥐고 걸어갔다. 돈을 도로 뺏기지나 않을까 두려운 듯 뒤를 돌아보았다. 숄을 꼭 두른 채 걱정스러운 눈초리로.

세 운전병은 껄껄 웃었다.

"내가 저쪽으로 간다면 얼마나 주시겠습니까, 중위님?" 하고 보넬로가 물었다.

"따라갈 수만 있다면 둘이서 있는 것보단 많은 사람들과 함께 있는 게 좋지."

"2백 리라 주신다면 난 곧장 오스트리아 군 있는 데로 걸어가겠습니다."

보넬로가 말했다.

"뻣기고 말 걸."

피아니가 말했다.

"그 사이 전쟁이 끝날지도 모르지."

아이모가 말했다. 우리는 될 수 있는 대로 걸음을 빨리 했다. 태양이 구름 사이로 나오려 하고 있었다. 길가에 뽕나무가 서 있었다. 그 뽕나무 사이로 우리들이 버리고 온 대형수송차 두 대가 들 가운데 박혀 있는 것이 보였다. 피아니도 돌아보았다.

"저걸 빼내려면 도로부터 새로 만들어야겠군."

"제발 자전거라도 있으면 좋겠네."

보넬로가 말했다.

"미국에서도 자전거 탑니까?"

아이모가 물었다.

"많이들 타지."

"여기선 대단합니다. 자전거란 굉장한 귀중품이거든요."

"자전거가 있으면 좋을 텐데." 보넬로가 말했다.

"난 걷는 건 딱 질색이야."

"저건 포격 소린가?" 내가 물었다. 멀리서 포소리가 들려오는 것 같았다.

"그런가 본데요." 하고 아이모가 말했다.

"암만해도 그런 거 같아."

내가 말했다.

"우리가 제일 먼저 만나는 건 아마 기병일 겁니다." 피아니가 말했다.

"적에겐 기병은 없을 걸."

"그랬으면 좋겠군요." 보넬로가 말했다.

"기병의 창에 찔려 죽고 싶진 않는데요."

"중위님은 확실히 그 상살 쏘셨죠?" 피아니가 물었다.

우리들은 빠른 걸음으로 걷고 있었다.

"내가 죽였지." 하고 보넬로가 말했다.

"난 이 전쟁에서 한놈도 못 죽여 봤어. 난 생전에 상사 하나 죽여 보기가 소원이었거든."

"꼼짝않는 놈을 근사하게 쏘던데." 하고 피아니가 말했다.

"자네가 그 놈을 죽일 땐 빨리 달리고 있지 않았지."

"아무렴 어때. 하여튼 언제까지나 못 잊을 사건이야. 그 상사새낄 내가 죽였단 말야."

"고해 때 뭐라고 할 작정이지?"

아이모가 물었다.

"이렇게 말하지, '축복해 주십시오, 신부님. 나는 상사를 죽였습니다'라고."

모두가 웃었다.

"저 친구는 무정부주의자랍니다." 하고 피아니가 말했다.

"성당 같은 덴 가지도 않아요."

"피아니도 무정부주의자랍니다."

보넬로가 말했다.

"자네들 정말 무정부주의자야?"

내가 물었다.

"아뇨, 중위님. 우리는 사회주의자죠. 우리는 이몰라 출신입니다."

"이몰라에 와보신 적이 있습니까?"

"없어."

"참 좋은 곳입니다, 중위님! 전쟁이 끝나면 한 번 와보세요. 좋은 걸 보여드릴 테니까요."

"그곳 사람들은 모두가 사회주의잔가?"

"그렇습니다."

"좋은 곳인가?"

"멋있는 곳이죠. 그런 데는 보신 적이 없으실 거예요."

"어째서 모두 사회주의자가 됐지?"

"모두 사회주의자예요. 하나도 빼놓지 않고 사회주의자죠. 옛날부터 사회주의자였어요."

"이몰라에 와주세요, 중위님. 중위님도 사회주의자로 만들어 드릴 테니까요."

조금 앞에서 길은 왼쪽으로 구부러졌다. 조그만 언덕이 있었으며 돌담 너머로 사과 과수원이 있었다. 길이 오르막이 되자 그들은 말을 그쳤다. 우리는 한시를 다투며 걸음을 재촉했다.

30

얼마 후 우리는 강으로 통하는 길로 나왔다. 다리로 가는 길에는 버리고 간 트럭과 짐마차가 장사진을 이루고 있었다. 사람의 그림자 하나 보이지 않았다. 강물은 불었고 다리는 한복판이 폭파되어 있었다. 아치형의 다리 윗돌이 강에 떨어져 있었고 흙탕물이 그 위로 흐르고 있었다.

우리는 건널 지점을 찾으면서 둑을 따라 올라갔다. 나는 상류에 철교가 있는 것을 알고 있었으므로 건널 수 있으리라 생각했다. 길은 젖고 질었다. 부대는 하나도 보이지 않았다. 내버리고 간 트럭과 군수품뿐이었다. 강둑으로 뻗친 길에는 젖은 덤불과 진땅 외에는 아무것도 없었다. 강둑을 따라 계속 올라가자 철교가 보였다.

"아름다운 철교로군." 하고 아이모가 말했다. 아무 장식도 없는 긴 철교로 강은 보통 때는 늘 물이 말라 있었다.

"폭파되기 전에 서둘러 건너는게 좋아." 내가 말했다.

"폭파하는 놈이 어디 있을라구요." 피아니가 말했다.

"모두 달아나고 없는 걸요."

"지뢰를 묻었을지도 모르죠." 보넬로가 말했다.

"먼저 건너세요, 중위님."

"저 무정부주의자 하는 소리 좀 봐." 아이모가 말했다

"저칠 먼저 건너게 하세요."

"내가 가지." 하고 내가 말했다.

"사람 하나 건넌다고 해서 폭파될 장치는 없을 테지."

"저봐."하고 피아니가 말했다. "저게 머리라는 거야. 어이, 무정부주의자들, 어째 자네들은 머리가 없나?"

"머리가 있으면 이런 데 왔겠나?"

보넬로가 말했다.

"그건 참 똑똑한 말인데, 그렇죠, 중위님?" 하고 아이모가 말했다.

"제법 그럴 듯한 말이야." 내가 맞장구를 쳤다.

우리는 다리 앞까지 왔다. 하늘에는 다시 구름이 덮여 비가 조금씩 내렸다. 다리는 길고 견고해 보였다.

우리들은 둑 위로 기어올라갔다.

"한 번에 한 사람씩 건너."

내가 다리를 건너기 시작했다. 무슨 철사 장치나 폭파 장치의 흔적이라도 없나 하고 침목과 레일을 조심해서 살폈지만 아무것도 눈에 띄지 않았다. 침목 사이로 보이는 발 아래는 흙탕물이 도도히 흐르고 있었다. 비에 젖은 들판 저 앞쪽에 비에 잠긴 우디네가 보였다.

다리를 건너자 나는 돌아다 보았다. 강 바로 위에 다리가 또 하나 있었다. 내가 쳐다보고 있을 때 누런 진흙색 차가 한 대 그 다리를 건너고 있었다. 다리 난간이 높았으므로 차체(車體)는 자세히 보이지 않았다. 그러나 나는 운전병과 그 옆에 한 사람, 그리고 뒷자리에 두 사람 앉아 있는 군인의 머리를 볼 수 있었다. 모두가 독일 군 철모를 쓰고 있었다. 차는 철교를 건너 가로수와 버리고 간 차량 뒤로 사라졌다. 나는 다리를 건너고 있는 아이모와 다른 두 병사에게 손을 흔들었다. 나는 기어 내려가서 철로 둑 옆에 엎드렸다. 아이모가 내려왔다.

"그 차 봤나?" 내가 물었다.

"아뇨, 중위님만 지켜보고 있었죠."

"독일 군 참모 차가 저 위 다리로 건너갔어."

"참모 차요?"

"그래."

"맙소사!" 아이모는 깜짝 놀란 표정이었다.

다른 두 사람도 건너왔으므로 우리는 모두 철둑 뒤 진창속에 웅크리고 앉아 다리의 철로와 늘어선 가로수와 도랑과 도로를 살폈다.

보넬로가 불쑥 물었다.

"그렇다면 퇴로가 차단되었다고 생각하십니까, 중위님?"

내가 대답했다.

"그건 모르지. 내가 아는 건 독일 군 참모 차가 저 길을 갔다는 것 뿐이지."

"기분이 조금 이상하지 않습니까, 중위님? 머리가 어째 이상한 것 같지 않습니까?"

보넬로가 다시 물었다.

"농담이 아냐, 보넬로."

"어떻습니까, 한 잔?" 하고 피아니가 물었다.

"차단되었다고 해도 역시 한 잔 하는 게 좋겠죠."

그는 수통 마개를 뽑았다.

"저봐! 저봐!"

아이모가 길 쪽을 가리켰다. 돌다리 난간 위로 독일 군 철모가 움직이는 것이 보였다. 그들은 앞으로 몸을 구부리고 귀신처럼 미끄러지듯 달려갔다. 다리를 건너자 그들의 전신이 보였다. 얼굴이 불그스름한 것이 건강해 보였다. 철모를 앞 이마와 옆 얼굴이 가려질 만큼 깊숙이 쓰고 있었다. 그들의 소총은 자전거 차대에 묶여 있었다. 수류탄은 손잡이를 아래로 하고 혁대에 매달려 있었다. 철모도 회색 군복도 비에 젖어 있었고 그들은 앞과 양옆을 살피면서 가볍게 자전거로 달려갔다.

처음엔 둘, 다음엔 나란히 넷, 다음엔 둘, 그 다음엔 십여명, 또 십여명, 그 뒤에는 하나, 그들은 말을 하지 않았지만 설령 지껄였다 해도 물소리 때문에 들리지 않았을 것이다. 그들은 길 위쪽으로 사라졌다.

"하느님 맙소사!" 아이모가 말했다.

"독일 군이야." 피아니가 말했다.

"오스트리아 군이 아냐."

"왜 누가 남아서 저들을 막지 않는담?" 하고 내가 말했다. "왜 이 다리를 폭파하지 않았을까? 왜 이 강둑에 기관총을 배치해 놓지 않았을까?"

"우리들에게 명령해 주십쇼, 중위님." 하고 보넬로가 말했다. 나는 몹시 화가 났다.

"모두 하는 짓들이 미친 지랄이야. 하류에선 조그만 다리까지 폭파해 놓고 간선 도로의 다리는 그대로 놔두다니. 다들 어디로 가버렸어? 도대체 적을 막으려는 생각이 있는 거야, 없는 거야."

"우리들에게 명령해 주십쇼, 중위님."

보넬로가 다시 되풀이했다. 나는 입을 다물고 말았다. 그런 건 내가 알 바가 아니었다. 세 대의 앰뷸런스를 가지고 포르데노네로 가는 게 내 임무다.

그러나 실패했다. 지금 내가 해야 할 일은 포르데노네에 가는 것뿐이다. 하지만 우디네에도 이르지 못할지 모른다. 못가면 별것 있나. 이제 화를 가라앉히고 총에 맞아죽거나 포로가 되지 않도록 하는 것뿐이다.

"수통 마갤 뺐나?"

내가 피아니에게 물었다. 그가 수통을 건넸다. 나는 한 모금 쭉 마셨다.

"가는 게 좋겠다. 하지만 서두를 건 없어. 뭘 먹고 싶은가."

"여긴 머물러 있을 장소가 못됩니다."

보넬로가 말했다.

“좋아, 출발하자.”

“이쪽을 붙어서……숨어서 가는 게 좋겠어요.”

“위로 올라가 걷는 게 좋아. 이 다리로 올지 모르니까. 우리가 보기도 전에 놈들이 우리 머리 위에 와 있으면 안 되니까.”

우리는 철로를 따라 걸었다. 양옆으로 들판이 펼쳐 있었다. 이 들판을 가로지른 저 앞쪽이 바로 우디네의 산이었다. 그 산 위에 성(城) 모양으로 지은 큰 저택은 지붕이 없었다. 종루와 시계탑(時計塔)이 보였다. 들에는 뽕나무가 많았다. 앞으로 나가니 철로가 파괴된 곳이 있었다. 침목은 파헤쳐져 둑에 던져져 있었다.

“내려와! 내려와!”

아이모가 외쳤다. 우리는 철둑 옆으로 뛰어내렸다. 또 다른 자전거 부대가 도로를 지나갔다. 나는 둑 너머로 그들이 지나가는 것을 보았다.

“우리를 보고도 그냥 지나가네.”

아이모가 말했다.

“그렇게 위로 가다간 맞아죽습니다, 중위님.”

보넬로가 말했다.

“그들에겐 우리가 소용이 없는 거야. 무슨 다른 목표가 있어. 갑자기 우리 위로 닥치면 더 위험해.”

“전 보이지 않는 데로 걸어가고 싶은데요.”

“맘대로 해. 우린 철로를 따라 걸을 테니까.”

“잘 빠져나갈 수 있을까요?”

아이모가 물었다.

“그럼. 아직 적의 수는 많지 않아. 우린 어둠을 이용해서 빠져나간다.”

“그 참모 차는 뭘 하고 있었을까요?”

“그걸 어떻게 알아.”

우리는 철로를 따라 걸었다. 보넬로도 강둑 진창을 걷는데 지쳐서 우리 있는 데로 왔다. 이제 철로는 간선 도로를 벗어나 남쪽으로 뻗쳐 있었으므로 도로 위로 뭐가 지나가는지는 보이지 않았다. 운하에 걸려 있는 짧은 다리는 폭파되어 있었는데 우리는 무너지지 않고 남아 있는 교각(橋脚) 위로 기어 올라가서 건넜다. 전방에서 총성이 들렸다.

운하 건너편 철로로 올라섰다. 철로는 낮은 들을 가로질러 똑바로 우디네 시가지로 뻗쳐 있었다. 전방에 다른 철로가 보였다. 북쪽으로 아까 자전거 부대가 지났던 간선 도로가 있었다. 남쪽으로 울창하게 우거진 숲이 있는 조그만 지선 도로가 들을 가로질러 있었다. 나는 남쪽으로 가로질러 가서 우디네를 우회하여 캄포포르미오로 나와 다시 탈리아멘토로 통하는 간선 도로를 향해 들판을 횡단하는 것이 좋겠다고 생각했다. 우디네 너머에서는 샛길을 통해서 가면 후퇴하는 간선 도로는 피할 수가 있었다. 나는 이 들판을 가로지르는 옆길이 많이 있는 것을 알고 있었다. 나는 철둑 아래로 내려가기 시작했다.

"따라와."

샛길을 따라 우디네 남단으로 빠질 작정이었다.

우리는 모두 철둑 아래로 내려갔다. 그때였다. 옆길에서 우리를 향해 총알이 한 방 날아왔다. 탄환은 철둑 진흙 속에 박혔다.

"물러나!"

나는 소리쳤다. 나는 진창에 미끄러지면서 철둑으로 뛰어올라갔다. 운전병들은 내 앞에 있었다. 나는 될 수 있는 대로 빨리 기어올랐다. 우거진 숲에서 총성이 두 번 더 났다. 철로를 횡단하려던 아이모가 갑자기 몸을 구부리고 비틀하더니 고꾸라졌다. 우리는 그를 철로 저편으로 끌고내려와서 반듯이 눕혔다.

"머리를 둑 쪽으로 눕혀."

내가 말했다. 피아니가 그를 돌려눕혔다. 아이모는 다리를 아래쪽으로 뻗치고 철둑 비탈에 누운 채 불규칙적으로 피를 토했다. 우리 세 사람은 빗속에서 그를 둘러싸고 웅크리고 앉았다. 탄알은 그의 목덜미 아래에서 위로 관통하여 오른쪽 눈 아래를 뚫고 나갔다. 그는 내가 양쪽 총구멍의

피를 막고 있는 동안에 죽었다. 피아니가 그의 머리를 내려뉘이고 응급 붕대로 얼굴을 씻어 준 다음 그대로 땅에 내려놓았다.

"개새끼들?"

피아니가 말했다.

"놈들은 독일 군이 아냐. 이런 곳에 독일 군이 있을리 없어."

내가 말했다.

"이탈리아 군이에요."

피아니가 이탈리아 인의 별명 '이딸리아니'라는 말을 써서 나직이 외쳤다. 보넬로는 아무 말이 없었다. 그는 아이모 옆에 앉아 있었으나, 그를 보지 않고 있었다. 피아니가 철둑 아래 굴러 있던 아이모의 군모를 주워다가 그의 얼굴에 덮어주었다. 그는 물통을 꺼냈다.

"한 모금 할 텐가?"

피아니가 물통을 보넬로에게 주었다.

"싫어." 하며 그는 나를 향해 말했다. "철로를 걸었다가는 우리들에게도 이런 일이 일어났을지 몰랐겠군요."

"아니지. 우리가 들판을 가로지르려 했기 때문이야." 내가 말했다.

보넬로는 고개를 저었다.

"아이모는 죽었습니다." 하고 말했다. "다음은 누가 죽죠, 중위님? 이제 우리들은 어디로 갑니까?"

"쏜 건 이탈리아 군이야. 그건 독일 군이 아니었어."

"그게 만일 독일 군이었다면 우리를 전부 죽였을 거예요."

"우리에겐 독일 군보다 이탈리아 군이 더 위험해. 후위 부대(後衛部隊)는 뭣에든지 놀라거든. 독일 군은 자기들의 목적을 알고 있어."

"이론적으로 그렇지요, 중위님." 하고 보넬로가 말했다.

"이제 어디로 갑니까?" 피아니가 물었다.

"어두워질 때까지 어디 좀 드러누웠다 가는 게 좋겠지. 남쪽으로 갈 수만 있다면 성공인데."

“첫 번째 사격이 정당했다는걸 증명하기 위해 우리들을 전부 쏘아죽일 걸요.” 하고 보넬로가 말했다.

“난 그런 시험물이 되고 싶진 않습니다.”

“될 수 있는 데까지 우디네 가까운 곳에 숨어 있다가 어두워진 후에 돌파하기로 하자.”

“그럼 떠나지요.” 보넬로가 말했다. 우리는 철둑 북쪽으로 내려갔다. 나는 뒤돌아보았다. 아이모가 철둑 모퉁이의 진창 속에 누워 있는 것이 보였다. 아주 조그맣게 보였다. 두 팔을 몸 양쪽에 붙이고 각반을 감은 다리와 진창투성이의 장화를 나란히 뻗고 얼굴에는 전투모를 덮고 누워 있었다. 분명히 죽은 사람의 모습이었다. 비가 내리고 있었다. 나는 이제까지 알아온 어떤 사람 못지않게 그를 좋아했다. 내 호주머니에는 그의 수첩이 들어있었다. 그의 가족에게 편지나 보내 주어야겠다.

들을 가로지른 전방에 농가가 한 채 보였다. 주위에는 나무가 서 있고 곁달린 헛간이 살림집 맞은 편에 서 있었다. 2층에는 기둥을 세워 만든 발코니가 있었다.

“좀 간격을 두고 가는 게 좋겠어.” 하고 내가 말했다. “내가 앞장서지.”

나는 그 농가를 향해서 다가갔다. 들을 가로지르는 샛길이 하나 있었다.

“들을 건너가면서도 나는 누군가가 농가 근처의 숲이나 혹은 농가에서 우리를 향해 사격해 올지 모른다고 생각했다. 나는 목적지를 똑똑히 봐놓고 그쪽을 걸어갔다. 2층의 발코니는 헛간에 붙어 있었고 기둥 사이로 건초가 비죽이 빠져나와 있었다.

안마당에는 돌이 깔려 있고 나무에는 빗방울이 떨어지고 있었다. 바퀴가 둘 달린 커다란 짐마차가 수레채를 허공으로 쳐들고 빗속에 서 있었다.

나는 집으로 들어가 안마당을 가로질러 발코니 밑에서 걸음을 멈췄다. 문이 열려 있어 안으로 들어갔다. 보넬로와 피아니가 뒤를 따랐다. 집안은 컴컴했다. 나는 주방으로 들어갔다. 큰 아궁이에는 재가 있었다. 재 위에 냄비가 걸려 있었지만 빈 냄비였다. 주위를 둘러보았으나 먹을 것이 눈에 안 띄었다.

"헛간에 가서 숨자. 뭐 먹을 건 없을까, 피아니? 찾아서 헛간까지 좀 가져오겠나?"

"찾아 보죠."

"나도 찾아 보죠." 보넬로가 말했다.

"좋아. 난 올라가서 헛간이 어떻게 생겼나 봐두지."

나는 아래 마구간에서 헛간으로 올라가는 돌계단을 찾아냈다. 마구간은 비가 오는데도 마르고 기분 좋은 냄새를 풍기고 있었다. 가축은 피난을 떠날 때 모두 쫓아버렸는지 한 마리도 없었다. 헛간에는 건초가 절반쯤 차 있었다. 지붕에 들창이 두 개 있는데, 하나는 판자로 못질을 했고, 또 하나는 북쪽으로 난 좁다란 채광장이었다. 건초를 마구간으로 흘려 떨어뜨리기 위한 비스듬한 널빤지가 있었다. 바닥에서 입구에 이르기까지 들보가 여러 개 엇갈려 있고 건초를 실은 짐마차를 끌고 들어와서 건초를 헛간까지 실어올리게 되어 있었다.

지붕을 두드리는 빗소리가 들리고 건초 냄새가 구수하게 풍겨 왔다. 아래로 내려오자 마구간에서 마른 말똥의 깨끗한 냄새가 났다. 널빤지를 조금 물려내기만 하면 남창으로 안마당이 보였다. 북창으로는 북쪽 들판이 내다보였다. 만일 계단을 사용할 수 없게 될 경우에는, 어느 창으로든지 지붕으로 빠져나와 내려뛸 수도 있고 건초를 쏟아 주는 널빤지로 해서 내려갈 수도 있었다. 큰 헛간인지라 무슨 소리라도 들리면 건초 속에 숨을 수도 있었다. 숨기에는 적합한 장소였다. 놈들에게 사격만 받지 않았다면 벌써 남쪽으로 빠져나갈 수 있었을 텐데. 거기에 독일 군이 있을 리는 만무했다. 독일 군은 북쪽에서 침입해서 치비달레 도로를 따라 남하하고 있었다. 남쪽에서 침입해 들어올 리는 없는 일이었다.

그보다 이탈리아 군이 더욱 위험했다. 그들은 겁을 먹고 있어 눈에 띄는 대로 쏘는 것이다. 어젯밤 후퇴하면서 우리는 이탈리아 군복을 입은 많은 독일 군이 북쪽에서 내려오는 후퇴군에 끼어들었다는 소문을 들었다.

나는 그 말을 믿지 않았다. 그러한 소문은 전쟁에서 흔히 들을 수 있는 소문의 하나다. 적은 언제나 그러한 소문을 퍼뜨리는 것이다. 적을 교란시키기 위해서 독일 군의 제복을 입고 침투해 들어갔다는 사람을 본 일이 없다. 그런 짓을 했는지도 모르지만, 그리 쉬운 일이 아니다. 독일 군이 그런 짓을 하리라곤 믿지 않았다. 독일 군이 그럴 필요성이 있다고도 믿지 않았다. 일부러 아군의 후퇴를 교란시킬 필요는 없는 것이다. 군대의 규모와 도로의 부족이 혼란을 일으킨 것이다. 독일 군은 고사하고 아무도 명령을 내리지 않는다. 그런데도 그들은 독일 군으로 생각하고 우리를 사격한 것이다. 그들은 아이모를 쏘아죽였다.

건초 냄새는 구수했고 건초 속에 누워 있으니 이제까지의 세월은 없었던 것처럼 옛날로 돌아갔다. 어렸을 때, 우리는 건초 위에 누워서 이야기를 했고 헛간 높은 곳에 뚫린 삼각창에 앉은 참새를 공기총으로 쏘곤 했다. 그러나 이젠 그 헛간은 없어졌고 햄록나무도 벌채해버렸으므로 숲이 있던 곳에는 그루터기와 잡초 등이 있을 뿐이다. 이제 뒤로 물러설 수는 없다. 앞으로 나가지 못한다면 어떠한 일이 일어날까? 밀라노에 돌아갈 수는 없다. 그러나 밀라노로 돌아간다면 어떻게 될까?

나는 북쪽 우디네 방향에서 들려오는 총성에 귀를 기울였다. 기관총 소리를 들을 수가 있었다. 포성은 들리지 않았다. 그것만으로도 마음이 놓였다. 아군은 도로변에다 약간의 부대를 배치했음에 틀림없다. 헛간의 희미한 광선 속에서 내려다보니 피아니가 바닥에 서 있었다. 그는 긴 소시지와 뭔지 들어 있는 항아리 하나와 포도주 두 병을 겨드랑이에 끼고 있었다.

"올라와." 내가 말했다 "사다리가 거기 있어."

곧 나는 그가 가지고 있는 물건을 받아야겠다고 생각하고 아래로 내려갔다. 건초에 누워 있었더니 머리가 띵 했다. 꾸벅꾸벅 졸았던 모양이었다.

"보넬로는 어디 있나?"

“이제 얘기하죠.”

피아니가 말했다.

우린 사다리를 타고 올라갔다. 건초 위에 가져온 것들을 내려놓았다. 피아니는 마개따개가 달린 칼을 꺼내 포도주 병마개를 뽑았다.

“밀로 봉했는데요? 고급품이 틀림없습니다.”

그는 빙긋 웃었다.

“보넬로는 어딨어?” 내가 물었다.

피아니는 내 얼굴을 쳐다보았다.

“그 친군 도망쳤어요, 중위님. 포로가 되고 싶어서요.”

나는 아무 말도 하지 않았다.

“녀석, 우리도 죽게 될지 몰라 겁이 난 거죠.”

나는 포도주 병을 든 채 아무 말도 하지 않았다.

“우린 이 전쟁에 아무런 신념도 갖고 있지 않습니다, 중위님.”

“자넨 왜 도망하지 않았나?”

“중위님을 버리고 갈 수가 없었습니다.”

“그래 어디로 간 거야?”

“모르겠어요. 그냥 가버렸어요.”

“좋아.” 하고 내가 말했다. “소시질 잘라 주게.”

피아니는 희미한 광선 속에서 나를 쳐다보았다.

“방금 얘길 하고 있는 동안 잘랐어요.” 하고 그는 말했다. 우리는 건초 위에 앉아서 소시지를 먹고 포도주를 마셨다. 결혼식에 쓰려고 아껴 둔 포도주임에 틀림없었다. 하도 오래되어서 빛이 변할 지경이었다.

“자넨 이 창으로 밖을 내다보게.” 하고 내가 말했다.

“난 저 창으로 내다볼 테니까.”

서로 술을 한 병씩 가지고 마시고 있었으므로 나는 내가 마시던 술병을 들고 가 건초 위에 주저앉아 좁은 창으로 비에 젖은 들판을 내다보았다. 무엇을 볼 작정이었는지 나도 모르지만 보이는 것은 들과 잎 떨어진 뽕나무와 내리는 비뿐이었다. 포도주를 마셨지만 기분이 좋지 않았다. 너무 오랫동안 저장해 두어서 술이 삭아 술맛도 빛깔도 없어졌다.

나는 어두워가는 밖을 지켜보고 있었다. 어둠은 빨리 왔다. 비가 오니 더욱 캄캄한 밤이 될 것이다. 어두워지면 망을 볼 필요도 없겠기에 피아니 곁으로 갔다. 그는 잠이 들어 있었다. 나는 그를 깨우지 않고 한동안 그 곁에 앉아 있었다. 그는 몸집이 큰 사나이로 잠이 깊이 들어 있었다. 얼마 후에 그를 깨워 출발했다.

참으로 이상한 밤이었다 내가 무엇을 기대했는지 모르지만……아마 죽음이나 어둠 속에서의 사격이나 탈주 같은 것을 기대했는지 모르지만 아무 일도 일어나지 않았다. 우리는 1개 대대의 독일 군이 지나가는 동안, 간선 도로에 따른 옆 도랑에 바짝 엎드려 기다리다가 그들이 지나간 뒤에 길을 건너 북쪽으로 갔다. 빗속에서 두 번이나 독일 군의 바로 가까이까지 접근했지만 그들은 우릴 보지 못했다. 우리는 한 명의 이탈리아 군도 만나지 않고 시가지를 빠져 북쪽으로 올라가, 얼마 후 후퇴군의 주류에 휩쓸려 들어갔다. 그리곤 밤새도록 탈리아멘토 강을 향해서 걸었다. 나는 그때까지 이 퇴각이 얼마나 대규모적인 것인가를 알지 못했다. 이 지방 전체가 군대와 더불어 이동하고 있었다.

우리는 차량보다 빠른 속도로 밤새도록 걸었다. 다리가 쑤시고 피로했지만 걸음은 빨랐다. 보넬로가 포로가 되려고 결심한 것은 여간한 바보짓이 아닌 것처럼 생각되었다. 위험이라곤 없었다. 우리는 아무 사고없이 양쪽 군대 사이를 돌파한 것이다. 아이모만 맞아죽지 않았다면 위험이 있었다곤 생각도 안했을 것이다. 철로를 따라 전신을 드러내놓고 걸어도 아무도 귀찮게 하지 않았다. 아이모의 저격은 갑자기 아무 이유도 없이 닥쳐왔던 것이다. 보넬로는 어디 있을까? 나는 생각했다.

"기분은 어떻습니까, 중위님?" 피아니가 물었다. 우리는 차량과 부대로 혼잡한 도로 한쪽 편을 걷고 있었다.

"좋아."

"이젠 걷는 데 지쳤어요."

"하지만 걷는 수밖에는 다른 할 일이 없어. 걱정할 건 없네."

"보넬로는 바보녀석이었어요."

"정말 바보 짓을 했어."

"그 녀석을 어떡하실 작정입니까, 중위님?"

"글쎄."

"그냥 포로가 된 걸로 할 순 없습니까?"

"글쎄."

"이대로 전쟁이 계속된다면 그 작자 가족이 귀찮아지겠죠?"

"전쟁은 계속 안 돼!" 어떤 병사가 말했다.

"우리는 집에 가는 길이야. 전쟁은 끝났어."

"다 집으로 돌아가는 거야."

"모두들 집으로 돌아가는 거야."

"중위님, 자 가시죠." 피아니가 말했다. 그는 빨리 병사들을 지나치고 싶은 모양이었다."

"중위라고? 누가 중위야? 장교를 때려 눕혀라! 장교들을 때려눕혀라."

피아니가 내 팔을 붙잡았다.

"이름으로 부르는 게 좋겠군요." 하고 그가 말했다. "저자들이 귀찮은 짓을 저지를지도 모르겠어요. 벌써 장교를 몇 명 쏴 죽였어요."

우리는 걸음을 재촉해서 그들을 지나쳤다.

"난 보넬로의 가족에게 화를 끼칠 보고는 하지 않을 셈이야."

나는 하던 이야기를 계속했다.

"전쟁만 끝나면 아무래도 좋겠죠. 하지만 끝났다고는 생각되지 않는데요. 이걸로 끝났다면 너무도 좋게요."

"이제 곧 알게 될 테지."

"내겐 전쟁이 끝났다고 생각되지 않아요. 다들 끝났다고 생각하지만 믿어지지 않아요."

"평화 만세!" 병사 하나가 외쳤다.

"우리는 집으로 돌아간다네."

"다들 집으로 돌아갈 수만 있다면 좋지요." 하고 피아니가 말했다.

"당신은 집에 돌아가고 싶소?"

"가고 싶고말고."

"그러나 그렇게는 안 될 겁니다. 내겐 전쟁이 끝났다고 생각되어지지 않아요."

"우리는 집으로 돌아가는 거야!"

병사 하나가 외쳤다.

"총을 버리는군요." 하고 피아니가 말했다. "행군을 하면서 총을 팽개치고 있어요. 그리고는 고래고래 소리를 지르는군요."

"총은 가지고 있어야지."

"총만 버리면 전쟁을 안 시킬 줄 아는가 봐요."

지나쳐 걸어가면서 나는 어둠과 빗속에서 부대의 대부분이 아직도 총을 가지고 있는 것을 보았다. 총은 외투 밖으로 삐죽이 나와 있었다.

"어느 여단인가?" 장교 하나가 큰소리로 물었다.

"평화 여단이오." 하고 누가 외쳤다. "평화 여단!"

장교는 입을 다물었다.

"뭐라는 거야? 저 장교 뭐랬지?"

"장교를 때려 눕혀라! 평화 만세!"

"자! 가시죠." 피아니가 말했다. 우리는 차량 대열 속에 버리고 간 두 대의 영국군 앰뷸런스 옆을 지나쳤다.

"저건 고리지아에서 온 차군요. 저 찬 눈에 익은데요."

"그렇다면 우리들보다 앞섰더랬군."

"먼저 출발했으니까요."

"운전병은 어디 있을까?"

"아마 훨씬 앞에 있겠죠."

"독일 군은 우디네 교외에 주둔중이야." 내가 말했다.

"이 사람들이 다 강을 건너는 거겠지."

"그렇죠. 그러니까 전 전쟁이 계속된다는 겁니다."

"독일 군은 진군해 올 수 있을 텐데, 왜 안 올까?"

"글쎄요. 전 이런 전쟁에 대해서 몰라요."

"수송 차량을 기다리고 있는지도 모르지."

"모르죠." 피아니가 말했다. 그는 혼자 있으니까 퍽 얌전했다. 동료들과 어울리면 입이 사납지만.

"자넨 결혼했나?"

"말씀대로입니다."

"그래서 포로가 되고 싶지 않았군."

"그것도 이유의 하나죠. 중위님은 결혼하셨나요?"

"아니."

"보넬로도 아직 결혼 안했습니다."

"결혼했다고 해서 그 사람이 어떻다곤 할 수 없지. 그러나 결혼한 사람은 아내 곁으로 돌아가고 싶은 법이지."

나는 아내라고 하는 것을 화제로 하고 싶었다.

"그렇죠."

"발은 어떤가?"

"꽤 아픈데요."

날이 밝기 전에 우리는 탈리아멘토 강둑에 도착했다. 물이 분 강을 따라 모든 사람과 말들이 건너고 있는 다리까지 내려왔다.

"이 강에서 적을 막아낼 수 있을 텐데요." 하고 피아니가 말했다. 어둠 속에서도 강물이 많이 분 것이 보였다. 물이 굽이치며 흐르고 있는 강은 폭이 넓었다. 나무 다리는 길이가 거의 4분의 3마일쯤 돼보였다. 여느 때라면 다리 훨씬 아래에서 자갈 투성이의 넓은 강바닥에 좁은 흐름을 이루며 흐를 물이, 지금은 다리 판자 바닥에 넘실넘실 닿을 기세로 넘쳐 흐르고 있었다.

우리는 강둑을 따라가서 다리를 건너는 군중들 틈에 끼어들었다.

탁류의 불과 몇 피트 위로 군중들 틈에 끼어, 바로 앞의 포병 탄약 상자 뒤를 따라 다리를 건너며 나는 난간 너머로 흐름을 내려다보았다.

마음대로 걸을 수가 없으니까 퍽 피곤했다. 다리를 건넌다는 즐거움도 없었다. 만일 비행기가 낮에 이 다리를 폭격한다면 어떻게 될 것인가 하고 생각했다.

"피아니!" 내가 불렀다.

"여기 있습니다, 중위님."

그는 조금 앞의 군중 틈에 끼어 있었다. 아무도 이야기하는 사람은 없었다. 모두들 되도록 빨리 다리를 건널 생각뿐이었다. 우리는 거의 다리를 건넜다. 다리 저편에 몇 명의 장교와 헌병이 양쪽에 서서 회중전등을 비추고 있었다. 지평선을 배경으로 그들의 검은 윤곽이 보였다. 가까워졌을 때 장교 하나가 대열에 섞인 한 사나이를 손가락으로 가리켰다. 헌병이 그에게로 가서 팔을 붙들고 끌어냈다. 그는 그 사나이를 대열 밖으로 끌어내 데리고 가버렸다. 우리는 거의 그들과 마주 설 정도의 거리에까지 왔다. 장교들은 대열 속의 사람들을 샅샅이 살피고 있었다. 이따금 서로 뭐라고 지껄이며 앞으로 걸어나가서 누군가의 얼굴에 전등을 비추기도 했다.

우리가 그들과 정면으로 대하기 직전에 그들은 또 누군가를 끌어냈다. 나는 그 사나이를 쳐다보았다. 중령이었다. 그들이 전등불을 그 사나이에게 비췄을 때 그의 소매에 붙은 네모속의 별이 눈에 띄었다. 머리는 회색이고 키가 작고 비대했다. 헌병은 그를 장교들이 서 있는 뒤로 데리고 갔다. 그들이 앞에 다다랐을 때 나는 그 중 한두 명이 나를 바라보고 있는 것을 의식했다. 그러자 하나가 나를 가리키며 옆의 헌병에게 뭐라고 했다. 헌병이 대열을 헤치고 내 앞으로 왔다고 생각한 순간, 나는 멱살이 잡힌 것을 느꼈다.

"왜 이러는 거야?" 하면서 나는 그의 얼굴을 갈겼다. 모자 밑의 그의 얼굴이 보이고 수염이 위로 뻗친 빰에 피가 흘렀다. 다른 헌병이 대열을 헤치고 나 있는 데로 왔다.

"왜 이러는 거야?"

내가 말했다. 그는 대답하지 않았다. 나를 붙들 기회만 노리고 있었다. 나는 팔을 등뒤로 돌려 권총을 꺼내려고 했다.

"장교에게 손을 댈 수 없다는 걸 모르나?"

다른 하나가 등뒤에서 내게 달려들어 팔을 비틀어 올렸다. 내가 몸을 돌리자 또 한놈이 내 목을 끌어안았다. 나는 그 녀석의 정강이를 걷어차며 왼쪽 무릎으로 사타구니를 찼다.

"반항하면 쏴라!"

누군가가 명령하는 소리가 들렸다.

"이거 대체 왜 이러는 거야?"

나는 큰소리로 외치려고 했지만, 그다지 큰소리가 나오지 않았다. 그들은 나를 길가로 끌고 나왔다.

"반항하면 쏴라!" 장교 하나가 소리를 질렀다.

"뒤로 끌고 가."

"누구냐, 넌?"

"이제 알게 된다."

"누구야, 넌?"

"야전 헌병이다." 다른 장교가 대답했다.

"왜 헌병놈을 시켜 붙드는 대신 좀 와달라고 못하냐 말이다!"

그들은 대답하지 않았다. 대답할 필요가 없었다. 그들은 야전 헌병인 것이다.

"다른 놈들과 함께 저 뒤로 끌고 가."

먼젓번 장교가 말했다. "이탈리아 말에 사투리가 섞였어."

"네놈도 그렇잖나, 이놈."

"다른 놈과 같이 저 뒤로 끌고 가."

그 장교가 말했다. 그들은 장교들이 서 있는 뒤로 해서 길아래 강둑 옆 밭 가운데 여럿이 모인 데로 나를 데리고 갔다. 그쪽으로 갈 때 총성이 들렸다. 번쩍 하는 불빛이 보였고 총성이 들렸다. 우리는 사람이 모여 있는 곳으로 갔다. 네 명의 장교와 그 앞에 한 군인이 서 있고 양쪽에 헌병이 지키고 있었다. 다른 한 떼의 사람들을 헌병이 지키고 있었다. 그 외 네 명의 헌병이 소총을 들고서 신문하는 장교 옆에 서 있었다. 모두가 차양 넓은 군모를 쓴 헌병들이었다. 나를 끌고 온 두 명이 신문을 기다리고 있는 장교들 틈에 나를 밀어넣었다.

나는 장교들의 신문을 받고 있는 사나이를 쳐다보았다. 아까 대열 속에서 끌려나온 비대하고 회색머리의 몸집이 작은 중령이었다. 신문하는 장교들은 쏘기만 했지 남의 사격을 당해 본 일이 없는 이탈리아 군인다운 능률과 냉정과 자제(自制)를 체득하고 있는 놈들이었다.

"소속 사단은?"

그는 대답했다.

"연대는?"

그는 대답했다.

"장교는 소속 부대와 행동을 같이해야 한다는 걸 모르시오?"

"알고 있다."

그뿐이었다. 다른 장교가 말했다.

"모두 당신과 당신 같은 놈들 때문이오. 야만인들에게 신성한 조국땅을 밟히게 한 것은."

"뭐라고?" 하고 중령이 말했다.

"우리가 승리의 결실을 잃은 것은 당신네 같은 사람의 반역 행위 때문이오."

"자네는 후퇴해 본 경험이 있나?"

중령이 물었다.

"이탈리아 군은 후퇴한 일이 없소."

우리는 빗속에 서서 이 대화를 듣고 있었다. 우리는 그 장교들 맞은편에 서 있었고 체포된 중령은 우리 앞쪽에서 약간 옆으로 비킨 곳에 있었다.

"나를 총살할 작정이라면," 하고 중령이 말했다. "제발 이 이상 신문은 그만두고 곧 총살해라. 신문이 졸렬하다."

그는 십자를 그었다. 장교들은 뭐라고 의논을 했다. 그 중 하나가 종이에다 뭐라고 썼다.

"부대 이탈죄로 총살에 처함."

그 장교가 말했다.

두 헌병이 중령을 강둑으로 끌고 갔다. 모자도 안쓴 이 노인은 양쪽에서 헌병의 감시를 받으면서 비를 맞으며 걸어갔다. 나는 그를 총살하는 것을 보지는 못했지만 총소리는 들었다. 장교들은 또 다른 사람을 신문하고 있었다. 이 장교 역시 소속 부대와 헤어진 것이다. 그에게는 해명이 허락되지 않았다. 그는 종이에 쓴 선고문을 읽을 때 울었다. 헌병이 데리고 갈 때도 울었다. 그의 총살이 집행될 땐 이미 다른 군인을 신문하고 있었다. 그들은 먼저 신문받은 자가 총살을 당하는 사이에 다음 군인을 신문하기로 작정한 모양이었다. 이렇게 하면 이미 결정한 총살은 어떻게 할 수 없는 노릇이었다. 나는 신문을 기다릴 것인가, 혹은 탈출을 할 것인가 갈피를 잡을 수가 없었다. 나는 분명 이탈리아 군복을 입은 독일 군인이었다. 나는 그들의 머리가 어떻게 돌아가는가를 알고 있었다. 만약 그들에게 머리가 있고, 또 그것이 돌아간다면 말이다. 그들은 모두가 청년 장교로 조국을 구하려는 일념에 불타고 있는 것이다. 제 2 군이 탈리아멘토 건너에서 재편성되고 있는 중이다. 그들은 소속 부대를 이탈한 소령 이상의 장교를 처형하고 있었다. 동시에 이탈리아 군복을 입은 독일 군의 선동자를 직결로 처리하고 있었다.

그들은 철모를 쓰고 있었다. 우리들 중에 철모를 쓴 자는 두 사람밖에 없었다. 헌병 중에도 이것을 쓴 자가 있었다. 그밖의 헌병들은 차양이 높은 모자를 쓰고 있었다. 그래서 우리는 그들을 비행기라고 불렀다. 우리는 비를 맞고 서 있다가 한 명씩 불려나가 신문을 받고 총살을 당했다. 지금까지 신문받은 사람은 하나도 빠짐없이 총살을 당했다. 그들은 아무런 위험도 당해 보지 않고 사형을 처리하는 인간의 특유한, 초연한 태도와 엄청난 헌신(獻身)을 보이고 있었다. 그들은 야전 연대의 대령을 신문하고 있었다. 그때 붙들린 세 장교가 다시 우리들 사이에 끼어 넣어졌다.

"그의 연대는 어디 있었을까."

나는 헌병을 쳐다보았다. 그들은 새로 잡혀온 장교를 보고 있었다.

나는 몸을 낮추고 두 군인 사이를 밀어젖히고 머리를 숙이고는 강 쪽을 향해 뛰기 시작했다. 강가에서 고꾸라지며 그대로 물속으로 뛰어들었다. 물은 퍽 찼지만 나는 참을 수 있을 때까지 오랫동안 물 속에 잠겨 있었다. 물결 때문에 몸이 빙빙도는 것을 느꼈고 다시는 떠오르지 않으리라 생각될 만큼 물속에서 잔뜩 참고 있었다. 떠오른 순간 숨을 깊이 쉬고는 다시 잠겼다. 옷을 모두 입고 장화를 신고 잠겨 있기란 그다지 힘들지 않았다.

두 번째 솟아올라왔을 때 바로 앞에 나무 토막이 눈에 띄었으므로 한 손으로 그것을 잡았다. 나는 머리를 나무 토막 뒤에 감추곤 그 너머로 넘겨다보지도 않았다. 강둑을 보고 싶지도 않았다. 뛰기 시작했을 때도 총성이 들렸고 처음 물 위로 솟았을 때도 총성이 들렸다. 나는 거의 물 위로 올라와서 그 소리를 들은 것이다. 이제는 쏘지 않았다. 나무 토막은 물결을 따라 움직였다. 나는 한 손으로 그것을 붙잡았다. 나는 강둑을 바라보았다. 그것은 대단히 빨리 지나가고 있는 것처럼 보였다. 강변에는 숲이 많았다. 물은 여간 차지 않았다. 수면에 섬같이 떠 있는 덤불을 지나갔다. 나는 두 손으로 나무 토막을 붙잡고 그것이 흘러내려가는 대로 몸을 맡겼다. 강둑은 이제 보이지 않았다.

31

흐름이 빠르면 물속에 들어가 있는 시간이 얼마나 지났는지 모르는 법이다. 긴 시간 같지만 사실은 아주 짧은 시간일지도 모른다. 물은 차고 넘쳐 흘렀고 물이 늘었을 때 강둑에서 떠내려온 여러 가지 물건들이 스쳐갔다. 나는 다행히도 매달릴 수 있을 만한 재목을 발견했고 두 손으로 될 수 있는 대로 편안히 그것을 붙잡아, 턱을 나무 위에 올려 놓고서는 얼음같이 찬 물속에 누워 있었다. 쥐가 날까봐 염려돼 강둑으로 흘러 주었으면 했다.

긴 곡선을 그리며 떠내려갔다. 점점 밝아지기 시작해서 강변에 우거진 덤불을 볼 수 있었다. 앞에 덤불이 우거진 섬이 있어 물결은 강변 쪽으로 흐르고 있었다. 장화와 군복을 벗고 둑으로 헤엄쳐 갈까 하고 생각했으나 그만두기로 했다. 어떻게 해서든지 강변으로 올라가야겠다는 생각밖엔 없었지만 맨발로 육지에 오르면 곤란할 것 같았다. 어떻게 해서든지 메스트레까지는 가야했다.

나는 강변이 가까워졌다 다시 멀어져나가고 다시 가까워지고 하는 것을 지켜보고 있었다. 나는 전보다 느린 속력으로 떠내려갔다. 그러자 기슭이 매우 가까워졌다. 버드나무 숲의 가지까지 보였다. 나무 토막이 천천히 돌며 둑이 내 등뒤에 있게 되자 나는 소용돌이 속에 들어간 것을 알았다. 나는 천천히 맴을 돌았다. 다시 둑을 보니 이번에는 꽤 접근해 있었다. 나는 한 팔로 토막을 붙들고 물을 차며 둑으로 접근해 가려고 했지만 조금도 가까워지지 않았다.

소용돌이 밖으로 벗어날까 겁이 나, 한 손으로 토막을 붙들고 두 다리가 토막 옆에 닿도록 다리를 구부리고 힘껏 기슭을 향해서 밀었다. 덤불 숲이 보였다. 나는 힘껏 반동을 주고 헤엄을 쳤지만 물결 때문에 멀어지고 말았다.

그때 장화를 신은 채로는 빠져 죽을지도 모르겠다는 생각이 들었지만, 열심히 물결을 헤치며 싸웠다. 기슭에 접근해 왔으므로 나는 무거운 장화를 신은 군복 차림으로 기슭에 닿을 때까지는 온 힘을 다해 허우적거렸다. 어떻게 해서 겨우 버드나무 가지에 매달렸지만 몸을 끌어올릴 힘조차도 없었다. 그러나 이젠 물에 빠질 염려는 없다는 것을 알았다. 나무 토막에 매달려 있을 때는, 물에 빠질지도 모른다는 생각은 조금도 하지 않았다.

나는 있는 힘을 다했기 때문에 뱃속과 가슴이 텅 빈 것 같았고 구역질이 났으나 나뭇가지를 붙든 채 가만히 있었다. 구역질이 나자 버드나무 숲으로 몸을 끌어당겨 두 손으로 나뭇가지를 쥔 채 덤불을 끌어안고 잠시 쉬었다. 그러고 나서 버드나무 덤불을 헤치고 기슭으로 기어올랐다. 날은 어렴풋이 밝아 왔으나 인기척은 없었다. 나는 기슭에 드러누워서 강물소리와 빗소리를 들었다.

잠시 후에 일어나서 기슭을 따라 걸었다. 라티자나까지는 이 강에 다리가 없는 것을 알고 있었다. 나는 지금 산 비토의 대안에 있을지도 모른다고 생각했다. 앞으로 어떻게 하면 좋을까를 곰곰이 생각했다. 저쪽 앞에 강으로 흘러들어가는 도랑이 있었다. 나는 그쪽으로 갔다. 여태까지 사람이라곤 보이지 않았으므로 도랑 둑의 덤불 옆에 앉아 구두를 벗고 그 안의 물을 쏟았다. 윗도리를 벗어 서류와 지폐가 들어 있는 지갑을 꺼내고 속주머니에서 흠뻑 젖은 돈을 꺼내고는 옷을 짰다. 바지도 벗어서 짜고 셔츠와 내의도 짰다. 몸을 두들기고 문지르고 한 뒤에 다시 옷을 입었다. 모자는 없어졌다.

윗도리를 입기 전에 소매에 달린 별표를 떼어 돈과 함께 안주머니에 넣었다. 돈은 젖어 있었지만 별로 이상은 없었다. 세어 보았다. 3천 리라하고 약간 더 있었다. 옷이 젖어 몸에 달라붙었기 때문에 피의 순환을 돕기 위해 팔을 두드렸다. 털내의를 입고 있었으므로 몸을 움직이고만 있으면 감기에 걸릴 염려는 없으리라고 생각했다. 권총은 그 길에서 헌병들에게 뺏겼으므로 권총집을 윗옷 안에 찼다. 외투도 없고 빗속이라

추웠다. 나는 도랑의 둑을 걷기 시작했다. 날이 밝았지만 사방이 비에 젖어 낮고 음산한 경치였다. 들도 헐벗고 젖어 있었다. 멀리 들판에 종루가 솟아 있는 것이 보였다.

나는 길로 나섰다. 전방에 어떤 부대가 내려오는 것이 보였다. 나는 천천히 길 한쪽으로 걸어갔는데 아무도 나를 주의하지 않았다. 강쪽으로 올라가는 기관총 부대였다. 나는 그대로 걸어내려갔다.

그날 나는 베네치아 평야를 횡단하였다. 그곳은 낮은 평지인데, 비가 오니 더욱 낮아 보였다. 바다 쪽으로는 소금 늪이 많고 길은 별로 없었다. 길은 모두 강 어귀를 따라 바다로 향해 있기 때문에 이 지방을 횡단하려면 운하 옆의 길을 따라가야 했다. 나는 이 지방을 북에서 남으로 횡단하여 두 개의 철로와 많은 도로를 건너서 드디어 길이 끝나는 데까지 나온 것인데 거기에는 어느 늪가를 달리는 철로가 있었다. 그것은 베니스에서 트리에스트로 통하는 간선 철로로, 높고 견고한 제방과 탄탄한 길에 복선 궤도로 깔려 있었다.

철로에서 조금 내려 온 곳에 간이 정거장이 있고 경비중인 병사가 보였다. 선로 위쪽에는 늪으로 흘러들어가는 개울에 다리가 걸려 있었다. 그 다리에도 경비병이 서 있었다. 들을 북으로 가로지르면서, 나는 평탄한 평야를 횡단하여 저 멀리까지 내다보이는 이 철로로 열차가 통과하는 것을 보았다. 포르토그루아로에서 오는 열차가 아닐까 생각했다.

나는 경비병의 거동을 살핀 다음, 선로 양쪽에 보일 수 있도록 철둑에 드러누웠다. 다리에 있는 경비병이 내가 누워 있는 쪽으로 약간 걸어왔으나 이내 돌아서서 다리로 되돌아갔다. 나는 누워서 공복을 느끼며 열차가 오기를 기다렸다. 아까 본 열차는 무척 길어 기관차가 천천히 끌고 갔는데 그 정도라면 올라갈 자신이 있었다. 내가 기다리는 것에 지쳐 거의 체념하고 있을 때 열차 오는 것이 보였다. 똑바로 달려오는 기관차가 서서히 커졌다.

나는 다리에 있는 경비병을 바라보았다. 그는 다리 앞을 걷고 있었지만 철로 반대편이었다. 열차가 통과할 때는 그에게는 보이지 않을 것이다. 나는 기관차가 점점 접근해 오는 것을 지켜보았다. 기관차는 끌기에 힘이 드는 것 같았다.

많은 차량이 달려 있었다. 열차에도 경비병이 타고 있음을 알고 있었으므로 그들이 어디에 탔나 확인하려고 했으나 시야가 가려져 있어 보이지 않았다. 기관차는 거의 내가 누워 있는 데까지 왔다. 언덕길도 아닌데 기관차는 연기를 내뿜으며 헐떡거리면서 내 바로 앞에까지 왔다. 나는 기관사가 지나가는 것을 본 뒤 일어나서 스쳐가는 차량 바로 곁에 바짝 붙어섰다. 경비병이 보고 있다 하더라도 철로가에 있으면 의심받는 일이 적을 것이다. 유개화차가 몇 차량 지나간 다음 곤돌라라 불리는, 포장을 덮은 낮은 무개 화차 한 차량이 다가왔다.

그 화차가 거의 다 지나갈 때까지 있다가 달려들어 뒤에 달린 손잡이를 붙잡고 달라붙었다. 곤돌라와 그 뒤의 유개화차 사이로 기어들어갔다. 다른 사람의 눈에 띄었다고는 생각되지 않았다.

손잡이에 매달린 채 발을 연결기(連結器)에 올려 놓고 웅크리고 있었다. 열차는 거의 다리 맞은편까지 왔다. 나는 거기 경비병이 있는 것을 기억했다. 열차가 지나갈 때 그는 나를 쳐다보았다. 아직 소년으로 철모가 머리에 너무도 컸다. 내가 얕보는 눈초리로 노려보자 그는 시선을 돌려 버렸다. 내가 열차에서 무슨 일을 하는 거라고 생각한 모양이었다.

열차는 지나갔다. 나는 그가 불안스러운 표정으로 통과하는 다른 차량을 쳐다보고 있는 것을 보다가 몸을 숙이고 포장이 어떻게 묶여 있나 살폈다. 밧줄 고리가 달려 있고 고리 끝이 밧줄로 묶여 있었다. 나는 나이프를 꺼내서 밧줄을 끊고 팔을 안으로 넣었다. 비에 젖어 뻣뻣해진 포장 밑에 딱딱한 것이 툭 튀어나와 있었다. 나는 고개를 들고 앞을 바라보고 있었다. 나는 손잡이를 놓고 포장 밑으로 기어들어갔다. 앞이마가 뭣에 부딪쳐 눈에서 불이 번쩍 나고 얼굴에 피가 흐르는 것을 느꼈지만 기어들어가서 납작 누웠다. 그러고 나서 몸을 돌려 다시 포장을 매놓았다.

나는 포장 밑에서 대포와 함께 있었다. 대포는 깨끗한 기계유(機械油)와 그리스 냄새를 풍겼다. 나는 누운 채 포장에 부딪치는 빗소리와 덜컹거리며 달리는 바퀴 소리를 들었다. 광선이 틈으로 흘러들어와서 나는 누운 채로 대포들을 구경했다. 모두 포장으로 덮여 있었다. 제 3 군으로부터 전선에 수송되는 대포임에 틀림없다고 생각했다. 앞이마의 혹이 부어올라 나는 가만히 누워 피가 응혈(凝血)하게 한 후 상처난 곳만을 남겨 둔 채 말라붙은 피는 떼내었다. 아무렇지도 않았다. 손수건은 없었지만 손가락으로 더듬어 포장에서 떨어지는 빗물로 피가 말라붙었던 데를 씻고 상의 소매로 깨끗이 닦아냈다. 사람 눈에 띄면 좋지 않을 게다. 메스트레에 도착하면 으레 대포를 점검할 테니까 그 전에 내려야 한다고 생각했다. 잃거나 잊어버려도 좋을 대포는 그들에겐 없다. 나는 배가 고파 죽을 지경이었다.

32

포장을 뒤집어 쓰고 대포 곁의 무개 화차 바닥에 누워 있자니 몸이 젖어 춥고 배가 고팠다. 견디다 못해 나는 돌아누워 머리를 팔 위에 얹고 배를 깔고 엎드렸다. 무릎이 뻣뻣했으나 아무 이상 없었다. 발렌티니는 수술을 썩 잘 해낸 것이다. 나는 후퇴의 반은 도보로 해치웠고 탈리아멘토강의 일부를 그의 무릎으로 헤엄친 것이다. 그것은 틀림없이 그의 무릎인 것이다. 한쪽 무릎만이 내것이다. 의사가 몸에 손질을 하면 그것은 벌써 내 몸이 아니다. 그러나 머리는 내것이고 뱃속도 내것이었다. 그 뱃속이 무척 배고파했다. 뱃속이 뒤집히는 것 같았다. 머리는 내것이었지만 아무 쓸모가 없었다. 생각하는 데 도움이 되지 않았다. 다만 기억하기 위한 것, 그러나 그것도 많이 기억하기 위한 것은 못되었다. 생각해 낼 수 있다면 캐서린에 관한 것뿐이었는데 만날지 어쩔지도 모르는 그녀에 관해서 생각한다면 나는 그만 미쳐버릴 것 같아 캐서린 생각은 않기로 했다. 그저 조금만, 천천히 덜컹대며 가는 기차며, 포장 사이로 새어드는 광선이며,

차바닥에 캐서린과 누워 있는 자신을 생각하는 김에 조금만 그녀를 생각하기로 했다. 헤어진 지 너무나 오래 되었다. 옷은 젖고 바닥은 조금씩밖에 움직이지 않았다. 주린 배와 젖은 옷과 아내치고는 딱딱한 바닥이 있을 뿐인 그 속에서 오직 혼자, 생각하는 것이 아니라 그저 느낄 뿐으로 누워 있다는 것은 딱딱한 바닥처럼 괴로운 일이었다.

아무리 포장 밑이 기분 좋고 대포와 함께 있는 것이 유쾌하다 해도 무개 화차의 바닥과 포장으로 덮은 대포와 와셀린을 칠한 금속 냄새와 비가 새는 포장을 사랑할 수는 없다. 그러나 여기 있다가도 감히 상상조차 할 수 없는 그런 사람을 사랑할 순 있다. 이제는 매우 분명하고 냉정하게 아니 냉정하게라기보다 공허하게 그것을 알 수 있는 것이다. 군단이 물러가고 다른 군단이 전진하는 현장에 있었으므로 배를 깔고 그것을 어렴풋이나마 알게 된 것이다.

차와 부하를 잃은 것은 마치 백화점의 판매 감독이 화재로 상품을 죄다 태워버린거나 다름없다. 그러나 이 경우엔 보험이 없다. 이제는 그런 것에서 멀리 벗어나 있는 것이다. 아무런 의미도 없는 것이다. 판매 감독이 입에 익은 사투리로 이야기를 했다 해서 화재 뒤에 그들을 총살해버린다면 백화점이 다시 개업할 때 그들이 돌아오리라 기대할 수는 없는 노릇이다. 다른 직업을 찾을 것이다. 다른 직업이 있고 경찰에 체포되지 않는 한.

분노는 강속에서 일체의 의무와 함께 씻겨 내려갔다. 의무는 헌병이 내 멱살을 잡을 때 사라져버렸다. 나는 몸차림에 별로 관심을 두지 않았지만 군복은 벗어버리고 싶었다. 별을 떼어버린 것은 그것이 편리했기 때문이었다. 명예에 관한 문제는 아니다. 거역하는 것도 아니다. 끝장나버린 것이다.

나는 그들의 행운을 빌었다. 좋은 놈도, 용감한 놈도, 조용한 놈도, 섬세한 놈도 있었다. 모두가 행운을 받아 마땅했다. 더 이상은, 그러나 내가 나설 막(幕)이 아니다. 난 이 빌어먹을 열차가 메스트레에 도착하면 무얼 좀 먹고 생각하는 것을 그만두고 싶을 뿐이다. 여하튼 그만 집어치워야겠다.

피아니는 내가 헌병에게 총살되었다고 이야기할 것이다. 그들은 총살한 자의 호주머니를 뒤져 서류를 전부 빼냈다. 그러나 내 서류는 손에 넣지 못할 것이다. 나를 익사라고 할지도 모른다. 미국에는 어떻게 보고될 것인가? 부상이라든가 적당한 이유로 죽었다고 하겠지. 그건 그렇고, 배고파 죽겠다. 식당의 그 군목은 어떻게 됐을까? 그리고 리날디는? 어쩌면 그는 포르데노네에 있을 것이다. 만일 더 이상 후방으로 후퇴하지만 않았다면. 그래 이젠 그를 만나기도 글렀다. 아무도 만나지 못할 것이다. 그들과의 생활도 끝났다. 리날디가 매독이라고는 생각되지 않는다. 여하튼 매독도 빨리 치료만 하면 대단한 병은 아니라고 한다. 그러나 그는 걱정하고 있겠지. 나도 그것에 걸렸다면 걱정할 것이다. 걱정하지 않을 놈은 없으리라.

나는 본래 생각하게끔 되어 있지 않다. 먹게끔 되어 있다. 정말 그렇다. 먹고 마시고, 캐서린과 자고. 오늘 잘 수 있을까? 아니, 너무 빨라. 그러나 내일 밤은, 맛좋은 식사와 홑이불과 둘이서가 아니라면 절대로 아무 데도 가지 않겠다. 지독히 빨리 가야 될지도 모른다. 그녀도 가겠지. 그녀도 가줄 거라는 것은 뻔한 노릇이다. 언제 떠날까? 이건 좀 잘 생각해 봐야 할 일이다. 점점 어두워갔다. 나는 누워서 어디로 갈까 하고 생각했다. 갈 곳은 많았다.

제 4 부

33

아침 일찍 날이 밝기 전에 열차가 속력을 늦추고 밀라노 역으로 들어섰을 때 열차에서 뛰어내렸다. 선로를 횡단해, 건물 사이를 빠져 거리로 나왔다. 술집이 한 군데 열려 있어 커피를 마시러 들어갔다. 쓸어 낸 먼지와 커피잔에 잠긴 스푼, 술잔이 남긴 동그란 물자국 같은 것이 이른 아침 냄새를 풍겼다. 주인은 카운터 뒤에 있었다. 군인 두 명이 테이블에 앉아 있었다. 나는 카운터에 서서 커피를 한 잔 마시고 빵을 한 조각 씹었다. 커피는 우유가 쳐 있어 색깔이 뿌옇다. 나는 빵조각으로 우유의 겉더껑이를 걷어냈다.

주인은 나를 쳐다보았다.

"그래파를 하시겠어요?"

"아니, 좋소."

"내가 한 잔 드리죠." 그는 작은 잔에다 따라 내 앞으로 밀어 놓았다. "전선은 어떻습니까?"

"모르겠소."

"저들은 취했어요."

"주인은 손으로 군인 쪽을 가리켰다. 정말 그 말대로 그들은 취한 것처럼 보였다.

"전선이 어떻게 됐는지 얘기해 주십쇼."

"전선 일은 모르겠소."

"저쪽 담에서 오시는 걸 보았어요. 기차에서 내려오셨죠?"

"대단한 후퇴였지요."

"신문에서 읽었습니다. 어떻게 된 거죠? 전쟁은 끝났나요?"

"그렇진 않겠죠."

그는 짤막한 병에서 그래파를 잔에 채웠다.

"곤란하시다면 숨겨드리지요." 그가 말했다.

"곤란하지 않습니다."

"곤란하시다면 우리 집에서 묵으십시오."

"어디 묵을 데가 있습니까?"

"이 건물. 많이들 있습니다. 곤란한 일이 있는 분은 누구나 여기 묵습니다."

"그런 사람들이 그렇게 많습니까?"

"곤란하다 해도 정도 나름이지만요. 남 아메리카신가요?"

"아닙니다."

"스페인 말 아세요?"

"조금은."

그는 카운터를 훔쳤다.

"요즘은 출국하기가 어렵지만 전혀 불가능한 것도 아니죠."

"출국하고 싶은 생각은 없소."

"여기라면 계시고 싶은 대로 계실 수 있습니다. 내가 어떤 사람인지 곧 알게 될 겁니다."

"오늘 아침엔 가봐야 할 데가 있어서, 주소를 기억해 뒀다 다시 돌아오겠소."

그는 고개를 저었다.

"그렇게 말씀하시면 돌아올 분이 아닙니다. 나는 정말로 사정이 딱한 분으로 생각했어요."

"아뇨, 그러나 친구 주소는 귀중한 거지요."

나는 커피값을 치르고 10리라짜리를 카운터 위에 놓았다.

"같이 그래파를 한 잔 합시다." 내가 말했다.

"괜찮습니다."

"한 잔 드시죠."

그는 두 잔을 따랐다.

"잊어선 안 됩니다." 그는 말했다.

"이리로 오십쇼. 다른 패들에게 끌려가서는 안 됩니다. 여기라면 안전합니다."

"확실히 믿소."

"확실히 믿습니까?"

"그렇소."

그는 진지한 표정이었다.

"그럼 한 가지 말해 드리죠. 그런 상의를 입고 돌아다녀서는 안 됩니다."

"왜요?"

"소매에 별을 뜯어낸 자리가 뚜렷합니다. 옷색이 다르니까요." 나는 아무 말도 하지 않았다.

"서류가 없다면 드릴 수도 있습니다."

"무슨 서류?"

"휴가 증명서."

"난 서류 필요없소. 내게도 있소."

"좋소. 그러나 필요한 서류가 있다면 어떤 서류든 내드리지요."

"그런 서류는 얼마나 합니까?"

"그야 서류 나름이죠. 턱없이 비싸진 않습니다."

"지금은 아무 서류도 필요없소."

그는 어깨를 움츠렸다.

“나는 괜찮소.” 내가 말했다.

밖으로 나올 때 그가 말했다.

“내가 친구라는 걸 잊지 마십쇼.”

“알았습니다.”

“다시 뵙겠습니다.”

“그렇게 합시다.”

밖으로 나오자 헌병이 있는 정거장은 피하면서 조그만 공원 옆에서 마차를 잡았다. 나는 마부에게 병원 주소를 대주었다. 병원에 이르자 포터가 살고 있는 집으로 갔다. 그의 아내가 나를 포옹했다. 포터는 내 손을 잡고 흔들었다.

“돌아오셨군요. 별일 없으셨군요.”

“그럼.”

“아침 식산 하셨어요?”

“했어.”

“그동안 안녕하셨어요, 중위님. 안녕하셨어요?”
하고 그의 아내가 물었다.

“잘 지냈소.”

“함께 조반을 하실까요.”

“아니, 괜찮소. 그런데 미스 버클리는 지금 이 병원에 있소?”

“미스 버클리요?”

“영국 여자 간호사 말이오.”

“이분 애인이에요.” 그의 아내가 말했다.

그녀는 내 팔을 가볍게 두드리면서 미소지었다. “없어요.” 그가 말했다. “가버렸어요.” 나는 가슴이 덜컹 내려앉았다.

“정말이오? 그 키가 크고 금발인 젊은 영국 여자 말이오.”

“틀림없습니다. 스트레사로 갔습니다.”

"언제 갔소?"

"이틀 전에 다른 영국 여자들과 같이 떠났지요."

"그럼." 내가 말했다. "두 분에게 부탁이 있는데 나를 만났다는 말을 하지 마시오. 이것은 퍽 중대한 일이니까."

"아무에게도 말 안하지요." 포터가 말했다.

나는 그에게 10리라를 주었다. 그는 받으려 하지 않고 돌려주었다.

"약속하지요, 누구에게도 얘기하지 않겠다는 걸. 돈은 필요없습니다."

"저희가 중위님을 위해서 뭘 도와 드릴 수 있을까요?" 하고 그의 아내가 말했다.

"그것 뿐이오."

"벙어리 노릇을 하죠." 포터가 말했다.

"뭐든지 일이 있으면 알려 주세요."

"물론. 그럼 또 만납시다."

그들은 문간에 서서 내 뒷모습을 보고 있었다. 나는 마차를 타자 마부에게 시몬즈의 집주소를 일러주었다. 그는 내 친구로 성악을 공부하고 있는 사나이었다.

시몬즈는 포르타 마젠타 방면의 뚝 떨어진 교외에 살고 있었다. 내가 찾아가자 그는 아직도 침대 속에서 졸린 얼굴을 하고 있었다.

"굉장히 일찍 일어났군, 헨리!" 그가 말했다.

"새벽 기차로 왔어."

"대관절 이 후퇴는 어찌 된 건가? 자넨 전선에 나가 있었나? 담배 피우겠나? 테이블 위 갑 속에 있네."

벽에 침대가 있고, 저쪽 구석에 피아노가 있고, 옷장과 테이블이 놓여 있는 큰 방이었다. 나는 침대 곁의 의자에 앉았다. 시몬즈는 일어나서 베개에 기대어 담배를 피웠다.

"난 곤란한 처지에 있다네, 심." 내가 말했다.

"나도 그래. 하긴 나야 항상 궁지에 몰려있지만. 담배 피우겠나?"

"아니." 내가 말했다.

"스위스에 가는 수속은 어떻게 되나?"

"자네가? 이탈리아 인들은 자네를 국외로 내보내지 않을걸."

"그래. 그건 나도 알아. 그러나 스위스 측은 어떨까? 그들은 어떻게 나올까?"

"감금하겠지."

"그건 알아. 그렇게 되면 어떡하는 거야?"

"아무것도 아니지. 간단해. 자네야 어느 곳이든 갈 수 있지. 신고나 뭘 하면 괜찮을 텐데. 왜 그러나? 자네 경찰을 피하고 있나?"

"아직 확실히 결정한 것은 아니지만."

"얘기하기 싫으면 그만둬도 좋아. 그러나 들으면 재미있겠군. 여긴 아무일도 없어. 나는 피아센자에서 대 실패를 했다네."

"정말 그래. 형편없었어. 노랜 잘 불렀는데. 여기 리리코 극장에서 다시 한 번 해볼 작정일세."

"나도 가봤으면 좋겠군."

"고맙네. 근데 자네 아주 딱한 처지에 있는 건 아니겠지?"

"나도 모르겠어."

"얘기하기 싫으면 안해도 좋아. 어떻게 그 살벌한 전선을 빠져나왔나?"

"난 이젠 그것과는 손을 끊을 셈이야."

"잘했어. 그건 전부터 자네가 영리하다는 건 알고 있었지만. 뭐 내가 도울 수 있는 건 없나?"

"자넨 무척 바쁠 텐데."

"아니 조금도 그렇지 않아. 뭐든지 도와주지."

"자넨 나와 몸집이 비슷하지? 밖에 나가서 평복을 한 벌 사다 주겠나? 있긴 하지만 모두 로마에 두고 와서."

"참, 자네 로마에서 좀 살았지? 지저분한 곳이야. 어쩌다 거기 가 있었나?"

"건축가가 되고 싶어서."

"거긴 그럴 만한 곳이 못 돼. 옷을 사는 건 그만 두게. 자네가 원하는 옷은 어느 거나 내가 주지. 몸에 맞는 것을 입혀서 아주 멋쟁일 만들어 줌세. 저 화장실로 가보게. 양복장이 있어. 아무거나 골라서 입게. 알겠나, 양복 같은 건 살 필요없어."

"그래도 샀으면 해, 심."

"여보게, 사러 가는 것보다 한 벌 주는 게 훨씬 편해서 그래. 여권은 가졌나? 여권 없인 멀리는 못 갈걸."

"여권은 아직 가지고 있어."

"그럼 옷을 바꿔입고 그리운 헬베티아(스위스를 가리키는 말)로 떠나게."

"그렇게 간단하진 않아. 난 우선 스트레사로 가야 해."

"이상적인데, 그건. 보트로 저어 건너가게. 나도 음악회만 아니라면 자네와 동행하겠는데…… 나도 가게 될거야."

"자네, 요들을 한 번 해보면 어떨까?"

"좋아, 그거 한 번 불러 보지. 해보면 될 거야. 좀 색다른 곡이지만."

"자네라면 되고말고."

그는 담배를 피워 물고 침대에 비스듬히 누워 있었다.

"너무 장담 말게. 하지만 될거야. 좀 이상한 곡이지만 부를 순 있어. 나도 노래부르는게 제일 좋아. 들어보게."

그는 목청을 돋우어 〈아프리카나〉를 부르기 시작했다.

"난 노랠 할 수 있어. 청중 맘에 들건 안 들건."

나는 창 밖을 내다보았다.

"내려가서 마차를 보내고 옴세."

"보내고 오게, 그리고 아침을 먹게."

그는 침대에서 똑바로 서서 심호흡하고 허리 운동을 시작했다. 나는 아래층으로 내려가서 마찻삯을 치르고 돌려보냈다.

34

평복으로 갈아입고보니, 무도회에 가는 기분이 들었다. 오랫동안 군복만 입어서인지 평복을 입었을 때의 깔끔한 느낌이 들지 않았다. 바짓가랑이가 헐렁한 느낌이었다. 나는 밀라노에서 스트레사행 차표를 샀다. 새 모자도 하나 샀다. 심의 모자는 쓸 수 없었지만 양복만은 훌륭했다. 양복에서 담배 냄새가 풍겼다. 찻간에서 앉아서 창 밖을 내다보니 모자는 너무 새 것이었는데, 이에 비해 양복은 헌것 같은 느낌이 들었다. 나는 창 밖의 비에 젖은 롬바르드 지방처럼 나 자신이 슬프게 느껴졌다.

찻간에 몇 명의 비행사가 있었지만 나 같은 것은 안중에도 두지 않았다. 그들은 나를 똑바로 보지도 않고 있었다. 내 나이에 군대에 가 있지 않는 사람을 지극히 멸시하고 있었다. 나는 모욕을 당했다는 느낌은 없었다. 그전 같으면 나도 그들을 경멸하고 싸움을 걸었을지도 모른다. 그들은 갈라라테에서 하차했다. 나 혼자 남게 되니 마음이 가벼워졌다. 신문을 가지고 있었지만 전쟁에 관한 것은 읽고 싶지 않아 읽지 않았다. 전쟁을 잊어버리고 싶었다. 나는 단독으로 강화조약을 맺은 것이다. 퍽 쓸쓸했지만 열차가 스트레사에 도착하자 반가웠다.

정거장에 호텔 안내원이 나와 있으리라 생각했는데 한 사람도 없었다. 시즌이 지난 지 오래인지라 아무도 열차 손님을 맞으러 나와 있지 않았다. 나는 가방을 들고 내렸다. 심의 가방이었다. 내의가 두 벌뿐이어서 무척 가벼웠다. 열차가 다시 떠날 때까지 나는 비오는 정거장의 밑에 서 있었다. 정거장에서 한 사나이를 붙잡고 어느 호텔이 지금 영업 중인지 아느냐고 물었다. '일 보로메 그랑 호텔'이 영업중이고, 작은 호텔이라면 그 밖에 일년내내 영업을 하는 것이 몇 있다고 했다. 나는 가방을 들고 비를 맞으며 '일 보로메'를 향해서 걸었다. 마차가 거리를 내려오는 것을 보고 마부에게 손짓했다. 마차를 타고 들어가는 것이 좋을 것 같았다. 큰 호텔의 주차장에 마차가 서자 수위가 우산을 받고 나왔다. 그는 퍽 공손했다.

나는 좋은 방을 잡았다. 넓고 밝았으며, 호수가 내려다보였다. 호수에는 구름이 낮게 덮여 있었지만 햇볕이 나면 아름다운 풍경일 것이다. 나중에 아내가 오게 되어 있다고 말했다. 공단 커버를 씌운 큰 신혼 여행용 더블렛이 있었다. 호텔은 매우 호화로웠다. 나는 긴 복도를 지나 넓은 층계를 내려 여러 방을 지난 뒤에 바로 내려갔다. 이곳 바텐더는 전부터 알고 있었다. 높은 의자에 앉아 소금에 절인 편도(扁桃)와 얇게 썰어 말린 감자를 먹었다. 마티니가 시원하고 신선했다.

"평복을 입고 여기서 뭘하고 계십니까?"

바텐더가 두 잔째 마티니 주를 섞은 뒤에 물었다.

"휴가중이야. 요양 휴가야."

"손님이 한 분도 없습니다. 왜 호텔을 열어 두는지 모르겠습니다."

"낚시질 좀 했나?"

"굉장한 놈을 몇 마리 낚았죠. 이맘때면 훌륭한 놈이 잡힙니다."

"내가 보낸 담배 받았나?"

"네. 제가 보낸 엽서 보셨어요?"

나는 웃었다. 나는 담배를 구할 수가 없었던 것이다. 그가 원하는 것은 미국제 파이프 담배였는데 내 친척이 부치는 것을 중지했는지, 혹은 도중에서 압수당했는지, 여하튼 내 손에 들어오지 않았다.

"어디서 또 구해보도록 하지. 혹시 두 영국 여자를 거리에서 본 적이 있나? 그저께 여기 왔을 텐데."

"이 호텔에는 없습니다."

"간호사인데."

"간호사이면 둘 보았습니다. 잠깐 기다려 주십쇼, 거처를 알아다 드리죠."

"하나는 내 아내야." 내가 말했다.

"난 아낼 만나러 온 거야."

"또 하나는 제 마누라구요."

"농담이 아니야."

"쓸데없는 소릴 해서 죄송합니다." 하고 그가 말했다.

"몰랐더랬어요."

그는 밖으로 나가더니 오랫동안 돌아오지 않았다. 나는 올리브 열매와 절인 편도와 썰어 말린 감자를 먹으면서 카운터 뒤 거울에 비친 평복 차림의 내 모습을 들여다보았다. 바텐더가 돌아왔다.

"정거장 근처의 조그만 호텔에 들고 계십니다." 하고 그가 말했다.

"샌드위치 좀 있나?"

"시켜드리죠. 여긴 아무것도 없습니다. 지금 손님이 없어서요."

"정말 전혀 손님이 없나?"

"아뇨. 몇 분 계시긴 계시지만."

샌드위치가 왔으므로 나는 세 쪽을 먹고 마티니 주를 두잔 더 마셨다. 이처럼 시원하고 신선한 술은 난생 처음인 것 같았다. 문화인이 된 것 같은 기분이었다. 나는 포도주 · 빵 · 치즈, 질이 낮은 커피, 그래파 같은 것에 질려 있었다. 기분 좋은 마호가니 카운터와 놋쇠와 거울 앞의 높은 의자에 앉아서 아무 생각도 하지 않았다. 바텐더가 뭐라고 질문을 했다.

"전쟁 얘긴 그만둬." 하고 내가 말했다.

전쟁은 나와는 먼 것이 되어버렸다. 아마 전쟁은 처음부터 없었는지도 모른다. 여기는 전쟁이 없었다. 그제야 나는 전쟁이 끝났다는 것을 알았다. 그러나 정말로 끝난 것 같은 기분은 들지 않았다. 나는 학교를 빼먹고 있으면서 지금쯤 학교에선 무엇을 하고 있을까 궁금해하는 학생 같은 느낌이었다.

내가 그 호텔로 찾아갔을 때 캐서린과 퍼거슨은 저녁 식사를 하고 있었다. 복도에 서서 나는 식탁에 앉아 있는 그들을 보았다. 캐서린의 얼굴은 저쪽을 보고 있었는데 머리카락과 볼, 귀여운 목과 어깨의 윤곽이 보였다. 퍼거슨이 이야기를 하고 있었다. 내가 들어가자 하던 이야기를 그쳤다.

"어머나!" 퍼거슨이 말했다.

"안녕하십니까?"

"아아, 당신!"

캐서린이었다. 얼굴이 환하게 밝아졌다. 너무 기뻐서 믿어지지 않는다는 표정이었다. 나는 키스를 했다. 캐서린은 얼굴을 붉혔고 나는 식탁에 앉았다.

"정말 훌륭한 분이에요." 퍼거슨이 말했다.

"여기서 뭘하고 계세요? 식사는 하셨어요?"

"아뇨."

식사 시중을 하는 여자가 들어왔으므로 나는 나에게도 먹을 것을 갖다 달랬다. 캐서린은 행복한 눈으로 나에게서 시선을 떼지 않았다.

"뭘 하고 계세요, 평복을 입으시고?" 하고 퍼거슨이 물었다.

"내각(內閣)에 들어갔죠."

"무슨 사고를 내신 게로군요."

"기운을 내요, 퍼기. 좀 기운을 내요."

"당신을 만났다고 해도 기운이 나지 않아요. 당신 캐서린을 난처한 입장에 끌어넣었어요. 당신을 보아도 난 조금도 반갑지 않아요."

캐서린이 내게 미소를 던지며 식탁 밑에서 내 발을 건드렸다.

"아무도 날 난처한 처지에 끌어넣은 건 아냐, 퍼기. 내가 그렇게 한 거지."

"난 그대로 보고 있을 수 없어." 하고 퍼거슨이 말했다.

"이분은 비겁한 이탈리아식 술책으로 너를 망친 것뿐이야. 미국 사람은 이탈리아 사람보다 더 악질이야."

"스코틀랜드 사람은 그야 도덕적인 국민이지." 하고 캐서린이 말했다.

"그런 뜻이 아냐. 저분의 이탈리아식 비열을 말하는 거야."

"내가 비열하단 말이죠, 퍼기?"

"그래요. 비겁(sneak)보다도 더 나빠요. 구렁이(snake) 같아요. 이탈리아 군복을 입고 망토를 두른 구렁이에요."

"지금은 이탈리아 군복을 입고 있지 않소."

"그게 또 당신이 비열하다는 좋은 증거예요. 여름내 연애를 하고 이 애에게 애를 갖게 해놓고는 이젠 몰래 도망가려는 거예요."

나는 캐서린에게 미소를 던졌고, 그녀도 미소를 보냈다.

"둘이서 함께 도망갈 거야." 캐서린이 말했다.

"둘이 똑같아." 퍼거슨이 말했다. "난 네가 부끄러워, 캐서린 버클리. 넌 부끄러움도 모르고 명예도 체면도 모르는구나. 이분과 똑같이 비열해."

"그만해, 퍼기." 캐서린이 이렇게 말하면서 퍼거슨의 손등을 가볍게 두드렸다.

"날 책하지마. 우리들 서로 마음을 알고 있잖아?"

"손 치워." 퍼거슨의 얼굴이 빨갛게 되었다.

"네가 부끄러움을 알았다면 이렇겐 안됐겠지. 몇 달이나 되는지 모르지만, 그걸 농담으로 알고 자길 속인 남자가 돌아왔다고 해서 좋아서 웃고만 있구나. 넌 부끄러움도 없고 감정도 없어."

그녀는 울기 시작했다. 캐서린이 다가가서 팔로 끌어안았다.

퍼거슨을 달래고 있는 그녀의 몸은 별로 달라진 것 같지 않았다.

"난 아무래도 좋아." 퍼거슨은 흐느껴 울었다.

"무서운 일이야."

"자, 자, 그만해. 퍼기." 하고 캐서린이 달랬다.

"나 부끄러워할게, 울지 마, 퍼기. 울지 마, 퍼기."

"울긴 누가 울어?" 퍼거슨은 계속 흐느꼈다.

"우는게 아냐. 다만 네가 무서운 함정에 빠진 것을 슬퍼하는 거야." 퍼거슨은 나를 쳐다보더니 "난 당신을 미워해요." 하고 말했다. "캐서린이 뭐라 해도 난 당신을 미워하지 않을 수가 없어요. 더럽고 비열한 미국

태생의 이탈리아 사람!"

그녀의 눈과 코가 울어서 빨갛게 되었다. 캐서린은 내게 미소를 보냈다.

"날 끌어안고 저런 사람에게 웃고 있구나, 넌?"

"지금 넌 흥분하고 있어, 퍼기."

"알아." 퍼거슨은 흐느꼈다. "둘 다 내 참견은 마. 난 흥분했어. 침착하지 않아. 나도 알아. 둘이 행복하기를 빌겠어."

"우리는 행복해." 캐서린이 말했다.

"퍼기, 넌 정말 좋은 애야."

퍼거슨은 울음을 그치지 않았다.

"난 네게 지금 그런 식의 행복을 바라는 게 아냐. 왜 결혼 안해? 당신은 다른 아내가 있는건 아니겠죠?"

"없고말고요." 내가 말했다.

캐서린은 깔깔 웃었다.

"웃을게 아냐." 퍼거슨이 말했다.

"다른데 부인이 있는 사람도 많이 있으니까."

"우리들 결혼할 거야, 퍼기." 캐서린이 말했다.

"그렇게 해야 네 마음에 든다면."

"내 마음에 들고 안 들고가 문제가 아냐. 네가 결혼을 원했어야 했어."

"우린 너무 바빴었어."

"그래 나도 알아. 아이 만들기에 바빴겠지." 나는 그녀가 또 울지나 않을까 생각했으나 대신 그녀는 신랄해졌다. "오늘 밤이라도 저분을 따라 도망가겠지?"

"그래." 캐서린이 말했다. "저이가 원한다면."

"난 어떡하고?"

"넌 혼자 남는 것이 걱정이 되니?"

"응, 그래."

"그럼 너와 함께 있지."

"안 돼, 저분과 함께 가. 지금 곧 떠나. 나 두 사람 다 보고 있으면 기분이 나빠져."

"좌우간 저녁을 마쳐야잖아."

"아니. 지금 곧 가."

"퍼기, 침착해."

"뭘 그래, 곧 가버리라는데. 둘 다 가요."

"그럼 우리들 갑시다." 하고 내가 말했다. 나는 그만 퍼기에게 진절머리가 났다.

"넌 가고 싶은 거야. 저녁도 혼자 하게 내버려두고 가고 싶단 말이지. 난 그전부터 이탈리아 호수를 보고 싶어 별렀는데 결국 이런 꼴을 보는구나. 오오, 오오." 그녀는 흐느껴 울다가 캐서린을 보고 또 목메어 울었다.

"저녁 식사가 끝날 때까지 여기 있을게, 만일 내가 여기 있기를 바라면. 난 널 혼자 남겨놓고 가진 않아. 혼자 두고 가진 않아, 퍼기."

"아냐, 아냐. 정말 난 네가 갔으면 해. 갔으면 해."

그녀는 눈물을 닦았다.

"난 내 욕심만 부리고 있었어. 제발 내 걱정은 말아줘."

식사 시중을 들던 여자는 이 울고불고하는 소동에 그만 어리둥절해지고 말았다. 그러나 다음 차례 음식을 가지고 왔을 땐 형세가 퍽 호전되어 있었으므로 마음이 놓인 모양이었다.

호텔에서의 그날 밤, 방 밖의 긴 복도는 텅 비어 있고 우리들 구두가 문 밖에 나란히 놓이고, 마루엔 두꺼운 융단이 깔리고, 창 밖에선 비가 내리고, 방안은 밝고 즐겁고 유쾌했다. 불을 끄면 보드라운 홑이불과 편안한 침대에 가슴이 두근거린다. 집으로 돌아온 듯한 느낌, 밤에 잠을 깨도 그리운 이가 거기 있고, 아무데도 가버리지 않았다는 것, 이젠 혼자가 아니라는 것, 그 밖에도 모든 게 현실 같지 않았다. 우리들은 피곤해지면 자고 잠을 깨면 다른 한 사람도 눈을 떠서 혼자 있는 일은 없었다.

가끔 남자는 혼자 있고 싶어하고 여자도 혼자 있고 싶어할 때가 있다. 서로 사랑하는 사이에는 그러한 기분을 질투하지만 솔직히 말해서 우리는 조금도 그러한 기분을 느끼지 않았다. 우리는 함께 있을 때 고독하다는 기분, 즉 남들에게서 떨어져 고독하다는 기분을 느끼는 것이다.

나도 그와 비슷한 기분을 느낀 적이 있었다. 많은 여자들 틈에 끼여 있을 때 나는 고독을 느꼈는데 그런 경우가 가장 고독할 때였다. 하지만 우리는 결코 고독하지 않았고 두렵지도 않았다.

나는 밤이 낮과 같지 않다는 것, 모든 것이 다르다는 것, 밤에 겪은 것이 낮에 존재하지 않으므로 설명할 수 없다는 것을 안다.

고독한 사람에게 있어 일단 고독에 휩쓸리게 되면 밤이야말로 무서운 때다.

그러나 캐서린과 함께 있으면 밤이 더 유쾌했다는 것만이 다를 뿐 거의 낮과 다름이 없다. 사람이 이 세상에 너무도 많은 용기를 불러들인다면, 세상은 그런 사람을 때려부수기 위해 죽이지 않으면 안 되고 물론 죽여버리게 된다. 이 세상은 누구나를 때려부수고 만다. 그러나 많은 인간은 그 파괴당한 장소에서 강해진다. 그러나 부서지지 않는 인간은 세상이 죽이고 만다. 아주 선량한 사람, 아주 순한 사람, 아주 용감한 사람 할것없이 죽여버린다. 그 어느 것에 속해 있지 않아도 죽여버리지만 특히 급하게 서둘지 않는 것뿐이다.

다음날 아침, 잠이 깼을 때의 일이 기억에 생생하다. 캐서린은 자고 있고 창문으로 햇빛이 들어왔다. 비는 그쳤고 나는 침대에서 일어나 방을 가로질러 창가로 갔다. 아래는 정원으로 지금은 아무것도 없지만 아름답게 정돈되어 있고 자갈길과 수목과 호숫가의 돌담, 그리고 멀리 산을 등지고 햇빛을 받고 있는 호수가 보였다. 밖을 내다보다가 뒤를 돌아보니 캐서린이 눈을 뜨고 나를 쳐다보고 있었다.

"잘 주무셨어요?" 그녀가 말했다.

"날씨가 참 좋죠?"

"당신 기분은 어떻소?"

"참 좋아요. 참 좋은 밤이었어요."

"식사할까?"

그녀는 아침 식사 생각이 간절한 모양이었다. 나도 간절했다. 우리는 침대에서 먹었다. 11월의 햇볕을 받으며 나는 무릎에 쟁반을 올려놓고 먹었다.

"신문 소용없으세요? 병원에선 늘 신문을 찾으시더니."

"아니." 내가 말했다. "이젠 보기 싫어."

"신문도 보기 싫을 만큼 그렇게 사태가 나빠요?"

"그런 것에 관한 건 읽고 싶지 않아."

"나도 같이 있었으면 사정을 알 수 있었을 텐데."

"언제 머릿속이 정리가 되면 그 얘길 해주지."

"하지만 군복 벗은 당신을 보면 체포하지 않을까 몰라요."

"어쩌면 총살이겠지."

"그럼 여기 있지 말아요. 이 나라에서 떠나버려요."

"나도 그걸 좀 생각해 봤지."

"떠나요. 쓸데없는 도험을 해선 안 돼요. 당신 메스트레에서 밀라노까지 어떻게 오셨어요? 그걸 얘기해 줘요."

"기차로 왔지. 군복을 입었으니까."

"그땐 위험하지 않았어요?"

"별로. 오래된 이동 명령서를 가지고 있었어. 메스트레에서 날짜를 고쳐 썼지."

"여기 있다간 정말 언제 체포될지 몰라요. 난 그건 싫어요. 그렇게 되면 곤란해요. 만일 당신이 잡혀간다면 우린 어떻게 되죠?"

"그런 생각 그만둡시다. 그런 생각엔 지쳐버렸소."

"만일 체포하러 오면 당신 어떻게 할 작정이에요?"

"쏴버리지."

"어리석은 소리예요. 여길 떠날 때까지 난 당신을 호텔 밖으로 안 내보낼 테예요."

"어디로 간다는 거요, 그럼?"

"제발 그런 식으로 말씀하지 마세요. 아무데고 당신 말하는 데로 갈 테예요. 그러나 어디고 곧 떠날 곳을 생각하세요."

"스위스는 저 호수 건너편이니까 그리로 갈 수 있겠지."

"그게 좋겠어요."

밖은 구름이 점점 낮아져 호수가 어두워졌다.

"우린 언제나 죄인처럼 살 필요가 없어."

"싫어요, 그런 소리 말아요. 오랫동안 죄인처럼 산 것도 아니잖아요. 또 앞으로 죄인처럼 살 것도 아니고. 재미나게 살아요."

"난 암만해도 죄인 같은 생각이 들어. 군대를 탈주했으니까."

"네, 제발 침착하세요. 군에서 탈주한 게 아니에요. 그까짓 이탈리아 군인걸요 뭐."

나는 웃었다.

"당신은 훌륭한 여자야. 침대로 들어갑시다. 그래야 기분이 좋아져."

잠시 후에 캐서린이 말했다.

"당신, 죄인 같은 기분 이젠 안 들죠?"

"응, 당신과 같이 있을 때면."

"당신은 참 바보야." 하고 캐서린이 말했다. "하지만 내가 돌봐드릴게요. 여보, 나 이젠 입덧도 없어졌어요."

"그것 정말 용한데."

"당신은 얼마나 훌륭한 아내를 가지고 있는지 모르고 계셔요. 그러나 난 괜찮아요. 나 당신이 체포되지 않을 곳으로 데리고 가서 재미나게 살 테예요."

"지금 곧 그리로 갑시다."

"가요. 나 당신만 좋으시다면 어디로든지 가겠어요."

"아무것도 생각하지 맙시다."

"네, 그래요."

35

캐서린은 퍼거슨을 만나러 호숫가를 따라 조그만 호텔로 가고 나는 바에 앉아서 신문을 읽었다. 바에는 앉기에 편한 가죽 의자가 있어 거기 앉아 바텐더가 들어오기를 기다리며 신문을 읽었다. 이탈리아 군은 탈리아멘토 강에서도 적을 막아내지 못하고 피아베 강까지 밀려오는 중이었다. 나는 피아베 강이라면 기억이 있었다. 철도가 산도나 부근에서 강을 건넌 다음 전선으로 통해 있는 것이다. 거기는 흐름이 느리고 강폭이 좁았다. 하류로 내려가면 모기가 많은 늪과 운하가 있었다. 아담한 별장이 몇 채 있었다. 전쟁 전에 한 번 나는 코르티나 담페초에 가는 길에 산 사이로 이 강을 따라 몇 시간 걸은 적이 있었다. 상류는 송어가 사는 강 같았고, 바위 그늘 밑에는 여울과 웅덩이가 있으며 흐름이 빨랐다. 도로는 카도레에서 강과 갈라진다. 나는 그 상류에 있던 군대가 어떻게 내려와야 하나 하고 생각했다 그때 바텐더가 들어왔다.

"그레피 백작께서 손님 얘길 물으셨습니다."

"누가?"

"그레피 백작 말입니다. 전에 오셨을 적에 여기 계시던 노 신사분 생각나지 않습니까?"

"지금 여기 묵고 있나?"

"네, 조카딸과 같이 묵고 계시죠. 선생님이 오셨다고 했죠. 선생님과 당구를 치셨으면 하던데요."

"지금 어디 있나?"

"산보하고 계십니다."

"정정하시던가."

"전보다 더 젊어지셨어요. 어제 저녁 식사 전에 샴페인 칵테일을 세 잔이나 하시더군요."

"당구 솜씬 어떤가?"

"잘하십니다. 제가 질 정돕니다. 선생님이 오셨다니까 퍽 기뻐하시던데요. 여긴 그분과 맞붙을 당구 상대자가 하나도 없거든요."

그레피 백작은 아흔네 살이었다. 메테르니히(오스트리아의 정치가)와 같은 시대 사람으로 흰 머리와 흰 수염의 예의바른 노인이었다. 오스트리아와 이탈리아 양국 외교관을 역임한 사람으로 그 생일 파티는 밀라노에서도 사교계의 큰 잔치였다. 백 살까지도 살 것 같으며 아흔네 살이라는 노령에도 불구하고 능숙한 솜씨로 당구를 쳤다. 전에 한 번 시즌이 아닌 때에 스트레사에 갔다가 그를 만난 적이 있는데 당구를 치면서 같이 샴페인을 마셨다. 나는 이것을 좋은 습관이라고 생각했다. 그는 백에 15점의 핸디캡을 놓고서도 나를 이겼다.

"왜 그분이 여기 와 계신 걸 얘기 안했소?"

"깜빡 잊었어요."

"그 밖에 또 누가 있지?"

"모두 모르시는 분입니다. 전부 여섯 분밖에 없지요."

"자네 뭐 할 일 있나?"

"없습니다."

"그럼 낚시하러 가세."

"한 시간 정도라면 갈 수 있습니다."

"자아, 낚시 도구를 가지고 오게."

바텐더가 코트를 입자 우리들은 낚시하러 나섰다. 호숫가로 내려가 보트에 타고 나는 노를 젓고 바텐더는 고물에 앉아서 송어를 낚으려고 끝에 뱅뱅 도는 미끼와 무거운 납덩이가 달린 낚싯줄을 풀어 내렸다.

우리들은 호수를 따라 배를 저어갔다. 바텐더는 낚싯줄을 손에 쥐고 가끔 그것을 잡아당겼다. 호수에서 보니 스트레사는 퍽 쓸쓸한 경치였다. 헐벗은 가로수가 길에 늘어섰고 큰 호텔과 문을 닫은 별장들이 보였다.

이졸라 벨라(아름다운 섬이라는 뜻)로 저어가서 암벽으로 다가가자 물이 갑자기 깊어지며 투명한 물속까지 암벽이 경사지고 있는 것이 보였다. 여기서 다시 어부들이 사는 섬까지 저어갔다. 해가 구름에 가려 물은 어둡고 잔잔한 것이 여간 차지 않았다. 물고기가 뛰어올라 물 위에 그리는 동그라미가 여러 개 보였지만 잡지 못했다.

어부들의 섬 맞은편으로 저어가서 보트가 끌어올려져 있고 어부들이 어망을 손질하는 데까지 갔다.

"한 잔 하실까요?"

"좋지."

나는 보트를 돌 방파제에 대고 바텐더는 낚싯줄을 당겨 둘둘 사려 뱃바닥에 놓고 뱅뱅 도는 미끼는 뱃전 한끝에다 걸어놓았다. 나는 육지로 올라서 배를 잡아매었다. 우리는 조그만 카페로 들어가서 칠도 하지 않은 테이블에 앉아 베르뭇을 주문했다.

"노를 저어 피곤하시죠?"

"아니."

"갈 때는 제가 젓지요."

"나도 젓는 게 좋은데."

"선생님이 낚싯줄을 잡고 계시면 재수가 좋아질지도 모르죠."

"그렇게 하지."

"전쟁은 어찌 됐는지 좀 얘기해주십쇼."

"말이 아냐."

"난 전쟁에 안 나가도 되겠지요. 그레피 백작처럼 나이가 많으니까요."

"앞으로 나가야 할지 그건 모르지."

"내년엔 우리 나이 또래도 소집되겠죠. 하지만 전 안 갈랍니다."

"어떻게?"

"외국으로 빠져버리죠. 전쟁에 나가고 싶진 않아요. 한땐 전쟁으로 아비시니아에 갔던 적이 있습니다만. 질색이에요, 전쟁은. 선생님은 어떡하다 나가셨죠?"

"모르지. 바보였어."

"베르뭇 한 잔 더 하시죠."

"그러지."

돌아오는 길엔 바텐더가 저었다. 우리는 스트레사를 지나서 호수를 올라가다가 기슭에서 별로 멀지 않은 곳까지 저어 내려갔다. 나는 팽팽한 낚싯줄을 손에 쥐고 어두운 11월의 호수와 쓸쓸한 기슭을 바라보면서 미끼가 돌아가는 조용한 진동을 손에 느꼈다. 바텐더가 노를 크게 저어 앞으로 나갈 때마다 낚싯줄이 흔들렸다. 손이 찌르르했다. 낚싯줄이 갑자기 팽팽해지며 뒤로 캥겨졌다. 싱싱한 송어의 중량이 느껴지더니 다시 낚싯줄이 흔들렸다. 놓친 것이다.

"큰 것 같던가요?"

"꽤 컸어."

"언젠가 한 번 혼자 나갔다가 이빨에 낚싯줄을 물고 있었는데 고기가 물려 하마터면 입이 달아날 뻔했지요."

"제일 좋은 방법은 다리에다 걸어두는 거야."

내가 말했다. "그러면 곧 반응을 느낄 수 있고, 이빨도 빠질 염려 없지." 나는 물에 손을 담갔다. 무척 차가웠다. 거의 호텔 맞은편에 닿았다.

"들어가야겠습니다." 바텐더가 말했다. "11시까지는 가기로 돼 있습니다. 칵테일 시간이어서요."

"알았어."

나는 낚싯줄을 양끝을 톱니처럼 새긴 막대기에 감았다. 바텐더는 암벽 사이에 있는 조그만 배 두는 곳에 보트를 저어 넣고 쇠사슬과 자물쇠로 잠갔다.

"보트를 쓰시고 싶을 땐 언제든지 열쇠를 드리죠."

"고맙네."

우리는 호텔로 들어와서 바로 들어갔다. 이른 아침부터 술을 하고 싶지 않아 방으로 올라갔다.

하녀가 방금 소제를 마쳤고 캐서린은 돌아와 있지 않았다. 나는 침대에 누워서 아무 생각도 하지 않으려고 했다.

캐서린이 돌아오자 다시 기분이 좋아졌다. 퍼거슨이 아래층에 와 있다고 했다. 점심을 먹으러 왔단다.

"괜찮으시겠죠?"

"괜찮아."

"왜 그러세요, 네?"

"모르겠어."

"난 알아요. 하실 게 없었죠? 당신이 가진 것은 나뿐인데 내가 없었으니."

"잘 맞혔소."

"미안해요, 여보. 모든 것을 한 번에 잃게 되면 몸서리쳐진다는 걸 알아요."

"내 생활은 모든 것으로 가득 차 있었소." 하고 내가 말했다. "이제 당신이 같이 있어 주지 않는다면 난 가지고 있는거라곤 아무것도 없소."

"하지만 이제부터는 같이 있을 텐데요. 두 시간 외출했을 뿐예요. 뭐 하실 게 없을까요?"

"바텐더하고 낚시하러 갔었어."

"재미없었어요?"

"재미있었어."

"내가 옆에 없을 때 내 생각은 하지 말아요."

"전선에 있을 땐 그랬었지. 거기선 할 일이 있었거든."

"할 일이 없어진 오셀로군요." 하고 그녀가 놀렸다.

“오셀로는 깜둥이야.” 내가 말했다. “게다가 난 질투하지도 않고. 다만 당신을 너무도 사랑했기 때문에 다른 것이 머리에 없었던 것뿐이오.”

“얌전한 양반이 되어가지고 퍼거슨에게 잘해 주세요, 네?”

“나를 저주하지 않으면 나도 잘해 주지.”

“잘해 주세요. 생각해 보세요, 우리들은 많이 가지고 있는데 그애는 아무것도 없잖아요?”

“우리가 가지고 있는 걸 부러워하는 것 같지 않던데.”

“당신은 영리하면서도 아시는 게 그리 많지 못해.”

“잘해 주지.”

“꼭 잘해 주시는거죠? 당신은 좋은 분이야.”

“여기 남아 있을 건 아니겠지?”

“아뇨. 어떻게 해서든 곧 가게 하겠어요.”

“그러고 나서 우린 이리 올라오기로 합시다.”

“물론이죠. 당신은 내가 뭘 원한다고 생각하세요?”

우리는 퍼거슨과 점심을 같이하러 아래층으로 내려갔다. 그녀는 호텔의 규모와 식당의 호화로움에 아주 감탄하고 있었다. 우리는 흰 카프리 주 두 병과 맛있는 점심을 들었다. 그레피 백작이 식당으로 들어와서 우리들에게 고개를 숙여 인사했다. 어딘지 우리 할머니와 좀 닮은 점이 있는 그의 조카딸이 함께 따라 들어왔다. 내가 백작의 이야기를 캐서린과 퍼거슨에게 하자 퍼거슨은 매우 놀라워했다. 호텔은 퍽 크고 화려하고 비어 있었지만 식사는 좋았고 술맛 역시 좋았다. 마침내 술은 우리들 모두를 유쾌한 기분에 젖게 하였다.

“캐서린은 이 이상 더 유쾌해질 필요가 없을 정도였다. 그녀는 자못 행복스러워 보였다. 퍼거슨도 매우 쾌활해졌다. 나 역시 기분이 좋았다. 점심이 끝난 뒤 퍼거슨은 자기 호텔로 돌아갔다. 점심 뒤 그녀는 잠시 드러누워 쉬겠다고 말했다.

오후 늦게 누가 우리 방문을 노크했다.

"누구요?"

"그레피 백작께서 당구 상대가 돼줄 수 없겠느냐고 여쭈어보라고 해서."

나는 시계를 보았다. 시계는 풀어서 베개 밑에 두었었다.

"가셔야 돼요?"

캐서린이 속삭였다.

"가는게 좋겠어."

4시 5분이었다. 나는 큰소리로 밖을 향해 외쳤다.

"백작께 5시에 당구실로 가겠다고 전해주게."

5시 15분 전에 나는 캐서린에게 잠시 작별의 키스를 하고 옷을 갈아 입으러 욕실로 들어갔다. 넥타이를 매고 거울을 들여다보니까 평복을 입은 내가 어색해 보였다. 잊어버리지 말고 셔츠와 양말을 꼭 좀 사야겠다.

"당구 오래 걸려요?" 침대 속에 있는 그녀는 여간 귀엽게 보이지 않았다. "그 술 좀 주시겠어요?"

그녀는 머리카락이 한쪽으로 흘러떨어질 정도로 머리를 갸우뚱 기울이고 머리를 빗는 것을 바라보았다. 밖은 어두웠고 침대 머리맡에 있는 전등 불빛이 그녀의 머리와 목과 어깨를 비췄다. 나는 가까이 가서 그녀에게 키스를 하고 브러시 든 손을 꼭 쥐었다. 그녀의 머리가 베개 속에 파묻혔다. 나는 그녀의 목덜미와 어깨에 키스했다. 너무도 사랑스러워서 나는 기절이라도 할 것 같았다.

"나 가기 싫어."

"나도 보내기 싫어요."

"그럼 안 가겠어."

"아니, 갔다 오세요. 잠깐 갔다 돌아오실 텐데요 뭐."

"저녁은 여기서 합시다."

"빨리 갔다 돌아오세요."

그레피 백작은 당구실에 있었다. 그는 스트로크를 연습하고 있었는데 당구대 위에서 비치는 불빛으로 보니 퍽 피곤해 보였다. 전등 조금 저쪽에 있는 카드 테이블 위엔 은으로 된 얼음통이 놓여 있고 두 개의 샴페인 병 머리와 마개가 얼음 위로 나와 있었다. 내가 당구대로 가까이 가자 그레피 백작은 허리를 펴고 내 앞으로 걸어왔다. 그는 손을 내밀었다.

"당신이 와주셔서 대단히 반갑소. 상대를 해주러 오셔서 매우 고맙소."

"불러주셔서 저야말로 정말로 감사합니다."

"아주 완쾌하셨소? 이손조에서 부상당했다고 들었는데 회복되기 바라오."

"이젠 괜찮습니다. 백작께서도 건강하셨습니까?"

"아아, 나야 늘 건강하지. 그러나 나일 속일 수가 없구려."

"그런 것 같지 않으신데요."

"아니오. 예를 하나 들어볼까요? 이젠 나도 이탈리아 말을 쓰는 게 편해졌구려. 나는 안 쓰려고 조심하지만 피로해지면 나도 모르게 어느새 이탈리아 말을 쓰고 말거든. 그래서 나도 나이를 먹었구나 하고 깨닫지."

"이탈리아 말로 얘기하시죠. 저도 좀 피곤하니까요."

"아아, 하지만 당신은 피곤하면 영어로 말하는 게 편할 테지."

"미국 말 말이죠?"

"그래, 미국 말. 미국 말로 하시오. 그건 참 듣기 좋은 언어요."

"전 미국 사람을 만난 일이 거의 없습니다."

"거 섭섭하시겠는데. 사람이란 자기 동포, 특히 자기 나라의 여자가 그리워지는 법이오. 나는 그 경험이 있어서 잘 알지요. 한 판 쳐볼까요? 혹 너무 피곤하신지?"

"그렇게 피곤한 건 아닙니다. 농담으로 그랬습니다. 핸디캡은 몇 점 주시겠어요?"

"많이 쳐보셨나요?"

"전혀 안 쳤습니다."

"퍽 잘 치시던데. 백에 10씩 할까요?"

"너무 과대 평가하지 마십시오."

"15점은?"

"좋습니다만 제가 질겁니다."

"어디 걸고 해볼까요? 당신은 거는 걸 좋아하셨었죠."

"그게 좋겠습니다."

"좋소. 그럼 18점의 핸디캡을 놓고 한 점에 1프랑씩 겁시다."

그는 당구 솜씨가 능숙했고 핸디캡을 얻고도 나는 10점에 겨우 4점밖에 앞서지 못했다. 백작은 벽에 있는 벨을 눌러 바텐더를 불렀다.

"병마개를 따주게." 그리고는 나에게 "자극제를 좀 듭시다." 하고 말했다.

술은 얼음처럼 차고 상당히 독한 것이 맛이 좋았다.

"이탈리아 말로 할까요? 폐가 안 되겠어요? 이게 내 큰 결점이 돼서."

우리들은 당구를 치면서 틈틈이 술을 조금씩 마시고 이탈리아 말로 이야기를 주고받았지만 게임에 열중하여 별로 이야기는 하지 않았다. 그래피 백작이 백 점을 쳤을 때 나는 핸디캡이 있는데도 겨우 94점이었다. 그는 미소를 띠며 내 어깨를 가볍게 두드렸다.

"자 남은 한 병 더 마시고 전쟁담이나 들읍시다."

그는 내가 앉기를 기다렸다.

"무슨 다른 얘기를 하지요."

"전쟁 얘긴 하기 싫소? 좋소. 요새 어떤 책을 읽었소?"

"읽은 게 없습니다." 내가 말했다.

"따분한 사람이 돼서요."

"천만에. 하지만 책 만큼은 읽어야죠."

"전시중에 어떤 책이 나왔습니까?"

"바르뷔스라고 하는 프랑스 작가의 《포화(砲火)》라는 책이 있지요. 그리고 《브리틀링 씨는 알아챘다》(웰즈의 소설)라는 책도 있고."

"아니, 그는 아무것도 알아채지 못하던데요."

"뭘?"

"그 주인공은 알아채지 못했다고요. 그 책은 병원에 있었습니다."

"그럼 그 책을 읽으셨군."

"네, 하지만 좋은 작품은 아니더군요."

"난 영국 중류 계급의 정신을 잘 그려내고 있다고 생각하는데."

"정신이라는 것에 관해서는 모릅니다."

"저런. 정신에 관해서 아는 사람은 아무도 없소. 신을 믿소?"

"밤에만요."

그레피 백작은 미소를 짓고 손가락으로 유리잔을 돌렸다.

"나이를 먹으면 신앙이 두터워질 줄 알았는데 웬일인지 그렇게 안 되는구료." 그는 말했다.

"유감스러운 일이야."

"죽은 후에도 살고 싶다고 생각하십니까?"

이렇게 질문하고 곧 죽음 이야기를 한 건 실수라고 생각했다. 그러나 백작은 그 말에 개의치 않았다.

"그야 생활 여하에 달렸겠지. 인생은 아주 즐겁소. 난 영원히 살고 싶소." 그는 미소지었다. "살 만큼 살았지만."

우리들은 가죽 의자에 깊숙이 파묻혀서 앉아 있었고 얼음바케스 속에 담긴 샴페인과 유리잔이 우리 두 사람 사이에 놓여 있었다.

"당신도 나 정도의 나이가 되면 여러 가지 것이 이상하게 생각될 거요."

"조금도 노령으로 안 보입니다."

"늙은 건 육체뿐이지. 때때로 난 백묵이라도 부러뜨리듯이 손가락을 부러뜨리지나 않나 하고 겁이 나는 때가 있소. 그러면서도 정신은 늙지 않고 별로 지혜로워지지도 않는구려."

"백작께선 지혜로우십니다."

"아니죠, 노인의 지혜라고 하는 건, 거 큰 착오지요, 노인은 지혜로워지는 게 아니라 조심스러워지는 거요."

"어쩌면 그게 지혜겠죠."

"탐탁치 않은 지혜지요. 무엇을 제일 귀중한 것으로 생각하시오?"

"제가 사랑하는 사람을요."

"나도 동감이오. 그건 지혜가 아니지. 생명을 귀중하게 생각하시오?"

"네."

"나도 그렇소. 그게 가진 전부니까. 그리고 생일 파티를 하기 위해서라도."

그는 웃었다.

"정말로 전쟁을 어떻게 생각하십니까?"

내가 물었다.

"바보짓이라고 생각하오."

"어느 편이 이길까요?"

"이탈리아가."

"왜 그렇습니까?"

"더 젊은 나라니까."

"젊은 나라가 늘 전쟁에 이기나요?"

"한때는 이기지."

"그 후는 어떻게 되죠?"

"늙은 나라가 되지."

"지혜롭지 않다고 말씀하셨는데."

"이건 지혜가 아니오. 이건 냉소요."

"저에겐 지혜롭게 들리는데요."

"각별히 그렇다고 할 것도 없지요. 반대의 예를 들 수도 있소. 하지만 지금 얘기도 나쁘진 않지. 샴페인은 다 마셨소?"

"거의 다 마셨습니다."

"좀더 할까요? 그런 다음 옷을 갈아 입어야겠군."

"그만하는 게 좋겠습니다."

"정말 그만두겠소?"

"네."

그는 일어섰다.

"큰 행운과 무상의 건강을 빕니다."

"감사합니다. 영원히 생을 영위하시길 빕니다."

"고맙소. 꽤 오래 살았소. 만일 신앙이 두터워진다면 내가 죽은 뒤에 나를 위해 기도해 주시오. 난 몇몇 친구에게 그렇게 부탁해 두었소. 나는 신앙심이 두터워지려 했지만 그렇게 안 됐소."

그는 쓸쓸히 미소지은 것 같았으나 확실치 않았다. 너무 나이가 많고 주름살투성인지라 조금만 미소를 지어도 주름살이 잡혔고 표정의 변화가 전혀 없었다.

"저는 대단한 신자가 될지도 모르겠습니다." 내가 말했다.

"하여간 백작님을 위해서 기도드리겠습니다."

"나는 늘 신자가 되려고 바랐소. 내 가족들은 모두 독신자로 죽었소. 그런데 어찌 된 셈인지 나에겐 그게 안 오는구려."

"아직 좀 이른가 보죠."

"아마 너무 늦었는지도 모르지. 너무 오래 살아서 종교적인 감정이 없어졌나 보오."

"저는 그런 감정이 밤에만 옵니다."

"그럼 당신은 사랑을 하고 있군. 그것이 종교적인 감정이라는 걸 잊지 말아요."

"그렇게 믿고 계십니까?"

"물론." 그는 테이블 앞으로 한 걸음 내디뎠다.

"상대를 하러 와주셔서 대단히 고맙소."

"아주 유쾌했습니다."

"2층까지 같이 올라갑시다."

36

그날 밤 폭풍우가 일었고 나는 유리창에 부딪치는 빗소리에 잠을 깼다. 비바람이 열린 창으로 들이쳤다. 누가 문을 노크했다. 나는 캐서린이 잠을 깰까 봐 가만히 가서 문을 열었다. 바텐더가 거기 서 있었다. 비옷을 입고 젖은 모자를 들고 있었다.

"얘기할 게 좀 있어요, 중위님."

"무슨 일이야?"

"퍽 중대한 일입니다."

나는 주위를 둘러보았다. 방은 어두웠다. 마룻바닥에 창에서 들이친 빗물이 보였다.

"들어오게." 하고 내가 말했다. 나는 그의 팔을 붙잡고 욕실로 들어갔다. 문을 잠그고 불을 켰다. 나는 목욕통 가장자리에 앉았다.

"웬일이야, 에밀리오? 무슨 딱한 일이라도 생겼나?"

"아뇨. 중위님께 관한 일입니다."

"그래?"

"저들이 내일 아침 중위님을 체포하려 합니다."

"그래?"

"그걸 알려 드리러 왔어요. 거리에 나갔다가 카페에서 얘길 하는 걸 들었어요."

"알겠네."

젖은 비옷을 입고 젖은 모자를 든 채 그는 아무 말없이 서 있었다.

"왜 날 체포하겠다던가?"

"뭐 전쟁에 관한 것 때문인가 봐요."

"그게 뭔지 아나?"

"모릅니다. 하지만 전엔 장교로 여기 오셨는데 이젠 군복을 안 입고 오신 걸 알고 있어요. 이번 후퇴가 있은 뒤론 누구나 체포합니다."

나는 잠시 생각했다.

"언제 날 체포하러 온다던가?"

"아침에요. 시간은 모르겠어요."

"어떡했으면 좋겠나?"

그는 세면기 위에 모자를 놓았다. 흠뻑 젖어 바닥에 물방울이 뚝뚝 떨어졌다.

"두려워만 않는다면 체포는 아무것도 아니지요. 하지만 체포된다는 건 언제나 좋지 않은 일이죠. 특히 지금 경우에는."

"난 체포되고 싶진 않아."

"그럼 스위스로 가세요."

"어떻게?"

"제 보트로요."

"폭풍우가 부는데."

"폭풍우는 멎었습니다. 파도는 높지만 괜찮을 겁니다."

"언제 떠나면 좋을까?"

"지금 곧. 이른 아침에 체포하러 올지도 모르니까요."

"짐은 어떡하지?"

"짐을 싸십쇼. 부인께 옷을 입도록 하십쇼. 짐은 제가 갖다 드리지요."

"어디서 기다리겠나?"

"여기서 기다리죠. 제가 복도에 있는 걸 들키면 곤란하니까요."

나는 문을 열었다. 다시 가만히 닫고 침실로 들어갔다. 캐서린이 깨어있었다.

"왜 그래요?"

"아무것도 아냐." 하고 내가 말했다.

"지금 곧 준빌 하고 보트로 스위스엘 가지 않겠소?"

"당신은?"

"나도 가고 싶지 않소. 나는 침대로 다시 들어가 자고 싶어."

"무슨 일예요?"

"바텐더의 얘긴데 아침에 날 체포하러 온다는 거요."

"바텐더 돌지 않았나요?"

"아니."

"그럼 급히 서두르세요, 어서. 곧 떠나도록 옷을 입고 준비하세요."

그녀는 침대에서 일어나 앉았다. 아직도 졸린 모양이다.

"욕실에 있는 게 바텐더예요?"

"응."

"그럼 세순 안하겠어요. 저쪽 보고 계세요. 곧 갈아 입을 테니까."

그녀가 잠옷을 벗을 때 흰 등이 보였으나 보지 말라고 해서 나는 시선을 돌렸다. 그녀는 임신으로 배가 좀 불러졌으므로 나에게 벗은 몸을 보이지 않으려 했다. 나는 창문을 두드리는 빗소리를 들으며 옷을 입었다. 가방에 넣을 것은 그리 많지 않았다.

"가방이 비었으니까 뭐 넣을 것이 있으면 넣어요."

"거의 다 넣었어요." 하고 그녀가 말했다. "여보, 우스운 질문 같지만 바텐더는 왜 욕실에 있어요?"

"쉿! 우리들 가방을 내려다 주려고 기다리고 있는 거요."

"참 친절한 분이에요."

"옛 친구야." 내가 말했다. "전에 그에게 파이프를 보내주려고 한 적이 있었지."

나는 열린 창으로 밖의 어둠을 내다보았다. 호수는 보이지 않고 어둠과 비뿐이었다. 바람은 꽤 가라앉았다.

"전 준비가 됐어요." 캐서린이 말했다.

"됐어." 나는 욕실 문 앞으로 갔다. "가방은 여기 있네, 에밀리오." 바텐더는 두 개의 가방을 받았다.

"도와주셔서 정말 고마워요." 캐서린이 말했다. "천만에요, 부인." 그가 말했다. “저 자신 귀찮은 일에 걸려들지 않으려고 자진해서 도와드리는 겁니다. 들어오세요.” 그는 나에게 말했다. “이걸 종업원 전용 계단으로 해서 보트로 가지고 나가겠습니다. 두 분은 산책이라도 나가시는 척하고 나가십시오.”

“산책하기엔 좋은 밤이네요.”

“짓궂은 날씨요.”

“우산이 있어 다행이에요.”

우리는 복도를 지나 두꺼운 융단을 깐 넓은 계단을 내려갔다. 계단 아래 문 옆에 포터가 책상에 기대앉아 있었다. 그는 우리를 보고 놀란 듯 했다.

“나가시려는 건 아니겠죠？”

“나가려는 거요. 호숫가로 폭풍을 보러 가려고.”

“우산은 가지셨습니까, 손님？”

“없소.” 내가 말했다. “이 옷은 방수로 되어 있어서.”

그는 의심쩍은 듯이 내 코트를 훑어보았다. “우산을 하나 가지고 오죠.” 그는 안으로 들어가서 곧 우산을 가지고 왔다.

“좀 크지만요, 손님.” 나는 그에게 10리라를 주었다. “이런 짓을 해선 안 되는데요. 정말 고맙습니다.” 그는 문을 연 채 잡고 있었다. 우리는 빗속으로 나섰다. 그는 캐서린에게 미소를 보내고 그녀도 그에게 미소를 보냈다.

“폭풍우 속에 너무 오래 계시지 마세요.” 그가 말했다.

“두 분 다 젖겠어요.”

그는 보조 포터에 지나지 않았으며 그 영어는 이탈리아어를 단어 그대로 옮겨 놓은 것에 지나지 않았다.

“곧 돌아오지.” 내가 말했다.

우리는 큰 우산을 받고 좁은 길을 걸어 비에 젖은 컴컴한 정원을 지나 거리로 나왔다. 그리고 거리를 가로질러 호숫가의 나뭇가지에 덮인 길로 나왔다. 바람은 호수 쪽으로 불고 있었다. 차고 습기를 머금은 11월의 바람이었다. 산지에선 눈이 내리고 있을 거라고 나는 생각했다. 우리는 암벽 사이사이에 쇠사슬로 잡아매어 놓은 보트들을 지나 바텐더의 보트가 있는 곳으로 갔다. 물은 바위에 부딪쳐 거무죽죽해 보였다. 바텐더가 나무가 늘어선 사이에서 나왔다.

"가방은 보트 안에 놓았습니다."

"보트값을 치르고 싶은데."

"얼마나 가지고 계십니까?"

"그다지 많진 않네."

"돈은 나중에 부쳐주세요. 그걸로 좋습니다."

"얼마를?"

"생각대로 보내주세요."

"얼마라고 말해주게."

"무사히 가시거든 5백 프랑 부쳐주십쇼. 무사히 도착하시면 그만큼 주셔도 괜찮겠죠."

"좋아."

"여기 샌드위치가 있습니다." 그는 나에게 꾸러미 하나를 주었다. "바에 있는 걸 전부 가지고 왔어요. 이게 그 전부죠. 이건 브랜디고 이건 포도주 병이에요."

나는 그것들을 가방 속에 넣었다.

"이 값은 치르겠네."

"좋습니다. 50리라만 주십쇼."

나는 돈을 주었다.

"이 브랜디는 상등줍니다." 하고 그가 말했다. "부인께 드려도 괜찮습니다. 부인께선 보트에 타시는 게 좋겠어요."

그는 보트를 붙들고 있었다. 보트가 암벽을 등지고 아래위로 흔들렸다. 나는 캐서린을 도와 보트에 타게 했다.

그녀는 고물에 앉아 케이프로 몸을 감쌌다.

"방향은 아십니까?"

"호수 위쪽으로 가야지."

"얼마나 먼지 아십니까?"

"루이노(밀라노 서북쪽의 작은 도시)를 지나겠지."

"루이노·카네로·카노비오·트란자노를 지납니다. 브리사고까지 가지 않고서는 스위스 땅이 아닙니다. 타마라 산도 통과해야 합니다."

"지금 몇 시죠?" 하고 캐서린이 물었다.

"11시."

"계속 저으시면 아침 7시엔 도착할 수 있겠습니다."

"그렇게 먼가?"

"35킬로 거립니다."

"어떻게 해서 간다? 이 비엔 나침반이라도 있어야 할텐데."

"아뇨. 우선 벨라 섬으로 저으세요. 거기서 마드레 섬까진 바람을 따라 가세요. 바람이 저절로 팔란자까지 데려다 줄 겁니다. 거기 가면 불빛이 보이죠. 그 다음부터는 호반을 따라 저으세요."

"바람이 바뀔지도 모르지."

"아니에요." 그가 말했다. "이 바람은 사흘 동안은 이 방향으로 붑니다. 마타로네 고원에서 곧장 불어 내려오는 바람이니까요. 물을 퍼내게 깡통을 넣어 뒀습니다."

"보트 값을 조금이라도 지불하세요."

"그렇게 하지."

"아뇨, 나도 한 번 투기해 볼 작정입니다. 무사히 도착하시면 많이 보내 주십쇼."

"물에 빠질 염려는 없을 것 같습니다."

"고맙소."

"바람을 따라 호수를 올라가십쇼."

"알았어." 나는 보트에 올랐다.

"호텔의 숙박비는 놓고 오셨습니까?"

"응, 봉투에 넣어서 방에 놓고 왔어."

"잘 하셨습니다. 그럼 행운을 빕니다, 중위님."

"잘 있게. 몇 번이고 자네에게 감사하네."

"물에라도 빠지시면 그다지 고맙지도 않겠죠."

"그 사람 뭐라고 그래요?" 캐서린이 물었다.

"행운을 빈다는 거요."

"행운을 빌어요." 캐서린이 말했다.

"정말 고마워요."

"준비됐습니까?"

"됐네."

그는 허리를 꾸부려 보트를 밀어주었다.

나는 노를 물속에 깊이 틀어박고 한 손을 흔들었다. 바텐더는 그러지 말라는 표정으로 손을 흔들었다.

호텔의 불빛을 보며 저어 나갔다. 그 불빛이 보이지 않을 때까지 똑바로 저어 나갔다. 파도는 꽤 높았으나 바람을 따라 저어갔다.

37

바람을 얼굴에 맞으며 어둠 속을 저었다. 비는 그쳤지만 가끔 우수수 하고 쏟아졌다. 사방은 어둡고 바람은 차가웠다.

고물에 앉아 있는 캐서린은 보였으나 노 끝에 잠기는 수면은 보이지 않았다. 노는 길었으나 미끄럼을 막는 가죽이 붙어 있지 않았다. 끌어당기고 위로 쳐들고 몸을 앞으로 굽혀 수면을 찾아서 노를 담가 다시 끌어당기며, 되도록 힘들이지 않고 저어갔다. 바람을 지고 있는지라 노를 수평으로 젓지는 않았다. 손이 부르틀 것 같았다. 할 수 있으면 늦추고 싶었다. 보트가 가벼운지라 젓는 것은 힘들지 않았다. 컴컴한 수면을 저어나갔다. 아직 보이진 않았지만 빨리 팔란자에 닿았으면 하는 생각이 간절했다.

끝내 팔란자는 못 보고 말았다. 바람이 호수 위쪽에서 불었다. 어둠에 쌓여 팔란자를 가리고 있는 곶(岬)을 지났는데 불빛은 보이지 않았다. 마침내 호수 먼 곳에 불빛이 깜박거리는 게 보여서 가까이 가보니 인트라였다. 그러나 오랫동안 우리는 한 점의 불빛도 보지 못하고 기슭도 보지 못한 채 그저 물결을 타고 어둠속을 꾸준히 저어나갔다. 가끔 물결이 보트를 솟구쳐 올리면 어둠 속에서 노끝이 수면에 닿지 않을 때도 있었다. 물결은 거칠었다. 그러나 젓는 것을 쉬지 않았다. 갑자기 보트는 기슭에 접근하다가 하마터면 바로 곁에 솟은 바위 모퉁이에 부딪칠 뻔했다. 물결이 바위에 철썩하고 부딪쳐 높이 솟아오르고는 다시 떨어졌다. 나는 힘껏 오른쪽 노를 잡아당기고 왼쪽 노를 뒤로 늦춰서 다시 호수 한 가운데로 나왔다. 삐죽이 솟은 암벽은 안 보였다. 우리는 호수를 저어 올라갔다.

"호수를 건너고 있는 거요." 내가 캐서린에게 말했다.

"필란자가 보인 것이 아니었어요?"

"그만 지나가버린 모양이야."

"당신 괜찮으세요?"

"괜찮아."

"나도 저을 수 있을 것 같아요. 조금은."

"아냐, 괜찮아."

"안 됐어요. 퍼거슨이." 캐서린이 말했다. "아침에 호텔로 왔다가 우리가 없어진 걸 알게 될 거예요."

"난 그런 것보다도 날이 새기 전에 세관 감시원들에게 들키지 않고 스위스 령(領) 호수로 들어설 수 있을는지가 걱정이오."

"아직 멀었어요?"

"여기서 30킬로쯤 되지."

나는 밤새도록 저었다. 나중엔 손바닥이 너무 아파 노 위에 손을 올려놓기도 힘들었다. 몇 번이고 기슭에 부딪쳐 엎어질 뻔했다. 가능한 대로 가까운 기슭을 따라 저어갔다. 호상에서 방향을 잃고 시간을 낭비할 것이 두려웠기 때문이다. 때로는 너무나 접근해서 산들을 배경으로 호반을 따라 뻗쳐 있는 길과 늘어선 나무가 보일 때도 있었다. 비가 그치고 바람이 구름을 몰고가자 달빛이 비쳐 뒤돌아보니 카스타뇰라의 길고 컴컴한 곶과 흰 물결을 일으키는 호면과, 멀리 높이 눈덮인 산에 걸려 있는 달이 보였다. 이내 구름이 달을 가려 산도 호면도 보이지 않았다. 그러나 훨씬 밝아져서 기슭이 보였다. 너무 똑똑히 보였으므로 필란자 가도에 세관 감시원이 나와 있어도 발견치 못하도록 보트를 호수 가운데로 저어나갔다. 또다시 달이 얼굴을 내놓았다. 산중턱에 있는 흰 별장과 나무 사이로 흰 길이 보였다. 나는 줄곧 노를 저었다.

호수의 폭이 넓어지며 대안의 산기슭에 루이노임이 틀림없는 불빛이 몇 개 보였다. 대안과 산과 산 사이에 쐐기 모양의 협곡이 보였다. 거기가 루이노라고 생각됐다. 그렇다면 우린 시간을 번 셈이다. 나는 노를 보트 안으로 올려놓고 자리에 누웠다. 나는 노 젓기에 지쳐 녹초가 되어 있었다. 팔과 어깨와 등이 쑤시고 손바닥이 벗겨졌다.

"내가 우산을 펴들고 있겠어요." 하고 캐서린이 말했다.

"그걸로 바람을 받으면 돛 대신이 되겠죠."

"당신 키를 잡을 수 있겠소?"

"잡을 수 있을 것 같아요."

"그럼 이 노를 겨드랑이에 꼭 끼고 꼭 뱃전에 대고 키질을 해요. 우산은 내가 들고 있을 테니."

나는 고물로 가서 그녀에게 키 잡는 방법을 가르쳐주었다. 나는 이물을 향해서 앉자 포터가 준 우산을 폈다. 우산은 딸각하는 소리를 내며 펼쳐졌다. 손잡이를 앉은 자리에 매고 다리를 벌리고 앉아서 우산 양끝을 꼭 붙잡았다. 우산은 바람을 잔뜩 받았다. 양끝을 힘껏 붙잡고 있자니까 보트는 바람을 안은 듯이 앞으로 나갔다. 보트는 마구 달렸다.

"참 빨리 달리네요." 캐서린이 말했다. 내게는 우산대밖엔 보이지 않았다. 우산은 팽팽히 당겨져서 마치 우산을 타고 나가는 것 같았다. 다리로 버틴 채 허리를 젖히고 있을 때 갑자기 우산이 비틀어졌다. 우산 살이 하나 이마에 튀는 것을 느꼈다. 나는 바람에 꾸부려지려고 하는 우산 꼭대기를 잡으려고 했으나 우산 전체가 비틀거리며 파딱 뒤집혀졌다. 이제까지 바람을 잔뜩 받고 달리던 돛이 뒤집히는 바람에 우리는 찢어진 우산을 타고 앉은 격이 되고 말았다. 나는 자리에 매두었던 손잡이를 풀어놓고 캐서린에게로 노를 받으러 갔다. 그녀는 깔깔거리며 웃었다. 내 손을 쥐고서도 그녀는 계속해서 웃었다.

"왜 그래?"

나는 노를 쥐었다.

"우산을 붙잡고 있는 꼴이 하도 우습게 보여서."

"그럴 테지."

"화내지 말아요, 여보. 정말 우습게 보였어요. 당신은 20피트나 폭이 넓어진 것처럼 보였고 죽어라 우산 끝을 잡고 있는게……."

그녀는 숨이 막혔다.

"내가 젓지."

"좀 쉬며 한 잔 하세요. 멋진 밤이에요. 우리 꽤 많이 왔어요."

"보트가 파도 사이에 끼지 않도록 해야 되는데."

"제가 술을 꺼내드릴게요. 그리고 좀 쉬세요, 여보."

나는 노를 세웠다. 노에 부딪치는 바람을 이용해 앞으로 나갔다. 캐서린은 가방을 열고 브랜디 병을 내밀었다.

나는 주머니칼로 병마개를 따고 단숨에 쭉 들이켰다. 순하면서도 독한 술이 들어가자 온몸이 후끈해지며 기분이 좋아졌다. "좋은 브랜딘데." 하고 내가 말했다. 달은 또 가려졌지만 대안이 보였다. 또 하나의 곶이 길게 호수 한가운데 뻗쳐있는 것 같았다.

"춥지 않아, 캐트?"

"아주 기분이 좋아요. 몸이 좀 굳어진 것 같지만."

"그 물을 좀 퍼내지. 그러면 발을 내려놓을 수 있을 거야."

곧 나는 노를 저으면서, 노걸이가 삐걱대는 소리와 고물자리 밑에 깡통을 담가 배에 들어온 물을 퍼내는 소리를 들었다.

"그 깡통을 이리 줘요." 하고 내가 말했다. "물좀 먹게."

"몹시 더러운데요."

"괜찮아 부수지 뭐."

캐서린이 뱃전에서 그걸 부수는 소리가 들렸다. 그녀는 그것에 물을 하나 가뜩 떠서 나에게 주었다. 브랜디를 마신 뒤라 몹시 목이 말랐다. 물은 얼음처럼 찼다. 너무나 차서 이가 시렸다. 나는 대안 쪽을 바라보았다. 우리는 긴 곶으로 점점 접근해가고 있었다. 앞쪽의 만(灣)에 불빛이 보였다.

"고맙소." 나는 깡통을 돌려주었다.

"무슨 말씀을." 캐서린이 말했다.

"원하시면 얼마든지 있어요."

"당신 뭐 먹고 싶지 않소?"

"아뇨. 하지만 곧 배가 고파질테죠. 그때까지 남겨둬요."

"그럽시다."

곶처럼 보인 것은 높은 육지가 길게 뻗쳐나온 곳이었다. 나는 그것을 우회하기 위해서 더욱 호수 한가운데로 나왔다. 어느새 호수는 퍽 좁아졌다. 달이 얼굴을 나타냈다. 만일 세관 감시원이 감시하고 있었다면 우리 보트가 시꺼멓게 보였으리라.

"어떻소, 캐트?" 내가 물었다.

"괜찮아요. 어디쯤 되죠?"

"앞으로도 8마일 이상은 남은 것 같은데."

"아직도 한참 저을 거리예요. 당신 아주 녹초가 됐죠?"

"아냐, 괜찮아. 손이 부르텄을 뿐이야."

더욱 앞으로 저어 나갔다. 오른쪽 기슭에 산이 터진 계곡이 있어 낮은 해안선으로 평평히 넓게 뻗쳐 있는게 필경 카노비오이리라고 생각됐다. 거기서부터 멀리 호수 한가운데로만 저어갔다. 여기서부터 감시원에게 들킬 위험이 제일 많기 때문이었다. 저 멀리 앞에는 둑에 둥근 지붕을 덮어놓은 것같은 높은 산이 왼편에 있었다. 나는 기진맥진했다. 노저을 거리는 그다지 멀지 않았지만 몸 상태가 좋지 않을 때에는 여간 멀게 생각되는 것이 아니다. 스위스 령 호수에 이르려면 아직도 저 산을 넘어 적어도 5마일은 올라가지 않으면 안 될 것을 알고 있었다. 달은 거의 가라앉았다. 가라앉기 전 하늘은 또 한 번 흐려 사방이 몹시 컴컴해졌다. 한동안 저은 뒤에 바람이 놋날에 맞도록 노를 세우고 손을 쉬게 하면서 호수 가운데에서 잠시 머물러 있었다.

"내가 조금 저어 볼게요." 캐서린이 말했다.

"그렇게까지 안해도 돼."

"그런 소리 마세요. 도리어 나한테도 좋아요. 몸이 너무 굳어지지 않을 거예요."

"당신이 젓지 않아도 괜찮아요."

"그런 소리 마세요. 적당하게 젓는 것은 임신한 여자에게도 좋은 운동이에요."

"그럼 좋아. 적당히 조금만 저어요. 내 뒤로 갈 테니까 당신이 이리 와요. 양쪽 뱃전을 꼭 붙잡고 와요."

나는 고물에 앉아서 윗도리를 입고 깃을 세운 다음 캐서린이 젓는 것을 바라보았다. 그녀는 잘 저었지만 노가 길어서 힘들어했다. 나는 가방을 열어 샌드위치를 두 조각 먹고 브랜디를 한 모금 마셨다. 기분이 한결 좋아졌다. 나는 브랜디를 한 모금 더 마셨다.

"피곤하면 말해요." 내가 말했다. 그러고 나서 잠시 후에,

"노가 복부에 부딪치지 않도록 조심해." 하고 다시 말했다.

"만약 그렇게 된다면." 하고 캐서린이 계속 노를 저으며 말했다. "인생이 좀더 간단해지겠네요."

나는 브랜디를 또 한 모금 마셨다.

"괜찮겠소?"

"괜찮아요."

"그만하려거든 말해요."

"네."

나는 브랜디를 한 모금 더 마시고 나서 보트 뱃전을 붙잡고 앞으로 나왔다.

"좋아요. 나 잘 젓는데요 뭐."

"고물로 가요, 많이 쉬었어."

한동안 브랜디 기운으로 손쉽게 연방 저었다. 브랜디를 마신 직후에 너무도 몹시 저었기 때문에 기분 나쁜 신트림이 올라와서 젓고 있는 노가 헛돌기 시작했다. 이내 나는 노를 놨다. 배도 물결에 닿아 찰싹거리도록 놔둘 수밖에 없었다.

"물 한 모금 주겠소?" 내가 말했다.

"그야 쉬운 일이죠." 캐서린이 말했다.

먼동이 트기 전에 이슬비가 내리기 시작했다. 바람이 잔잔해졌다. 혹은 호수가 꾸부러진 근처에 접해 있는 산에 막혀 바람이 없는지도 모른다. 날이 밝기 시작했다는 것을 알자 나는 열심히 젓기 시작했다. 이제는 어느 지점에 와 있는지조차 알지 못했다. 스위스 령 호수로 들어갔으면 하는 그 생각뿐이었다. 날이 새기 시작하자 우린 호반 바로 근처에 와 있었다. 바위투성이의 호반과 나무들이 보였다.

"저게 뭘까요?" 하고 캐서린이 물었다.

나는 노에 몸을 의지한 채 귀를 기울였다. 호수 위를 달리는 모터보트의 소리였다. 나는 호반으로 보트를 바싹대고 가만히 있었다. 모터 소리가 가까워졌다. 그러자 빗속에 우리들 뒤쪽에서 모터보트가 나타났다. 고물 쪽에 네 명의 감시원이 타고 있었다. 알프스 모자를 깊숙이 눌러쓰고 외투깃을 세우고 소총을 어깨에 메고 있었다. 아직 이른 아침이라 모두가 졸린 얼굴이었다.

나는 그들의 모자의 노란 줄과 외투 칼라에 붙어 있는 노란 휘장을 볼 수 있었다. 모터보트는 그대로 엔진 소리를 내며 빗속으로 사라지고 말았다.

나는 천천히 호수 가운데로 저어나갔다. 여기까지 국경에 접근했다면 가도에 있는 보초의 제지를 받을지도 몰랐다. 나는 겨우 호반이 보이는 데까지 저어나오자 빗속을 약 45분 가량 저었다. 그때 모터보트 소리가 또다시 들려 엔진소리가 호수 너머로 사라질 때까지 가만히 있었다.

"스위스 령으로 들어왔나 보군."

"정말?"

"스위스 군인을 볼 때까지 확인할 방법은 없지만."

"혹은 스위스 해군이라든지요."

"스위스 해군이라면 웃을 일이 아냐. 아까 들린 그 모터보트는 스위스 해군 소속일지도 몰라."

"스위스로 들어가면 멋진 아침을 먹어요, 네? 스위스에는 훌륭한 롤빵과 잼이 있어요."

날이 아주 밝아졌고 가랑비가 내리고 있었다. 바람은 여전히 호면에 불어왔고 흰 물결과 우리 배가 일으킨 흰 거품이 뒤로 물러나는 것이 보였다. 이제는 스위스 령으로 들어온 것이 확실했다.

호반의 나무 사이로 많은 집이 보였다. 호반에서 약간 올라간 곳에 돌로 만든 집이 있는 마을과 몇 채의 별장과 교회당이 보였다. 호반을 따라 뻗쳐 있는 길에 감시원이 없나하고 찾아보았지만 보이지 않았다. 길이 호수와 아주 가까워진 곳에서 나는 한 병사가 카페에서 나오는 것을 보았다. 그는 연록색 군복에 독일 군 것과 같은 철모를 쓰고 있었다. 건강한 얼굴로 칫솔처럼 빳빳한 수염을 기르고 있었다. 그는 우리를 보았다.

"손을 흔들어봐요." 하고 나는 캐서린에게 말했다.

그녀가 손을 흔들자 그도 어색하게 미소를 띠며 손을 흔들었다.

나는 천천히 저었다. 우리도 마을 앞의 나루터를 지나려 하고 있었다.

"이제 국경을 꽤 지난 모양같아."

"정말 그랬으면 좋겠어요. 국경에서 쫓겨나는 건 싫어요."

"국경은 훨씬 뒤쪽에 있을 거요. 여긴 세관이 있는 마을인 것 같아. 확실히 브리사고일거야."

"그곳에도 이탈리아 인이 있을까요? 세관 도시엔 반드시 두 나라 사람이 있는 법인데요."

"전시에는 안 그래. 이탈리아 인이 국경을 넘는 건 허락되지 않을거야."

조그마하고 아담한 마을이었다. 선창에는 많은 어선이 매어져 있고, 시렁에는 그물이 펼쳐 널려 있었다. 11월의 가랑비가 내리고 있었지만 빗속에도 거리는 활기가 있었고 깨끗했다.

"그럼 올라가서 아침을 먹을까?"

"네, 그래요."

나는 왼쪽 노를 힘껏 당겨 선창으로 접근했다. 가까이 가자 노를 바로 돌려 보트를 방파제에 나란히 대었다. 나는 노를 당겨 쇠고리를 붙잡고 젖은 돌 위로 올라섰다. 스위스 땅이었다. 나는 보트를 매고 캐서린에게 손을 뻗쳤다.

"어서 올라와, 캐트, 상쾌한 기분이야."

"가방은 어떡하죠?"

"보트 속에 그대로 둡시다."

캐서린이 올라왔다. 우리 둘이 다 스위스 땅을 밟은 것이다.

"정말 아름다운 나라예요."

캐서린이 말했다.

"어때, 멋있지?"

"아침 식사를 하러 가요."

"멋있는 나라지? 발바닥에 느껴지는 감촉이."

"나 몸이 아주 굳어져서 그 감촉은 잘 모르겠어요. 그래도 좋은 나라 같아요. 여보, 우리들 그 지긋지긋한 곳을 빠져나와 여기 와 있다는 거 실감나요?"

"아무렴, 나고말고. 이런 감정을 느끼긴 생전 처음이오."

"저 집들 좀 봐요. 이 거리 참 좋죠? 저기 아침 먹을 수 있는 곳이 있어요."

"이 비는 좋지 않고? 이탈리아에선 이런 비는 온 일이 없어. 유쾌한 비야."

"정말 우리는 오고 말았어요, 당신! 여기 와 있다는 것이 실감이 나요?"

우리는 카페로 들어가서 깨끗한 나무 테이블에 앉았다. 둘 다 지나칠 만큼 흥분해 있었다. 앞치마를 두른 깨끗한 느낌의 여자가 다가와서 뭘 드시겠느냐고 했다.

"롤빵과 잼과 커피를 주세요."

캐서린이 말했다.

"죄송합니다. 전시라서 롤빵이 없습니다."

"그러면 식빵으로 주세요."

"토스트로 해드릴 수는 있어요."

"그게 좋겠군요."

"계란 프라이도 몇 개 해주구료."

"몇 개나 할까요?"

"세 개."

"네 개로 하세요, 당신."

"그럼 네 개."

여자는 가버렸다. 나는 캐서린에게 키스를 하고 손을 꼭 쥐었다. 서로 얼굴을 쳐다보고 카페 안을 둘러보곤 했다.

“아아, 여보, 참 아담한 집이네요.”

“훌륭하군.” 하고 내가 말했다.

“나 롤빵이 없어도 상관없어요.” 하고 캐서린이 말했다.

“밤새도록 롤빵 생각만 하고 있었어요. 그래도 괜찮아요. 아무래도 좋아요.”

“우리들 곧 체포될 거요.”

“걱정 말아요, 여보. 우선 아침이나 해요. 아침 먹은 뒤라면 체포돼도 걱정없겠죠. 게다가 우리들을 그들이 어떡하겠어요. 버젓한 영국인과 미국인이 아니에요?”

“당신 여권이 있소?”

“물론이죠. 아아, 그런 얘기 그만둬요. 우린 즐거워야 해요.”

“이 이상 즐거울 수야 없지.” 내가 말했다.

깃처럼 꼬리를 세운 살찐 회색 고양이 한 마리가 마루를 가로질러 우리 식탁으로 오더니 내 다리에 제 몸을 비비댔다. 비빌 때마다 골골 하는 소리를 냈다. 나는 팔을 뻗쳐 고양이 등을 쓸어 주었다. 캐서린은 매우 행복한 듯이 내게 미소를 보냈다.

“커피가 나왔어요.”

식사가 끝난 뒤 우린 체포되었다. 마을을 잠깐 산책한 뒤에 가방을 가지러 방파제로 내려갔다. 한 병사가 보트를 지키고 서 있었다.

“이건 당신들 보트요?”

“그렇습니다.”

“당신들 어디서 오셨소?”

“호수 저쪽에서.”

“그럼 같이 가주셔야겠습니다.”

"가방을 어떻게 할까요?"

"가지고 오시죠."

나는 가방을 들었다. 캐서린은 나와 나란히 걸었다. 우리 뒤를 따라오던 병사가 낡은 세관으로 들어갔다. 세관에서는 몹시 마른 자못 군인다운 중위가 우리를 신문했다.

"국적은 어디죠?"

"미국과 영국입니다."

"여권을 보여주십쇼."

나는 내것을 주었고 캐서린은 핸드백에서 자기것을 꺼냈다. 그는 오랫동안 두 개의 여권을 조사했다.

"어째서 보트로 스위스에 들어오셨나요?"

"난 스포츠맨이오." 하고 내가 말했다. "보트는 내가 즐기는 스포츠입니다. 기회만 있으면 늘 젓지요."

"왜 여기 오셨죠?"

"윈터 스포츠를 하러 왔죠. 우리는 관광 겸 윈터 스포츠를 하려고요."

"여긴 윈터 스포츠에 적합한 장소가 아닙니다."

"알고 있습니다. 우리들은 윈터 스포츠를 할 수 있는 곳으로 갈 작정입니다."

"이탈리아에선 뭘 하고 계셨죠?"

"나는 건축 공부를 했지요. 사촌 누이동생은 그림 공부를 했구요."

"왜 이탈리아를 떠나셨나요?"

"윈터 스포츠가 하고 싶었다니까요. 전시가 돼서 건축 공부를 할 수 없어서요."

"여기서 좀 기다리고 계십쇼." 중위가 말했다. 그는 우리 여권을 가지고 안으로 들어갔다.

"그럴 듯한데요. 당신." 캐서린이 말했다.

"그냥 그렇게 우기세요. 윈터 스포츠를 하려고 왔다고!"

"당신 미술에 대해 좀 알고 있소?"

"루벤스."

"몸집이 크고 살찐."

내가 말했다.

"티티안."

캐서린이 말했다.

"티티안형 머리."

내가 말했다.

"만테냐는 어떻소?"

"어려운 건 묻지 마세요." 하고 캐서린이 말했다.

"알곤 있지만 그는 너무 짓궂어요."

"그래 짓궂지." 하고 내가 말했다. "결점투성이니까."

"내가 훌륭한 아내라는 걸 아시게 될 거예요. 세관원과도 그림 얘기할 수도 있고요."

"아까 그 군인이 오는군." 하고 내가 말했다. 마른 중위가 우리들 여권을 들고 세관 복도를 걸어나왔다.

"당신들을 로카르노(스위스의 동남쪽 도시)로 이송해야겠습니다. 마차를 잡으시면 병사가 따라갈 겁니다."

"좋습니다." 하고 내가 말했다. "보트는 어떡하죠?"

"보트는 몰수합니다. 가방에 든 건 뭡니까?"

그는 가방 두 개를 샅샅이 뒤지고 4분의 1정도 남은 브랜디 병을 쳐들었다.

"같이 한 잔 하시렵니까?"

내가 말했다.

"아니, 고맙습니다." 그는 몸을 일으켰다.

"돈은 얼마나 가지고 계시죠?"

"2천 5백리라."

이것이 그에게 좋은 인상을 주었다.

"사촌 동생은 얼마나?"

캐서린도 천 2백 리라 조금 더 가지고 있었다. 중위는 만족했다. 우리에게 대한 태도가 덜 거만해졌다.

"윈터 스포츠를 하시려면." 하고 그가 말했다. "뱅언이 좋습니다. 우리 아버지가 뱅언에 훌륭한 호텔을 가지고 있습니다. 1년 내내 열고 있습니다."

"그것 참 잘됐군요." 내가 말했다.

"이름을 가르쳐주실 수 있겠습니까?"

"명함에 써드리지요." 그는 아주 정중하게 명함을 주었다. "이 병사가 당신들을 로카르노까지 동행합니다. 여권은 병사가 가지고 있습니다. 죄송하지만 할 수 없습니다. 로카르노에서 비자나 경찰 허가증이 교부될 겁니다."

그는 우리의 여권을 병사에게 주었다. 우리는 가방을 들고 마차를 부르러 마을로 나갔다.

"어이." 중위가 병사를 불렀다. 그러더니 그에게 독일 사투리로 뭐라고 이야기를 했다. 병사는 총을 등에 메고 가방을 들었다.

"훌륭한 나라로군."

나는 캐서린에게 말했다.

"참 실용적이에요."

"정말 감사합니다." 하고 내가 중위에게 인사했다.

그는 손을 내저었다.

"뭘요, 공무인데요!" 하고 그가 말했다.

우리는 감시원을 따라 마을로 들어갔다.

병사가 마부와 같이 앞자리에 앉은 마차에 몸을 싣고 우리는 로카르노로 달렸다. 로카르노에서도 별로 불쾌한 일은 없었다. 신문은 받았지만 우리가 여권과 돈을 가지고 있었으므로 상대방은 정중하였다. 우리 말을 한 마디도 믿는 것 같지 않아 내가 생각해도 어처구니없게 여겨졌으나 그곳은 재판소 같은 곳이어서 이치가 맞지 않아도 형식만 들어맞으면 설명없이 버텨도 되는 것이다. 여권을 가지고 있다. 돈도 써줄 것이다. 그들은 가(假)비자를 내주었다. 이 비자는 언제든지 취소할 수 있었다. 우리는 가는 곳마다 경찰에 보고를 하게 되어 있었다.

“아무데나 가고 싶은 데 갈 수 있을까? 물론. 그럼 어디로 갈까? 어딜 가고 싶소, 캐트?”

“몽트뢰(휴양지)”

“참 좋은 곳이죠.” 담당관이 말했다.

“거기라면 마음에 드실 것입니다.”

“이! 로카르노도 좋은 곳입니다.” 다른 관리가 말했다.

“장담하지만 여기도 마음에 들 겁니다. 로카르노는 참 매력적인 곳이니까요.”

“우리는 어디든 윈터 스포츠를 할 수 있는 곳이면 좋습니다.”

“몽트뢰에선 윈터 스포츠는 할 수 없습니다.”

“뭐라고?” 하고 다른 관리가 말했다. “난 몽트뢰 출신이야. 몽트뢰 오베를랑 베르느와 철도 연변에는 확실히 윈터 스포츠를 할 수 있습니다. 자네가 그걸 부인하는 건 잘못이야.”

“부인한 게 아냐. 다만 몽트뢰엔 윈터 스포츠를 할 수 없다고 했을 뿐이지.”

“난 그 말에 이의가 있어.”

다른 관리가 말했다.

“바로 그 설에 이의가 있어.”

“난 그 설을 끝까지 주장하겠네.”

“그 설에 이의가 있네. 나 자신 몽트뢰 거리로 루지(스위스에서 사용하는 작은 썰매)를 타고 들어간 적이 있으니까. 그것도 한 번이 아니라 여러 번. 루지는 확실히 윈터 스포츠거든.”

다른 관리가 내쪽을 보았다.

"당신이 생각하는 윈터 스포츠는 루지 타기 뿐인가요? 이 로카르노에 머무시는 게 편할 겁니다. 기후도 좋고 환경도 매력적이고. 꼭 마음에 드실 겁니다."

"이분은 몽트뢰로 가시겠다고 하시잖나."

"루지 타기란 뭡니까?"

내가 물었다.

"이것 봐. 이분은 아직 루지 타기란 말을 들어본 적도 없어!"

둘째 번 관리는 이것으로 퍽 유리한 입장이 됐다. 그는 기분이 좋아졌다.

"루지란." 하고 첫째 번 관리가 말했다.

"터보건(스포츠용의 간단한 썰매) 썰매죠."

"미안하지만 그렇지 않아." 둘째 번 관리가 머리를 가로저었다. "어째 또 의견이 다른가 보군. 터보건 썰매는 루지와는 아주 다르지. 터보건 썰매는 캐나다에서 얇은 판자로 만드는 거야. 루지는 미끄럼 쇠가 붙은 보통 썰매고. 뭐든 정확한 게 제일이야."

"터보건 썰매는 탈 수가 없습니까?" 내가 물었다.

"물론 탈 수 있죠." 첫째 번 관리가 대답했다. "얼마든지 탈 수 있죠. 몽트뢰에서 캐나다제의 상등 터보건 썰매를 팔고 있습니다. 옥스 형제 상점에서 팔고 있지요. 직접 수입하고 있습니다."

둘째 번 관리가 고개를 돌렸다.

"터보건을 하려면." 하고 그가 말했다. "특별한 활주로가 필요합니다. 터보건을 타고 몽트뢰 거리로 들어갈 순 없어요. 여기선 어디 묵고 계시죠?"

"아직 모르겠습니다." 내가 말했다. "우리는 브리사고에서 지금 막 도착한 길이니까요. 마차가 밖에서 기다리고 있습니다."

"몽트뢰에 가시면 틀림없습니다." 첫째 번 관리가 말했다.

"기후도 쾌적하고 아름답지요. 멀리 가지 않아도 윈터 스포츠를 즐길 수 있고요.”

“정말 윈터 스포츠를 하고 싶다면.” 둘째 번 관리가 말했다. “엥게디인이나 뮈렌으로 가보십쇼. 윈터 스포츠 장소로 몽트뢰로 갈 것을 권고받고 계신 데는 반대하지 않을 수가 없군요.”

“몽트뢰 위쪽에 있는 레자방 지방은 어떤 종류의 윈터 스포츠든 다 맞는 곳입니다.”

몽트뢰 옹호자인 관리가 그의 동료를 노려보았다.

“여러분.” 하고 내가 말했다. “우리는 이제 떠나야겠습니다. 누이동생이 몹시 피곤해 해서. 시험삼아 몽트뢰로 가보겠습니다.”

“대단히 좋습니다.”

첫째 번 관리가 내 손을 잡고 흔들었다.

“로카르노를 떠나면 당신은 후회하실 겁니다.” 하고 둘째 번 관리가 말했다.

“하여튼 몽트뢰에 가시면 경찰에 신고하십쇼.”

“경찰도 결코 불쾌하게 대하진 않을 겁니다.”

첫째 번 관리가 나에게 다짐을 주었다. “그곳 사람들은 더할 나위 없이 상냥하고 친절하다는 걸 알게 될 겁니다.”

“두 분 다 고맙습니다.” 내가 말했다.

“두 분의 충고에 대단히 감사합니다.”

“두 분 다 고마우셨어요.”

그들은 문간에까지 나와 인사를 했다. 로카르노를 옹호하던 관리는 좀 냉정한 태도였다. 우리는 계단을 내려서 마차에 올라탔다.

“질렸어요, 정말.” 하고 캐서린이 말했다.

“좀더 빨리 빠져나올 수 없었어요?”

나는 관리 중 하나가 추천해 준 호텔의 이름을 마부에게 일러주었다. 그는 고삐를 잡았다.

“당신, 군인양반을 잊어버리고 계시네요.”

그 병사는 마차 옆에 서 있었다. 나는 그에게 10리라를 주었다.

"아직 스위스 돈을 안 가지고 있습니다." 내가 말했다.

그는 고맙다고 인사를 하고 경례를 하고는 가버렸다. 마차가 움직이기 시작했다. 우리는 호텔로 향했다.

"당신 어떻게 몽트뢰 생각이 났소?" 하고 나는 캐서린에게 물었다. "정말 몽트뢰로 가고 싶소?"

"갑자기 그곳이 생각났어요." 캐서린이 말했다. "괜찮은 곳이에요. 산 위에서 어디 적당한 데가 발견될 거예요."

"졸려?"

"자고 있어요, 지금도."

"이제 곧 푹 쉬게 돼. 가엾게도, 캐트, 지겨운 밤이었지, 당신에겐?"

"재미있었어요." 캐서린이 말했다.

"당신이 우산을 돛삼아 달릴 땐 특히."

"스위스에 와 있다는 거 실감나?"

"아뇨. 잠이 깨서 보면 꿈일까 싶어 두려워요."

"나도 그래."

"이거 정말이겠죠? 설마 당신을 떠나보내기 위해 밀라노의 정거장으로 마차를 달리는 건 아니겠죠?"

"그렇지 않기를 비오."

"그런 말 마세요. 소름이 끼쳐요. 그게 우리들이 이제 가려는 곳일지도 모르겠어요."

"난 지칠 대로 지쳐서 통 모르겠어."

내가 말했다.

"어디 당신 손 좀 보여주세요."

나는 두 손을 내밀었다. 물집이 터져서 쓰라렸다.

"옆구리에 구멍은 나 있지 않아."

내가 말했다.

"그런 벌받을 소린 마세요."

나는 아주 피곤해서 머리가 몽롱했다. 기뻐했던 기분도 사라졌다. 마차는 거리를 달렸다.

"아이 가엾어라, 그 손."

"만지지 마." 하고 내가 말했다. "지금 어디로 가는지 통 모르겠군. 어디로 가는 중이오, 마부 양반?"

마부는 마차를 세웠다.

"메트로폴 호텔로요. 거기 가시는게 아닙니까?"

"그렇소." 하고 내가 말했다. "옳게 가는 거야, 캐트."

"제대로 가는 거예요. 당신 흥분하지 말아요. 푹 쉬도록 해요. 내일이면 머리가 개운해지겠죠."

"정말 어리둥절해."

내가 말했다.

"오늘은 마치 희극 오페라 같아. 배도 퍽 고픈 것 같고."

"피로하신 거예요. 이제 곧 나아지겠죠."

마차는 호텔 앞에 섰다. 누군지 우리들의 가방을 받아 들었다.

우리는 호텔로 통하는 복도에 내려섰다.

"그러실 줄 알았어요. 피곤할 뿐인 거예요. 오랫동안 한잠도 못 잤으니까."

"아무튼 다 왔군."

"네, 정말로 다 왔어요."

우리들은 가방 든 보이 뒤를 따라 호텔로 들어갔다.

제 5 부

38

그해 가을은 눈이 내리는 것이 퍽 늦었다. 우리들은 산 중턱의 소나무 숲에 둘러싸인 갈색 목조집에서 살았다. 밤이 되면 서리가 내리기 때문에 아침에 일어나 보면 화장대에 놓아 둔 물그릇에 얇은 얼음이 얼었다. 구팅언 부인이 아침 일찍이 방으로 들어와 창문을 닫고 큰 자기(瓷器) 난로에 불을 지펴 줬다. 소나무 장작이 딱딱 소리를 내며 불이 붙고, 이내 난로 안에서 불길이 소리를 내며 타오르기 시작한다. 구팅언 부인은 두 번째 들어올 때, 굵은 장작과 주전자에 더운 물을 가지고 들어왔다. 방이 따뜻해지자 그녀는 아침 식사를 날라 왔다. 침대에서 일어나 앉아 아침 식사를 하면서 호수를 내다보고 호수 건너의 프랑스 쪽 산들을 바라보았다. 눈이 내린 산봉우리는 희끄무레하고 검푸른 잿빛이었다.

밖은 이 산장(山莊) 앞에서 길이 산으로 나있었다. 울퉁불퉁한 수레바퀴 자국이 서리로 쇠처럼 굳게 얼어붙고, 길은 숲을 지나 목장 있는 데까지 차차 산을 오르고 돌면서 올라갔다. 그 숲 한 끝에 있는 목장의 헛간과 오두막집으로부터는 계곡이 저 멀리 내려다보았다. 계곡은 깊고 그 바닥에는 한 줄기의 시내가 호수로 흘러 들어가고 있었다. 바람이 계곡 건너에서 불어올 때에는 바위에 부딪치는 물소리가 들렸다.

가끔 우리는 이 길을 버리고 소나무 숲 사이로 난 오솔길로 들어설 때도 있었다. 숲 땅바닥은 걷기에 부드러웠다. 서리가 내려도 큰길처럼 굳어 있지 않았다. 구두 바닥과 구두 뒤축에 징이 박혀 있어, 도로가 굳어져서 미끄러워도 아무렇지 않았다. 그것이 언 땅바닥에 박히기 때문이다. 징이 박힌 구두로 걷는 것은 기분 좋고 상쾌한 일이다. 그리고 숲 사이로 걷는 것도 더욱 유쾌하다.

우리들이 사는 집 앞에서 산은 가파른 경사를 이루며 호숫가의 조그만 들판에까지 뻗어 있었다. 우리는 현관에 앉아서 산허리의 꾸불꾸불한 길과 낮은 산중턱에 층층으로 꾸민 포도밭을 바라보았다. 겨울이라 포도 덩굴은 모두 말랐고, 밭은 축대로 구분되어 있어 그 포도밭 밑으로 호반을 따라서 좁은 들판에 마을의 집들이 보였다. 호수에는 나무가 두 그루 서 있는 섬이 있는데 그 나무는 마치 어선의 쌍돛 같았다. 호수 쪽 산들은 날카롭고 가팔랐다. 호수 끝엔 두 산맥 사이로 평평한 로느 계곡의 들판이 있었다. 그 계곡이 산맥으로 해서 끊어지는 곳에 당 뒤 미디 산(山)이 있었다. 눈 덮인 높은 산으로 계곡을 내려다보는 듯 높이 솟아 있지만, 너무도 멀기 때문에 여기까지 그림자를 던지지는 못했다.

해가 내리쬘 때는 현관에서 점심을 먹었지만 그 외에는 장식이 없는 나무 벽과 구석에 커다란 난로가 있는 2층 조그만 방에서 식사를 했다. 거리에서 책과 잡지와 그리고 카드 놀이에 관한 책을 여러 가지 사다가 둘이서 하는 게임을 배웠다. 난로가 있는 조그마한 방이 우리들의 거처 방이었다. 안락의자 두 개와 책과 잡지를 올려 놓은 테이블이 하나 있었다. 우리들은 식사가 끝나는 대로 식탁에서 트럼프를 했다. 구팅언 내외는 아래층에 살고 있었고 저녁 때면 뭔지 모를 그들의 주고받는 소리가 들렸다.

그들도 역시 매우 행복했다. 남편은 호텔의 급사장이었고 아내도 같은 호텔의 하녀였는데 돈을 모아 이 집을 샀다고 한다. 아들이 하나 있는데, 그도 급사장이 되기 위해 공부하고 있었다. 그는 취리히의 호텔에 가 있었다. 아래층에는 넓은 매점이 있었는데 포도주와 맥주를 팔고 있었다. 저녁 같은 때 도로에 짐마차가 멎고 남자들이 포도주를 마시러 계단을 올라오는 소리를 들었다. 거실 복도에 장작 궤짝이 있어서 나는 거기서 장작을 날라다 불이 꺼지지 않게 했다. 그러나 우리는 그다지 밤늦게까지 있진 않았다. 커다란 침실의 어둠 속에서 잠을 잘 때는 나는 옷을 벗은 채 창문을 열고 밤과 차디찬 별과 창 밑의 소나무들을 보다가 되도록 빨리 자리에 들었다. 차디차고 맑게 갠 찬 공기와 창 밖의 어둠을 벗삼아 침대에 들어가는 것은 정말 유쾌한 일이었다. 우리들은 잘 잤다. 밤에 잠을 깨면 그것이 단 한 가지 원인에서 깬다는 것을 잘 알고 있었으므로, 나는 캐서린이 깨지 않게 가만히 깃털 이불을 바로 덮어주면 따뜻하고 얇은 이불의 가벼움을 새삼스레 느끼며 다시 잠드는 것이다. 전쟁은 어딘지 이웃 대학의 축구 경기처럼 나와는 인연이 먼 것처럼 생각되었다. 그래도 나는 산악 지대에서는 눈이 아직 내리지 않으므로, 여전히 전투가 계속되고 있다는 것을 신문을 통해 알고 있었다.

가끔 우리들은 산을 걸어내려가서 몽트뢰까지 가곤 했다. 오솔길도 있었지만 너무 가팔랐으므로, 대개는 큰길로 해서 들 가운데의 넓고 굳은 길을 걸어 포도밭 돌담 사이로 나와 길 양쪽에 서 있는 집들 사이로 빠져 나온다. 셰르네, 퐁타니 방, 또 하나 이름은 잊었지만 세 마을이 있었다. 계단식 포도밭이 있는 산중턱에 튀어나온 암벽 위에 서 있는 네모진 석조의 옛 성관(城館)을 지난다. 포도덩굴은 쓰러지지 않도록 모두 막대기에 붙잡아 매놓았지만 덩굴은 말라 갈색이 되었고 땅은 눈을 받을 만큼의 준비가 되어 있었다. 저 멀리 아래로 보이는 호수는 평평한 것이 강철처럼 희뿌옇다. 길은 성관 밑에서부터 내리받이가 되어 오른쪽으로 구부러져 가파른 자갈길을 내려가면 몽트뢰로 접어든다.

몽트뢰에는 아는 사람이라곤 하나도 없었다. 우리는 호반을 따라 거닐며 백조와 많은 갈매기와 사람이 가까이 가면 공중으로 날아올라 호수를 내려다보면서 끽끽거리고 우는 제비갈매기를 보았다. 호수 한가운데에는 조그마한 까만 농병아리떼가 꼬리에 긴 파문을 일으키며 헤엄을 치고 있었다. 마을로 들어서서 큰 거리를 걸으며 상점의 진열장을 구경했다. 큰 호텔은 대개 휴업중이었지만 상점은 대부분 열려 있고, 우리를 퍽 반겨주었다. 캐서린이 머리를 하러 가는 깨끗한 미장원이 하나 있었다. 그 집 부인은 아주 쾌활한 여자로 몽트뢰에서 우리가 알고 지내는 유일한 사람이었다. 캐서린이 거기에 있는 동안 나는 맥주집에 가서 뮌헨의 흑맥주를 마시며 신문을 읽었다. 나는 〈코리에레 델라 세라〉지(紙)와 파리에서 오는 영국과 미국 신문을 읽었다. 아마도 적과의 통신을 방지하기 위해서인지 광고는 전부 먹으로 꺼멓게 지워져 있었다. 신문을 읽어도 도무지 흥미가 없었다. 여기저기에서 사태는 더욱 악화되어가는 모양이다.

나는 흑맥주의 큰 잔을 앞에 놓고 한구석에 앉아서 프레즐(짭짤한 비스킷)의 셀로판 봉지를 뜯었다. 프레즐의 짭잘한 소금맛 때문에 맥주맛이 한결 좋아지는 것을 느끼면서 비참한 기사들을 읽었다. 캐서린이 올 때가 훨씬 넘었는데도 좀처럼 오지 않아, 나는 신문을 신문걸이에다 걸고 맥주값을 치르고 그녀를 찾으러 거리로 나갔다. 춥고 음산한 날씨가 겨울 기분을 느끼게 했으며 건물의 돌까지도 싸늘하게 보였다. 캐서린은 아직도 미장원에 있었다. 미용사가 그녀의 머리에다 파마를 하고 있었다. 나는 좁은 구석 자리에 앉아 구경했다. 잠자코 보고 있자니 흥분되었고 캐서린이 미소를 머금고 내게 이야기를 했는데 흥분해서인지 목소리는 다소 탁했다. 머리 집게가 경쾌한 금속성 소리를 냈다.

캐서린의 모습이 삼면경에 비쳐 보였고 앉은 자리는 편안하고 따뜻했다. 이윽고 미용사가 캐서린의 머리를 올리자 캐서린은 거울을 들여다보며 핀을 빼기도 하고 꽂기도 하며 약간 손질을 하더니 곧 일어섰다.

"너무 오래 걸려서 미안해요."

"선생님께서 퍽 재미나셨죠? 그렇죠, 선생님?"

"그렇습니다." 하고 나는 대답했다.

우리들은 밖으로 나와서 거리를 걸었다. 춥고 음산한 날씨였다. 바람이 불었다.

"여보, 난 당신을 너무 사랑해." 하고 내가 말했다.

"우리들 지금 행복하잖아요?" 하고 캐서린이 말했다.

"당신 어디 가서 차 대신 맥주 마셔요. 꼬마 캐서린에겐 맥주가 좋아요. 몸집을 조그맣게 만드니까."

"꼬마 캐서린" 하고 내가 말했다. "그 게으름뱅이."

"여간 얌전하게 있지 않았어요." 하고 캐서린이 말했다. "조금도 말썽부리지 않아요. 의사가 맥주는 내게도 좋고 또 이 애도 조그맣게 해놓는대요."

"이 애가 너무 작다간 그게 사내애라면 경마 기수가 되겠군."

"정말 이 애가 태어나면 우리 결혼해야겠어요." 하고 캐서린이 말했다.

우리는 맥주집의 구석 테이블에 앉아 있었다. 밖은 어둑어둑했다. 시간은 아직 일렀지만 음산한 날씨인지라 황혼은 빨리 다가왔다.

"이제 곧 결혼합시다." 하고 내가 말했다.

"싫어요." 하고 캐서린이 말했다. "지금은 멋쩍어요. 너무 뚜렷하게 눈에 띄어요. 나 이 꼴로 사람들 앞에 나가 결혼식을 올릴 순 없어요."

"진작 결혼했었더라면 좋았을걸."

"나도 그랬더라면 싶어요. 언제나 결혼하게 될까요?"

"모르지."

"나 이것 하나만은 알아요. 이런 기혼 부인 같은 꼴로 결혼식을 올리지는 않겠어요."

"임신부 같지 않은데?"

"아네요. 정말 그래요. 미용사가 첫애기냐고 묻던데요? 난 거짓말로 사내 애 둘하고 계집애 둘이 있다고 했어요."

"언제 결혼할까?"

"몸이 가벼워진 뒤 아무 때라도. 정말 멋진 한 쌍이라고 누구나 생각할 만한 훌륭한 결혼식을 올리고 싶어요."

"그래, 당신은 걱정 안돼?"

"여보, 왜 내가 걱정해요? 기분이 나빴던 것은 밀라노에서 꼭 한 번, 다만 7분간 엉겼던 감정, 그건 방안의 가구 탓도 있어요. 이젠 당신의 좋은 아내가 되어 있잖아요?"

"그렇지, 귀여운 아내지."

"그럼 너무 형식적인 것은 집어치우고 몸만 풀면 곧 결혼할 거예요."

"그러지."

"맥주 한 잔 더 해도 괜찮아요? 의사선생님은 난 골반이 좁아서 꼬마 캐서린을 조그맣게 해놓는게 상책이래요."

"그 외에 다른 얘기는 안합디까?"

나는 걱정이 되었다.

"그뿐이에요. 혈압은 좋대요. 내 혈압을 여간 칭찬하지 않았어요."

"당신 골반 작은 것에 관해서 뭐라고 했어?"

"없어요. 별로 없어요. 다만 스키를 해서는 안 된다고요."

"그야 그렇겠지."

"전에 한 경험이 없다면 시작하기엔 너무 늦었다고 했어요. 넘어지지만 않으면 스키는 해도 좋대요."

"그 사람은 너그러운 농담꾼이군."

"매우 좋은 분이에요. 해산 때 그분을 모셔와야겠어요."

"그 사람에게 결혼해야 좋을는지 물어봤소?"

"아뇨, 결혼한 지 4년 된다고 그랬는데요, 뭐. 내가 당신하고 결혼하면 난 미국인이 되겠죠. 그리고 미국의 법률에 따라 결혼하게 되면 애는 합법적으로 되는 거예요."

"어디서 그건 알았소?"

"도서관에서 뉴욕 판 〈세계 연감〉을 봤어요."

"당신은 굉장한 여자야."

"나 미국인이 되는 거 참 기뻐요. 우리 미국으로 가요, 네? 나이아가라 폭포도 구경하고 싶어요."

"훌륭한 여자야, 당신은."

"다른 것도 보고 싶은 게 있지만 생각이 안 나요."

"도살장?"

"아뇨. 생각이 안 나요."

"울워드 빌딩?"

"아뇨."

"그랜드 캐니언?"

"아니, 하지만 그건 보고 싶어요."

"그럼 뭘까?"

"골든 게이트예요. 그게 보고 싶었어요. 골든 게이트가 어디 있지요?"

"샌프란시스코에."

"그럼 거기 가요. 그렇잖아도 샌프란시스코는 가보고 싶었어요."

"그래, 갑시다."

"이제 산에 올라가기로 해요. 괜찮죠? M · O · B(몽트뢰 오베를랑 베르느와 철도의 약칭)를 타게 될지도 몰라요."

"5시 조금 후에 나가는 전차가 있어."

"그걸 타요."

"그럽시다. 그 전에 난 맥주를 한 잔 더 해야지."

밖으로 나와 거리를 걸어 정거장으로 가는 계단을 올라가노라니까 몹시 추웠다. 로느 계곡에서 찬바람이 불어내려왔다. 상점 진열장에는 불이 켜졌고 둘은 가파른 돌층계를 올라 높은 거리로 나와서 다시 또 돌층계를 올라가서 정거장으로 갔다.

전차가 불을 환하게 켜고 기다리고 있었다. 발차 시각을 가리키는 다이얼이 있었다. 시계를 보니까 5시 10분이었다. 정거장 시계를 보았다. 5시 5분이었다. 전차에 올라타자 운전사와 차장이 주점에서 나오는 것이 보였다. 우리는 자리에 앉아 창문을 열었다.

전차는 난방 장치가 돼 있어 무더웠는데 창으로 차갑고 신선한 바람이 들어왔다.

"피곤해, 캐트?" 내가 물었다.

"아뇨, 기분이 좋아요."

"그다지 오래 타진 않으니까."

"나 타는 게 좋아요." 캐서린이 말했다.

"내 걱정은 마세요. 기분이 아주 좋아요."

눈은 크리스마스 사흘 전까지도 내리지 않았다. 어느 날 아침 일어나 보니 눈이 내리고 있었다. 우리는 난로에 활활 불을 지피고 침대 속에 파묻힌 채 내리는 눈을 보고 있었다. 구팅언 부인이 아침상을 치우고 난로에 장작을 더 지폈다. 지독한 눈보라였다. 한밤중부터 내리기 시작했다고 주인 여자가 말했다.

나는 창가로 가서 밖을 내다보았지만, 건너는 길이 보이지 않았다. 거센 바람과 눈보라였다. 침대로 돌아가 누워서 캐서린과 이야기를 나눴다.

"스키 탈 줄 알면 좋겠는데." 캐서린이 말했다. "스키도 탈 줄 모르니 따분해."

"쌍 설매를 구해서 거리를 내려가 봅시다. 그거라면 자동차를 타는 것보다 해는 없을 테니까."

"너무 심하지 않을까 몰라요?"

"해보면 알겠지."

"너무 심하지 않으면 좋겠어요."

"좀 있다가 눈 맞으면서 산책합시다."

"점심 전에요." 하고 캐서린이 말했다.

"그러면 밥맛이 좋을 거예요."

"난 언제나 배가 고픈데."

"나도 그래요."

우리들은 눈 속으로 나갔지만 눈이 바람에 불려 쌓인 곳이 있었으므로 멀리 가지는 못했다. 나는 앞장서서 역까지 내려가는 길을 만들어놓았지만, 그 이상 나갈 수는 없었다. 눈보라가 치고 있어 아무것도 보이지 않았다. 정거장 옆에 있는 조그만 여인숙으로 들어가서 솔로 서로 눈을 털어주고 벤치에 앉아 베르뭇을 마셨다.

"지독한 눈보라예요." 하고 하녀가 말했다.

"그렇군요."

"금년은 눈이 퍽 늦었어요."

"정말이에요."

"초콜릿 먹을까요?" 하고 캐서린이 물었다.

"곧 점심 때가 될 테니 그만둘까요? 항상 배가 고파요."

"괜찮아, 하나 먹어요."

내가 말했다.

"개암 열매가 들어 있는 걸로 하나 주세요."

캐서린이 말했다.

"그건 퍽 맛이 있지요." 하고 그 하녀가 말했다."

"저도 그걸 좋아한답니다."

"난 베르뭇을 한 잔 더 주시오."

그 집을 나와 길을 더듬어 올라가려니까 걸어온 발자국이 눈에 묻혔다. 발자국은 희미하게 흔적만 있을 뿐이었다. 눈이 얼굴에 불어닥쳐서 눈을 뜰 수가 없었다.

눈을 털어내고 점심을 먹으러 들어갔다. 점심을 가져왔다.

"내일은 스키를 할 수 있겠군요." 하고 그가 말했다. "스키를 합니까, 헨리 씨?"

"못합니다. 하지만 배우고 싶습니다."

"쉽게 배울 수 있습니다. 크리스마스 때는 아들놈이 오니까 가르쳐 드리게 하죠."

"그거 잘됐군요. 언제 옵니까?"

"내일 밤에요."

점심을 마치고 좁은 방 난롯가에 앉아 창 밖에 내리는 눈을 구경했다. 캐서린이 먼저 말을 꺼냈다.

"당신 혼자 어디 가보고 싶지 않아요? 다른 남자들과 어울리면서 스키하러?"

"아니. 그건 왜?"

"나 가끔 당신이 다른 사람도 만나고 싶어하지 않을까 하고 생각해요."

"당신은 다른 사람들과 만나고 싶소?"

"아뇨."

"나도 마찬가지야."

"알아요. 그렇지만 당신은 달라요. 나에겐 애기가 있으니까, 아무것도 안해도 만족해요. 요새 바보같고 너무 혼자 지껄이기만 해서 당신이 나에게 권태를 느끼지 않도록 어디로 좀 가시는 게 좋겠어요."

"내가 당신 곁을 떠났으면 해?"

"아뇨. 곁에 계셨으면 싶어요."

"나도 그럴 작정이오."

"이리 오세요." 캐서린이 말했다. "당신 머리의 혹을 만져보고 싶어요. 아주 큰 혹이네요." 그녀는 혹을 쓰다듬었다.

"당신 수염 기르고 싶지 않으세요."

"기르는게 좋아?"

"재미있을 거예요. 당신이 수염 기른 걸 보고 싶어요."

"좋아. 길러 보지. 이제부터 곧 하지. 좋은 생각이야. 이걸로 나도 할 일이 생겼으니까."

"아무것도 할 일이 없어서 걱정이죠?"

"아니, 난 그게 좋아. 정말로 유쾌한 생활을 하고 있는데. 당신 안 그렇소?"

"행복한 생활이에요. 하지만 이렇게 배가 불러 당신이 그만 싫증을 느낄까 봐 걱정이에요."

"오, 캐트. 당신은 내가 얼마나 미칠 듯이 당신을 사랑하는지 몰라."

"이런데도요?"

"지금의 당신 그대로. 우린 즐거운 생활을 보내고 있어. 그렇지 않아?"

"그래요. 하지만 당신이 갑갑해하지나 않나 해서요."

"아냐. 가끔 전선과 알고 있는 사람들 생각이 나지만 걱정은 안해. 난 어떤 것이고 많이 생각은 안해."

"누구를 생각해요?"

"리날디와 목사와 내가 알고 있는 여러 사람들. 하지만 그렇게 오래 생각하진 않아. 전쟁 생각은 하기도 싫어. 전쟁과는 작별한 지 오래니까."

"지금 뭘 생각해요?"

"아무 생각도 안해."

"하고 있어요. 얘기해 줘요."

"리날디가 정말 매독에 걸렸을까 생각했지."

"그것뿐?"

"응."

"그 사람 매독이에요?"

"모르지."

"당신이 아니어서 다행이에요. 당신 그런 병에 걸린 적 있으세요?"

"임질에 걸린 적이 있지."

"그런 소리 듣고 싶지 않아요. 무척 아팠나요?"

"아팠지."

"나도 걸려 볼 걸 그랬어요."

"무슨 소리야, 그게."

"정말이에요. 당신과 똑같이 되기 위해 걸렸더라면 좋았을걸. 당신과 관계한 여자들과 함께 있으면서 그들과 같이 당신을 놀려주고 싶어요."

"그건 멋진 광경이겠군."

"당신이 임질 걸린 광경은 조금도 멋지지 않아요."

"그건 그래. 이제 눈 내리는 구경이나 하지."

"당신을 보고 있는 게 더 좋아요. 여보, 왜 머리를 기르지 않아요?"

"기른다고, 어떻게?"

"좀더 길게요."

"이만하면 길지."

"아니, 조금 더 기르고 내 머릴 짧게 자르면 하나는 금발이고, 하나는 검은 머리란 차이는 있지만 비슷해질 거예요."

"당신 머린 자르게 하고 싶지 않은데."

"재미날 거예요. 이 머리에 싫증났어요. 밤에 잠자리에서 아주 주체스러워요."

"난 그래도 좋아."

"짧게 하면 싫으세요?"

"어떨지 모르지만, 그래도 지금 그대로가 좋아."

"짧은 게 좋을지도 몰라요. 그러면 둘 다 비슷하게 되는 거예요. 여보, 나 당신을 너무 갖고 싶어서 그만 나까지 당신 자신이 되고 싶어요."

"벌써 그런데 뭘. 우리는 한 몸이야."

"그건 알아요. 밤엔 그래요."

"밤은 위대한 거야."

"나 둘이 아주 완전히 섞여져버렸으면 싶어요. 당신이 어디로 가는 거 난 싫어요. 아까도 그랬죠. 가고 싶으면 가도 좋아요. 하지만 곧 돌아오세요. 당신이 안 계시면 정말 사는 것 같지 않아요."

"아무데도 안 갈 거야." 하고 내가 말했다. "당신이 곁에 없으면 나는 그만이야. 내 생활이라는 건 전혀 가질 수 없게 되어버리거든."

"난, 당신이 당신의 생활을 갖기를 바래요. 하지만 둘이서 함께 갖는 거예요."

"그런데 당신은 수염을 기르게 하고 싶소, 아니면 기르게 하고 싶지 않소?"

"기르세요. 정월에는 멋진 수염이 될 거예요."

"장기 두지 않겠소?"

"그것보다 당신과 놀고 싶어요."

"아니, 장길 두지."

"그럼 나중에 해요."

"응."

"좋아요."

나는 장기판을 내놓고 말을 늘어놓았다. 밖에선 아직도 눈이 펑펑 내리고 있었다.

밤중에 한 번 잠이 깨었는데 캐서린도 잠이 깨어 있었다. 달빛이 환히 창으로 비치고 침대 위에 유리창의 창살 그림자가 드리워져 있었다.

"깨셨어요, 당신?"

"응. 잠이 안 와?"

"잠이 깨서 생각하고 있었어요. 처음에 당신을 만났을 때 내가 얼마나 미쳤던가를. 당신 기억나세요?"

"그래, 좀 미쳤었지."

"다시는 그런 일은 없을 거예요. 난 굉장히 행복해요. 행복해요. 행복하다고 그래봐요. 아주 부드럽게요. 그래 보세요."

"행복해."

"아아, 다정스러운 분. 그런데 지금 난 미치지 않았어요. 나 정말 너무 행복해요."

"자, 어서 자요." 하고 내가 말했다.

"네. 둘이서 똑같이 동시에 잠들어요."

"좋아."

그러나 그렇게는 안 되었다. 나는 여러 가지 생각을 머리에 떠올리며 얼굴에 달빛을 받고 잠들어 있는 캐서린의 얼굴을 오랫동안 바라보고 있었다. 그러는 동안 나도 잠이 들었다.

39

1월 중순경이 되자 나는 수염을 갖게 되었고 겨울날의 맑고 추운 낮과 혹독하게 추운 밤이 계속되었다. 우리는 다시 산책할 수가 있었다. 눈은 건초를 실은 썰매와 장작을 실은 썰매, 산에서 잘라낸 통나무 때문에 굳어지고 미끄러웠다. 눈은 몽트뢰 근처까지 이 지방 일대를 묻고 있었다. 호수 건너편 산들도 온통 흰 빛이었고 로느 계곡의 들판도 눈에 덮여 있었다. 우리는 산 뒤쪽을 돌아 벵달리에까지 먼 거리를 산책했다. 캐서린은 징을 박은 장화에 망토를 두르고, 끝이 뾰족한 강철 지팡이를 들었다. 망토를 둘렀기 때문에 배가 불러 보이지 않았다. 빨리 걷지 않고 피로할 때는 걸음을 멈추고 길가 통나무에 걸터앉아 쉬었다.

벵달리에 숲 속에는 나무꾼들이 술을 마시는 주막이 있었다. 우리는 이 주막의 난로 피운 방안에서 향료(香料)와 레몬이 들어 있는 따끈한 붉은 포도주를 마셨다. 그들은 이것을 글뤼바인이라고 불렀는데 몸을 덥게 하고 잔치하는 데에도 좋은 술이라고 했다. 주막 안은 어둠침침하고 자욱했으나 밖으로 나오자 숨을 들이킬 때마다 찬 공기가 찌르는 듯 폐로 흘러들어와 코끝이 사뭇 찌릿찌릿했다.

주막의 창 밖으로 새어나오는 불빛과 집 밖에서 마부의 말이 추위를 견디려고 발을 구르고 머리를 흔들고 하는 것을 돌아보았다. 콧잔등 털에는 서리가 서려 있고 숨을 내쉴 때마다 코 주위로 깃털 같은 김을 내뿜었다. 집으로 돌아가는 길을 올라가자니까 한동안 길이 반들반들하고 미끄러웠으나 재목을 나르는 길이 갈라지는 데까지는 언 눈을 말들이 짓밟아서 오렌지 색으로 되어 있었다. 그 앞으로부터는 깨끗한 눈으로 굳어진 길이 숲 사이로 뻗어 있었다. 우리는 돌아오는 길에 두 번이나 여우를 보았다.

경치 좋은 곳이라 우리는 나갈 때마다 늘 유쾌했다.

"수염이 멋있게 자랐어요." 캐서린이 말했다. "꼭 마부 같아요. 당신 조그만 귀걸이 단 사람 보셨어요?"

"그 사람은 알프스 영양(羚羊) 사냥꾼이라오." 하고 내가 말했다. "그걸 달면 잘 들린대."

"정말? 설마 그럴라구요. 영양 사냥꾼이라는 걸 알리기 위해서겠죠. 이 근처에 영양이 있어요?"

"그럼, 당뒤자망 저편에 있지."

"여우를 보니까 재미있어요."

"여우는 잘 때 꼬리로 몸을 감아 추위를 막지."

"기분 좋겠네요."

"난 언제나 그런 꼬리가 있으면 했는데. 우리도 여우 같은 꼬리가 있다면 재미있겠지?"

"옷을 입기가 불편하겠지요."

"거기 맞는 옷을 만들게 하거나 옷 안 입고 사는 나라에서 살거나."

"지금도 모든 것이 아무래도 상관없는 나라에서 살고 있어요. 아는 사람을 아무도 만나지 않는 곳에 사는 게 얼마나 멋있어요? 당신 아는 사람 만나고 싶지 않죠?"

"응."

"잠깐 여기 앉아 쉴까요? 좀 피곤해졌어요."

우리들은 통나무에 바짝 붙어 앉았다. 저 앞으로는 숲 사이를 뚫고 내려가는 길이 있었다.

"이 애가 우리들 사이에 끼어들진 않겠죠? 이 장난꾸러기가."

"천만에. 누가 그렇게 하게 하나?"

"돈은 어떨까요?"

“넉넉해. 일람불 수표(一覽拂手票)를 은행에서 맡아서 지불해 주었소.”

“당신이 스위스에 와 있다는 걸 알고 가족들이 당신을 데려가려고 하지 않을까요?”

“할지도 모르지. 편지에 뭐라고 써 보내지.”

“아직 편지 안하셨어요?”

“아니. 일람불 어음 지불 청구만 했지.”

“집안 식구에게 그러면 되나요?”

“전보를 치기로 하지.”

“당신은 집안 식구에게 관심이 없어요?”

“전엔 안 그랬지만 싸움을 몇 번이나 해서 관심이 점점 없어졌지.”

“나 그분들을 좋아할 것 같아요. 어쩌면 무척 좋아할 것 같아요.”

“집안 식구 얘긴 하지 맙시다. 그렇지 않으면 또 마음이 산란해지니까.”

잠시 후 내가 말했다.

“쉬었으면 또 걸읍시다.”

“쉬었어요.”

우리들은 다시 길을 내려갔다. 이제 사방은 어두워지고 장화 밑에서 눈이 뽀드득뽀드득 소리를 냈다. 그날 밤은 공기가 건조하고 춥고 냉랭했다.

“당신 수염 참 좋아요.” 하고 캐서린이 말했다.

“성공작(成功作)이에요. 보기엔 뻣뻣하고 거칠어 보이지만 여간 보드랍고 기분 좋은 게 아니에요.”

“없을 때보다 더 나은 것 같소?”

“그런 것 같아요. 꼬마 캐서린을 낳을 때까진 머리 안 자를 거예요. 너무 배가 불러서 이젠 제법 임신부 티가 나요. 하지만 어린앨 낳고 몸이 가벼워지면 머리를 자르고 새롭고 멋지게 달라 보일 만큼 어여쁜 아내가 되어 볼 테에요. 같이 가서 자르든지 나 혼자 가서 자르고 와서 당신을 깜짝 놀라게 하겠어요.”

나는 아무 말도 하지 않았다. "제가 못할 것 같아요?"

"아니, 그렇게 되면 꽤 재미날 거야."

"아아, 참 상냥한 분이야, 당신은. 그렇게 하면 나 예뻐 보일 거예요. 몸을 매끈하게 해서 당신 가슴을 두근거리게 하면 당신은 다시 열렬히 나하고 사랑할 거예요."

"원 참." 하고 내가 말했다. "이 이상 어떻게 당신을 사랑하오? 날 그만 녹여버리겠다는 거요?"

"그래요. 당신을 녹여버리고 싶어요."

"좋아." 내가 말했다.

"나도 그게 소원이오."

40

우리는 행복한 나날을 보냈다. 정월이 지나고 2월도 지났다. 겨울은 날씨가 좋았고 우린 더없이 행복했다. 따뜻한 바람이 불고 눈이 녹자 잠시 봄기운을 느꼈으나 그때마다 다시 무서운 추위가 찾아와 겨울이 되돌아오곤 했다. 3월로 들어서서 비로소 겨울이 끝난 것 같았다. 밤에 비가 내리기 시작했다. 아침에도 비가 내렸고 눈은 진창으로 변해 산중턱의 경치는 흉했다. 호수에도 계곡 상공에도 구름이 끼어 있었다. 산정에도 비가 내렸다. 캐서린은 무거운 덧신을 신고 나는 구팅언 씨의 고무장화를 신고서 진창과 길가의 눈을 씻어내리는 흐르는 물 속을 우산을 받고서 정거장으로 가서 술집에 들러 점심 전의 베르뭇을 마셨다. 밖에서 빗소리가 들려왔다.

"마을로 내려가는 게 어떨까?"

"무슨 생각으로 그런 말씀을?"

캐서린이 물었다.

"겨울이 지나서 비가 계속되면 이 산에 있어도 별재미가 없겠지. 꼬마 캐서린이 나오려면 얼마나 남았지?"

"한 달쯤요. 어쩌면 좀더 늦을지도 몰라요."

"몽트뢰에 묵는 게 좋지 않을까?"

"로잔도 좋지 않아요? 거긴 병원도 있고."

"그래. 하지만 거긴 너무 큰 도시 같아."

"클수록 둘이서만 있을 수 있고 더욱이 로잔은 훌륭한 곳일지도 모르죠?"

"언제 갈까?"

"언제든지 좋아요. 당신이 가고 싶은 때에. 당신이 가시고 싶지 않으면 여길 안 떠나도 좋아요."

"날씨가 어떻게 될는지 보고 결정합시다."

비는 사흘 동안 내렸다. 정거장 아래 산허리의 눈도 완전히 녹아내렸다. 길은 눈녹은 흙탕물의 개울로 변해버렸다. 너무 질고 진창이라 도저히 나갈 수가 없었다. 비가 내린 지 사흘째 되는 날 아침에 우리는 시내로 내려가기로 했다.

"괜찮습니다, 헨리 씨." 하고 구팅언이 말했다. "미리 알리지 않았어도 괜찮습니다. 계속 머물러 있으리라곤 생각하지 않았습니다. 날씨가 짓궂은 계절이 되었으니까요."

"아내 사정도 있고 해서 어차피 병원 가까운 데 있어야겠어요."

"알겠습니다." 하고 그가 말했다.

"언제 다시 오셔서 머물러 주십쇼, 꼬마 애기랑요."

"네, 방이 비어 있으면."

"봄이 되어 날씨가 좋아지면 한 번 더 와보세요. 애기와 유모는 지금 비워 둔 큰 방을 주고 선생님 내외분은 호수가 내다보이는 지금 계신 방을 쓰시면 좋습니다."

"오게 되면 편지로 알리겠습니다."

우리들은 짐을 꾸리고 나서 점심을 마친 뒤 내려가는 전차로 떠났다.

구팅언 내외는 우리를 정거장까지 배웅해 주었고 진창 속을 썰매로 짐을 날라다 주었다. 그들은 우중에 정거장 한 모퉁이에 서서 손을 흔들며 작별 인사를 했다.

"참 친절한 사람들이에요." 하고 캐서린이 말했다.

"우리한테 잘해 줬지."

우리는 몽트뢰에서 로잔 행(行)의 열차를 탔다. 차창을 통해 우리가 살던 쪽을 바라봤지만 구름에 가려 산은 보이지 않았다. 열차는 버베이에서 정차했다가 다시 한쪽으로 호수를 끼고 한쪽으로는 비에 젖은 갈색 들과 헐벗은 나무들과 집들을 바라보면서 달렸다. 로잔에 도착하자 중간급쯤 되는 호텔에 들렀다. 마차를 타고 거리를 달려 호텔 현관에 들어설 때까지도 비가 내렸다. 놋쇠 열쇠를 앞자락에 달고 있는 수위, 승강기, 마룻바닥의 양탄자, 번쩍거리는 부속품이 달린 하얀 세면기, 놋쇠 침대, 넓고 편안한 침실. 구팅언 집에서 생활한 다음이라 모든 것이 호화롭게 보였다. 방의 창문에서는 꼭대기에 철책을 두른 담으로 둘러싸인 비에 젖은 정원이 보였다. 가파르게 경사진 거리 건너편에도 비슷한 담과 정원이 있는 호텔이 있었다. 나는 정원 분수에 떨어지는 비를 내다보았다.

캐서린은 방안의 불을 모두 켜고 짐을 풀기 시작했다. 나는 위스키 소다를 주문하고 침대에 누워서 정거장에서 사온 신문을 읽었다. 1918년 3월, 프랑스에서는 독일 군의 공격이 시작되고 있었다. 캐서린이 짐을 풀고 방안을 왔다갔다하는 동안 나는 위스키 소다를 마시며 신문을 읽었다.

"내가 뭘 사와야 하는지 아세요?" 하고 캐서린이 말했다.

"뭔데?"

"애기옷 말예요. 이렇게 될 때까지 애기옷을 준비 않는 사람은 많지 않을 거예요."

"사면 되지."

"그래요. 내일 그걸 사려고 해요. 필요한 걸 잘 알아둬야겠어요."

"그런 건 잘 알겠지. 간호사였으니까."

"하지만 병원에서 군인이 어린앨 낳나요?"

"나는 낳았지."

그녀가 베개를 던져 위스키 소다가 엎질러졌다.

"또 한 잔 주문해 드릴게요."

캐서린이 말했다.

"엎질러서 미안해요."

"얼마 남지 않았었어. 침대로 와요."

"싫어요. 이제부턴 난 이 방을 뭣처럼 보이게 꾸며야겠어요."

"뭣처럼?"

"우리들 집처럼요."

"연합국 깃발이라도 걸구려."

"아이, 잠자코 계세요."

"또 한 번 말해봐."

"잠자코 계세요."

"아주 조심성 있게 말하는군."

내가 말했다.

"마치 누구의 기분도 상하게 하고 싶지 않은 말투처럼 말이야".

"기분 상하게 하기 싫어요."

"그럼 침대로 와."

"그래요." 그녀는 침대로 와서 걸터앉았다.

"여보, 나 조금도 재미없죠? 큰 밀가루 통 같은 걸요."

"천만에. 당신은 아름답고 상냥해."

"당신 아내가 됐다는 것이 대번에 이런 꼴이 되고 말았으니."

"그렇지 않아. 당신은 나날이 아름다워지기만 하는데."

"하지만 이제 곧 홀쭉해질 거예요."

"지금도 홀쭉한데 뭐."

"당신 취하셨어요?"

"위스키 소다 한 잔으로?"

"또 한 잔 가지고 올 거예요."

캐서린이 말했다.

"이리로 저녁을 가지고 오라고 할까요?"

"그게 좋겠군."

"식사가 끝나도 나가지 말아요, 네? 오늘 밤은 방에만 있어요."

"그럽시다."

내가 말했다.

"해롭지 않을 거예요. 우리들이 좋아하는 백(白) 카프리 주가 있을지도 몰라요."

"있고말고." 하고 내가 말했다.

"이만한 호텔이라면 이탈리아산 술이 있지."

웨이터가 문을 두드렸다. 그는 얼음을 넣은 유리잔과 소다수를 쟁반에 받쳐들고 있었다.

"고맙소." 하고 내가 말했다.

"거기 놔 주게. 저녁 식사 2인분하고 독한 백 카프리 주를 두 병, 얼음하고 방으로 갖다 주시오."

"식사는 수프부터 시작하시겠습니까?"

"당신 수프 들겠소, 캐트?"

"네."

"수프 1인분."

"감사합니다."

그는 문을 닫고 나갔다. 나는 또다시 신문을 들고 기사 가운데 전쟁 이야기를 계속 읽었다. 천천히 위스키 속의 얼음덩이 위로 소다를 부었다. 다음부터는 위스키에 얼음을 넣어가지고 오지 않게 해야지. 얼음을 따로 가지고 오도록 해야겠다. 그래야 위스키가 얼만큼 있는지를 알고 소다를 부어도 술맛이 싱거워지지도 않으리라. 위스키를 한 병 사다놓고 얼음과 소다만 갖다달라고 해야겠다. 그게 현명한 방법이다. 좋은 위스키는 아주 즐거운 것이다. 그것은 인생의 즐거운 한 부분이다.

"뭘 생각하고 계세요, 당신?"

"위스키에 관해서."

"위스키에 관해서 뭣을?"

"얼마나 좋은 것인지를."

캐서린은 얼굴을 찡그렸다.

"정말 그래요." 하고 그녀는 말했다.

우리는 그 호텔에 3주간을 머물렀다. 괜찮았다. 식당은 대개 비어 있었지만 저녁 식사는 거의 매일 밤 방에서 했다. 우리는 거리를 거닐기도 하고 톱니식의 궤도 철도로 우쉬까지 가서 호숫가를 거닐기도 했다. 날씨는 따뜻해지고 봄다웠다. 산에 있었더라면 했지만 봄다운 날씨는 불과 이삼일 계속되었을 뿐 다시 겨울의 춥고 으스스한 날씨로 되돌아가곤 했다.

캐서린은 거리로 나가서 어린애에게 필요한 물건들을 샀다. 나는 아케이드 안에 있는 체육관으로 가서 운동을 위해 권투를 했다. 캐서린이 아침 늦게까지 누워 있는 사이에 갔다. 완연한 봄도 아니면서 따뜻한 날에는 권투를 한 뒤에 샤워를 하고 봄기운이 도는 거리를 걷고, 카페에 들러서 사람 구경도 하고, 신문을 읽고 베르뭇을 마시는 건 정말 즐거웠다. 그 다음 호텔로 돌아와서 캐서린과 함께 점심을 먹는 것이다. 체육관의 권투 사범은 수염을 기른 사람으로 활발했으며 동작이 정확했지만, 이쪽에서 공세로 나가면 쩔쩔 맸다. 그래도 체육관에 가면 유쾌했다. 공기는 좋고 방은 밝았으며, 나는 있는 힘을 다하여 운동을 했다. 줄넘기도 하고 혼자서 때리는 연습도, 활짝 열어놓은 창으로 들어오는 손바닥만한 햇빛을 받으며 마루에 누워 복부 운동도 해보고, 때로는 사범과 연습 시합을 해서 사범을 놀라게 했다. 처음에는 기다란 거울 앞에서의 연습은 할 수가 없었다. 수염을 기른 사나이가 권투를 하고 있는 모양이 어쩐지 기묘하게 보였기 때문이다. 나는 권투를 시작하면서 수염을 깎아버리고 싶었지만 캐서린이 말렸다.

가끔 캐서린을 데리고 마차로 교외를 달리기도 했다. 날씨가 화창한 날은 마차로 달리는 기분이 상쾌했다. 우리는 밥을 싸가지고 나가서 식사하기에 적당한 장소를 두 군데 발견했다. 캐서린은 이제 멀리까지 걷지 못했으므로 그녀와 시골길을 달리는 것을 즐기게 됐다. 좋은 날씨라면 여간 유쾌하지 않았고 한 번도 기분을 잡친 날이 없었다. 해산날이 가까웠음을 알고 있었던 만큼 우리들은 무엇에 몰린 것 같은 느낌이 들어 함께 있는 시간을 조금이라도 헛되이 보낼 수가 없었다.

41

어느 날 3시경 캐서린이 침대 속에서 엎치락거리고 있는 기색을 느끼고 나는 잠이 깼다.

"괜찮아, 캐트?"

"아까부터 진통이 시작됐어요."

"규칙적으로?"

"아뇨, 그렇진 않지만."

"규칙적으로 진통이 오면 병원엘 갑시다."

나는 매우 졸려서 다시 잠이 들었다. 조금 후에 다시 눈을 떴다.

"의사를 부르는 게 좋을지도 모르겠어요." 캐서린이 말했다.

"어쩐지 그런 것 같아요."

나는 전화 있는 데로 가서 의사를 불렀다.

"진통이 몇 분마다 옵니까?"

그가 물었다.

"몇 분마다 일어나지, 캐트?"

"15분마다."

"그럼 병원으로 오는 게 좋겠습니다." 의사가 말했다.

“나도 옷을 입고 곧 병원으로 가겠습니다.”

나는 전화를 끊고 택시를 보내달라고 정거장 근처의 차고에 전화했다. 오랫동안 전화를 받으러 나오는 기척이 없었다. 겨우 남자 소리가 들리며 곧 택시를 보내주겠다고 약속했다. 캐서린은 옷을 입고 있었다. 그녀의 가방에는 병원에서 필요한 어린애 옷들이 잔뜩 들어 있었다.

복도로 나가서 나는 벨을 눌러 승강기를 불렀다. 대답이 없었다. 나는 아래층으로 내려갔다. 아래층에는 야경원(夜警員) 외에는 아무도 없었다. 나는 직접 승강기를 올려 가방을 넣고, 그녀를 태우고 아래층으로 내려갔다. 야경원이 문을 열어주었다. 밖으로 나와 차도에 이르는 계단의 돌층계에 앉아 택시 오기를 기다렸다. 맑게 갠 하늘에는 별이 총총했다. 캐서린은 몹시 흥분해 있었다.

“진통이 시작되어 다행이에요.” 하고 캐서린이 말했다.

“이제 조금만 있으면 모든 게 끝날 테니까요.”

“당신 참 착하고 용감한 여자요.”

“난 무섭지 않아요. 그래도 택시가 빨리 왔으면 좋겠는데.”

거리를 달려오는 차소리가 들리고 헤드라이트가 보였다. 차도로 돌아 들어온 차에 내가 캐서린을 부축해서 태우고 가방은 운전사가 앞자리에 놓았다.

“병원으로 갑시다.” 하고 내가 말했다.

“우리는 차도를 나와 언덕길을 올라갔다. 병원에 이르자 안으로 들어갔다. 수부의 책상에 앉아 있던 여자가 캐서린의 이름·나이·주소·친척·종교 등을 장부에 써 넣었다. 캐서린이 종교는 없다고 하자 여자는 그 난에 작대기를 그었다. 이름은 캐서린 헨리라고 적었다.

“입원실로 안내하지요.” 하고 여자가 말했다. 우리는 승강기로 올라왔다. 여자가 승강기를 세웠다. 우리는 밖으로 나와 여자를 따라 복도를 걸어갔다. 캐서린은 내 팔을 꼭 붙들고 있었다.

“이 방입니다.” 여자가 말했다. “옷을 벗고 침대에 누워 계세요. 여기 잠옷이 있으니까 입으시고."

"나 잠옷 가지고 왔는데요."

캐서린이 말했다.

"이 잠옷을 입으시는 게 좋을 겁니다." 여자가 말했다.

나는 밖으로 나와 복도에 있는 의자에 앉았다.

"이젠 들어오셔도 괜찮습니다."

여자가 문간에서 나직이 말했다. 캐서린은 올이 투박한, 마치 홑이불 천으로 만든 것 같은 바둑 무늬가 있는 잠옷을 입고 좁은 침대 위에 누워 있었다. 그녀는 미소를 지었다.

"이제 쥐어뜯는 것처럼 아파요." 하고 캐서린이 말했다.

여자는 캐서린의 손목을 잡고 시계를 들고 진통이 오는 주기를 재고 있었다.

"이번 것은 컸어요." 하고 캐서린이 말했다. 얼굴만 봐도 알 수 있었다.

"의사는 어디 계십니까?"

내가 여자에게 물었다.

"주무시고 계세요. 필요할 땐 이리로 오십니다."

"부인께 뭘 좀 해드려야겠는데요." 간호사가 말했다.

"또 한 번 밖에 나가주세요."

나는 복도로 나왔다. 텅 빈 복도로 창이 둘 있고 복도를 따라 닫힌 문이 늘어서 있었다. 병원 냄새가 물씬 났다. 의자에 앉아 마룻바닥을 내려다보며 캐서린을 위해 기도했다.

"들어오세요." 간호사가 말했다.

나는 들어갔다.

"아아, 여보."

캐서린이 말했다.

"어때?"

"이젠 거의 자주 와요." 그녀는 얼굴을 잔뜩 찌푸렸다가 이내 또 미소를 띠었다. "지금 것은 진짜였어요. 간호사, 또 내 등에 손을 대주겠어요?"

"그렇게 하는 게 편하시다면."

간호사가 말했다.

"당신 나가주세요." 캐서린이 말했다.

"나가서 뭘 잡숫고 오세요. 간호사가 그러는데 오래 계속된대요."

"초산은 진통이 오래갑니다." 간호사가 말했다.

"밖에 나가서 뭘 좀 잡숫고 오세요. 난 괜찮아요." 캐서린이 말했다. "괜찮아요, 정말."

"잠깐만 여기 그대로 있겠어."

내가 말했다.

진통은 아주 규칙적으로 왔다간 이내 가라앉았다. 캐서린은 몹시 흥분했다. 진통이 심해지면 그녀는 도리어 그게 좋다고 했다. 그것이 가라앉으면 그녀는 실망하고 부끄러워했다.

"여보, 나가주세요." 캐서린이 말했다. "당신이 계시면 나 자꾸만 신경이 써져요." 그녀의 얼굴이 일그러졌다. "아아, 이번 것은 좋았어요. 나 좋은 아내가 되고 싶고, 바보짓하지 않고 아기를 낳을 테예요. 제발 나가서 식사를 하고 오세요. 안 계셔도 섭섭하지 않아요. 간호사가 퍽 잘해주니까요."

"식사하실 시간은 충분히 있습니다."

간호사가 말했다.

"그럼 갔다 오지. 그 동안 잘 있어, 여보!"

"갔다 오세요." 캐서린이 말했다.

"내 몫까지 맛있게 잡숫고 오세요."

"아침 식사는 어디서 먹을 수 있습니까?"

내가 간호사에게 물었다.

"이 길로 내려가시면 광장에 카페가 있어요." 간호사가 말했다. "아마 열려 있을 거예요."

밖은 훤해지기 시작했다. 나는 인기척없는 거리를 카페를 향해서 걸어갔다. 창문에 불이 비쳤다. 들어가 함석을 입힌 카운터 앞에 서서 노인이 내주는 백포도주와 브리오쉬(카스텔라의 일종)를 먹었다. 브리오쉬는 어제 것이었다. 나는 그것을 술에 적셔 먹고 커피를 한 잔 마셨다.

"이 시간에 뭘 하고 있소?"

노인이 물었다.

"아내가 병원에서 해산중이어서요."

"그렇습니까? 순산을 빕니다."

"포도주 한 잔 더."

그는 병을 들어 따랐는데 술이 넘쳐 함석판 위에 흘렀다. 나는 그 잔을 마시고 돈을 치르고 밖으로 나왔다. 바깥에는 집집에서 버린 쓰레기통이 청소부를 기다리고 있었다. 개 한 마리가 쓰레기통에 코를 대고 냄새를 맡고 있었다.

"뭘 찾는 거냐?" 하고 나는 물으면서 개에게 줄 것이 있나하고 통속을 들여다보았다. 커피 찌꺼기와 먼지와 시든 꽃이 몇 송이 들어 있을 뿐이다.

"여기는 아무것도 없어."

나는 말했다.

개는 거리를 건너가버렸다. 나는 단숨에 캐서린이 있는 위층에까지 병원 계단을 뛰어올라와 병실을 향해 복도를 걸어갔다. 문에 노크를 했다. 대답이 없다. 문을 열었다. 방은 비어 있고, 벽의 못에 잠옷이 걸려 있을 뿐이었다. 나는 밖으로 나와 복도를 걸으며 누가 없나 하고 두리번거렸다. 간호사 한 사람을 만났다.

"헨리 부인은 어디 있죠?"

"어떤 분인지 막 분만실로 가셨어요."

"거긴 어디죠?"

"안내해 드리죠."

간호사는 나를 복도 한끝으로 데리고 갔다. 방문이 조금 열려 있었다. 캐서린이 홑이불을 덮고 침대 위에 누워 있는 것이 보였다. 한쪽에 간호사가, 그 맞은편에 의사가 무슨 기계 옆에 서 있었다. 의사는 한 손에 관(管)이 달린 고무 마스크를 들고 있었다.

"가운을 드릴 테니 입고 들어오세요." 간호사가 말했다.

"이쪽으로."

간호사는 나에게 흰 가운을 입힌 다음 목 뒤를 안전핀으로 꽂아주었다.

"이젠 들어오셔도 좋습니다." 하고 간호사가 말했다.

나는 안으로 들어갔다.

"아이, 여보." 캐서린은 억눌린 듯한 소리로 말했다.

"시간이 꽤 걸리네요."

"헨리 씨입니까?"

의사가 물었다.

"네. 어떻습니까, 선생님?"

"순조롭습니다." 하고 의사가 말했다. "진통이 날 때 마취하기가 편리해서 이리로 옮겼습니다."

"가끔 해주세요." 캐서린이 말했다.

의사가 마스크를 그녀에게 씌우고는 다이얼을 돌렸다. 나는 캐서린이 깊이 가쁘게 숨을 쉬는 것을 보고 있었다. 이내 그녀는 마스크를 밀었다. 의사가 마개를 비틀었다.

"이번엔 그리 심하지 않았어요. 조금 전에는 굉장했어요. 선생님이 그걸 참아내게 해주셨어요. 그렇죠, 선생님?"

목소리가 이상했다. '선생님'이라고 말할 때 목소리가 높아졌다.

의사는 미소를 띠었다.

"또 한번 대주세요." 하고 캐서린이 말했다.

그녀는 고무 마스크를 얼굴에 바짝 대고 가쁘게 숨쉬었다. 약간 신음하는 소리가 들렸다. 이내 마스크를 떼고 미소지었다.

"이번엔 대단했어요." 하고 캐서린이 말했다. "참 컸어요. 걱정 마세요, 여보. 가세요. 또 한 번 가서 아침 식사를 하세요."

"여기 있겠어."

내가 말했다

우리가 병원에 간 것은 새벽 3시경이었다. 정오가 되었는데도 캐서린은 분만실에 있었다. 진통이 또 가라앉았다. 그녀는 매우 피로해서 지쳐보였으나 그래도 명랑했다.

"암만해도 안 돼요." 하고 캐서린이 말했다. "미안해요. 나 문제없이 해낼 줄 알았는데. 아아…… 또 시작이에요."

그녀는 손을 뻗어 마스크를 들어 얼굴에 갖다 댔다. 의사는 다이얼을 돌리며 그녀를 지켜보았다. 조금 있다가 그쳤다.

"대단하지 않았어요." 하고 캐서린이 미소를 지었다. "나 마취에 반했나 봐요. 이건 참 신통한 물건이에요."

"집에도 사다 둡시다." 하고 내가 말했다.

"또 시작이야." 캐서린이 말했다.

의사는 다이얼을 돌리며 시계를 봤다.

"또 시작이야." 캐서린이 말했다.

의사는 다이얼은 돌리며 시계를 봤다.

"얼마 만큼의 간격입니까?" 하고 내가 물었다.

"약 1분입니다."

"점심 식사는 안하십니까?"

"뭘 좀 먹죠." 하고 그가 말했다.

"뭘 좀 잡수셔야 해요, 선생님." 하고 캐서린이 말했다.

"너무 오래 걸려서 죄송해요. 제 남편이 마취시킬 수는 없을까요?"

"상관없으시다면." 의사가 말했다. "'2'라고 씌어 있는 데까지 돌리면

됩니다.”

“알겠습니다.” 하고 내가 말했다.

“손잡이를 돌리는 다이얼에는 숫자가 적혀 있었다.

“이리 주세요.” 하고 캐서린이 말했다.

마스크를 얼굴에 바짝 댔다. 나는 다이얼을 ‘2’ 번까지 돌리고, 캐서린이 마스크를 떼자 도로 돌려놓았다. 의사가 이런 일이라도 나에게 시킨 것이 고마웠다.

“당신이 했어요?” 하고 캐서린이 말했다. 그녀는 내 손목을 가볍게 두드렸다.

“그럼.”

“참 좋은 분이셔.”

그녀는 마취에 약간 취해 있었다.

“나는 옆방에서 간단히 식사를 하겠습니다.” 하고 의사가 말했다. “언제든지 부르세요.”

시간이 지나는 동안 나는 그가 식사를 하고 침대에 누워 담배를 피우는 것을 보았다. 캐서린은 점점 피로해졌다.

“내가 어린애를 낳을 수 있을까요?”

“그럼, 낳고말고.”

“나 힘껏 하고 있어요. 힘을 주지만 빠져나가버려요. 아 시작했어요. 대줘요.”

나는 2시에 나가 점심을 먹었다. 카페에는 커피와 앵두 술과 포도 브랜디 술잔을 앞에 놓고 두세 명이 식탁에 앉아 있었다. 나도 테이블로 가서 앉았다.

“식사할 수 있소?” 하고 나는 웨이터에게 물었다.

“점심 시간은 지났는데요.”

“뭐 언제든지 먹을 수 있는 건 없소?”

“슈크루트(소금에 절인 양배추)라면 있습니다.”

"그럼 그것하고 맥주를 줘요."

"반 리터로 드릴까요, 4분의 1들이로 드릴까요?"

"반 리터들이의 약한 것으로 주시오."

웨이터가 햄을 위에다 얹고 술에 절여 뜨끈하게 찐 양배추 속에 소시지를 박은 슈크루트를 가지고 왔다. 나는 그것을 먹고 맥주를 마셨다. 배가 몹시 고팠다. 나는 카페 안의 사람들을 둘러보았다. 한 테이블에서 카드 놀이를 하고 있었다. 내 옆 테이블의 두 사나이는 이야기를 하면서 담배를 피우고 있었다. 카페 안은 연기로 자욱했다. 아까 내가 식사를 하던 함석 입힌 카운터 뒤에는 사람이 셋 있었다. 노인과 검은 옷을 입고 카운터 뒤에 앉아서 테이블에 내놓은 음식을 일일이 눈으로 좇는 뚱뚱한 부인과 앞치마를 두른 소년이 하나 있었다. 이 여자는 대체 몇이나 아이를 낳았으며 어떻게 낳았을까 하고 생각했다.

슈크루트를 다 먹고 병원으로 돌아왔다. 거리는 이제 깨끗이 소제되어 있었다 길에 내놓은 쓰레기통은 없었다. 흐려 있었지만 해가 가끔 비쳤다. 나는 엘리베이터를 타고 올라가서 흰 가운을 벗어놓았던 캐서린의 병실을 향해 걸어갔다. 그것을 입고 목 뒤에 핀을 꽂았다. 거울을 보니 수염을 기른 가짜 의사 같았다. 나는 복도를 지나 분만실로 갔다.

문이 꼭 닫혀 있었다. 노크를 했다. 아무 대답이 없어 손잡이를 돌려 안으로 들어갔다. 의사가 캐서린 옆에 앉아 있었다. 간호사는 방 저쪽 구석에서 무엇인지 하고 있었다.

"남편 되시는 분이 오셨습니다."

의사가 말했다.

"아, 여보, 선생님은 훌륭한 분이에요."

캐서린의 목소리는 이상하게 들렸다. "지금 아주 좋은 얘길 해주셨어요. 진통이 너무 심해져도 아무렇지도 않게 해주셨어요. 훌륭한 분이에요. 선생님은 참 훌륭한 분이에요."

"취했구려." 하고 내가 말했다.

"알아요." 하고 캐서린이 말했다. "그래도 그렇게 말하지 말아 줘요." 그러더니 "대줘요. 대줘요." 하고 외쳤다.

그녀는 마스크를 움켜쥐고 짧고 깊은 숨결로 헐떡이면서 흡입기를 짤깍짤깍 소리나게 했다. 이윽고 긴 한숨을 쉬었다. 의사가 손을 뻗어 마스크를 치웠다.

"이번 것은 굉장히 컸어요." 하고 캐서린이 말했다. 목소리가 아주 이상했다. "이젠 나는 죽지 않아요. 꼭 한 번 죽을 고비를 넘겼어요. 기쁘시죠?"

"다시 아예 그런 데 빠지지 말아요."

"안 빠져요. 그래도 무섭진 않아요. 안 죽어요, 난."

"그건 바보짓을 해서는 쓰나요." 하고 의사가 말했다.

"남편을 두고 돌아가시다니 될 말인가요?"

"아니, 왜요. 안 죽어요. 싫어요. 죽는 건 싫어요. 죽는건 바보짓이에요. 또 왔어요. 대주세요."

조금 있다가 의사가 말했다. "헨리 씨, 잠깐 밖으로 나가 계십시오. 내진을 좀 해볼까 합니다."

"내가 해내는 걸 보고 싶은 거에요." 하고 캐서린이 말했다. "끝나면 곧 돌아오세요, 네? 그렇죠, 선생님?"

"그럼요." 하고 의사가 말했다.

"들어오셔도 좋을 때 알려드리죠."

나는 문 밖으로 나와 애를 낳은 뒤에 캐서린이 들어가 있기로 되어 있는 방을 향해 복도를 따라 걸어갔다. 그 방 의자에 앉아 방안을 둘러보았다. 점심을 먹으로 갈 때 산 신문이 윗도리에 있기에 꺼내 읽었다. 밖은 어두워지기 시작해서 불을 켜고 읽었다. 이내 읽는 것을 그만두고 불을 끄고 어두워져가는 밖을 내다보았다. 왜 의사는 나를 부르러 사람을 보내지 않을까? 아마 내가 없는 것이 나을지도 모른다. 어쩌면 그는 잠시 내가 나가 있었으면 할지도 모른다. 시계를 보았다. 10분 후에도 부르러 오지 않으면 가봐야겠다.

가엾은, 가엾은 내 귀여운 캐트! 이것이 같이 잔 죄의 대가였다. 이것이 그 함정의 결말이었다. 이것이, 서로 인간이 사랑해서 얻은 것이다. 그래도 마취에 대해서는 하느님께 감사해야 할 것이다. 마취제가 나오기 전에는 어떻게들 했을까? 이건 일단 시작되면 쉴 줄을 모른다. 캐서린은 임신 중에는 정말 건강했다. 임신의 고통도 없었다. 거의 입덧도 없었다. 마지막까지 괴로워하지 않았다. 이제 그녀를 목적지까지 데리고 왔다. 무슨 짓을 해도 달아날 길이라곤 없다. 달아나? 천만에! 오십 번을 결혼해 봐도 결국은 마찬가지일 것이다. 그런데 그녀가 죽으면 어찌 되나? 안 죽을 거야. 요새 어린애를 낳다 죽는 사람은 없다. 이건 모든 남편이 생각하고 있는 것이다. 그렇지. 그러나 그녀가 죽으면? 안 죽을거야. 다만 괴로운 고비를 넘기고 있는 거겠지. 초산은 대개 오래 걸린다니까. 다만 힘들어하고 있을 뿐이겠지. 나중에 '혼났다' 하고 우리들은 얘기할 것이고, 캐서린은 '그다지 괴롭지 않았어요' 하고 말할 테지. 하지만 그녀가 만일 죽는다면? 아니 그럴 리가 없어. 그러나 만일 죽는다면? 천만에 죽을 리가 없어. 바보 같은 생각 말아. 고생하고 있는 거야. 괴로운 게 당연한 일이지. 초산이니까. 초산의 진통은 으레 오래 걸리는 법이다. 그렇고말고, 그러나 만일 그녀가 죽는다면 어떡하지? 천만에, 죽긴 왜 죽어, 죽을 리가 없어. 죽어야 할 무슨 이유가 있단 말인가? 밀라노에서 매일 밤 재미 본 그 부산물은 어린아이가 생겨난다고 하는 것뿐이다. 지금 잔뜩 말썽을 부려도 조금 있으면 나오겠고, 그놈의 뒤치다꺼리를 하며 기르는 동안 아마 귀여워지겠지. 그러나 만일 죽어버린다면? 안 죽어. 하지만 죽으면? 죽을 리가 없다니까. 하지만 죽으면? 어이, 그 점은 어떡할 테냐? 만일 죽으면 어떻게 하지?

의사가 방으로 들어왔다.

"어떻습니까, 선생님?"

"신통치 않은데요." 하고 의사가 말했다.

"무슨 말씀이신지요?"

"그뿐입니다. 진찰해 봤는데요……." 그는 진찰의 결과를 자세히 설명했다. "그 후 경과를 보고 있는데 도무지 진전이 없군요."

"선생님의 의견은 어떻게 했으면 좋겠어요?"

"두 가지 방법이 있는데요. 하나는 고등 겸자(鉗子) 분만법인데 부작용이 심해 퍽 위험하고 게다가 태아에게도 해롭죠. 또 하나는 제왕 절개(帝王切開)죠."

"보통 분만 이상의 위험은 없습니다."

"선생님이 집도하십니까?"

"네. 수술 준비와 인원을 갖추는 데 한 시간쯤 걸리겠죠. 아니 그렇게 걸리지 않을지도 모릅니다."

"선생님 의견은 어떻습니까?"

"나는 제왕 절개를 권하고 싶습니다. 만일 내 아내라면 제왕절개를 하겠어요."

"수술한 뒤는 어떻습니까?"

"아무것도 없습니다. 상처 자리가 날 뿐이죠."

"어떻겠습니까, 병독의 감염은?"

"고등 겸자 분만만큼 위험하지 않습니다."

"만일 이대로 아무것도 하지 않고 내버려두면 어떻게 될까요?"

"결국 어떤 조치를 취하지 않으면 안 됩니다. 부인은 이제 기력이 퍽 빠졌습니다. 지금이라도 빨리 수술을 하면 그만큼 안전합니다."

"되도록 빨리 수술을 해주십시오." 하고 내가 말했다.

"그렇다면 지시를 하겠습니다."

나는 분만실로 들어갔다. 테이블 위에 드러누워 있는 캐서린은 불룩한 배에 홑이불을 덮고 창백한 얼굴에 피로한 표정을 짓고 있었다.

그 곁에 간호사가 있었다.

"해도 좋다고 그러셨어요?" 하고 캐서린이 말했다.

"응."

"잘 됐어요. 이제 한 시간만 지나면 모든 게 끝난다니까. 나 아주 지쳤어요. 그만 몸이 산산조각이 날 것 같아요. 그걸 줘요. 안 돼요. 아, 이게 안 되네요."

"숨을 깊이 쉬어요."

"쉬고 있어요. 안 들어요. 이젠 안 들어요!"

"새 원통을 주십시오."

내가 간호사에게 말했다.

"그게 새 원통인데요?"

"나 정말 바보예요." 하고 캐서린이 말했다. "하지만 이제는 아주 안 돼요." 그녀는 울기 시작했다. "아, 내가 얼마나 이 애를 말썽없이 낳고 싶어했는데요. 그런데 이제 몸이 아주 녹아버려 기진맥진했고 이것마저 말을 듣지 않아요. 이 진통만 멎으면 죽어도 괜찮아요. 아아, 제발, 여보, 제발 그치게 해줘요. 아아, 또 시작이야. 아아아!" 그녀는 마스크 속에서 흐느끼며 숨을 쉬었다. "안 들어요. 안 들어요. 고장이야. 염려 마세요, 여보. 제발 울지 말아요. 염려 마세요. 그저 지쳐서 그래요. 가엾은 당신. 나 이렇게 당신을 사랑하니까 곧 또 나을 거예요. 이번만큼은 나을 거예요. 여기서는 날 좀 어떻게 못해 주나요? 어떻게 좀 해줬으면."

"내가 되게끔 해보지. 끝까지 다 돌려 보지."

"그걸 대줘요."

나는 다이얼을 끝까지 돌렸다. 몹시 깊이, 가쁘게 숨을 쉬었기 때문에 마스크를 쥔 손의 힘이 빠졌다. 나는 가스 마개를 막고 마스크를 뗐다. 그녀는 점점 의식을 회복했다.

"이번 건 잘 들었어요. 아, 당신 정말 고마워요."

"기운을 내요. 그런 걸 언제까지나 대고 있을 수는 없으니까. 그러다간 당신 죽고 말아요."

"이젠 용기도 없어요. 그만 지쳤어요. 여기 사람들이 이 지경으로 만들었어요. 이제야 알았어요."

"누가 하든지 마찬가지지요."

"그렇지만 못 견디겠어요. 기진맥진할 때까지 기다리고만 있는 거예요."

"한 시간만 있으면 끝나게 될 거요."

"그러면 좋아요. 나 죽지는 않겠죠, 네, 그렇죠?"

"내 약속하지."

"당신을 남겨놓고 죽긴 싫어요. 하지만 너무 지쳐서 이제라도 죽을 것 같아요."

"바보 같은 소리. 누구나 다 그렇게 느끼는 거요."

"가끔 난, 이젠 죽는구나 하고 생각돼요."

"죽긴 왜 죽어. 죽을 까닭이 없어."

"그러나 만일 내가 죽으면?"

"못 죽게 하겠어."

"빨리 그걸 대줘요. 빨리!" 그러고 나서 조금 후에,

"난 안 죽어요. 누가 죽을 줄 알아요." 하고 중얼거렸다.

"물론 안 죽고말고."

"당신 내 곁에 있어 주시겠어요?"

"수술하는 건 보고 싶지 않은데."

"아니, 거기 그냥 있어만 줘요."

"그럼. 언제까지라도 있어주지."

"당신은 정말 친절해요. 아아, 당신 그걸 대줘요. 좀더 대줘요. 또 안 들어요."

나는 다이얼을 3으로, 다시 4로 돌렸다. 의사가 빨리 와주었으면 싶었다. 이 이상의 숫자가 무서웠다.

드디어 다른 의사가 두 명의 간호사를 데리고 들어왔다. 그들은 캐서린을 들어 들것에 옮겨 복도로 나왔다. 들것이 복도를 빨리 지나 엘리베이터 속으로 들어가자 모두들 벽에 몸을 딱 붙여 자리를 내지 않으면

안 되었다. 이내 올라가고, 문이 열리고, 엘리베이터에서 나와, 복도를 굴러 수술실로 들어갔다. 의사들이 모두 수술모를 쓰고 마스크를 하고 있어서 누가 누군지 알아볼 수 없었다. 수술실에 또 한 의사와 간호사가 몇 명 있었다.

"날 좀 어떻게 해줘야 하잖아요." 하고 캐서린이 말했다.

"날 좀 어떻게 해줘요. 제발, 선생님, 어떻게 해서든지 아프지 않게 해주세요!"

한 의사가 그녀의 얼굴에 마스크를 씌웠다. 문 사이로 원형 극장 같은 수술실이 보였다.

"저쪽 문으로 들어가서 저기 앉아 계서도 괜찮습니다."

한 간호사가 내게 말해 주었다. 난간 뒤쪽에 흰 테이블과 조명등을 내려다보는 벤치가 놓여 있었다. 나는 캐서린을 보았다. 마스크가 얼굴에 덮여 있고 이젠 조용했다. 그들은 들것을 앞으로 굴려갔다. 나는 고개를 돌리고 복도로 나왔다. 간호사 두 명이 견학석(見學席) 입구 쪽으로 걸어갔다.

"제왕 절개야." 한 간호사가 말했다.

"이제부터 제왕 절개가 있을거야."

다른 간호사가 웃으며 말했다.

"꼭 알맞게 왔어. 운이 좋았어."

간호사들은 견학석으로 통하는 문으로 들어갔다. 또 한 간호사가 왔다. 그녀도 역시 서둘렀다.

"그리로 들어가세요. 어서 들어가세요."

"난 밖에 있겠소."

그녀는 급히 들어갔다. 나는 복도를 서성이며 거닐었다. 들어가는 것이 무서웠다. 창 밖을 내다보았다. 어두웠지만 창으로 비치는 불빛으로 비가 내리는 것을 알았다. 나는 복도 한쪽 끝에 있는 방으로 들어가 유리창 안에 나란히 들어 있는 병에 붙은 약명을 읽어보았다. 그러나 다시 나와 텅빈 복도에 우두커니 서서 수술실 문을 지켜보고 있었다.

한 의사가 간호사를 데리고 나왔다. 그는 방금 새로 껍질을 벗긴 토끼 같은 어떤 것을 두 손에 받쳐 들고 급히 복도를 가로질러 건너편 다른 방 문으로 들어갔다. 그가 들어간 방문으로 가보니 그들이 갓난아기에게 무슨 조치를 하고 있는 것이 보였다. 의사는 나에게 어린아기를 쳐들어 보였다. 그는 어린아기의 두 발목을 붙잡고 거꾸로 쳐들어 등을 손바닥으로 때렸다.

"괜찮습니까?"

"굉장합니다. 5킬로그램은 되겠는데요."

나는 어린아기에게 대해서는 아무 감흥도 느끼지 않았다. 나와는 아무 관계도 없는 것처럼 생각되었다. 아버지라는 느낌이 들지 않았다.

"아들을 보셨으니 자랑스럽죠?" 하고 간호사가 물었다.

그들은 어린아기를 씻기고 무엇인가로 쌌다. 조그만 검은 얼굴과 검은 손이 보였지만 움직이지도 않고 울음 소리도 듣지 못했다. 의사는 어린아기에게 무슨 조치를 하고 있었다. 당황하고 있는 모양이었다.

"아뇨." 하고 나는 말했다.

"하마터면 엄마의 생명을 빼앗을 뻔한 걸요."

"그건 이 귀여운 꼬마 잘못은 아니죠. 사내 아이를 소원하셨죠?"

"아뇨." 내가 말했다.

의사는 어린아기 일로 바빴다. 두 다리를 들고 등을 때렸다. 나는 그대로 끝까지 보지 않고 복도로 나왔다. 이제 들어가봐도 되겠지. 문으로 들어가서 견학석 아래로 내려갔다. 난간 뒤에 있던 간호사들이 자기들이 있는 데로 오라고 했다. 나는 고개를 저었다. 내가 있는 데에서도 잘 보였다.

나는 캐서린이 죽은 줄로 알았다. 죽어 있는 듯했다. 얼굴이 잿빛이었고 나에겐 그 일부분밖에 보이지 않았다. 저 아래 조명 밑에서 의사가 핀세트로 벌려놓은 크고 긴 상처를 꿰매고 있었다. 마스크를 한 다른 의사가 마취를 하고 있었다. 마스크를 한 두 간호사가 여러 가지 기구를 의사에게 집어주고 있었다. 마치 종교 재판을 하는 그림을 보는 기분이었다. 그것을 바라보면서 보려고만 하면 이 수술 전부도 볼 수 있었지만 보지 않기를 잘했다고 생각했다. 처음에는 절개하는 것을 차마 볼 수 없을 것 같았다. 구두 수선공 같은 숙련된 솜씨로 깊은 상처의 이랑 자국을 남기면서 꿰매 나가는 것을 지켜보고 만족했다. 상처 봉합이 다 끝나자 나는 복도로 나와 또다시 왔다갔다했다. 조금 있다가 의사가 나왔다.

"한 잔 어떻습니까?"

"괜찮습니다. 보셨습니까?"

그는 피로해 보였다.

"네, 봤습니다. 상처가 퍽 길더군요."

"그렇게 생각하셨습니까?"

"네. 그 상처는 잘 아물어지겠죠?"

"물론이죠."

한참 후에 그들은 바퀴 달린 들것을 밖으로 들고 나와 빠른 속도로 복도를 거쳐 승강기 있는 쪽으로 밀고 갔다. 나는 그 곁을 따라갔다. 캐서린은 신음하고 있었다. 아래층으로 내려오자 그들은 그녀를 병실 침대에 눕혔다. 나는 침대 발치에 있는 의자에 앉았다. 방에 간호사가 하나 있었다. 나는 일어나 침대 옆에 섰다. 방안은 어두웠다. 캐서린은 손을 내밀었다. 얼굴이 잿빛인 채.

"아아, 당신." 하고 캐서린이 불렀다. 그 목소리는 몹시 약하고 지쳐 있었다.

"여보, 어땠소?"

"애기 어떻게 생겼어요?"

"쉬, 말하지 마세요." 하고 간호사가 말했다.

"사내아이요. 통통하고 얼굴이 검은 놈이야."

"애기는 괜찮아요?"

"응, 건강해." 하고 내가 말했다.

나는 간호사가 이상한 얼굴을 하고 내 쪽을 바라보는 것을 눈치챘다.

"나 아주 지쳤어요." 하고 캐서린이 말했다. "그리고 지독히 아파요. 당신 괜찮아요?"

"괜찮아. 자꾸 말하지 말아요."

"당신 정말 고마웠어요. 아아, 여보, 지독히 아팠어요. 애기는 어때요?"

"노인같이 주름이 잡힌 껍질 벗긴 토끼 같아."

"나가 있겠소." 하고 내가 말했다.

"뭘 좀 잡숫고 오세요."

"아니오. 밖에 있겠어."

나는 캐서린에게 키스했다. 그녀의 얼굴은 창백하고 쇠약했으며 피로해 있었다.

"잠깐 좀 말씀드릴 게 있는데." 하고 내가 간호사에게 말했다. 간호사는 나를 따라 복도로 나왔다. 나는 잠시 동안 복도를 걸어 내려갔다.

"어린애는 어떻게 됐습니까?" 하고 내가 물었다.

"아직 모르셨어요?"

"모릅니다."

"살아나지 못했어요."

"죽어 있었습니까?"

"암만해도 숨을 쉬게 할 수 없었어요. 탯줄이 목에 감겼던지 어떻게 된 모양이에요."

"그래서 죽었군요."

"네, 정말 아까웠어요. 훌륭하고 큰 애기였는데. 아시고 계신 줄 알았어요."

"몰랐소." 하고 나는 말했다. "아내에게 돌아가서 간호해 주세요."

나는 간호사의 보고서가 클립으로 옆에 걸려 있는 책상 앞 의자에 앉아서 창 밖을 내다보았다. 어둠과 창 밖으로 흘러나가는 불빛에 떨어지는 비 외에는 아무것도 보이지 않았다. 역시 그랬군. 어린아기는 죽었군 그래. 그래서 의사가 그렇게 피로한 얼굴을 했었군. 그런데 왜 방안에서 어린아기에게 그런 짓을 하고 있었을까? 아마도 어린아기가 다시 살아 숨이라도 쉬어줄지 모르겠다고 생각한 모양이지. 나는 종교가 없지만 어린아기에게 세례를 받게 해주어야 한다는 것쯤은 알고 있었다. 그러나 전혀 숨을 쉬지 않았다면 어떻게 될까? 아이는 전혀 숨을 쉬지 않았던 것이다. 조금도 살아 있지 않았던 것이다. 오직 캐서린의 뱃속에서만 살아 있었던 것이다. 아기가 어머니의 배를 차는 것을 나는 가끔 손으로 만져보았기 때문에 알고 있었다. 그러나 요 일주일 동안은 그것이 전혀 없었다. 쭉 질식해 있었는지도 모른다. 불쌍한 어린 것 내가 그렇게 질식해 있었더라면 좋았을걸. 아니다, 그건 거짓말이다. 그러나 그렇게 돼 있었더라면 이런 죽는다, 산다 하는 소동은 없었을 것 아닌가. 이번엔 캐서린이 죽을 차례다. 인간이란 이런 것이다. 인간은 죽는다. 죽는다는 것이 어떤 것인지 아무도 모른다. 알 만한 이유가 없는 것이다. 갑자기 끌려나와 여러 규칙을 배우고 기지를 떠나자 이내 붙잡혀 죽게 되는 것이다. 그렇지 않으면 아이모처럼 아무 이유도 없이 죽고 마는 것이다. 아니면 리날디처럼 매독이 옮게 되는 것이다. 그러나 결국은 죽는 것이다. 그것만은 확실하다. 어물어물하는 동안 죽고 마는 것이다.

언젠가 야영(野營)을 할 때 통나무 하나를 모닥불 위에 얹었다. 통나무에는 개미가 잔뜩 붙어 있었다. 통나무에 불이 붙기 시작하자 개미 떼는 우글우글 기어나와 먼저 가운데의 불쪽으로 갔다. 그러다가 반대로 되돌아와 나무 끝쪽으로 갔다. 끝쪽에 잔뜩 모이더니 불 속으로 뚝뚝 떨어졌다. 개중에는 기어나온 놈도 있었지만 몸이 타서 납작해져 있었다. 그리고 무턱대고 도망치고 있었다. 그러나 대부분은 불쪽으로 갔다가 나무 끝으로 되돌아와 뜨겁지 않은 데서 떼를 짓고 있다가 나중에는 불 속으로 떨어져갔다. 나는 그 때 이거야말로 세계의 종말이다, 구세주가 되어 통나무를 불 속에서 끄집어내어 개미들이 땅바닥으로 달아날 수 있는 곳에다 내던져 줄 수 있는 가장 좋은 기회다 생각했다. 그러나 나는 아무것도 하지 않았다. 함석 컵의 물을 통나무에다 끼얹었을 뿐이었다. 그것도 컵을 비워 위스키를 따라 물을 타기 위해서였다. 타고 있는 통나무에다 물 한 컵을 끼얹어봤자 고작 개미를 삶아죽이는 역할밖에 되지 못했을 것이다.

이렇게 이제 나는 복도 밖에 앉아서 캐서린의 용태를 들으려고 기다리고 있었다. 간호사가 나오지 않길래 한참 후 나는 문 앞으로 가서 소리가 나지 않도록 살며시 안을 들여다 보았다. 복도에는 전등불이 환한데 방안은 컴컴했다. 처음에는 아무것도 안 보였다. 한참 만에 침대가에 앉아 있는 간호사와 베개 위의 캐서린의 머리가 보였다. 흰 홑이불 밑에 그녀의 몸은 납작하게 되어 있었다. 간호사가 입술에다 손을 대더니 이내 일어나 문 앞으로 왔다.

"어떻습니까?" 하고 나는 물었다.

"괜찮습니다." 하고 간호사가 말했다. "저녁 식사를 하시고 나서 웬만하시면 한 번 더 오세요."

나는 복도를 지나고 계단을 내려서 병원의 현관을 나와 비가 내리는 어두운 거리를 카페까지 걸어왔다. 카페 안은 환하게 불이 켜져 있고, 많은 사람들이 테이블에 앉아 있었다. 앉을 자리가 눈에 띄지 않았다. 웨이터가 다가오더니 젖은 외투와 모자를 받아들고 맥주를 마시면서 석간신문을 읽고 있는 나이 지긋한 남자가 앉아 있는 맞은편 자리로 안내했다. 나는 앉고 나서 웨이터에게 오늘의 메뉴를 물었다.

"송아지의 스튜인데, 벌써 다 떨어졌습니다."

"뭐, 먹을 것이 있소?"

"햄에그나, 치즈에그나, 아니면 슈크루트라면 있습니다."

"슈크루트는 점심 때에 먹었는데." 하고 나는 말했다.

"그렇군요." 그는 말했다. "정말 점심 때에 슈크루트를 잡수셨지요." 웨이터는 머리 꼭대기가 벗어진 중년 남자로 머리를 희한하게 빗어서 그 자리를 감추고 있었다. 사람이 좋아 보이는 얼굴을 하고 있었다.

"뭘로 하실까요? 햄에그를 하실까요? 아니면 치즈에그를?"

"햄에그." 나는 말했다. "그리고 맥주."

"반 리터들이 백맥주죠?"

"그렇소." 나는 말했다.

"생각이 나는군요." 그는 말했다. "오늘 낮에도 백맥주를 드셨죠."

나는 햄에그를 먹고 맥주를 마셨다. 햄에그는 둥근 접시에 담겨져 있었다. 햄이 아래에 놓이고 달걀이 위에 얹혀 있었다. 여간 뜨겁지 않았다. 입을 식히기 위해 맥주를 한 모금 마셔야만 했다. 배가 고팠기 때문에 급사에게 한 접시 더 주문했다. 맥주도 몇 잔인가 더 마셨다. 나는 아무것도 생각하지 않고 맞은편 남자의 신문을 읽었다. 영국군의 전선이 돌파되었다는 기사였다 그는 내가 자기 신문의 뒷면을 읽고 있는 것을 눈치채자 그걸 접어버렸다. 나는 웨이터에게 신문을 갖다달라고 부탁할까 생각했으나 구태여 그러고 싶지도 않았다.

가게 안은 덥고 공기도 탁했다. 테이블에 앉아 있는 사람들의 대부분은 서로 구면인 듯했다. 트럼프를 하고 있는 사람들도 몇 패 있었다. 급사들은 분주하게 카운터로부터 테이블로 술을 나르고 있었다. 남자 두 사람이 들어왔지만 앉을 자리가 없었다. 그들은 내가 앉은 테이블 맞은편에 서 있었다. 나는 맥주를 한 잔 더 주문했다. 아직 자리를 뜨고 싶은 생각이 나지 않았다. 병원으로 돌아가기에는 좀 빨랐다.될 수 있는 대로 아무것도 생각하지 말고 아주 냉정해져 있으려고 애를 썼다. 서 있는 두 사람은 서성거리고 있었지만 아무도 자리에서 일어서는 사람이 없었으므로 그만 나가버렸다. 나는 또 한 잔 맥주를 마셨다. 내 앞의 테이블에는 접시가 여러 개 포개어졌다. 앞자리의 사나이는 안경을 벗어 안경집에다 넣고 신문을 접어 주머니에다 넣었다. 그러고는 술잔을 손에 든 채 카페 안을 두리번거렸다. 나는 갑자기 가야겠다는 생각이 들었다. 급사를 불러 계산을 하고 외투를 입고 모자를 쓰고는 문 밖으로 나왔다. 비가 내리는 속을 병원을 향해 걸어갔다.

위층으로 올라가자 복도를 걸어나오는 간호사를 만났다.

"지금 막 호텔로 전화를 건 참인데요." 하고 그녀는 말했다. 내 몸속에서 무언가가 덜컥 하고 떨어지는 느낌이었다.

"무슨 좋지 못한 일이라도 있었습니까?"

"부인의 출혈이 멎지 않습니다."

"들어가도 좋습니까?"

"아뇨, 아직 안 됩니다. 선생님이 옆에 계십니다."

"중태입니까?"

"아주 중태예요." 간호사는 병실로 들어가 문을 닫았다. 나도 복도에 앉았다. 몸 속에서 모든 것이 빠져나갔다. 아무것도 생각하지 않았다. 생각할 수가 없었다. 알고 있는 것은 그녀가 죽어가고 있다는 것뿐이었다. 죽지 말아달라고 기도했다. 죽지 않게 해주소서. 하느님, 제발 그녀를 죽지 않도록 해주소서. 죽지 않도록 해주신다면 무슨 짓이라도 하겠습니다. 제발 인자하신 하느님, 그녀를 죽지 않게 해주소서. 거룩하신 하느님, 그녀를 죽지 않게 해주소서. 부디 부디 죽지 않게 해주소서. 하느님, 제발 그녀를 죽지 않게 해주소서. 그녀를 죽지 않게 해주신다면 당신이 시키시는 것은 무엇이든지 하겠습니다. 어린아기는 데려가셨습니다. 그러나 그녀만은 죽지 않게 해주옵소서. 부디 부디 하느님, 그녀만은 죽지 않게 해주옵소서.

간호사가 문을 열고 손가락으로 내게 들어오라고 손짓을 했다. 그녀의 뒤를 따라 방으로 들어갔다. 들어가도 캐서린은 이쪽을 쳐다보지 않았다. 나는 침대 옆으로 다가갔다. 의사가 침대 저쪽에 서 있었다. 캐서린은 나를 보고 생긋 웃었다. 나는 침대 위로 몸을 구부리고 울기 시작했다.

"불쌍한 당신." 캐서린이 아주 나직한 목소리로 말했다. 얼굴이 잿빛이었다.

"괜찮아, 캐트." 나는 말했다. "이제 곧 완쾌될거요."

"나는 죽어요." 그녀는 말했다. 그리고 다시 조금 있다가 말했다. "나 죽는 건 싫어요."

나는 그녀의 손을 잡았다.

"만지지 말아요." 하고 그녀는 말했다. 나는 그녀의 손을 놓지 않았다. 그녀는 미소지었다. "불쌍한 당신, 얼마든지 실컷 만져도 좋아요."

"곧 완쾌하게 될 거요, 캐트. 반드시 완쾌돼요."

"만일을 위해서 당신에게 편지를 써둘 작정이었어요. 하지만 쓰지 않았죠."

"신부님이나 누구더러 와달라고 하고 싶소?"

"당신만으로 충분해요." 조금 있다가 다시 말했다. "무섭진 않아요. 다만 죽음이 미울 뿐이에요."

"그렇게 얘길해서는 안 됩니다." 하고 의사가 말했다.

"괜찮아요." 캐서린이 말했다.

"나에게 뭐 해달라고 하고 싶은 게 없소, 캐트? 뭘 갖다 줄까?"

캐서린은 미소지었다.

"없어요." 그러고 나서 조금 있다가 말했다. "다른 여자와 우리들이 하던 것과 같은 짓은 하지 말아요. 똑같은 말은 하지 말아주세요, 네?"

"안하고말고."

"하지만 당신에게 좋은 사람이 생기길 바라요."

"난 그런 거 필요없어."

"말씀이 너무 많습니다." 의사가 말했다. "주인께선 나가주셔야겠습니다. 나중에 다시 들어와 주십시오. 부인께선 돌아가시는 게 아닙니다. 쓸데없는 생각을 해서는 안 됩니다."

"알았어요." 캐서린은 말했다. "집에 돌아가서 매일 밤 당신하고 같이 살테예요." 그녀는 말했다. 이제는 입을 여는 것도 괴로운 일이었다.

"제발 밖으로 나가주십시오." 하고 의사가 말했다. "애길해서는 안 됩니다."

캐서린은 윙크를 던졌다. 얼굴이 잿빛이었다.

"나 바로 이 밖에 있겠소." 나는 말했다.

"걱정 마세요, 여보." 하고 캐서린은 말하였다. "나 조금도 무섭지 않아요. 이런 건 비열한 함정이에요."

"당신은 마음이 단단한 여자야, 사랑스러운 여자야."

나는 바깥 복도에서 기다리고 있었다. 오랫동안 기다렸다. 간호사가 문을 열고 나와 내 곁으로 다가왔다.

"부인께서 위독한 것 같습니다." 하고 그녀는 말했다. "걱정이에요."

"죽었소?"

"아뇨, 하지만 의식이 없어졌어요."

연방 출혈이 계속되었던 모양이다. 그것을 막아낼 수가 없었던 것이다. 나는 방으로 들어가 캐서린이 숨이 거둘 때까지 옆에 붙어 있었다. 그녀는 쭉 의식이 없었다. 숨을 거둘 때까지 그다지 오래 걸리지는 않았다.

병실 밖 복도에서 나는 의사에게 이야기를 건넸다. "오늘 밤 내가 할 수 있는 일이 뭐 있겠습니까?"

"아니, 아무것도 없습니다. 호텔까지 바래다 드릴까요?"

"아뇨, 좋습니다. 잠시 여기 있기로 하겠습니다."

"뭐라고 여쭐 말씀이 없습니다. 뭐라고 말씀을 드려야 할지……."

"천만에요." 나는 말했다.

"아무 말씀도 하실 필요없습니다."

"안녕히 가십시오." 하고 그는 말했다.

"호텔까지 바래다 드릴 수는 없을까요?"

"아뇨, 좋습니다."

"그렇게 하는 수밖에 딴 방법이 없었습니다."

그는 말했다. "수술을 해보고 알았습니다만……."

"그 얘긴 이제 그만두십시다." 나는 말했다.

"호텔까지 바래다 드리고 싶은데요."

"아니, 좋습니다."

그는 복도를 걸어갔다.

나는 방문 앞으로 걸어갔다.

"지금 들어오셔서는 안 됩니다." 하고 한 간호사가 말했다.

"아니 들어가겠소." 나는 말했다.

"하지만 아직 들어오셔서는 안 돼요."

"당신이나 나가시오." 나는 말했다. "그리고 당신도."

간호사를 내보내고 문을 닫고 전등을 껐으나 아무 소용이 없었다. 조상(彫像)을 보고서 마지막 인사를 하는 것과 다름이 없었다. 잠시 후에 나는 밖으로 나와서 병원을 뒤에 두고 빗속을 걸어서 호텔로 돌아왔다.

■ 감상과 해설

미국의 새로운 문학은 대개 1910년대에 시작되며 20년대부터 30년대에 걸쳐서 개화기를 맞이했는데 이 개화기의 미국 문학을 이끌어간 것은 모두 제 1 차 세계대전에 의한 사상적 환멸의 시련을 거쳐온 이른바 '로스트 제너레이션'의 작가들이다.

'로스트 제너레이션'이란 전쟁의 체험에 의해 종교도 도덕도 인간적 정신도 짓눌리고 절망과 허무에 빠져든 미국의 젊은 작가들에게 주어진 호칭이며 여기에 속하는 것은 대개 1890년대에 태어난 사람들로서 그것이 마침 군대의 적령기에 도달한 무렵에 미국이 세계대전에 참가하여 그들도 유럽 전선에 나갔고 그리고 전후의 환멸의 분위기 속에서 작가 활동을 시작, 이윽고 미국 문학을 짊어지는 나이가 된 것이 20년대부터 30년대에 걸쳐서였던 것이다.

이 '로스트 제너레이션'의 대표적인 작가라고 일컬어지는 사람이 바로 어네스트 헤밍웨이(Ernest Hemingway)이다.

소년 시대

헤밍웨이는 1899년 7월 21일 일리노이 주 오크 파크에서 태어났다. 아버지는 클라렌스 에드몬즈 헤밍웨이, 어머니는 그레이스 홀 헤밍웨이. 아들 둘, 딸 넷의 자녀 중 두 번째이고 장남이기도 하다.

아버지 클라렌스는 마을의 개업의로서 턱수염을 기르고 몸집이 우람한 거인이었다. 그러나 그 풍모와는 달리 내실은 꽤 신경질적이고 소심한 호인이었던 모양이다.

사냥과 낚시를 이상할 만큼 좋아해서 어네스트가 아직 세 살도 되기 전에 낚싯대를 쥐어주었고 10살이 되자 엽총을 들게 했다고 한다.

어머니 그레이스는 시카고의 부유한 주식 중계인의 딸로서 음악에 재능이 뛰어나 결혼할 때까지 뉴욕에서 성악공부를 계속하고 있었다. 결혼 후에도 집안에 무대가 달린 음악홀을 마련, 요즈음에 말하는 '음악교실'을 열어 피아노나 성악을 가르치고 있었다.

아직도 갓 출발한 개업의였던 남편 클라렌스의 월수입이 고작 50달러나 60달러에 지나지 않는데 아내의 음악교실 수입은 한 달에 1천 달러도 넘는 일이 드물지 않았다.

미시건 주에 와룬이라는 호수가 있다. 이 호숫가에서 한 여름을 지내는 것이 어네스트가 소년기에 접어들었을 무렵의 헤밍웨이 일가의 관행이었다.

아버지는 몸집이 큰 데에 비해서는 머리가 작고 눈도 가늘고 작았으나 멀리까지 잘 내다보는 것이 큰 자랑이었다. 맑게 개인 날이면 1마일도 더 떨어진 호수 저편의 감자 잎에 달라붙어 있는 벌레의 수를 셀 수 있다면서 자랑을 하곤 했다고 한다.

이따금 아버지는 숲속 깊숙한 곳에 있는 인디언 부락에 회진을 가곤 했다. 그런 때에는 곧장 장남인 어네스트를 데리고 갔다. 어네스트는 부락의 늙은이로부터 인디언의 전설 따위를 듣기를 좋아했다. 그러한 소년 시대의 경험을 그는 최초의 단편집 《우리들의 시대에》(In Our Time)에 수록된 《인디언 부락》(Indian Camp) 속에서 그리고 있다.

《우리들의 시대에》에 수록된 13편의 단편 가운데 닉 아담즈를 주인공으로 한 이른바 〈닉 아담즈물〉은 6편이 있는데 이 주인공은 분명히 작자의 분신이며 따라서 소년기에서 청년기에 걸친 닉의 애처로운 인간형성의 과정을 그린 이러한 작품에서 우리는 쉽게 어네스트 자신의 성장의 자취를 더듬을 수가 있다.

그러한 의미에서 이 단편집 안의 《의사와 그 아내》(The Doctor and the Docter's Wife)는 헤밍웨이 가에 있어서의 아버지와 어머니, 특히 아들이 어머니에 대해서 느끼는 심리의 그림자를 암시하고 있는 것으로서

홍미롭다. '아내'는 크리스찬 사이엔스의 신자로서 침대 옆 탁상에는 성서와 〈과학과 건강〉이라는 잡지를 놓아 두고 치료비 대신 통나무를 쪼개주고 있는 인디언을 상대로 입씨름을 벌인 남편인 의사를 향해 "잊지 말아요 —— 자기의 마음을 다스리는 사람은 성을 공략하는 사람보다도 더 뛰어나다 —— 라는 말을요." 하고 구약성서의 한 귀절을 인용해가며 타이르는 여인으로서 묘사되고 있다.

아내는 외출하려는 남편을 향해 닉을 발견하면 곧 여기에 오도록 말해 달라고 부탁한다. 아버지는 그대로 닉에게 전한다. 그러나 닉은 어머니의 말을 무시하고 아버지와 함께 숲속으로 산책을 나간다. 아버지도 어머니의 전언을 강제하려고 하지 않고 오히려 기꺼이 닉을 데리고 간다.

어네스트의 어머니 그레이스가 성서나 〈과학과 건강〉을 침대 옆 탁상에 놓아두는 여자였는지 어떤지는 차지하고라도 후년의 아버지와 어머니의 불화, 어네스트의 어머니에 대한 반발을 생각하면 이 작품의 부모와 자식 관계가 무엇인가를 시사하고 있는 것처럼 생각되기도 한다.

어네스트가 10살이 되자 어머니는 그에게 첼로를 주어서 음악을 공부하게 했다. 그 연습을 위해 때로는 학교까지도 쉬게 할 정도였으나 그러나 어네스트는 끝내 첼로를 버리고 엽총을 선택했다.

14살 때 마을의 권투 도장에 나가 복싱을 배우기 시작했다. 아직도 변변히 기초적인 훈련도 받기 전에 미들급 선수의 스파링 상대로 뽑혀서 호되게 얻어맞았다. 그런데도 그는 다음날 얼굴과 손에 붕대를 감은 채 태연히 도장에 모습을 나타냈다. 2년 후에 연습 게임에서 왼쪽 눈을 강타당하여 평생 낫지 않을 정도의 부상을 당했다. 그래도 그는 연습을 중단하지 않았다.

오크 파크 하이스쿨에 진학한 것은 1913년 가을이었다.

운동부원으로서 축구, 육상 경기, 수영, 사격, 복싱 등 온갖 스포츠에 손을 댔으나 특히 열중한 것은 축구였다.

한편 이때부터 문학에 관심을 가지기 시작하여 셰익스피어, 디킨즈,

스티븐슨, 키플링 등의 작품을 애독했다.

당시 이 하이스쿨에 파니 빅즈라는 부인 교사가 있었다. 문학과 저널리즘의 코스를 담당하고 있었는데 독창적인 수업방법으로 학생들 사이에 인기가 높았다.

학교에 창작 클럽이라는 것이 있어서 그는 거기에서 빅즈 선생의 지도하에 포, O·헨리, 링 라드너 등을 본받아 단편소설을 쓰기 시작했다.

빅즈 선생은 학교에서 내고 있는 계간지 〈타뷸러〉의 편집도 맡아하고 있어서 어네스트가 쓴 단편 《마니토의 심판》(Jadgement of Manitou), 《색깔의 문제》(A Matter of Colour), 《세피 진간》(Sepi Jingan)의 세 작품이 이 잡지에서 처음으로 활자화되었다.

모두가 북 미시건 와룬 호반에서 지낼 때 인디언에게 들은 토민의 민화와 초기 개척시대에 미시건의 삼림지대에서 행해진 살벌한 투쟁의 이야기 등을 재료로 한 것으로서 문자 그대로 습작에 지나지 않지만 헤밍웨이가 좋아하는 자연과 폭력에 대한 몰두를 이미 보여주고 있다는 점에서 흥미있는 작품들이다.

하이스쿨의 마지막 학년에는 학교에서 내고 있는 주간신문 〈그네〉의 편집 진용에 가담하여 거의 매호마다 스포츠 기사나 단문을 썼다.

그 무렵 시카고 지방에서 가장 널리 읽히고 있던 작가는 링 라드너였다. 이 작가는 또 〈시카고 트리뷴〉지의 칼럼을 담당하고 있던 저널리스트이기도 했는데 헤밍웨이는 이 라드너에게서 매우 큰 영향을 받았다.

미국 중서부의 방언을 종횡으로 구사하며 직설적이고 간결한 문체로 속도감 있게 이야기를 끌고 가는 그 수법은 헤밍웨이에 있어서는 하나의 충격이기조차 했다. 그는 걸신이라도 들린 듯이 라드너를 흡수했다.

하이스쿨 시대의 헤밍웨이는 이렇게 육체적 스포츠에 있어서나 정신적 스포츠에 있어서나 발랄한 활동상을 나타내어 인기 있는 학생이었다. 다만 여기에 한가지 의문이 남는 것은 그 시기에 그가 두 번이나 가출을 했다는 사실이다. 그 자신은 이 사실에 대해 아무 말도 하고 있지 않지만 성격적으로나 경제적으로나 어머니 쪽이 아버지보다도 우위에 서 있는 가정의 분위기에 평소부터 혐오감을 느끼고 있던 상처받기 쉬운 젊은 마음이 어떤 계기로 가출을 하게 되었다고 해서 조금도 부자연스럽지는 않을 것 같다. 《권투가》(The Battler)라는 단편은 주인공 닉의 가출중의 체험을 엮은 작품이다.

청년 시대

1917년 4월, 미국은 제 1 차 세계대전에 참가했다. 이 해에 하이스쿨을 졸업하는 어네스트는 곧 징병에 응하여 전장에 나가기를 원했으나 왼쪽 눈의 고장과 아버지의 강경한 반대로 마지못해 단념했다. 대학에 진학할 생각은 전혀없었다. 다만 가정으로부터는 떠나고 싶었다.

그해 가을, 캔자스 시티에 살고 있는 아버지 쪽 숙부의 소개로 〈캔자스 시티 스타〉라는 신문사에 근무하게 되었다.

당시 〈스타〉지는 중서부 최대의 신문으로 알려져 있었고 특히 신인 기자를 훈련하고 육성하는 일에는 정평이 있었다. 사풍은 엄격했으나 사내는 활기에 넘쳐 있었다.

"우리들은, 특히 토요일 밤 같은 때는 미칠 지경으로 일을 했다."라고 35년 후에 그는 그 때의 일을 회상하고 있다. "그러나 난 열심히 일을 하는 것이 좋았다. 특별한 일, 임시적인 일, 무엇이든지 좋았다."

이 신문사에서는 기사를 쓰기 위한 '주의점'을 몇 가지 정해놓고 신인 기자에게 엄격하게 이것을 지키게 했다. 예를 들면 문장에 대해서는 다음과 같은 주의가 주어지고 있었다.

"간결한 문장을 사용하라. 첫 한 귀절은 특히 짧게 써라."

"힘찬 말을 사용하라. 적극적으로 써라. 소극적이 되지 말라."

"낡은 속어를 쓰지 말라. 속어는 신선하지 않으면 안 된다."

"형용사를 사용하지 말라. 특히 Splendid, gorgeous, grand, magnificent 등의 과장된 형용사를 사용해서는 안 된다."

이러한 '주의점'은 모두 후반의 헤밍웨이의 문체를 특징짓고 있는 것들뿐이다. 이 시기에 이미 그가 자기의 문체를 형성했다고는 물론 말할 수 없지만 이곳이 문장 수업의 좋은 도장이었던 것은 틀림이 없다.

"이것은 내가 글을 쓴다는 일을 위해서 배운 최상의 주의점이었다. 이것을 나는 결코 잊지 않았다. 재능이 있고 자기가 하고 싶은 말에 대해서 정말로 절실하게 깨닫는 바가 있어 글을 쓰는 사람이라면 이러한 주의점을 지키기만 하면 누구든지 좋은 글을 쓸 수 있을 것이다"라고 후년에 그는 말하고 있다.

당시 〈스타〉지에는 라이오넬 캘혼 모이즈라는 명물 기자가 있었다. 솜씨가 뛰어나고 폭주가인데다가 여성관계도 복잡하기 이를데 없었으나 매우 문학을 좋아해서 생 시몽, 키플링, 콘라드, 드라이저 등을 애독하고 "순수하게 객관적으로 쓰는 것이 스토리 테링의 오직 하나의 진실한 방법이다."라고 입버릇처럼 말하고 있었다.

헤밍웨이는 이 선배기자로부터 취재방법이나 기사 작성법을 배웠다.

그러나 그보다도 더 공부가 된 것은 술집이나 카페에서 그가 들려주는 문학론, 작가론이었다.

헤밍웨이가 작가가 된 뒤에도 모이즈는 그의 작품을 열심히 읽었고 《살인자》(The Killers)에 대해서는 "대화와 행동과 최소한의 묘사뿐인 순수한 객관성의 한 예이다."라고 비평했다. 《우리들의 시대에》 제15장의 짧은 스케치와 샘 카디넬라라는 사형수의 처형 장면은 〈스타〉지에 게재된 기사를 바탕으로 씌어진 것이며 《남자만의 세계》(Men Without Women) 속의 《뒤쫓는 레이스》(A Pursuit for One)에도 이 시기의 체험이 묘사되어 있다.

11월의 어느날, 테드 브런백이라는 청년이 신입 기자로서 편집국에 들어왔다. 이 청년은 캔자스 시티의 명문 출신으로서 이해 7월부터 11월까지 프랑스 전선에 종군했다가 바로 며칠 전에 귀환한 처지였다. 브런백으로부터 전선의 이야기를 듣자 헤밍웨이의 종군열은 또다시 불타

올랐다. 브런백은 자기도 다시 한 번 가고 싶다고 말했다.

두 사람은 기회를 기다렸다. 그러자 다음해 4월, 적십자사에서 이탈리아 전선에서 일할 지원자를 모집한다는 뉴스가 신문사로 들어왔다. 이것을 기사화하기 전에 먼저 두 사람은 재빨리 전보로 응모하고 싶다고 신청했다. 그리고 5월 12일에 정식으로 중위 대우로서 채용되어 적십자사로부터 군복을 지급받았다.

두 사람이 시카고 호에 승선하여 대서양을 건넌 것은 5월 말이었다.

포탄이 날아다니는 파리를 거쳐 이탈리아로 가서, 6월 중순, 밀라노 교외의 폭격 현장에서 처음으로 부임했다. 죽은 사람을 수용하거나 시체의 파편을 줍고 다닌 이때의 강렬한 인상은 단편 《사자(死者)의 박물지》(A Natural History of the Dead)에 생생하게 그려져 있다.

이어서 북 이탈리아 전선에 진출, 7월 8일 야반의 피아베 강변 포사르타 전투에서 다리에 중상을 입었다.

그때 그는 라이플총을 손에 들고 전투에 참가하여 눈앞에서 쓰러진 이탈리아 저격병을 구하려고 뛰쳐나간 순간 포탄이 파열했다느니, 참호 속에서 생매장되어 나흘 후에야 겨우 구출되었다느니 하는 말들이 전해지고 있지만 그것은 전설일 뿐, 사실은 어둠 속에서 참호 안의 군인들에게 과자를 배급해 주고 있을 때 박격포탄의 파편을 맞아 쓰러진 것이다.

곧 들것에 실려 후방으로 운반되어 5일쯤 야전병원에서 치료를 받고 나서 밀라노의 육군병원으로 보내졌다.

포탄에 의한 부상 부분은 2백 27개소나 되었고 두 다리에서 28개의 파편이 적출되었다.

여기에서 10회 이상이나 수술을 받았으나 오른쪽 다리는 다음해에 귀국한 후에도 완치되지를 않아 한동안은 지팡이를 짚고 다니지 않으면 안 되었다.

그 뒤 꽤 오랫동안 그의 신경은 《어둠 속의 공포》에 사로잡혀 있었다.

한편 《몸을 뉘고》(Now I Lay Me), 《아무도 모른다》(A Way You'll Never Be)의 주인공과 똑같은 상태여서 낮에는 잠을 잘 수 있었으나 밤이 되면 잠을 이루지 못했다. 어둠 속에서 눈을 감으면 정신이 육체에서 빠져나가는 것 같은 공포에 시달렸다.

밀라노의 병원에 있을 때 아그네스 폰 크로스키라는 독일계 미국인 간호사와 사랑에 빠졌다. 외출 허가를 받으면 함께 교외에 나가기도 하고 경마에 가기도 하며 데이트를 즐겼으나 연상이었던 그녀의 거절로 결혼에까지는 이르지 못했다.

전상 —— 입원 —— 간호사와의 사랑. 이것은 그대로 《무기여 잘 있거라》(A Farewell to Arms)의 상황과 똑같으며 적어도 이 장편의 전반부 구성이 아그네스와의 관계를 밑바닥에 깔고 있음은 틀림이 없다.

1919년 1월 4일 제대가 되어 1월 21일 뉴욕으로 귀환했다.

'유럽 전선으로부터 부상하여 귀환한 최초의 미국 군인'으로서 주목의 대상이 되었고 신문에도 화려하게 오르내렸다. 고향인 오크 파크에서도 이 명예로운 귀환병을 맞이하여 크게 떠들어댔다. 그는 모교에 가서 강연을 하기도 하고 마을사람들에게 전쟁이야기를 들려주기도 하고 이웃사람들에게 전리품을 보여주기도 하면서 신바람이 나서 떠돌아다녔지만 그것은 어디까지나 겉치레에 지나지 않았다.

단편 《병사의 고향》(Soldier's Home)의 귀환병 크레브즈가 고향마을에 대한 견디기 어려운 위화감에서 집과 어머니를 버리고 캔자스 시티로 떠나갔듯이 헤밍웨이도 빨리 이 마을에서 떠났으면 하고 생각하고 있었다.

그리고 우선 북 미시건의 별장에 틀어박혀 낚시와 독서를 즐기면서 본격적으로 소설 공부를 시작했다.

이윽고 아버지 친지의 소개로 캐나다의 토론토에서 발행하는 주간신문 〈토론토 스타 위클리〉에 임시기자로 근무하게 되어 1920년 1월부터 5월까지 토론토에 머물렀다.

그리고 그동안 가벼운 풍자적인 읽을거리 기사를 동지에 게재했다.

5월 말에 일단 집으로 돌아왔으나 어머니와의 불화로 집을 뛰쳐나왔다.

시카고에 나와서 친구네 아파트에 얹혀서 지냈다. 직업도 없고 돈도 없고 그날그날 먹을 것조차 없는 곤란한 생활을 계속하고 있는 동안 신문의 구인 광고를 보고 〈미국 소비조합〉의 기관지 편집 일을 얻게 되었다.

당시 시카고는 중서부의 '문학도시'로 알려져 있었다. 시 쪽에서는 헬리엘 먼로가 〈포에트리〉라는 시 잡지를 발간하여 현대시 운동을 활발하게 추진하고 있었고 산문 쪽에서도 극작가이며 소설가인 벤 헥트가 〈시카고 리테라리 타임즈〉라는 잡지를 근거로 하여 화려하게 새로운 문학운동을 전개하고 있었다.

1915년의 《시카고 시집》에 의해 일약 유명해진 칼 샌드버그도 있었고 1919년의 《와인즈버그 오하이오》에 의해 바야흐로 명성이 높아지고 있던 셔우드 앤더슨도 있었다.

시카고 시의 동 시카고 거리에 Y・K 스미드라는 사람이 살고 있었다. 광고업을 영위하고 있었으나 대단한 문학애호가로서 샌드버그나 앤더슨과도 친교가 있었고 문학적 야심에 불타는 가난한 청년들을 적극 뒷바라지하고 있었다. 스미스 가의 살롱에는 언제나 유명무명의 시인이나 작가들이 모여서 밤늦게까지 문학을 논하곤 했다.

헤밍웨이도 이 살롱의 단골손님의 하나였다. 20년 초쯤 그는 스미드의 소개로 처음으로 셔우드 앤더슨을 알게 되었다.

《와인즈버그 오하이오》를 읽고 이 작가에 대해 관심을 기울이기 시작한 그는 직접 그 인품을 대하고는 당장 강하게 이끌렸다.

앤더슨도 이 21살의 무명청년을 만나보고 그 문학적 재능을 간파, 특별한 호의를 나타냈다.

그뒤 한동안은 앤더슨 심취시대가 계속된다. 헤밍웨이의 최초의 책 《세 개의 단편과 열 개의 시》(Three Stories and Ten Poems)에도, 《우리들의 시대에》에도 앤더슨의 영향이 뚜렷이 엿보인다.

앤더슨에게 자극된 바도 있어서 그는 열심히 창작 공부를 계속하여 여러 잡지에 원고를 가지고 갔으나 하나도 채용되지 않았다. 〈토론토 스타 위클리〉 만이 매호 이름을 박아 잡문을 게재해 주었고 그 고료가 그의 유일한 수입이었다.

스미드의 누이동생으로서 케이트라고 하는 작가 지망의 젊은 미혼 여성이 있었다. 그녀는 나중에 작가인 존 도스 패소스와 결혼을 하게 되는데 21년 여름 케이트의 대학시절의 친구 해드리 리처드슨이 케이트를 찾아 세인트 루이스에서 시카고로 나왔다. 케이트의 소개로 해드리를 알게 된 헤밍웨이는 당장 열렬한 사랑에 빠져 9월에 결혼했다.

그 무렵 앤더슨은 처음으로 유럽에 건너가 파리에서 거트루드 스타인이나 제임스 조이스와 만나고 왔다. 앤더슨이 열정적인 어조로 들려주는 파리 문학계의 동정은 미국을 탈출하고 싶은 헤밍웨이의 마음을 크게 뒤흔들었다. 때마침 〈토론토 스타 위클리〉와 〈토론토 데일리 스타〉가 해외 특파원을 구하고 있었기 때문에 즉시 두 신문과 계약을 체결, 그해 12월 초에 아내와 함께 다시 대서양을 건넜다.

파리 시대

스페인을 경유하여 파리에 도착한 헤밍웨이가 앤더슨의 소개장을 가지고 거트루드 스타인 여사의 문을 두드린 것은 다음해인 22년의 3월 초였다.

1903년 이후 파리에 이주하고 있던 스타인은 이미 두 권의 책을 냈고 전위적인 작가로서 '파리 그룹'에서도 특이한 존재였다.

당시 그녀의 살롱에는 젊은 미국 지식인이 많이 모여서 자못 활기를 띠고 있었다. 스타인은 이들 젊은 지식인을 '로스트 제너레이션'이라고 부르고 있었다고 하는데 자아의 형성기에 때마침 전쟁을 체험함으로써 인간적인 가치의 모든 것을 상실한 이들 전후파의 젊은이를 부르는 데는 그야말로 어울리는 명칭이었다고 할 수가 있다.

게다가 그들에게는 미국 문화의 모태이며 동경의 대상이기도 했던 유럽 문화가 실제로 와서 보니까 이미 전성기를 지나 퇴폐와 몰락의 심연에 잠기기 시작하고 있다는 이를테면 이중의 절망감에 사로잡혀 있었다.

그런데 나중에 와서 되돌아보니까 이들 '로스트 제너레이션' 속에서 그 이전의 미국 문학의 역사를 뒤덮을 갖가지 문학적 재능이 개화한 것이다. 헤밍웨이, 포크너, 도스 패소스, 피츠제럴드 등이 그들이다.

이어서 헤밍웨이는 에즈라 파운드와도 알게 되었다. 파운드는 1907년에 미국에서 유럽으로 건너가 우선 파리에서 살았고 나중에 런던에 정착했다. 전위파인 선구적 시인으로 알려졌고 또 때때로 괴상한 언동을 일삼는 것으로도 유명했다. '현대시의 카멜레온'이라든가 '예술적 돈환'이라고 불리고 있었다.

스타인도 파운드도 헤밍웨이의 원고를 열심히 읽어주었고 항상 유익한 조언을 해주었다. 스타인은 곧잘 "묘사가 너무 많다. 좀더 압축해서, 짧고 간결하게" 하고 충고했다고 하며 파운드는 어떤 단편을 읽고는 즉석에서 빨간 연필로 대부분의 형용사를 지워버리고 "플로베르를 공부하도록" 권했다고 한다. 이 두 사람의 지도자를 얻은 것은 헤밍웨이의 문학적 성장에 있어서 그야말로 행운이었다고 할 수가 있다. 그는 두 지도자의 엄격한 지도하에서 독특한 문체의 구성법을 차츰 몸에 지니게 되었다.

한편 생활의 기둥인 통신원의 일도 게을리할 수는 없었다. 22년 가을에는 보도원으로서 그리스·터키 전쟁에 종군하기 위해 소아시아로 급행했다. 콘스탄티노플에서 동 트라키아 지방을 지프로 돌아다니며 패주하는 그리스군의 처참한 꼴을 직접 관찰했다.

그리고 빗 속을 흙탕투성이가 되어 패주하는 병사들과 가재류를 마차에 싣고 달아나는 피난민의 모습에서 강렬한 인상을 받았다.

이 인상은 나중에 《우리들의 시대에》의 몇몇 스케치에 살려졌고 다시 《무기여 잘 있거라》의 압권이라고도 할 수 있는 카포레트의 퇴각 장면에서 기막히게 재현되었다.

그해 11월, 그리스·터키 전쟁의 강화회의를 취재하기 위해 로잔으로 갔다. 이때 불운한 사건이 일어났다. 그보다도 며칠 늦게 파리에서 로잔으로 향한 아내 해드리가 리용 역에서 차를 갈아탈 때 여행가방을 도둑맞은 것이다. 그 속에는 그가 그때까지에 쓴 소설이나 시 원고가 거의 전부 들어있었다. 헤밍웨이는 그때 로잔에 머물고 있던 미국의 저널리스트 린컨 스테펜스에게 읽히기 위해 그 원고들을 일부러 아내에게 운반하게 한 것이었다. 스테펜스는 그때까지에도 그의 단편을 몇 편인가 읽고 있어서 그의 재능을 높이 사주고 있는 이해자의 한 사람이었다. 이 도난사건으로 미완성의 장편을 포함한 그의 그때까지의 원고는 모두 상실된 셈이지만 그는 그 타격에도 굴하지 않고 더욱 더 활발히 창작활동을 계속했다.

23년 9월, 토론토로 철수했고 다음달에 장남 존이 태어났다. 이때는 토론토에 4개월쯤 있었을 뿐이고 다음해 1월에는 정식으로 〈토론토 스타 위클리〉사를 그만두고 다시 파리로 돌아갔다.

신문사를 그만둔 것은 새 편집 주간과의 의견 대립이 감정적인 차원으로까지 발전했기 때문이라고 하는데 하나로는 그가 작가 수업의 장으로서의 신문기자라는 것에 뚜렷한 한계를 느낀 때문이 아닐까 하고도 생각된다.

1924년 1월, 에즈라 파운드의 소개로 포드 매독스 포드와 알게 되어 그가 발간한 잡지 〈트랜스애틀랜틱 레뷰〉의 편집 스태프에 가담했다. 그리고는 거의 매호마다 단편이나 스케치를 집필했다. 그 가운데는 《의사와 그 아내》라든가 나중에 《인디언 부락》이라고 개제된 단편 등이 포함되어 있다.

3월에 파리판 《우리들의 시대에》가 출판되었다. 〈리틀 레뷰〉지에 게재된 여섯 편의 단편에 새로 12편을 추가한 것으로서 부수는 불과 수백부에 지나지 않았으나 당시 인기 상승중이던 문예평론가 에드먼드 윌슨에 의해 거론되어 높은 평가를 받았다.

다음해인 25년 10월, 미국판 《우리들의 시대에》가 보니 앤드 리브라이트 사에서 출판되었다. 이어서 《봄의 분류》(The Torrents of Spring)의 집필에 착수하여 10일 안에 완성했다. 투르게네프의 소설에서 제명을 빌린 이 중편소설은 26년 5월, 뉴욕의 스크리브나즈 사에서 출판되었다.

최초의 장편 《해는 또다시 떠오른다》(The Sun Also Rises)가 역시 스크리브나즈 사에서 출판된 것은 26년 10월 22일이었다.

발표 후 곧 엄청난 반향을 불러 《우리들의 시대에》가 1235부 인쇄하여 5백부밖에 팔리지 않은데 대해 이것은 그해 안에 2만 6천부나 팔렸고 곧 이어 영국판도 나왔다. 이 한 작품으로 마침내 그는 작가로서 널리 인정을 받게 되었다.

활 동 기

1927년 1월, 이미 1년 이상이나 별거생활을 계속하고 있던 해드리와 정식으로 이혼하고 그해 여름 〈보그〉지의 특파 기자로서 파리에 머물고 있던 포린 파이퍼와 결혼했다.

단편집 《남자만의 세계》는 그해 10월 스크리브나즈 사에서 출판되었다.

28년 3월, 파리에서 다음 장편 《무기여 잘 있거라》의 집필에 착수했다. 이해 12월 6일, 아버지가 오크 파크의 자택에서 권총으로 자살했다.

《무기여 잘 있거라》는 1929년 봄, 스크리브나즈 사의 잡지 〈스크리브나즈〉에 연재된 뒤 9월말에 단행본으로서 출판되었다.

초판은 3만 1천부였으나 간행후 4개월 동안에 8만부 가까이 팔렸고 다음해에는 극화되어서 뉴욕의 무대에서 상연되었고 32년에는 헐리우드에서 영화화되었다.

32년 가을에는 그의 투우관(鬪牛觀)의 집대성이라고도 할 《오후의 죽음》(Death in the Afternoon)을 간행했고 33년 가을에는 단편집 《승자에게는 아무것도 주지말라》(Winner Take Nothing)를 출판했다.

35년에는 아프리카 여행기 《아프리카의 푸른 언덕》(Green Hills of Africa)을 내놓았는데 이것은 33년 11월부터 다음해 3월까지 약 5개월에 걸쳐서 아프리카에 수렵여행을 떠났을 때의 수확을 정리한 것이다.

36년 7월, 스페인에서 내란이 발발하자 헤밍웨이는 곧 현지로 건너가 인민공화파를 위해 싸웠다.

다음해 마드리드에 머물고 있을 때 파시스트군을 응원하는 독일군의 포격에 노출된 가운데 호텔의 밀실에서 희곡 《제 5 열》(The Fifth Column)을 써냈다.

연애냐, 혁명에의 헌신이냐 하는 초기의 좌익문학이 좋아한 테마를 다룬 것으로서 인민공화파와 스페인 인민에의 공감이 뜨겁게 서술되어 있기는 하지만 속이 얕아서 그다지 성공한 작품이라고는 할 수가 없다.

그해 10월 제 3 의 장편 《가진 자와 안 가진 자》(To Have and Have Not)이 출판되었다. 플로리다 남단의 해상을 배경으로 밀수업자와 쿠바 독립의 비밀결사원에 의해 야기되는 피비린내나는 사건을 다룬 것으로서 장면과 사건의 움직임이 이상하게도 밀접한 필연적 관련을 가진 것처럼 그려져 있으며 인물들의 행동이나 내면의 움직임의 주위에 냉혹한 죽음과 허무의 그림자를 감돌게 하고 있다.

30년대의 미국을 엄습하여 정치경제뿐 아니라 문학까지도 그 와중에 휩쓸어넣은 저 대공황의 모습이 작품의 배후에 상징적으로 떠올라 있는 것도 재미있다.

잡지 〈코아즈〉의 특파원으로서 마드리드에 와 있던 여류작가 마서 게르혼과 재회하여 곧 열렬한 사랑에 빠진 것도 이 마드리드 체재중의 일이다.

스페인 내란은 1939년 3월, 파시스트측의 승리로 끝났다. 헤밍웨이가 《누구를 위하여 종은 울리나》(For Whom the Bell Tolls)를 쓰기 시작한 것은 바로 이 무렵이다.

스페인 내란에서 재료를 취하여 미국 청년과 스페인 아가씨의 사랑과 죽음의 모습을 그린 이 장편은 집필하기 시작한 지 18개월 만에 완성되어 40년 10월 21일에 출판되었다.

이 제명은 권두에 실은 영국 시인 존 단의 싯귀에서 인용한 것으로서 어떤 개인도 전체로서의 일부이며 한 사람이 죽는다는 것은 그만큼의 인류의 손실이 된다는 뜻이다.

특히 이 귀절을 제명으로 선택했다는 것은 헤밍웨이가 여기에서 분명히 개인은 인류 전체와 연관되어 있다는 것을 인정하고 있는 셈이며 《무기여 잘있거라》의 시기에 비해 그의 인생 태도가 현저히 적극적·긍정적으로 되고 있다는 것이 주목된다.

《누구를 위하여 종은 울리나》를 출판한 뒤 곧 그는 포린과 이혼하고 나서 게르혼과 결혼했다.

제2차 세계대전이 일어난 것은 1939년 9월이지만 그로부터 2년 뒤에 미국이 참전하고 다시 그로부터 3년 뒤인 44년 봄, 헤밍웨이는 〈코아즈〉지의 특파원으로서 유럽에 건너가 유명한 노르망디 상륙작전에 참가했다.

약 1년쯤 종군생활을 계속하고 다음해 3월 아바나의 자택으로 돌아왔다. 그리고 그해 12월 마서와 이혼, 다음해 4월에 메어리 웰시와 결혼했다.

49년 초 메어리와 함께 유럽 여행을 떠나 북 이탈리아의 코르치나 단페츠오에 머물면서 《강을 건너 숲속으로》(Across the River and Into the Trees)를 썼다.

이 새로운 장편은 다음해인 50년 잡지 〈코스모폴리탄〉의 2월호부터 6월호에 걸쳐 연재되고 9월에 단행본으로서 출판되었다.

51년 4월 《노인과 바다》(The Old Man and the Sea)를 탈고했으며 6월에는 어머니가 죽었다.

《노인과 바다》는 다음해인 52년, 잡지 〈라이프〉의 9월 1일 호에 전편이 게재되고 단행본은 9월 8일에 나왔다. 대단한 호평을 받았으며 비평가들은 한결같이 최대급의 찬사를 아끼지 않았다.

《강을 건너 숲속으로》도 그렇고 《노인과 바다》도 그렇고 그것의 중심을 이루고 있는 것은 인간과 운명의 대결에 대한 관념이라고 볼 수가 있다. 다만 그것이 《강을 건너 숲속으로》에 있어서는 심경 소설적인 담담한 필치로서 무거운 회고적인 정감 속에서 꺼져가는 불이 반짝 빛을 발하고는 덧없이 사라지는 듯한 느낌으로 그려져 있고 《노인과 바다》에 있어서는 마찬가지로 담담하기는 하지만 간결하고 박력있는 문체로 구약성서를 연상케 하는 힘찬 인물을 통해서 그려져 있다.

만 년

1953년 여름, 헤밍웨이는 아내를 데리고 스페인으로 갔다가 이어서 아프리카로 수렵여행을 떠났다.

다음해 1월 우간다에서 비행기사고를 만나 두개골에 파열상을 입었을 뿐아니라 내장기관까지 다쳤다. 동승했던 부인도 늑골이 부러졌다.

부부는 함께 나이로비의 병원으로 운반되었는데 '헤밍웨이, 아프리카에서 사고사'라는 뉴스가 전세계에 흘러나간 것은 이때의 일이다.

이 사고가 원인으로 그 뒤 헤밍웨이의 건강은 급속히 쇠퇴하기 시작했다. 1954년 노벨상을 받았는데 건강이 좋지 않아 수상식에는 출석하지 못했다.

5년 뒤에는 약간 기운을 되찾아 여름에 아내와 함께 스페인으로 갔다. 그리고 이때의 견문을 기록식으로 정리하여 《위험한 여름》(The Dangerous Summer)이라는 제목으로 다음해인 60년 9월부터 〈라이프〉지에 연재했다.

1960년 봄, 쿠바에서 아이다호 주 케참으로 거처를 옮겼다. 그리고 그해 11월, 노이로제 증상이 악화되고 아울러 고혈압과 당뇨병을 치료하기 위해 미네소타 주 로체스터의 병원에 입원했다.

크리스마스에는 일단 퇴원하여 케참의 자택으로 돌아가 몇 달 전부터 쓰기 시작했던 《이동 축제일》(A Movable Feast)을 완성하는 일에 착수했다. 그러나 이미 일을 할 수 있는 상태가 아니어서 이 20년대의 파리 회상기는 끝내 마지막 완성을 보지 못한 채 그가 죽은 뒤, 64년에 유작으로서 출판되었다.

병세는 그 뒤에도 도무지 호전되지 않아 몇 번이나 입원과 퇴원을 되풀이하고 있었는데 마침내 1961년 7월 2일 아침, 자택에서 엽총으로 스스로 목숨을 끊었다.

1970년 가을에 두 번째 유작《해류 속의 섬들》(Islands in the Stream)이 간행되었다.

작품 해설

《무기여 잘 있거라》의 소재가 되고 있는 것은 헤밍웨이 자신의 제 1 차 대전 중의 체험이다. 그러나 그는 참된 작가에 있어서 체험에서 작품이 생겨나는 과정이 모두 그러하듯이 이 체험을 조급히 작품화하려고 하지는 않고 그 자신의 정신 속에서 그것이 서서히 발효하고 숙성하기를 기다렸다.

즉, 《무기여 잘 있거라》를 쓰기 시작한 것은 1928년 3월 파리에서부터이며 대전이 끝난 뒤 거의 10년이 경과했을 때이다.

원고는 그가 본국으로 돌아온 뒤에도 꾸준히 씌어져서 8월 말, 와이오밍 주 빅 혼 근처의 한 외진 마을에서 탈고했다.

다 쓰고 나서도 퇴고에 퇴고를 거듭하여 결정고로서 출판사에 넘겨진 것은 29년에 들어와서였다. 마지막 에필로그는 실로 17회나 고쳐 썼다고 하니 놀라운 일이다.

《무기여 잘 있거라》는 제 1 차 대전에 있어서의 이탈리아 전선을 배경으로 전장에서 싹튼 연애를 그린 작품이다. 절망적이고 가혹한 전쟁과 정열적이며 생명력에 넘친 연애를 마치 직물의 천과 무늬처럼 배치함으로써 전편을 구성하고 있다.

독자의 눈에 맨처음 주어지는 것은 전쟁이라는 외적 상황이다. 그 속에서 이윽고 프레드릭 헨리와 캐서린의 사랑이 떠오른다.

전황의 악화와 대비적으로 그 연애는 성장하여 카포레트의 퇴각에 이은 헨리의 탈주를 전기로 하여 국면은 급선회한다. 전쟁은 완전히 피안의 별세계의 것이 되고 주인공인 두 사람의 스위스에서의 지상의 천국과도 같은 날들이 찾아온다.

그러나 그 행복은 순간의 것에 지나지 않고 캐서린의 죽음에 의해 막을 내리게 되는데 이 최후의 내팽개치듯하는 피날레에 작품의 온 무게가 걸려 있다고 할 수 있을 것 같다. 헤밍웨이의 다른 많은 작품이 그러하듯이 여기에서도 주인공은 스스로의 짐을 짊어지고 맨주먹으로 세계의 무의미함과 어리석음에 견디지 않으면 안 되는 것이며 그렇게 말없는 인내의 포즈에 주인공의 모든 존재 이유가 걸려 있는 것이다.

이상과 같은 구성을 가진 이 장편은 때로는 전쟁 속에서 생겨난 연애를 주제로 한 이야기로 간주되고 또 때로는 전쟁과 연애 두 가지를 주제로 한 이야기로 간주되기도 한다.

후자의 견해를 표명하는 비평가는 흔히 이 작품의 구성이 취약하다는 것을 지적한다. 작자의 관심이 전쟁과 연애의 두 가지 대상으로 분열되어 있다는 것이다.

이러한 견해에는 작품의 부분적인 짜임새의 훌륭함이 오히려 원인의 하나로 되어 있는지도 모른다. 왜냐하면 첫머리의 전장 장면의 묘사, 그리고 카포레트의 퇴각 장면 서술 등이 너무나 훌륭하기 때문에《무기여 잘 있거라》는 금세기 최상의 전쟁소설이라는 정평이 나 있기 때문이다.

그러나 헤밍웨이가 여기에서 단순한 전쟁소설을 쓰려고 생각하지 않았던 것은 누구의 눈에나 분명하다.

물론 이 작품의 구성상 취약점을 지적하는 설에는 위와 같은 원인 외에 좀더 본질적인 근거가 없는 것은 아니다.

무의미하고 어리석은 외부세계와 고립된 인간의 대립이라는 구도는 헤밍웨이의 세계가 가지는 기본적인 도식이지만 그러한 외부세계의 상징으로서 그는 이 작품에 있어서는 중도에서는 전쟁을 내놓고 종국에 가서는 캐서린의 죽음을 내놓고 있다.

원래가 서로 관계없는 두 가지 것을 어떤 단일한 것의 상징으로서 사용하고 있는 것이다. 사람에 따라서는 그러한 점에 다소 껄끄러운 느낌을 받게 될지도 모른다.

그러나 나는 전쟁의 견해, 즉 보다 소박한 견해 쪽에 좀더 공감을 가지게 된다.

왜냐하면 그렇게 볼 때 작자가 이 작품의 도처에 둘러치고 있는 얼핏 눈에 띄지 않지만 그런 만큼 깨달았을 때는 한층 더 매력을 발휘하게 되는 갖가지 연구가 비로소 살게 된다고 생각되기 때문이다.

가령 처음의 장교식당 장면에서 부대에 배속된 목사를 다른 장교들이 마구 조롱하지만 주인공 헨리는 결코 거기에 동조하지 않는다.

그는 이를테면 일종의 후각에 의해서 목사가 본질적으로 자기와 가까운 인간이라는 것을 감지하고 있는 것이다. 이 예감은 나중에 부상한 헨리를 목사가 찾아오는 장면에서 그 정당성이 뒷받침된다.

신에 대한 두 사람의 해석은 다르지만 마음 속 밑바닥에는 어떤 공통된 것이 흐르고 있는 것이다.

그리고 전쟁의 종결과 인간의 행복을 화제로 삼는 두 사람의 대화는 다시 나중의 헨리의 행동과 운명에 대한 복선으로 되고 있는 것이다.

전우인 리날디에 대해서도 똑같은 취급을 하고 있다. 헨리 자신까지도 포함하여 이 세 사람은 혼란에 찬 외부세계에 대해 그들 나름의 규율과 절도를 가지고 처신하고 있는 그룹이며 작자에 의해 시인되고 있는 인간상의 저마다의 타입인 것이다.

그러나 전쟁이라는 폭력은 이윽고 이 세 사람의 조촐한 유대까지도 끊어버리고 만다.

헨리는 마침내 전쟁 자체를, 그리고 또 그 속에서 살고 있는 인간들을 받쳐주고 있는 온갖 추상적인 '대의'를 버리고 '단독강화'를 체결한다.

일반적인 상황 속에 살고 있는 목적을 발견하는 대신, 혈육을 갖춘 단 하나의 현실 인간인 캐서린을 선택한다. 헨리의 군대로부터의 탈주는 새로운 세계에 들어가기 위해 행해진 세례와도 같은 거의 종교적인 의의를 가지고 있는 것이다.

그러나 이 선택도 또 외부세계의 폭력 앞에서 덧없이 분쇄된다. 또다시 현세에 있어서의 인간의 운명은 패배이다. 더욱이 이 패배에 직면하여 약한 소리를 하지 않는 것, 남자답게 말없이 그것을 견디는 것, 그것이 인간이 할 수 있는, 또 하지 않으면 안 되는 유일한 일인 것이다.

캐서린은 여자다운 예민한 감각으로 그러한 운명을 깨닫는다.

병원을 뒤에 두고 빗속을 헤치며 호텔로 돌아가는 헨리의 모습을 제19장의 단 둘만의 밤의 대화에서 그녀는 재빨리도 예감하는 것이다——"비가 무서운 이유는 말예요, 이따금 자기가 빗속에서 죽는 장면이 보이기 때문이에요."

이 대목만이 아니라 카포레트의 퇴각 때도, 탈주하는 화차 속에서 캐서린을 몽상할 때도, 또 호수를 건너 스위스 령으로 탈출할 때도 비는 작자에 의해 의식적으로, 그리고 충분한 절도를 가지고 어떤 운명적인 것의 상징으로 사용되고 있는 것이다.

헤밍웨이가 이 작품에 의해 그 작품을 확고부동한 것으로 확립했음은 새삼 말할 필요도 없다. 그 이후의 작품은 모두 이 작품에 포함되어 있는 테마의 어느 한 가지를 연장한 것이라고까지 말할 수 있는 것이다. 그런 만큼 이 작품에는 헤밍웨이라는 작가의 세상 통념에 가려져서 눈에 잘 띄지 않는 특징이 뚜렷이 나타나 있다고 생각하는 것이다.

예를 들면 앞에서 언급한 헨리와 목사의 대화만 하더라도 이것은 형이상학의 문제를 될 수 있는 대로 감각적인 표현으로 그린 기술로서 특이한 맛을 지니고 있다.

헨리와 그레피 백작과의 대화에도 비슷한 취향이 있다.

"영광, 명예, 용기, 신성 운운하는 추상적인 말들은 마을 이름, 도로의 번호, 강 이름, 연대의 번호, 날짜 같은 구체적인 것과 함께 놓고 보면 어딘가 불결했다."(제27장)라고 쓰는 헤밍웨이에게 있어서 이러한 대화는 이를테면 일종의 흥미있는 모험일 것이다.

더욱이 그는 이러한 모험을 멋지게 해내고 있는 것이다. 이 대목은 어디까지나 사물의 외면과 행동, 그리고 감각만을 고집하려는 그의 문학적 수법에 대한 하나의 시련이며 또 자신과 승리의 표상이라고 보아도 무방할 것이다.

더욱이 흥미있는 일은 그가 자기의 이러한 수법을 고집하려 하면 할수록 그 배후에 일종의 서정적인 신비주의적 향기가 스며드는 것을 느낄 수 있다는 것이다. 이러한 느낌은 단적인 애무의 서술만으로 성립되어 있는 헨리와 캐서린의 만남에 관한 몇몇 장면에도 뚜렷이 따라다니고 있다.

이러한 점으로 보아서 헤밍웨이라는 작가에게는 약간 역설적인 표현이 될는지도 모르지만 신비주의를 부정하는 일종의 신비주의가 있다고도 생각할 수 있을 것 같다.

그리고 이것은 하나의 낭만적인 북돋음이 되어 나중에 나온《누구를 위하여 종은 울리나》의 여운에 넘치는 문체를 내부로부터 받쳐주는 힘이 되고 있는 것이다.

헤밍웨이 연보

1899년 7월 21일, 어네스트 헤밍웨이, 일리노이 주 시카고시 서부 오크 파크에서 의사인 아버지 클라렌스 에드먼즈 헤밍웨이와 어머니 그레이스 홀 헤밍웨이의 장남으로 출생. 아버지는 사냥과 낚시가 취미였으며, 어린 헤밍웨이도 같이 다녔다.

1909년 (10세) 이 무렵부터 종종 미시간 주 북부의 별장에 피서를 가다.

1917년 (18세) 오크 파크 하이스쿨 졸업. 4월에 미국이 제 1 차 세계대전에 참전. 졸업 직전, 병역을 지원했으나 눈이 나빠 불합격되다. 졸업 후 캔자스 시 〈스타〉지의 기자가 되다.

1918년 (19세) 4월, 〈스타〉사 퇴사. 이탈리아 군 소속 적십자 요원으로 유럽 전선에 나가다. 7월, 북이탈리아 전선에서 중상. 밀라노 육군 병원에 후송되어 3개월 요양. 퇴원 후 다시 전선에 복귀. 이때의 경험이 《무기여 잘 있거라》의 배경이 된다.

1920년 (21세) 제대 후 캐다나 토론토 시의 신문기자로 근무. 가을, 시카고로 돌아와 작가 셔우드 앤더슨을 알게 되어 강한 영향을 받다.

1921년 (22세) 봄, 다시 토론토 시의 《스타 위클리》에 관계하여 집필자가 되다. 9월, 해드리 리처드슨과 결혼하여 토론토에 살다가 특파원으로 12월에 유럽에 가 파리에 정착하다.

1922년 (23세) 앤더슨의 소개로 거트루드 스타인을 만나고 에즈라 파운드를 알게 되다. 3월에 이탈리아, 독일, 그리스 등지를 여행하다. 이 해에 단편과 시를 처음으로 발표하다.

1923년 《단편 3, 시 10편》(Three Stories and Ten Poems)을 파리에서
(24세) 처녀 출판. 9월, 파리 거주의 생활비를 마련하기 위해 토론토로 돌아가다.

1924년 파리로 돌아와 본격적인 문학수업을 시작. 여름에 스페인을
(25세) 여행하여 팜프로너에서 투우를 구경하다. 이때의 견문이 《해는 또다시 떠오른다》의 배경이 된다. 소품집 《우리들의 시대에》를 파리에서 출판.

1925년 단편집 《우리들의 시대에》의 증보판을 미국에서 10월에 출판
(26세) 하다.

1926년 4월에 《해는 또다시 떠오른다》의 원고를 완성. 5월, 패러디풍의
(27세) 소설 《봄의 분류》를 스크리프너사에서 출판. 이후 동사와 계약이 성립되어 《해는 또다시 떠오른다》를 10월에 출판. 아내 해드리와 이혼하다.

1927년 제 2 단편집 《남자만의 세계》를 10월에 출판. 포린 파이퍼와
(28세) 재혼.

1928년 《무기여 잘 있거라》의 집필을 시작하고, 귀국하여 플로리다 주
(29세) 키웨스트에 거주. 8월말, 와이오밍 주 비그혼에서 탈고. 아버지, 엽총으로 자살.

1929년 《무기여 잘 있거라》를 잡지에 연재하다가 9월에 출판하다. 8개월
(30세) 동안에 8만 부를 팔아 일약 유명해지다.

1930년 11월, 자동차 사고로 몬태나 주에서 입원 가료.
(31세)

1931년 여름, 스페인에 여행하여, 투우에 관한 연구서 《오후의 죽음》을
(32세) 쓰기 시작.

1932년 《오후의 죽음》 9월에 출판.
(33세)

1933년 제 4 단편집 《승자에게는 아무것도 주지 말라》를 10월에 출판

(34세) 하다. 아프리카에 수렵 여행 떠나다.

1934년 (35세) 여행 도중 이질에 걸려 귀가. 《아프리카 여행기》 집필 시작. 4월에 《가진 자와 안 가진 자》 제 1 부를 잡지에 발표.

1935년 (36세) 10월, 《아프리카의 푸른 언덕》 출판.

1936년 (37세) 스페인 내란에 참가. 정부군 원조를 위한 자금 조달에 협조. 단편 《킬리만자로의 눈》, 《프란시스 매크머의 짧고 행복한 생애》 등 아프리카를 재재로 한 작품을 발표.

1937년 (38세) 스페인 정부군을 계속 원조하면서, 스페인으로 가 영화 《스페인의 대지》 제작에 협력. 6월, 뉴욕으로 돌아와 전미(全美) 작가회의에서 첫 공식연설을 하다. 10월에 《가진 자와 안 가진 자》 출판.

1938년 (39세) 1월에 미국으로 돌아왔다가 3월에 다시 스페인으로 가는 등 네 차례나 스페인에 가다. 《스페인의 대지》를 6월에 출판. 10월, 《제 5 열 및 최초의 49단편》을 출판. 전자는 헤밍웨이 유일의 희곡이다.

1939년 (40세) 3월, 마드리드가 함락되고 프랑코측이 승리. 5월, 《누구를 위하여 종은 울리나》 집필 시작. 9월, 제 2 차 세계대전 발발.

1940년 (41세) 7월, 《누구를 위하여 종은 울리나》를 10월에 출판. 그 직후에 포린 파이퍼와 이혼하고 여류작가 마서 게르혼과 결혼. 《누구를 위하여 종은 울리나》는 곧 10만부를 돌파, 베스트셀러가 된다.

1941년 (42세) 중일전쟁 특파원으로 중국여행 후 아바나 근교에 거주를 정하다.

1942년 (43세) 여름, 자기 배를 개조하여 해군 정보부에 제공, 44년 봄까지 쿠바 해안의 독일 U보트 경계를 하게 하다. 《싸우는 사람들》 서문을 붙여 출판하다.

1944년 전쟁 보도기자로서 유럽 여행. 가끔 실전에도 참가하여, 파리

(45세) 점령 때는 군대보다 먼저 입성했다고 한다.

1946년 (47세) 마서 게르혼과 이혼하고, 《타임》 특파원인 메어리 웰시와 네 번째로 결혼.

1949년 (50세) 이탈리아에 체재하면서 다시 집필을 시작하다. 이 무렵 눈을 다치다.

1950년 (51세) 《강을 건너 숲속으로》를 9월에 출판.

1951년 (52세) 《노인과 바다》 집필 시작.

1952년 (53세) 《노인과 바다》를 〈라이프〉지 9월 1일 호에 발표. 직후에 단행본으로도 출판. 산문의 박력있는 짜임새와 서사시적인 분위기로 호평을 받고 1952년도 퓰리처상 수상.

1953년 (54세) 가을, 부부 동반으로 아프리카 여행.

1954년 (55세) 영국령 우간다에서 비행기 추락으로 한때 생사불명으로 전해졌으나, 무사히 탈출. 1954년도 노벨문학상 수상.

1955년 (56세) 아바나 근교에 자리잡고 낚시를 즐기면서 집필을 계속하다.

1960년 (61세) 〈라이프〉지의 9월 5월호부터 3회에 걸쳐 《위험한 여름》을 발표. 두 사람의 스페인 투우사를 등장시킨 논픽션으로, 격렬한 투우장면의 묘사에 역점을 둔 작품이다.

1961년 (62세) 고혈압과 당뇨병을 앓아, 아이다호 주의 수렵지 케첨의 산장에서 요양하고 있다가 7월 2일 아침 사망. 엽총에 의해 죽었는데, 사고사인지 자실인지 분명하지 않다.

무기여 잘 있거라

- 저 자 / E. 헤 밍 웨 이
- 역 자 / 이 종 수
- 발행자 / 남 용
- 발행소 / 一信書籍出版社

주 소 : 121-110
서울 마포구 신수동 177-3
등 록 : 1969. 9. 12. (No. 10-70)
전 화 : 703-3001~6
FAX : 703-3009